ELLE CASEY

A GUERRA DOS FAE

LIVRO TRÊS

LUZ E TREVAS

TRADUÇÃO:

CHICO LOPES

Título original:
War of the Fae: darkness and light

1ª edição — outubro de 2014

Grafia atualizada segundo o Acordo Ortográfico da Língua Portuguesa de 1990, que entrou em vigor no Brasil em 2009

Editor e Publisher
Luiz Fernando Emediato

Diretora Editorial
Fernanda Emediato

Produtora Editorial e Gráfica
Priscila Hernandez

Assistentes Editoriais
Adriana Carvalho
Carla Anaya Del Matto

Capa
Marina Avila

Projeto Gráfico e Diagramação
Ilustrarte Design e Produção Editorial

Preparação de Texto
Sandra Martha Dolinsky

Revisão
Marcia Benjamim
Patrícia Sotello

DADOS INTERNACIONAIS DE CATALOGAÇÃO NA PUBLICAÇÃO (CIP)
(Câmara Brasileira do Livro, SP, Brasil)

Casey, Elle
A guerra dos Fae : luz e trevas / Elle Casey ; tradução Chico Lopes. – São Paulo : Geração Editorial, 2014. – (Coleção guerra dos Fae)

Título original: War of the Fae : darkness and light.
ISBN 978-85-8130-305-5

1. Ficção norte-americana I. Título. II. Série.

14-10296 CDD-813

Índices para catálogo sistemático:
1. Ficção : Literatura norte-americana 813

GERAÇÃO EDITORIAL
Rua Gomes Freire, 225 — Lapa
CEP: 05075-010 — São Paulo — SP
Telefax: (+ 55 11) 3256-4444
E-mail: geracaoeditorial@geracaoeditorial.com.br
www.geracaoeditorial.com.br

Impresso no Brasil
Printed in Brazil

A Guerra dos Fae

Este livro é dedicado a minha filha Skye,
minha maravilhosa garotinha com sangue de fae
que nunca se cansa de me impressionar. Ela é incrível.

Capítulo 1

A MÃO DE TONY, MEU MELHOR AMIGO, pousou sobre meu ombro, apaziguando meu coração – o que não era pouca coisa, considerando que nesse momento em particular eu estava presa em uma batalha potencialmente épica com ninguém menos que Ben, o Fae das Trevas, demônio de fogo que agora parecia uma criatura saída direto das profundezas do inferno. Tony ter dito que queria ir comigo e que não tínhamos mais que ficar separados era a melhor notícia que eu recebia em dois meses, desde que eu me transformara de humana em fae. Agora, tudo que eu tinha que fazer era descobrir como lidar com o terror flamejante parado à minha frente com uma bomba de fogo nas mãos.

– Ben, ele não quer ir com você! Ele vem comigo!

Pensei que o rugido de nossos poderes opostos tornaria difícil ouvir, mas aparentemente não havia razões para eu gritar, pois Ben me respondeu em um tom de voz perfeitamente normal, e eu o entendi sem problemas.

– Eu o ouvi. Mas não acho que ele tenha todas as informações necessárias para tomar uma decisão. É justo que ele entre nessa sabendo de tudo, não acha?

Ele arqueou as sobrancelhas para mim com um ar condescendente, fazendo que eu me sentisse pequena e estúpida. Eu detestava me sentir pequena e estúpida, e detestava *ainda mais* quando era Ben que me fazia sentir assim. A resposta dele também era preocupante, porque eu não queria que Tony achasse que eu estava escondendo alguma coisa. Eu sabia a verdade, e já a havia dito a Tony antes de Ben aparecer. Nós éramos os bonzinhos, os Fae da Luz; Ben representava os malvados, os Fae das Trevas. Não havia mais o que dizer, de verdade.

Era óbvio que esse Ben sabia um pouco de combate psicológico. Provavelmente ele mesmo havia inventado o termo, uns cem anos atrás ou algo assim. Não se consegue dizer a idade de um fae só de olhar para ele. Por fora, ele era um humano sério e terrivelmente bonito de dezoito anos. Por dentro, devia ter uns trezentos e cinquenta anos, horroroso como um fae serpente, usando um feitiço para me fazer acreditar que ele era a gostosura em pessoa. Eu nem sabia se existia um fae serpente, mas ele poderia ser um. Ele certamente era escorregadio.

Sacudi a cabeça, forçando-me a parar de pensar na aparência dele. Tinha certeza de que a regra que eu tinha para garotos humanos se aplicava para os fae também – ou seja, quanto mais bonitos eles forem, pior tratarão as garotas e mais superficiais serão. Que garoto vai desenvolver uma personalidade decente se todo o mundo simplesmente lhe dá tudo que ele quer só porque é lindo? *Foco, Jayne.* Tenho que ignorar esse rosto bonito... Concentrar-me na escuridão de sua alma e no quanto eu o desprezo por tentar roubar Tony de mim.

– Tony sabe de tudo. Eu já havia lhe contado antes de você chegar; aliás, sem ser convidado ou desejado, devo acrescentar.

Ben parou de me encarar e se voltou para Tony.

– Ela lhe contou que vai forçá-lo a lutar na guerra? Que você vai ter que matar gente?

Senti a mão de Tony abandonar meu ombro, o que me deixou instantaneamente preocupada. Eu havia acabado de passar os últimos trinta minutos convencendo Tony de que ele tinha que ir comigo e que tudo ia ficar bem. Mas sabia que ele não gostava da ideia de violência, e aparentemente Ben também não.

– Tony sabe o suficiente para tomar uma boa decisão, coisa que ele já fez. Então, por que você não dá o fora daqui para podermos seguir nosso caminho?

– Humm, Jayne... – a voz assustada de Tony surgiu atrás de mim –, eu... eu não quero fazer parte da guerra...

Sua voz foi se apagando até desaparecer, mas eu sabia o que isso significava. Eu tinha que fazer algo para remediar a situação o melhor que pudesse – e rápido. Fixei em Ben o olhar mais raivoso que meu medo me permitia.

– Diminua o poder, babaca, assim poderemos falar sobre isso sem explodir a vizinhança.

– Eu diminuo se você diminuir.

Ele levantou as sobrancelhas de novo, dessa vez com ar desafiador. *Cara, ele é mesmo bom com esse negócio da sobrancelha.*

Relaxei um pouco meu domínio sobre O Verde, informando-lhe que queria que ele voltasse pela fronteira dos mundos embaixo da casa de Tony e fosse para dentro da Terra, onde descansava, antes que eu o chamasse para cima e o usasse para fazer minhas vontades. O brilho vermelho que se juntava aos poucos nas mãos de Tony se dissipou a princípio por seus braços, e depois por todo o seu corpo. Logo estávamos ambos parados ali, parecendo adolescentes normais de novo. Nada mais de brilho. Nada de barulho ou de agitação. Dei uma olhada para os garotos ao meu lado – Finn, Jared, Spike e Chase. Todos haviam visivelmente relaxado suas posturas de combate, mas ainda estavam apreensivos.

– Eu não confio nele – disse Finn.

– Nem eu – acrescentou Spike.

Chase permaneceu em silêncio – como sempre – segurando meu amigo *pixie*, Tim, que jazia machucado, uma vez que Ben o havia praticamente fritado no ar com um raio de fogo. Meu outro amigo, Jared, um demônio, também estava em silêncio. Mesmo assim, eu sabia que eles não confiavam mais em Ben do que eu.

– Bom, eu confio – disse Tony.

Eu olhei para ele, frustrada.

– Droga, Tony, mas o que é que... Achei que já havíamos superado isso.

– Sim, você está certa, já superamos. Não estou dizendo que vou a algum lugar com ele ou que não vou com você. Só digo que confio nele. Ele foi legal comigo, Jayne, e nunca fez nada para me machucar. E, aparentemente, ele poderia, se quisesse.

Ele olhou para Ben, dando um sorriso nervoso.

Isso era tão típico de Tony: dar a alguém o benefício da dúvida, mesmo que fosse um maldito imbecil que fritava *pixies*.

– Ouça, Tony, entendo que você se sentiu abandonado quando eu fiquei na floresta e você teve que voltar para cá...

Tony foi me interromper, mas como eu sabia bem o que ele ia dizer, levantei a mão para que ele se calasse.

– E sei que você não se lembra de ter estado lá, mas *estava*, e eu ficarei feliz de lhe provar isso quando voltarmos. Mas temos que ir. – Olhei para Ben. – Você pode confiar nele, mas nós não pensamos o mesmo; e temos um amigo que precisa de cuidados – apontei com a cabeça para Tim, caído nas mãos de Chase com os restos de uma asa carbonizada despontando da lateral de seu corpo.

– Ele está respirando – disse Chase.

– Bom, por sorte ele está inconsciente, porque sei bem que ter uma asa arrancada é doloroso; certamente tê-la queimada é excruciante.

Lancei a Ben um olhar que mostrava exatamente quão repulsivo eu o achava.

Tony olhou para Tim, e sua expressão assumiu um ar enojado.

Ben ia ignorar meu comentário, mas, então, ele viu o olhar de Tony também.

– Tony, você tem que entender, *pixies* são realmente perigosos. Eles podem parecer pequenos e fofinhos, mas ele estava vindo me atacar. Eu estava apenas me defendendo.

Tony olhou para mim, concordando, o que me deixou desconfortável. Por que é que eu tinha que defender meu pequeno amigo, agora inerte, que estava apenas tentando nos salvar?

Olhei para Ben com raiva.

– Tim, como você convenientemente esqueceu, estava apenas nos protegendo. De você!

– Eu não era perigoso para nenhum de vocês. Não fiz nada. Vocês é que começaram com as ameaças.

Quanto mais essa conversa avançava, pior eu me sentia. De alguma maneira, Ben estava virando tudo do avesso para fazer parecer que eu era a vilã da situação. Eu sabia que meu rosto deixava clara minha frustração, e quando olhei para ele para responder, o vi sorrindo, satisfeito. O imbecil achava que havia me colocado em uma sinuca de bico.

– Não fique aí se fazendo de super-honesto. Você nunca contou a Tony que era um fae, e nunca lhe revelou suas verdadeiras intenções – olhei para Tony e continuei. – Pergunte a ele, Tony. Pergunte por que ele não lhe contou. Você confiou em um cara que estava mentindo e escondendo coisas o tempo todo.

Nesse exato momento alguém bateu na porta do quarto de Tony.

– Tony? Há alguém com você no quarto?

O rosto de Tony assumiu uma expressão de pânico.

– Não, mãe! É só uma música!

– Bom, diminua, então. Já passou bastante de sua hora de dormir.

Finn deu uma risadinha, mas teve a decência de parecer desgostoso quando olhei feio para ele. Só o que faltava era que Tony achasse que estávamos rindo dele. Tudo bem, a mãe dele era tola e obviamente quase surda, mas isso não era culpa dele.

Sussurrei para o grupo.

– Ouçam, não vamos chegar a lugar nenhum com isso. Além do mais, não há razão para isso. Tony vem conosco, e precisamos ir – olhei para Tony, praticamente implorando com o olhar. – Você ainda vem, certo?

– É, ainda vou. Mas quero ouvir o que Ben tem a dizer primeiro. Ele é meu amigo, Jayne. Sei que você não gosta disso, mas é assim que é. Eu devo a ele a oportunidade de me contar seu lado da história.

Ben sorriu.

– Tony é uma pessoa justa. Sempre esteve disposto a ouvir. Talvez você pudesse perder um minuto ouvindo também, Jayne. Você pode se surpreender com o que eu tenho a dizer.

– Pfff... improvável.

Jared deu um passo à frente com as mãos levantadas em um gesto de paz.

– Por que não vamos lá para fora ou para algum lugar onde possamos falar à vontade? – disse ele olhando de Ben para mim. – Um território neutro, um lugar onde todos possam se sentir à vontade.

Ben concordou.

Olhei em volta e todo o mundo parecia pensar que essa era uma boa ideia. Eu era mais a favor de dar o fora dali logo e não olhar para trás, mas tinha que ser justa com Tony. Eu não queria que ele abandonasse tudo achando que eu tinha algo a esconder.

– Certo. Onde?

– Que tal aquela lanchonete vinte e quatro horas perto da escola? – sugeriu Tony.

Todos nós concordamos.

Dois segundos depois, a imagem de Ben desapareceu no ar. "Encontro vocês lá" foi a última coisa que ele disse, antes de desaparecer em um sopro de vento e fumaça escura.

Olhei para Tony e vi que seus olhos estavam quase saltando das órbitas. Eu sorri.

– E você confia nesse cara... Diabo fae, ou o que quer que ele seja.

Balancei a cabeça, andando até a janela e olhando para fora para ter certeza de que Ben não estava mais lá. Fiquei pensando quão longe ele conseguia ir com aquela coisa de desaparecimento esfumaçado.

– Vocês vão na frente e nos esperem lá fora. Vou ajudar Tony a arrumar a mala. – Olhei para Chase: – Por favor, tenha cuidado com Tim. Vou ver por aqui se acho alguma coisa onde possamos colocá-lo.

Chase concordou antes de seguir os outros, saindo janela afora com cuidado enquanto eu e Tony observávamos.

Uma vez sozinhos, voltei-me para ele.

– Você vai precisar de pouca coisa, só aquilo que for indispensável. Haverá roupas e coisas para você lá.

– Para mim, onde? – perguntou Tony sem se mover.

– No complexo. Onde nós moramos.

Tony parecia aflito, mas nada disse. Peguei levemente sua mão.

– Ouça, é o seguinte: quando chegarmos lá, você vai conhecer o lugar todo e saber o que está acontecendo, e vai ter a chance de escolher ficar ou voltar. Você já teve essa chance antes, e escolheu voltar para casa. Eu acho que é porque você ainda não sabia de tudo na época. Agora, vou garantir que você saiba de tudo. Tenho certeza de que quando souber, vai decidir ficar.

– Então, poderei voltar caso decida que não quero ter nada a ver com tudo isso?

Balancei a cabeça, frustrada.

– Sim. Mas, Tony, você não vai conseguir ficar de fora. O fato de Ben estar aqui é uma prova disso. De qualquer maneira você vai se envolver. Ou vai voluntariamente conosco, ou vai arrastado por Ben. Você é importante para Ben por alguma razão que ele não está nos revelando. E é importante para mim porque é meu melhor amigo. Você vai acabar como fae de luz ou das trevas... E eu quero que você seja de luz, comigo.

– E quanto a Tim? Achei que ele fosse seu novo melhor amigo.

Sorri.

– Ciúmes?

Tony sorriu levemente.

– Não. Não muito.

– Bom, você não tem com que se preocupar, ninguém pode tomar o lugar que é seu em meu coração. Mas você vai adorá-lo. E fique feliz por não poder ouvi-lo.

– Você pode? Como?

– Um feitiço de bruxa. Eu explico depois.

– E por que eu não iria querer poder ouvi-lo?

– Digamos que *pixies* têm gases.

Tony pareceu enojado.

– Ah, credo.

– É. Nem me diga. Vamos lá, vamos fazer sua mala. O que você quer levar?

Tony olhou a sua volta no quarto; foi buscar a foto de nós dois que estava em um porta-retratos quebrado, como resultado de tê-la atirado na parede no dia anterior. Eu o vira quebrando-o quando visitara seu quarto, quando viajava pelo Cinza com a ajuda de meu amigo Gregale, o elfo cinzento. Foi quando eu soube o quanto Tony estava realmente mal. Vê-lo chorar sobre a foto e depois atirá-la na parede me deixou arrasada por dentro.

Ele arrancou a parte quebrada do porta-retratos e tirou a foto, colocando-a no bolso de trás da calça enquanto jogava os restos no lixo.

Pegou um suéter caído no chão e o vestiu rapidamente, sentando-se na cama para colocar suas botas.

– Você tem alguma coisa onde eu possa colocar Tim?

Ele apontou para o guarda-roupa sem levantar os olhos dos cadarços.

– Ali.

Fui até o guarda-roupa e abri a porta, afastando o lixo até encontrar uma velha caixa de sapatos. Então, fui até a cama, peguei o travesseiro de Tony e tirei a fronha, usando-a para forrar a parte de dentro da caixa, para ficar mais confortável.

Tony se levantou e foi até a escrivaninha, tirando um papel da impressora.

– Vou deixar um bilhete para meus pais.

– O que você vai dizer a eles?

– Que vou ficar fora um tempo e que depois ligo.

– Diga que vai mandar um *e-mail*. Nós temos computadores, mas não telefones.

Tony deu de ombros.

– Tudo bem.

Ele terminou o bilhete, dobrou o papel e o colocou sobre o travesseiro. Puxou os lençóis e cobertores para que a cama parecesse mais arrumada. Chutou as roupas sujas para um canto do quarto onde já havia uma pilha delas. Tony olhou em volta, jogando as mãos para cima e depois deixando-as cair.

– Pronto? – perguntei. – Está com seu passaporte?

– Acho que sim... Sim, está comigo.

Ele foi até a escrivaninha e o pegou em uma gaveta, enfiando-o no bolso de trás da calça.

– Ótimo. Vamos embora.

Eu queria dar o fora dali o mais rápido possível, antes que ele mudasse de ideia.

Saímos pela janela, apoiando-nos no telhado da varanda e usando a cerca para descer. Os outros nos esperavam no jardim da frente.

Fui até Chase e lhe mostrei a caixa.

– Coloque-o aqui.

Chase colocou Tim com cuidado dentro da caixa. Olhei para meu pequeno companheiro, que ainda estava gelado, e o cobri o mais gentilmente possível com o canto da fronha.

– Aguente firme, Tim. Vamos voltar logo para que Maggie possa ajudá-lo.

Não recebi resposta nenhuma, então tampei a caixa e usei aquele breve momento de hesitação para me centrar e lutar contra o sentimento de desespero que tomava conta de mim. Funguei, tossi, livrando-me da massa disforme que se formava no fundo de minha garganta. Eu não poderia participar do *showzinho* de Ben sentindo-me toda chorosa e fraca. Não dava para diminuir a seriedade desse encontro. Era pela vida de Tony que eu estava lutando. Haveria tempo para lamentar por Tim mais tarde – quando eu estivesse com todos os meus companheiros em um avião rumo à Floresta Verde.

Chegamos à lanchonete e nos juntamos a Ben em uma grande mesa redonda num dos cantos, no fundo do salão. Uma garçonete se aproximou e anotou nossos pedidos de bebidas antes de nos deixar sozinhos.

Olhei para Ben, impassível.

– Você queria falar. Então fale.

– Obrigado por terem vindo.

Eu dei de ombros, recusando-me a fazer parte de seu joguinho de bom-moço.

Ele balançou a cabeça, confuso.

– Não precisamos brigar, Jayne. – Ele olhou para Jared. – Diga a ela.

Olhei para Jared curiosamente. *Eles se conheciam?*

Jared levantou as sobrancelhas.

– Não vou dizer coisa nenhuma a Jayne. Ela é inteligente o suficiente para ver a verdade diante de si. Diga logo o que tem para dizer, para podermos ir embora. Nenhum de nós está interessado em sua propaganda de Fae das Trevas.

– Eu também poderia chamar de absurda sua propaganda – respondeu Ben calmamente.

Finn, meu amigo elfo verde e caipira, que não era o tipo de pessoa capaz de guardar suas opiniões para si mesmo por muito tempo, começou a falar alto.

– Você poderia começar nos explicando porque atacou Chase pelas costas com uma flecha envenenada no mês passado, tentando acertar Jayne.

Ben levantou as sobrancelhas com um olhar sarcástico para Finn.

– Não tenho a mínima ideia do que você está falando.

Eu soltei uma risada amarga.

– Ah, uau, mas que surpresa! Ben vai usar a negação como sua grande estratégia para convencê-lo a ir com ele, Tony. – Olhei para meus amigos. – Alguém pode, por favor, explicar porque estamos perdendo nosso tempo aqui?

– Jayne – disse Ben com força –, eu não fui responsável pelo que quer que tenha acontecido a você ou a Chase; mas, acredite, vou descobrir quem foi e dar um jeito nisso.

– Bom, desculpe se isso não me faz sentir toda quentinha e feliz por dentro.

Bom, pelo menos não muito. Espere aí... O quê? Balancei a cabeça tentando organizar as ideias. *Droga. Pare de olhar para ele assim. Ele é o inimigo.* Era ridículo; eu não podia confiar nem em mim mesma perto desse cara. Precisávamos dar o fora dali. Ele era ainda mais *sexy* que Spike.

Lancei um olhar rápido a meu amigo íncubo, bem a tempo de notar nele um sorrisinho sabido e um brilho rápido nos olhos vermelhos. O maldito Spike estava detectando meus sentimentos excitados de novo. *Droga!* Olhei de relance para Tony e ele também estava me olhando esquisito. *Droga, droga!* Eu havia esquecido que ele podia sentir minhas vibrações. Logo todo o mundo na mesa estaria excitado e entediado se eu não me controlasse.

– Ben, vamos direto ao ponto. Estou levando Tony para a Floresta Verde conosco. Você não pode tê-lo, ponto-final. Vai ter que arranjar outro esquema de dominação do mundo todo sem incluí-lo em seu exército.

Ben deu um sorriso afetado.

– Dominação do mundo todo? Dificilmente isso estaria em minha programação. – Ele se voltou para Tony. – Você me conhece. Sou o tipo de gente que quer dominar o mundo? – não esperou resposta. – Não, não sou. Agora, se acredito que tenho algo a oferecer ao mundo? Sim. Eu tenho ideias, boas ideias, que beneficiariam a todos nós. E quando digo "todos nós", quero dizer ambos, fae e humanos também.

Os olhos de Tony se apertaram, mas ele permaneceu em silêncio, estudando-nos e ouvindo a conversa cuidadosamente.

– Pelo menos agora ele está admitindo que os faes estão no mundo. Eu diria que isso é um passo na direção certa – disse Finn.

– Eu disse que ele era um mentiroso – não pude evitar acrescentar.

Ben suspirou.

– Eu nunca menti para Tony, apenas não lhe contei os fatos que não fossem relevantes para nosso relacionamento.

– Rá! Que piada! Você teve alguma razão para vir a nossa escola e se tornar amigo de Tony, dentre todos os que poderia cativar. E não tente me dizer que é porque você realmente ama West Palm também.

Ben deu de ombros.

– Tony é uma pessoa extraordinária. Você, mais que qualquer um, deveria saber disso.

– E eu *sei*. Melhor ainda que você já que eu não quero nada dele além da amizade, *diferente de você*.

– Você parece ter me desvendado totalmente, Jayne. Então, diga-me, para que exatamente eu preciso de Tony?

Com essa ele me deixou perplexa. O fato é que eu realmente não sabia *para quê* ele queria Tony. Eu teria que improvisar se quisesse sair daquela situação e voltar para casa.

– Tony é especial. De alguma maneira ele se encaixa em seu plano de matar todos os humanos e tomar o mundo.

Ben riu. E não só um pouco. Muito.

– Que foi? Matar humanos é engraçado? – ele estava me irritando muito agindo desse modo indiferente.

Ele se acalmou o suficiente para falar.

– Não, não é engraçado de jeito nenhum. O que é engraçado é sua caracterização de meu grande esquema. Vocês não acreditam nisso de verdade, acreditam? – Ele olhou para nós, recebendo apenas olhares duros em troca. – Sério? Vocês pensam isso mesmo?

Eu levantei a sobrancelha para ele sem dizer nada. Se ele fosse negar isso, teria um longo trabalho de convencimento pela frente. Uma flecha pelas costas era uma bela evidência de que ele não era do tipo que jogava limpo.

– Vejam, esse é o problema de acreditar em rumores e deixar a história ditar seu futuro – disse Ben, agora claramente frustrado. – Eu não tenho intenção nenhuma de matar todos os humanos e não sei de onde vocês tiraram essa ideia. Por que eu faria isso? Mais da metade da população fae precisa dos humanos por uma ou outra razão.

Olhei para Tony.

– É, orcs comem humanos. Eles são Fae das Trevas.

– Veja, vários Fae da Luz comem humanos também. E os orcs, tecnicamente, não são Fae das Trevas só porque vivem no mundo inferior. Mas não é essa a questão. A questão é que ninguém quer matar os humanos. Nosso plano é realmente bem simples. Os Fae das Trevas querem garantir seu lugar na sociedade. Nada de andar pelas sombras mais, escondendo quem somos. – Ele olhou para cada um de nós, defendendo seu plano apaixonadamente. Juntos, podemos todos nos levantar e exigir o que é nossa parte de direito. Por que deveríamos viver como monstros ou bandidos? Nós somos o que somos. Nossa natureza *faz parte* da natureza, então, por que deveríamos continuar sendo demonizados pelos seres humanos? – Ele agarrou a borda da mesa e se inclinou em nossa direção – *Não deveríamos.* É disso que estou falando. E nós queremos todos os fae nessa, luz ou trevas. Então, poderemos convencer os líderes do mundo e fazer a integração acontecer.

– Exato – disse Jared. – Então, você quer anunciar aos humanos que os fae chegaram para ficar, e ah, mais uma coisa, não se assustem, mas vamos comer alguns de vocês. – Jared balançou a cabeça. – Claro, vai funcionar.

Eu estava com o Jared. Não conseguia acreditar na arrogância desse cara. Ele realmente pensava que só porque formulara um plano, seria uma boa ideia e todo o mundo o seguiria.

Ben deu de ombros.

– Não estou dizendo que vai ser fácil ou que vamos conseguir sem derramar um pouco de sangue, mas pode ser feito. E será.

Sua última frase foi dita com tanta intensidade que senti um arrepio de medo percorrer minha espinha. Esperava que ele não pegasse fogo de novo. Eu não estava preparada para uma aparição pública no meio da lanchonete, e já havia quase perdido um amigo para o fogo dele hoje.

– Não há Fae das Trevas suficientes para enfrentar os humanos – disse Jared.

– É por isso que precisamos que vocês, Fae da Luz, se juntem a nós.

Ele sorriu como se fosse nosso novo melhor amigo.

Foi quando eu ri. Olhei para meus amigos a minha volta e tentei manter o volume das minhas gargalhadas no mínimo, preocupada com a possibilidade de chamar a atenção dos poucos clientes noturnos ali por perto. Meus amigos sorriam do meu divertimento, até Chase. Ben, por outro lado, não ria. Quanto mais eu gargalhava, mais irritado ele ficava.

– O que há de tão engraçado? – perguntou ele apertando os dentes.

– Ah, nada. Só que você pensa que os Fae da Luz vão se juntar a sua pequena invasão.

– Eles *vão* se juntar a nós.

Fiquei séria rapidamente.

– Mas nem no inferno!

– Aqueles que não estão conosco, estão contra nós.

– Isso parece uma ameaça – disse Spike com os olhos ardendo em tons de vermelho escuro e preto.

– Pense como quiser. Só é o que é.

Eu afastei minha cadeira da mesa, levantei-me e peguei a caixa de sapatos com Tim dentro, apoiando-a entre o braço e o peito.

– Eu já ouvi o suficiente. Não vejo sentido em perder mais tempo. – Lancei a Ben um olhar mordaz e levantei um pouco a caixa. – Graças a você, tenho um amigo que precisa de cuidados médicos. A primeira perda fae em sua guerra contra os humanos.

Ben se levantou com fúria, empurrando a mesa e balançando o gelo dos nossos copos de água.

– Eu não estou em guerra contra os humanos, apenas contra aqueles que se recusam a ver a razão e a participar do programa.

– Seu programa – disse eu, irritada.

– Sim.

– Foda-se você e foda-se seu programa, Ben.

Ben olhou para Tony.

– Tony, eu realmente gostaria que você reconsiderasse e viesse comigo.

Tony se levantou lentamente.

– Eu sei, Ben, mas desculpe, tenho que ir com Jayne. Eu gostaria que você houvesse me contado essas coisas antes.

– Você teria acreditado em mim?

Tony pensou por um segundo.

– Não, provavelmente não. Mas você podia ter tentado.

– É exatamente isso que eu estava tentando dizer, Tony... Todos vocês. – Ben olhou ao redor da mesa, suplicando a todos. – Se eu houvesse contado a verdade a Tony, ele teria se tornado meu amigo? Não. Ele me acharia maluco e se recusaria a sair comigo. Todos nós, fae, temos que passar pela vida fingindo ser algo que não somos. Temos que mudar de lugar ao longo dos anos para que as pessoas não notem que não envelhecemos tão rápido quanto elas. Não podemos fazer amizade com os não fae por medo de que descubram nossos segredos e nos entreguem para a polícia ou o manicômio, ou pior. Tudo que eu quero é poder viver como um fae, do lado de fora, livremente.

– Tudo o que você quer é algo que nunca vai poder ter – disse Jared enojado. – Vamos embora, gente.

Ele saiu, com Finn e Spike logo atrás.

Eu entreguei a caixa com Tim a Chase.

– Vá na frente. Eu já vou.

Chase se inclinou para sussurrar em minha orelha.

– Eu não sou louco de deixar você para trás com ele.

Eu apertei de leve seu braço e balancei a cabeça para que ele soubesse que estava tudo bem.

– Vá – voltei-me para Tony. – Eu o encontro lá fora, ok?

Tony olhou preocupado, de mim para Ben.

– Não vá fazer nada estúpido, Jayne.

Eu o empurrei gentilmente.

– Cale a boca. Eu nunca faço coisas estúpidas. Quer dizer, quase nunca. Estarei lá em um minuto, pode ir.

Tony nos deixou, olhando para trás enquanto saía da lanchonete. Eu sabia exatamente o que ele estava pensando, mas não tinha intenção de lançar uma bomba de poder verde na cabeça estúpida de Ben, por mais que eu quisesse.

Ben e eu nos olhamos por alguns segundos. Agora que todos haviam ido embora e estávamos só os dois, a química entre nós era inegável. Era a primeira vez que ficávamos a sós. Eu tinha a intenção de ditar as regras e lhe dizer, em termos inequívocos, que Tony estava fora de alcance para sempre. Mas tudo isso sumiu de minha cabeça quando ele olhou para mim.

Ele saiu lentamente de trás de sua cadeira e parou na minha frente, e eu olhei para cima para encarar seus olhos. Ele era vários centímetros mais alto que eu, e seu cabelo escuro fazia um contraste chocante com seus olhos verdes. *Meu Deus*, ele era lindo, de uma maneira seriamente perigosa. Ele faria o típico *bad boy* parecer um santo. Provavelmente cada uma das garotas de nossa escola estava babando por ele.

Bom, mas não eu. Eu podia estar totalmente consciente de como ele era bonito, mas isso não significava que ia começar a agir feito uma menininha estúpida perto dele.

– Você queria uma palavrinha em particular? – disse ele divertido.

– Por que é tão engraçado?

– Não é. É que eu estava esperando ameaças, e tudo que vejo agora é uma garotinha fae suando.

Eu franzi as sobrancelhas, passando a mão no lábio superior para limpar o suor.

– Está quente aqui.

Ele sorriu.

– Se você está dizendo...

– Ouça, eu não estou interessada em nenhum joguinho de fae que você esteja fazendo comigo agora. Pode parar com essa atração, ou hipnose, ou como quer que chame essa droga que está fazendo.

Ele levantou as mãos em um gesto de inocência.

– Eu não estou fazendo nada. O que quer que esteja sentindo, é sua responsabilidade.

– Pfff. Certo. Que seja. Eu só queria dizer que Tony está comigo. *Para sempre.* Fique longe dele e diga a seus amigos Fae das Trevas que fiquem longe também. Se alguma coisa acontecer com ele, eu vou atrás de você. Mas só depois de explodir todo o mundo que for importante para você.

Ben me olhou com certa raiva no rosto.

– Essa é uma ameaça bem grande para uma fae tão jovem e inexperiente como você. Não tenho certeza de que pode cumpri-la.

Coloquei em meus olhos cada grama de indignação que sentia só de pensar em algo ruim acontecendo com Tony, para que Ben não duvidasse da minha sinceridade nem por um segundo.

– Acredite, Ben, eu posso. Não importa o que custe. Se alguma coisa acontecer com Tony, eu vou derrubar e destruir você, nem que isso signifique me destruir também.

Ben chegou mais perto, tão perto que eu podia sentir seu cheiro. *Droga,* até o cheiro dele era bom.

– E quem vai proteger a grande e malvada Jayne Backthorn?

Limpei minha garganta, subitamente fechada.

– É Jayne Sparks para você, imbecil. E eu não preciso de proteção.

Ben se inclinou um pouco, olhando diretamente em meus olhos.

– Eu acho que precisa.

– Vá se foder, Ben – disse eu, empurrando-o com força para longe.

Quando minhas mãos tocaram seu peito, senti o calor que saía dele espalhando-se e subindo por meus braços, e me perguntei como é que ele andava por aí no mundo dos humanos o tempo todo sem colocar fogo em coisas e pessoas.

Ben sorriu, olhando para seu peito no lugar em que eu havia tocado.

– Vou deixar você e seus amigos irem embora com Tony para mostrar minhas boas intenções. Eu estava falando sério quando disse antes que gostaria de você comigo também, Jayne. Juntos, eu e você poderíamos ser invencíveis. – Ele olhou para mim com chamas queimando em seus olhos.

Encarei-o como se ele fosse insano.

– Continue sonhando, moleque de fogo. Não estou interessada.

– Alguma coisa em você me diz o contrário. Posso sentir o calor que emana de você, mesmo que essas suas mãos tenham um toque impressionantemente gelado.

– É, essa sua cabeça gigante que você equilibra com dificuldade em cima dos ombros é o suficiente para me esfriar, pode acreditar.

Saí andando, com as costas eretas e a cabeça erguida, balançando meu cabelo e gritando por cima do ombro:

– Fique longe de minha floresta, babaca!

Consegui ver seu olhar antes de me voltar. Ele esboçava um sorriso amargo, e seus olhos se estreitaram quando me viu desaparecer.

Capítulo 3

Eu saí da lanchonete a passos largos e fui até Chase, tirando a caixa com Tim de suas mãos.

– Pronto? – perguntou Jared analisando meu rosto. – Tudo certo com Ben?

– Sim. Eu disse a ele para nos deixar em paz. Vamos indo.

Jared tirou o celular do bolso para chamar um táxi.

Spike aproximou-se e me cutucou.

– As coisas ficaram meio quentes lá, hein?

– Cale a boca.

Eu sorri, recusando-me a morder a isca, mas incapaz de ser totalmente severa com ele.

Spike sorriu.

– Sabe, íncubos são mesmo bons em ajudar as pessoas, em trabalhar sua energia.

– Ah, é? – perguntei sem me incomodar com o olhar sugestivo em seu rosto, mesmo que seu *timing* não fosse o melhor.

Ele nunca desistia. Às vezes era chato, mas essa noite, por alguma razão, deu-me uma sensação de segurança. Depois de sentir a química desesperadora entre mim e Ben, a sensualidade descontraída de Spike parecia uma coisa muito mais fácil de lidar.

– É. Você devia deixar eu lhe mostrar o que aprendi. – Ele ergueu e abaixou as sobrancelhas para mim. – Já me disseram que sou muito bom.

Olhei para ele, mas um meio-sorriso permanecia em minha boca.

– Eca, Spike. Sem contar vantagem de sua vida sexual. Isso é nojento.

– Não estou falando de sexo, embora eu não tenha tido nenhuma reclamação nesse aspecto também. Estou falando sobre o que eu faço como íncubo. Meu... talento especial. Acho que você poderia fazer bom uso dele agora.

– Você quer dizer agora, agora? – perguntei, curiosa.

Era algo que ele poderia fazer enquanto estávamos andando? Eu estava confusa.

Ele riu.

– Não, não neste exato segundo. Mas quando voltarmos ao hotel...

Eu lhe dei uns tapinhas de leve no braço.

– Obrigada, mas tenho colegas de quarto e coisas demais na cabeça. Talvez, quando voltarmos para a floresta, você possa... ãhn... me mostrar seus talentos.

Spike sorriu, esfregando as mãos.

– Ah, beleza. Combinado, então. Prometo que você não vai se decepcionar.

Eu ri para mim mesma, divertindo-me com seu entusiasmo. Ele nunca desanimava; não importava quantas vezes eu rejeitasse suas propostas, ele sempre fazia mais. Isso era o que eu chamava de afeição eterna.

Fui até Tony.

– Então, está pirando completamente?

Ele sorriu gentilmente.

– Estou pirando completamente. Mas vou sobreviver.

Passei meu braço por sua cintura.

– Estou tão feliz por você estar aqui comigo, Tom! Eu estava perdida sem você.

Ele me abraçou na altura dos ombros.

– Eu também. Ficou muito mais... silencioso sem você por aqui.

– Deve ter sido uma droga.

– Foi mesmo.

Tony olhou por sobre minha cabeça para meus amigos, que estavam parados a alguns metros de distância, no lugar onde o táxi estaria em breve.

– Então, e agora?

– Bom, temos quartos reservados em um hotel no centro. Acho que vamos passar a noite lá, ou o que resta dela; e amanhã, pegaremos o avião.

– Vocês já compraram as passagens?

– Não, não precisamos. É um avião particular.

Tony balançou a cabeça lentamente.

– Legal.

– É. Você já esteve nele antes, só esqueceu.

– Isso é tão esquisito para mim... difícil de acreditar.

– Eu sei. Lamento. Talvez, quando você vir tudo de novo, a memória volte.

– Não sei, não. Mesmo depois de ver aquele carinha ali voando, eu não me lembrei de nada.

– É, mas você se lembrou dos dentes de Spike. E você não conheceu Tim antes, então, não havia nenhuma razão para que ele provocasse alguma lembrança.

– Por que aquilo sobre os dentes? É meio estranho, não é? Eu esqueço todas as outras coisas, mas me lembro dos dentes?

Eu realmente não queria falar sobre isso, mas Tony se lembrando das coisas era um bom sinal, e eu queria incentivá-lo.

– Bom, é que eu... ãhn... fui... sou... um pouco obcecada pelo sorriso e os dentes de Spike. E como você consegue me sentir o tempo todo, e às vezes até saber o que estou sentindo ou pensando, bem, você estava exposto a me perceber durante muito tempo olhando para eles, pensando neles... Você entende a situação...

Tony assentia com a cabeça.

– Acho que isso faz sentido. Depois que você se foi, eu continuei a senti-la, sabia?

– Ah, é? E o que você sentia?

– Várias coisas. Muita raiva no começo. Depois surpresa, e felicidade. Nas últimas semanas eu tive um monte de impressões felizes. Também sentimentos como se você estivesse orgulhosa de si mesma. – Ele me olhou atentamente. – Eu sei que você está feliz lá. Essa é uma das razões pela qual estou disposto a fazer essa tentativa. Deve ser algo muito especial para tê-la ajudado a superar... aquilo tudo que estava acontecendo em sua casa, e fazer você se sentir bem de novo.

Nesse exato momento o táxi chegou, poupando-me daquela conversa embaraçosa.

– Vamos lá, vamos para o hotel.

Felizmente, Jared havia pedido um táxi grande, uma van, e todos conseguimos nos acomodar sem problemas.

– Muito bem, quais são os planos? – perguntei depois que estávamos todos dentro da van. – Vamos dormir aqui esta noite?

– Não, temos que voltar agora mesmo. Eu consegui arranjar as coisas para que o avião nos leve esta noite.

– Mas não é um pouco tarde? – perguntou Finn, bocejando.

– Sim, é tarde, mas é melhor voar durante a noite. Podemos dormir e tentar chegar antes do *jet lag*.

– Aonde exatamente estamos indo? – perguntou Tony.

Eu abri a boca para responder, mas logo percebi que não sabia a resposta para essa pergunta. Bom, eu sabia que era para a Floresta Verde, mas duvidava que o nome existisse em algum mapa humano.

– É mesmo, para onde estamos indo exatamente? – perguntei.

– Eu lhe conto mais tarde – disse Jared indicando com um gesto o motorista de táxi, deixando claro seu desejo de manter nosso lugar secreto para o mundo exterior.

– A que horas vamos chegar? – perguntou Spike.

– Depois que sairmos do aeroporto? Cerca de três ou quatro horas da tarde, mais ou menos.

Bom. Isso me daria tempo suficiente para visitar Maggie na floresta e curar Tim.

Chegamos ao hotel e subimos de elevador até nossos quartos. Tínhamos que pegar nossas coisas que haviam ficado ali. Era uma pena não usar os quartos que já estavam pagos, mas eu estava ansiosa para voltar. Além disso, uma parte de mim estava preocupada com a facilidade com que Ben liberara Tony, e achava que isso era algum tipo de golpe, que ele ia voltar e nos pegar desprevenidos.

– Você não vai estar muito cansada para cuidar de tudo isso, quer dizer, de mim, quando voltarmos? – perguntou Tony enquanto saíamos do *lobby* do hotel com as malas às costas e a caixa de Tim segura embaixo de meu braço esquerdo.

– Você está brincando? Eu acordo todos os dias às cinco e meia da manhã!

– Uau! Isso é impressionante.

– Tony, você está olhando para uma bem preparada máquina de guerra fae – levantei meu braço livre para lhe mostrar a curva de meu bíceps, para dar maior efeito a minha afirmação. – Eu me levanto com o nascer do sol e trabalho até cair de cansaço, no final do dia. Assim como todo o mundo. Assim como você também vai fazer.

Dei meu sorriso mais brilhante e apertei o nariz de Tony com o único propósito de irritá-lo. Eu não havia mencionado esse pequeno detalhe de acordar insanamente cedo antes, de modo que foi um pouco divertido compartilhá-lo agora – uma pequena vingança por ele me deixar em pânico naquela situação com Ben, fazendo-me pensar por alguns tensos segundos que ele ia mudar de ideia e ficar para trás.

Jared se aproximou, apontando para Tony, que agora estava carrancudo de brincadeira.

– Jayne, posso falar com você em particular um minuto?

– Claro. Tony, espere ali com Chase, ok?

Eu sabia que podia contar com Chase para ficar de olho nele, só para o caso de Ben decidir aparecer.

– O que está acontecendo? – perguntei quando estávamos bem longe do grupo.

– Eu só queria falar com você sobre a questão que ainda resta em relação a levarmos Tony de volta conosco. Nós não discutimos isso. Imaginei que antes não havia nenhuma razão para falarmos, a menos que conseguíssemos convencê-lo a vir conosco.

– Tudo bem. Desembuche.

– Você se lembra da regra, certo? Que uma vez que um candidato se recuse a se tornar uma criança trocada, ele nunca mais poderá passar pela transformação?

Meus ouvidos estavam queimando de medo e um pouco de raiva.

– Sim, eu me lembro. Só que eles vão ter que mudar as regras.

Jared balançou a cabeça lentamente, olhando para o chão.

– Eu não acho que você deva supor que isso vá acontecer.

– Bom, por que diabos viemos até aqui, então?

Jared deu de ombros.

– Foi melhor que deixá-lo para Ben.

– Ben o teria deixado mudar – eu disse em tom de acusação. – Ele o teria forçado. Portanto, se o Fae das Trevas ia fazer, por que a Luz não faria?

– Não sei por que as regras são como são. Só sei que o atual Conselho em particular se preocupa em segui-las. Eles são muito tradicionais. Não aceitam mudanças com facilidade.

– Por mim, eles podem passar o dia inteiro sentados em cima de seus polegares, se quiserem. Tony vai passar pela mudança, ou então...

– Ou então o quê? – perguntou Jared olhando em meus olhos.

– Ou então eu vou sair com ele.

Jared soltou um suspiro resignado.

– Vamos torcer para que não se chegue a isso.

– É, vamos torcer – disse eu com amargura.

Maldito Conselho. Eles não iam decidir por nós aquilo que eu e Tony já havíamos decidido. Eu já havia tido adultos suficientes decidindo coisas em minha vida que me afetavam negativamente. Se eles não conseguissem ouvir a razão, eu... eu... bom, eu não tinha certeza do que exatamente ia fazer, mas, fosse o que fosse, não incluía me separar de meu amigo de novo.

Jared e eu caminhamos até o ônibus que havia chegado e estacionado na área dos manobristas em frente ao hotel.

– Não se estresse demais com isso – disse ele. – Tenho certeza de que tudo vai dar certo.

– Sim.

Jared abriu a porta para que todos nós pudéssemos entrar.

– Ei, Jared?

– Sim?

– Obrigada por tudo. Por me ajudar a trazer Tony de volta. Fico lhe devendo uma.

Jared sorriu brevemente.

– De nada.

Ele subiu por último, fechando a porta atrás de si.

Eu me sentei ao lado de Tony na primeira fila de assentos. Estendi a mão e peguei a caixa de Tim.

– Como ele está?

– Nada ainda – disse Tony.

Levantei a tampa com cuidado, puxando o pedaço de fronha que cobria o frágil corpo de Tim. Levantei os olhos para confirmar que o motorista não estava me olhando pelo espelho retrovisor antes de sussurrar para a figura diminuta dentro da caixa.

– Tim... Tim? Consegue me ouvir?

Ouvi um pequeno gemido em resposta, mas seus olhos permaneceram fechados.

– Ouça, Tim... Vamos pegar o avião em apenas alguns minutos e voltar para a floresta. Vou levar você até Maggie para cuidar de sua asa imediatamente, ok? Vai ficar tudo bem.

Fiquei emocionada olhando para ele. Ele estava tão lamentável, deitado ali com sua asa quebrada e enegrecida. Maldito Ben. Alguém precisava dar um jeito nele, mostrar-lhe qual era a sensação de ter uma parte de si queimada desse jeito. Idiota.

Cobri Tim de novo e olhei para fora da janela, deslizando a tampa da caixa de volta. Ben ainda pagaria pelo que fizera e pelo que tentara fazer. Eu mesma ia garantir isso.

Capítulo 4

Estávamos no avião de volta para a Floresta Verde já fazia uns trinta minutos. Eu havia amarrado Blackie, minha arma surpreendente, feita com um impressionante dente de dragão, em volta de minha perna, e me sentia muito mais segura com ela ali, bem visível como uma ameaça para todo mundo fae. Tim ainda não se movera, apenas gemia de vez em quando para que eu soubesse que ainda estava vivo – mais ou menos.

Tony levou tudo na esportiva, escolheu um assento na janela, do qual podia ver as luzes da pista de voo, e em seguida das cidades sonolentas brilhando abaixo de nós, até que finalmente estávamos sobre o oceano e as nuvens.

Eu me deitei no assento reclinável de couro macio, muito confortável, tentando não me preocupar excessivamente com a situação de Tim. Eu estava bastante confiante de que Maggie, a bruxa da Floresta Negra fae, poderia curá-lo. Ela sabia tudo sobre as coisas ruins que poderiam acontecer com os fae e como tratá-las, e Maggie amava especialmente asas de *pixies*; por isso, algo me dizia que ela deveria ser uma especialista em consertar problemas desse tipo. Pelo menos eu esperava que fosse. O fato de viver na Floresta Negra era um pouco desconcertante, mas como ela me treinara para usar as fronteiras subterrâneas para convocar meu poder, eu passara tempo suficiente com Maggie para saber que ela era decente – um pouco espinhosa e não convencional, certamente, mas disposta a ajudar uma criança trocada ignorante como eu em troca de um cogumelo verde vez ou outra. Acho que, no final, eu estava levando a melhor naquele acordo.

Eu caí em um sono sem sonhos, ouvindo os roncos de Finn e a respiração de Tony a meu lado.

Uma hora antes de desembarcarmos, Jared veio sentar-se à mesa com Tony e eu.

– Pensei que talvez você quisesse repassar seu plano para levar Tony de volta ao complexo. – Ele olhou pelo corredor procurando por Chase, Finn e Spike e disse em voz alta – Ei, pessoal! Acordem e venham aqui.

Todos se sentaram, sonolentos, apertando os botões em seus assentos para colocá-los na posição vertical. Ivar se aproximou e se juntou a nós também, sentado na frente de Chase, perto de Spike. Apesar de Ivar e eu não concordarmos totalmente sobre a maneira adequada de tratar os hóspedes em um jato particular – eu achava que drogá-los para que ficassem inconscientes era um pouco rude –, estava feliz por seu apoio. Ele era um ogro e, no mínimo, visualmente intimidador.

– Jayne, diga-nos o que você tem em mente trazendo Tony de volta.

Todos os olhos estavam sobre mim, esperando ansiosamente por minha resposta brilhante.

Peguei a caixa de Tim do lado de meu assento e a coloquei em cima da mesa, para que, se estivesse consciente, ouvisse a conversa.

– Bom, eu não tenho um plano, na verdade.

Spike sorriu e Finn revirou os olhos. Chase olhou para mim com expectativa. Tony ainda parecia um pouco adormecido, meio atordoado.

As expressões que vi no rosto de Finn e Spike faziam sentido, mas a reação de Chase foi inesperada. Talvez ele tivesse algumas ideias.

– Por que está me olhando assim, Chase? O que você está pensando?

Ele deu de ombros.

– Só estou esperando que você chegue a algum lugar. Você sempre pensa em alguma coisa, que sempre parece funcionar de uma forma ou de outra.

– Obrigada pelo voto de confiança. Agradeço, mesmo sem ter certeza de que concordo. Mas não estou brincando... Eu realmente não tenho um plano desta vez. Só quero levá-lo até lá, dar-lhe um amuleto, fazê-lo dizer as palavras que começam a mudança, e então, não sei, dar-lhe um quarto e um treinador de sua raça. – Olhei para meus companheiros de conspiração com um sorriso fraco. – Isso tudo funcionaria muito bem se não houvesse o Conselho em meu caminho.

– Esse é o problema. *Há* um Conselho, e eles vão ser F-O-D-A – disse Finn. – Não me leve a mal, estou disposto a levar a culpa com vocês, mas acho que devia se preparar para o coice do rifle que você disparou ao fugir para os Estados Unidos da América e trazer Tony a bordo na volta.

O colorido das palavras de Finn me fez sorrir.

– Dessa maneira não parece tão ruim assim.

– Bom, mas é – disse Jared todo sério. – Nós fomos contra as ordens diretas do Conselho. Eles não vão simplesmente dizer "ok, vamos deixá-lo mudar" e acabou. Eles vão dizer não. E provavelmente algumas outras coisas que não quero nem parar para pensar no momento.

Olhei para o rosto de Tony e fiquei angustiada por ver que ele estava começando a entender qual era o problema. Ele parecia tão preocupado quanto eu.

– Sim, o que precisamos fazer é descobrir para onde vamos depois que eles disserem não – disse Spike.

– Ok, bem, eu tenho um amuleto aqui em meu dedo, e tenho certeza de que nós podemos lembrar as palavras que devem ser ditas. Eu mesma faço o processo com ele.

Ivar balançava a cabeça lentamente com uma carranca no rosto. Olhou para Jared.

Jared ergueu as sobrancelhas, mas não disse nada.

– Que foi, Ivar? – perguntei impaciente. – Fale agora ou cale-se para sempre.

Ivar respondeu com sua voz grave e rouca.

– Desobedecer deliberadamente a uma lei fae garante uma punição severa. Sempre foi assim.

– Ah, é? Que tipo de punição severa?

Ivar resmungou.

– Pergunte a Anton. Ele sofreu o castigo.

Isso foi uma surpresa. Dardennes não seguira as ordens? Mas suponho que não deveria ter me surpreendido com isso. Ele praticamente nos disse para fazer essa viagem, mesmo que o Conselho houvesse dito que Tony não poderia voltar. Com sorte, ele havia assumido o Conselho e seria leniente conosco; isso se não estivesse simplesmente nos entregando.

– Bem, já que Dardennes não está aqui para perguntarmos, e que precisamos saber quão profundo é o poço em que estamos pulando, talvez você possa nos dizer o básico.

Ivar e Jared trocaram olhares mais uma vez. O primeiro acenou para o segundo, que deixou escapar um profundo suspiro antes de começar.

– Anton Dardennes era um Fae das Trevas.

Ele esperou enquanto todos processavam a informação. Eu já havia ouvido essa parte da informação antes, mas sempre imaginara que sentira uma mudança no coração e desertara para o lado dos Fae da Luz.

– Eles têm um Conselho como o nosso; só que, é claro, composto de Fae das Trevas. Foi-lhe dada uma ordem que ele se recusou a seguir, fazendo, em vez disso, o que ele achava que era certo. Para puni-lo, eles o proibiram de continuar a ser um Fae das Trevas.

Uau! Como assim, ele não os deixou voluntariamente? Essa foi uma grande notícia para mim.

– Ele foi expulso? – perguntou Finn, em um tom chocado.

– Essencialmente, sim.

– E vocês apenas o acolheram e lhe deram um lugar no Conselho dos Fae da Luz? Isso é mesmo muito generoso – disse Spike sarcasticamente.

– E confiante.

Eu não podia acreditar que eles poderiam ser tão negligentes com a segurança, deixando um Fae das Trevas executar o *show* dos Fae da Luz. Parecia uma estupidez de primeira para mim.

– Foi há um longo, longo tempo atrás; centenas de anos agora, e Anton se provou digno muitas vezes. Se Anton quiser, ele mesmo contará a história a vocês um dia; é uma escolha dele. Só vou dizer uma última coisa: ele foi expulso dos Fae das Trevas por escolher fazer algo que era, em princípio, iluminado. Ele se recusou a se envolver em algo em que tenho certeza de que nenhum de nós sequer consideraria se envolver também.

– O quê? – perguntou Finn.

– Como eu disse, se Anton quiser contar um dia, ele que conte. Não é minha responsabilidade contar, mas eu confio nele, assim como todos os outros membros do Conselho, fae impossíveis de enganar.

Eu sempre soube que havia algo um pouco estranho com Dardennes. Agora sabia o que era. Ele tinha sangue de Fae das Trevas correndo nas veias. Dava para ver que ele era um Fae da Luz agora; ele havia me dado o dom da mudança, mas isso não significava necessariamente que ele havia perdido toda sua conexão com eles. Eu passaria a observá-lo um pouco mais de perto agora; e se os olhares dos meus amigos me diziam alguma coisa, era que eles iam fazer o mesmo.

– Então, o que vai impedi-los de expulsar todos vocês... todos nós... dos Fae da Luz por terem violado a lei e ido me buscar? – perguntou Tony, preocupado.

Jared lhe deu um meio-sorriso.

– Isso não vai acontecer. Primeiro de tudo, não há uma lei que diga que não podemos ir buscá-lo. Essa foi uma ordem que deram a Anton, que ele não poderia vir buscá-lo. Assim, ele não violou a ordem, uma vez que não fez isso. Nós fizemos, e o Conselho nunca nos deu essa ordem. Pelo que eles sabem, nós nem sabemos que ela foi emitida, uma vez que não foi feito na frente de uma assembleia geral.

Tony acenou com a cabeça lentamente, ainda com a mesma expressão preocupada no rosto.

– Como é que estamos quebrando a lei, então?

– Não estamos. Essa é a boa notícia, e o motivo de eu concordar com esta missão. Mas a lei que queremos quebrar é a que diz que você não pode mais se tornar uma criança trocada, uma vez que se recusou a fazer a mudança.

– Será que muda alguma coisa o fato de eu não me lembrar de ter recusado?

Tony teria sido um grande advogado, exceto pelo fato de que lhe faltava a habilidade muito necessária de atacar direto na garganta para ganhar. Se bem que ele vai direto à garganta com um machado quando sua vida está ameaçada; eu o vira fazer isso quando estávamos lutando com orcs na Floresta Verde, durante nosso teste de criança trocada.

– Não – Jared balançou a cabeça com firmeza. – A lei foi criada sabendo que, uma vez que a pessoa se recuse, terá a memória apagada. Isso não importa para eles. Não é como a lei a que você está acostumado. Não há lacunas.

– Tudo bem – disse eu –, agora que sabemos que estamos ferrados, alguém tem alguma sugestão?

Tudo que eu via eram rostos inexpressivos olhando de volta para mim.

– Ok, então. Pelo que vejo, só me resta uma opção.

– E qual seria? – perguntou Spike desconfiado, levando um copo de água aos lábios e olhando para mim por cima da borda enquanto tomava um gole.

– Chantagem.

Spike engasgou e cuspiu uma grande quantidade de água na mesa a sua frente e em Finn.

– Mas que merda, Spike! Qual é seu problema? – gritou Finn, limpando o braço e lançando a Spike um olhar irritado.

Spike limpou a boca e usou a manga da blusa para secar a mesa, esfregando seu braço para trás e para a frente.

– Desculpe, cara. Foi mal. É que eu não esperava essa resposta.

– Eu não tenho certeza de que é o melhor plano a que podemos chegar – disse Jared secamente.

– Jayne – disse Chase com voz de alerta.

– Ouçam, pelo que posso ver, não temos escolha. Há uma lei que diz que não podemos mudá-lo. O Conselho vai dizer não. Não podemos ir contra a lei e fazê-lo nós mesmos, ou vamos ser chutados para fora. A única coisa que nos resta é a força bruta. Vou lhes dizer que se não o mudarem, eu vou embora. Vamos ver quão valiosa sou para eles.

– Eu não sei bem se você deve desafiá-los assim – disse Jared.

– Você tem outra ideia? – perguntei, frustrada porque tudo que ele podia me dizer era o que não fazer.

Ele hesitou por alguns segundos, então se rendeu.

– Não. Acho que não.

– Tudo bem. Então, esse é meu plano oficial. Chantagem.

Jared olhou para Ivar suplicante.

– Diga a ela, Ivar. Diga a ela que essa ideia é péssima.

Ivar deu de ombros.

– Parece bom para mim.

Eu sorri.

– Obrigada, Ivar.

Ele esclareceu.

– De qualquer maneira, funciona. Ou ela é expulsa ou Tony fica conosco. Nós não perderemos nada.

Abri a boca, surpresa. Ele estava brincando comigo? Essa era sua ideia de apoio? Então, vi os cantos de sua boca se erguerem, ainda que levemente.

– Ivar? – disse eu sem acreditar no que havia acabado de ouvir. – Você acabou de mexer comigo? Tipo, acabou de fazer uma piada ácida comigo?

Ivar deu de ombros.

Eu o chutei por baixo da mesa enquanto sorria de volta para ele.

– Vá para o inferno, seu grande ogro burro.

Ele ergueu as sobrancelhas para mim, inclinou a cabeça para o lado e deu de ombros novamente.

– Agora, isso é engraçado! – disse Finn, divertido.

– É – disse Spike –, eu quase acreditei por um momento.

Tom ficou ali sentado com uma expressão confusa no rosto, provavelmente tentando descobrir qual era a dinâmica do grupo. Eu deveria ter dito a ele para poupar suas células cerebrais. Não havia como desvendar esse bando de malucos com a lógica humana convencional.

Voltei minha atenção para o grupo.

– Mas Ivar está certo – disse eu. – De qualquer maneira, ou eles vão ganhar uma nova e incrível criança trocada, ou vão perder uma... um incrível elemental, muito obrigada, ogro. – Fiz uma careta para Ivar tentando manter uma cara séria, coisa em que não fui muito bem-sucedida.

– Bem, eles não vão perder apenas um fae, eu garanto – disse Finn. – Os elfos verdes não vão abandonar a Mãe.

Olhei para Finn.

– Não comece com essa merda de novo, Finn.

– Só estou dizendo...

– Do que ele está falando? – perguntou Tony, animando-se. – Ele acabou de chamá-la de mãe?

– Não importa. Concentre-se somente em parecer adorável ou poderoso, de modo que o Conselho diga sim a meu pedido de mudar a lei.

O pensamento de estar em pé na frente da mesa cheia de membros do Conselho, sentados ali como juízes arrogantes em um tribunal, deu-me uma ideia. Eu estava tecnicamente pedindo uma mudança na lei ou então uma exceção, e havia alguém capaz de me ajudar.

– Finn, você consegue entrar em contato com um de seus amigos elfos daqui?

– Sei lá. Nunca tentei. O que você tem em mente?

– Preciso falar com Gregale de imediato, assim que aterrissarmos. Sei que ele é um elfo cinza, mas talvez um dos elfos verdes possa mandar uma mensagem para ele.

– Posso tentar. Espere um segundo.

Finn fechou os olhos e ficou em silêncio por alguns minutos.

Spike inclinou-se e falou em voz baixa.

– Então, o que você acha que Gregale pode fazer?

Notei os olhos de Finn se abrindo.

– Muito bem, eu consigo alcançar Robin. Ele tem as habilidades mais fortes, sendo nosso líder. O que quer que eu diga a ele?

– Diga a ele que preciso falar com Gregale assim que desembarcar, e que é uma prioridade. Diga a ele que estou chamando a meu favor. Ele vai saber o que isso significa.

– Tudo bem. Espere um segundo.

Finn fechou os olhos novamente e voltou para nós um minuto depois.

– Pronto. Robin vai encontrá-lo e entregar a mensagem.

– Maravilha.

– Nossa, isso é quase tão bom quanto SMS – disse Tony sorrindo, maravilhado.

– Sim, mas muito mais legal.

Eu sorri para ele. Quanto mais fôssemos capazes de lhe mostrar os benefícios de ser fae, mais chances eu teria de fazê-lo se sentir mais confortável com sua escolha de vir comigo. Eu havia decidido ignorar a declaração anterior de Tony de que ele ainda estava pensando. Eu sabia que uma vez que ele soubesse toda a história, gostaria de ser uma criança trocada. Eu só precisava convencer o Conselho de que isso era uma boa ideia.

Tentei não me preocupar com a reação irritada do Conselho, preferindo concentrar-me em Tim e em sua necessidade mais imediata. Pouco antes de sair do avião, puxei Jared e Chase de lado.

– Gente, preciso levar Tim para a bruxa antes de fazer qualquer outra coisa. Jared, quando chegarmos ao complexo, você pode ficar de olho em Tony e se certificar de que ele fique longe do Conselho até que eu volte? Devo demorar menos de uma hora.

Jared assentiu.

– Mas apresse-se. Eu não vou conseguir mantê-los no escuro por muito mais tempo que isso.

Balancei a cabeça, concordando.

– Chase, você quer ir comigo?

– Claro.

Ele pegou minha bolsa para que eu ficasse com as mãos livres para segurar a caixa de Tim.

Entramos na van que estava esperando para nos levar de volta ao complexo dos Fae da Luz. Niles – ou o anão Commando[1], como eu gostava de chamá-lo – estava no banco do motorista. Normalmente, onde quer que encontremos Ivar, podemos encontrar Niles por perto; mas

---

[1] *Commando* é o nome de um famoso boneco americano, um soldado mal-encarado e musculoso, características também presentes no personagem em questão. (N. do T.)

ele não estava no avião. Talvez tivesse medo de voar. Pela primeira vez, notei que essa van era equipada com pedais especiais para que ele pudesse alcançar o acelerador e freios. Bacana.

Depois de dirigir por quase uma hora por uma estrada quase vazia, várias estradas menores do país e outras de terra através da floresta, chegamos ao complexo. Chase e eu saímos correndo da van, na frente dos outros, e seguimos por entre as árvores pelo caminho que levava às portas do complexo.

Parada na entrada estava Becky, minha melhor amiga, espírito de água, e a única garota com quem eu saía no complexo dos Fae da Luz. Havia muito mais fae masculinos que femininos por ali. Becky me contou que muitas mulheres viviam fora do complexo, preferindo escolher a floresta como casa. Eu acho que o complexo era mais como uma espécie de quartel-general – alguns fae moravam dentro de seus muros, longe de nós, crianças trocadas e membros do Conselho. Os líderes das diferentes raças fae ou grupos de guerreiros frequentemente passavam para visitar Dardennes ou lidar com negociantes fae, mas normalmente iam embora antes do anoitecer.

– Ei, pessoal! Vejo que trouxeram Tony com vocês. – Ela correu e deu-lhe um abraço, sem nem mesmo se importar com o fato de ele estar parado ali, duro como uma tábua, sem reconhecê-la. – Bem-vindo de volta, Tony. – E se voltou para mim, perguntando – Como foi? Achei que tudo estava indo bem, já que ninguém entrou em contato comigo ou pediu informações sobre o que os velhos estavam fazendo. – Ela sorriu para todos nós à espera de nossa história.

Becky devia ficar de olho no Conselho e se teleportar para nos avisar, se necessário. Ela podia fazer isso, já que era um fae espírito de água e usava a umidade do ar para viajar de um lugar para outro. Becky não tinha certeza de quão longe poderia ir, então eu até que estava feliz por não termos precisado dela. A última coisa que eu queria era um fae amigo flutuando em algum lugar no meio do oceano porque havia superestimado suas habilidades.

– Foi tudo bem, mas tivemos um pequeno problema com um Fae das Trevas que estava lá. Ele pegou pesado com Tim. Preciso levá-lo até Maggie o mais rápido possível.

Atravessei a porta para o complexo enquanto Chase a mantinha aberta para Becky e eu.

– Posso ir com vocês? – perguntou ela, obviamente animada com a ideia.

Ela não conhecia Maggie.

– Claro, mas precisamos nos apressar. Não quero que o Conselho veja Tony até que eu esteja de volta. – Voltei alguns passos para falar com Tony. – Tony, fique com Jared. Volto logo.

Esperei até que ele concordasse e então me voltei, caminhando rapidamente pela entrada, à frente dos outros, imaginando a porta com a gárgula no centro durante todo o caminho. Todas as entradas em nosso complexo foram enfeitiçadas com uma magia de bruxa para que parecessem um corredor normal, bem longo. Era preciso imaginar a porta que se queria durante o caminho e ela apareceria. Alguém que nunca houvesse estado no complexo não seria capaz de encontrar as coisas, simplesmente porque não poderia imaginar a aparência da porta. Não era um sistema de segurança perfeito, mas era muito bom. Impressionou-me muito, de qualquer maneira. Eu demorei alguns dias para descobrir como usá-lo corretamente.

Logo estávamos em frente à porta com o símbolo de gárgula, e Chase a abriu para nós. Corremos pela floresta o mais rápido que podíamos, enquanto eu tentava o máximo possível não balançar Tim. Finalmente chegamos à base da árvore enorme com uma porta na frente, que era a casa de Maggie.

Tim havia me apresentado a essa bruxa louca mais ou menos um mês antes. Ele conhecia Maggie muito bem, mas recusara-se a me dizer de onde se conheciam. Quando Chase foi atingido pela flecha de magia negra feita para mim, ela foi a única a saber a bebida certa para tirá-lo do coma. Desde nosso primeiro encontro, que culminou com Tim sacrificando uma de suas minúsculas asas verdes como pagamento pelo remédio de Chase, e eu comendo uma folha enfeitiçada que me permitiu ouvir Tim falando, roncando e peidando, passei a visitá-la para trabalhar em meu treinamento e aprender a gerir melhor meu poder sobre O Verde.

Maggie tinha a ideia insana de que para que suas magias funcionassem tinham que ter algo verde. Sempre que Tim e eu nos deparávamos com cogumelos ou outras coisas verdes nojentas na floresta, coletávamos e as levávamos para ela. Tínhamos uma amizade esquisita. Ela gritava e rosnava para mim o tempo todo que eu estava lá, e depois sempre conseguia me oferecer algum conselho legal e perspicaz. Eu realmente nunca soube se ela era Fae da Luz ou das Trevas, mas isso não a impediu de me ensinar muito sobre meu poder e sobre como usar as linhas *ley* para controlá-lo. Ela tinha uma linha *ley* correndo abaixo da terra de sua casa, e a usava para amplificar suas magias.

Mesmo que ela fosse feia como o pecado e má como uma cobra, eu gostava dela. Maggie fazia suas coisas e não dava a mínima para o que pensavam dela, e isso era algo que eu admirava. Tim gostava de me provocar dizendo que nós duas tínhamos muito em comum, mas ele só fazia isso quando estava bem longe do meu alcance. Tim sabia que eu nunca o machucaria, mas eu bem poderia fazer coisas como segurar suas asas para que ele não pudesse voar, soprando nele arrotos que o encharcavam de saliva, já que ele era tão pequeno; ou soltando um pesado bafo de alho nele. É necessário imaginar um mau hálito de proporções titânicas para se compreender a proporção da tortura nauseante que eu era capaz de cometer contra meu pequeno amigo. Eu me sentia mal com isso agora que ele estava todo queimado e sofrendo? Não. *Bom... Ok... Talvez um pouquinho.*

Bati na porta três vezes. Por ali, esse parecia ser um número mágico para as portas. Não mais, não menos. No caso de Maggie, se alguém batesse mais que três vezes ela ficava totalmente excêntrica. Mais excêntrica do que o normal, em outras palavras.

– Que é?! – gritou uma voz lá de dentro.

– Abra, velha! Tenho um *pixie* machucado que precisa de sua ajuda.

Uma fresta da porta se abriu e um olho turvo espiou para fora. Então, a cabeça dela se moveu e um olho preto espiou, por sua vez.

– Assim está melhor. Quem são esses com você?

– Chase, meu demônio, e Becky, minha amiga.

– Mentira! – gritou Maggie.

Ela era como um detector de mentiras fae, ou algo do tipo. Maggie detestava mentiras.

– Claro que não! Ela é minha amiga.

– Verdade! Mas a outra parte... Mentira!

– Que Chase é meu demônio?

– Sim!

Fiquei confusa. Claro que ele era meu demônio, meu protetor. Esse era seu trabalho, e ele o levava bem a sério. Fora assim que ele acabara com uma flecha nas costas, para começo de conversa. Mas eu não tinha tempo de argumentar sobre semântica com ela.

– Que seja, mas deixe-nos entrar. Estou com Tim – levantei a caixa para que ela pudesse ver.

A porta se abriu e ela nos chamou para dentro, coaxando.

– E daí? O que mais você me trouxe, hein? Alguma coisa verde, por acaso?

– Não. Eu já lhe trouxe um monte dessas coisas. Preciso da sua ajuda desta vez sem nada em troca.

– Nada na vida vem de graça. Você tem que me oferecer alguma coisa em troca para que eu cure seu amigo. – Ela espiou dentro da caixa que eu abrira. – Hum... Uma asa de *pixie*, talvez...

Ela me deu seu sorriso praticamente desdentado, o que fez que eu me encolhesse. Os poucos dentes que ainda restavam em sua boca eram marrons e apodrecidos. Eu detestava fazê-la feliz, porque seu sorriso era realmente nauseante.

Olhei para ela enojada.

– Ele está praticamente morto por ter tido uma asa queimada, e você ainda quer tirar a única que ainda está boa? Está doente da cabeça?

Eu meio que já sabia a resposta a essa pergunta, mas não custava falar, mesmo que ela não percebesse a indireta nem nessa nem nas outras cem vezes que eu a mencionara.

Maggie deu de ombros, recuando.

– Você é quem sabe...

E começou a murmurar sua canção preferida, acabando por cantar a letra que eu conhecia bem até demais, com uma parte extra, acrescentada para a ocasião: "*Coisas verdes, coisas verdes, lindas fofas coisas verdes; asas de* pixies, *coisas brilhantes e verdes, oh, minhas lindas coisas verdes*".

– Você é louca como um morcego, Maggie, sabia? – voltei-me para meus amigos, falando baixo enquanto atrás de mim ela se mexia alegremente pela casa. – Não sei o que fazer.

Becky espiou dentro da caixa.

– Ai! Isso parece tão doloroso... – Ela olhou para mim, e a preocupação estragava suas feições. – Ela vai arrancar a asa ruim fora, certo?

– É, acho que sim.

– E ele vai conseguir voar só com uma?

– Não, ele tem que esperar a outra voltar a crescer.

Ela deu de ombros lentamente para mim com um olhar interrogativo no rosto, compartilhado por Chase.

– Bem, se ela tirar as duas, vai fazer alguma diferença para Tim? Quer dizer, para ele ser capaz de voar e fazer as coisas... não sei... as coisas que os *pixies* fazem?

Pensei nisso por um segundo enquanto Maggie cacarejava atrás de mim. A velha cadela devia estar ouvindo tudo que dizíamos.

– Acho que não. Mas ele não vai ficar chateado quando acordar e se vir sem asas? E quando perceber que fui eu quem entregou sua asa?

– Ele já fez isso por você antes – lembrou Becky gentilmente.

– Sim, mas era diferente. Ele se ofereceu. Agora eu estaria tomando a asa dele.

– Para salvar a vida dele – disse Chase. – Ele vai entender.

Pensei em ir à floresta para tentar encontrar alguma outra coisa verde para trocar, mas eu sabia que Maggie já havia investigado e limpado esta parte da mata. Eu só havia conseguido encontrar suas coisas verdes em território dos Fae da Luz, muito longe dali. E Tim não tinha tempo suficiente para eu ir procurar; sua respiração ia ficando mais fraca a cada hora.

Voltei-me para ela, frustrada.

– Tudo bem, sua morcega velha. Sua asa boa de *pixie* por uma cura completa. Negócio fechado ou não?

– Fechado!

– E você tem que me prometer que as duas vão voltar a crescer. Isso faz parte da definição de cura completa.

– Eu já disse *fechado*! – gritou ela para mim.

– Merda, tudo bem, fique calma... Não se irrite!

Ela se arrastou para pegar a caixa. Eu a levantei acima da cabeça.

– Calma agora. Esse é meu amigo. Espero que você o trate com cuidado. – Lancei-lhe meu olhar mais ameaçador. – Se o machucar, vai ter que se ver comigo.

Ela soltou um som estridente, como uma risada.

– Verdade!

Revirei os olhos, balançando a cabeça.

– Qual é a sua com esse detector de mentiras, afinal?

Baixei a caixa e gentilmente a entreguei a ela.

– Esperem lá fora.

Os outros dois não discutiram. Saíram de lá com pressa, batendo a porta atrás de si.

Maggie nem sequer olhou para mim.

– O que você quer? – perguntou com uma voz mais suave.

Eu não tinha certeza. Olhei para a caixa com Tim.

– Saia – disse ela em tom suave. – Não vou machucar seu precioso *pixie*, mesmo que ele mereça, acredite.

Ela caminhou até a mesa da cozinha, colocando a caixa ao lado do pote de cerveja preta.

– O que quer dizer com isso?

Ela levantou a sobrancelha para mim enquanto jogava pitadas de várias coisas tiradas de vasilhas próximas do pote preto em cima da mesa.

– Tim não lhe contou nossas... ligações anteriores?

– Não. Ele não gosta de falar sobre o relacionamento de vocês.

– É a culpa! – latiu ela.

– O que ele fez?

Ela bufou.

– Você quer dizer, o que ele *tentou* fazer?

– Tudo bem... O que ele *tentou* fazer, então?

Ela agitou sua poção, olhando-a com cuidado.

– Ele tentou dar uma de *pixie* para cima de mim.

Maggie gritou a palavra *pixie* como se fosse totalmente inacreditável que ele fosse tentar algo parecido. Mas eu podia entender o raciocínio de Tim. Se havia alguém que precisava de uma animada, era Maggie.

Levantei as sobrancelhas ao ouvir aquilo, no entanto. Eu sabia que *pixies* gostavam quando outros fae estavam felizes e dançando por todo lado, e por isso eles "davam uma de *pixie*" com quem não estivesse – uma maneira meio torta de dar o dom da felicidade. Só que, eventualmente, aquilo levava a pessoa à loucura e ela acabava morrendo, por isso era mais uma maldição que um dom. Os *pixies* não entendiam muito bem essa parte, mas eu convenci Tim de que era verdade.

– Na verdade, posso imaginar por que ele faria isso.

Ela fez uma careta para mim.

– Verdade. Explique-se.

– Bem, você parece meio ranzinza o tempo todo, mesmo quando está feliz. Tenho certeza de que ele estava apenas tentando animá-la.

– Você realmente acredita nisso, posso ver. Mas esse não era nem seu propósito nem sua motivação. Ele estava tentando me roubar.

Isso realmente não se parecia com Tim. Ele era travesso, claro, mas não era um ladrão.

– O que ele estava tentando roubar?

– Uma *pixie*.

– Uma *pixie*?

– Eu não vou repetir.

– Você tinha uma *pixie*... e ele estava tentando libertá-la, é isso?

– A *pixie* era minha cativa por vontade própria. E sim, ele estava tentando roubá-la.

– Por quê?

– Você vai ter que perguntar a ele. Eu não leio mentes de *pixie*. Não gostaria de... – Ela foi até suas prateleiras e puxou da parte de baixo dois frascos, que colocou em cima da mesa, murmurando – ...pragas de cabeça vazia.

– Será que ele conhecia a *pixie*?

– Claro.

Ela abriu um dos frascos e tirou uma pitada de algo que foi para a panela, fazendo que subisse dela uma nuvem de fumaça.

– Por que "claro"?

– Acho que a maioria das pessoas conhece seus companheiros.

E foi aí que eu descobri que Tim tinha uma namorada, talvez até mesmo uma esposa. Mas quem era ela e onde diabos esteve mês passado? E por que Tim não me contara?

Capítulo 6

Eu saí e me juntei aos outros enquanto Maggie operava seus feitiços em Tim. Depois de cerca de meia hora, ela saiu pela porta segurando a caixa na mão. A fronha de Tony ainda estava lá; Tim agora estava deitado em cima dela, sem asas.

Vê-lo sem asas, com dois tocos mutilados onde elas deveriam estar, fez meu estômago revirar. Ele parecia um homem normal que houvesse sido reduzido ao tamanho de uma libélula, e a seguir atacado por uma doença horrível. Sua pele estava branca, não do tom róseo normal, e ele não se parecia com Tim.

– Será que ele vai ficar bem? – perguntei, hesitante, tentando não demonstrar como estava chorando por dentro enquanto olhava para ele.

Ele estava muito doente ainda, era óbvio.

– Nós fizemos um acordo. Ele viverá.

– O que você vai fazer com a asa? – perguntou Becky antes de perceber que estava falando com uma bruxa maluca sobre o uso de partes do corpo em um tipo de magia esquisita.

Ela arregalou os olhos e olhou assustada para mim, provavelmente procurando alguma garantia de que não estava prestes a ser amaldiçoada.

A velha bruxa se inclinou em direção a Becky com um sorriso malicioso no rosto.

– Você gostaria de ver?

Becky riu nervosamente enquanto respondia.

– Uh, he, he, não, tudo bem. Não, obrigada. Mas é legal da sua parte oferecer...

– Hum – disse Maggie enquanto se voltava, arrastando-se em direção à porta.

Becky deu um suspiro de alívio, girando os olhos só de pensar no que poderia ter acontecido.

– Obrigada, Maggie! – gritei de fora para ela.

Tudo o que recebi foi uma gargalhada como resposta.

Voltamos para o complexo o mais rápido que pudemos, felizmente não encontrando ninguém no caminho. Separamo-nos em frente a minha porta, prometendo nos encontrar de novo fora de meu quarto em dez minutos.

Coloquei Tim em nosso quarto, deitando-o suavemente de bruços em sua cama, com a cabeça virada para o lado para que ele não sufocasse no travesseiro. Cobri-o com sua pequena colcha, fazendo meu melhor para poupar a parte das costas onde suas asas costumavam ficar de sofrer qualquer dor adicional. Foi tão estranho tocar seu corpo minúsculo assim... Eu estava preocupada, como se pudesse quebrá-lo.

Todo seu jogo de quarto, uma duplicata em miniatura do meu, ficava em cima da minha cômoda. Escrevi um bilhete e o coloquei no chão ao lado de sua cama, dizendo-lhe que ia me encontrar com Dardennes – o chefe do Conselho – e os outros membros. Escrevi o menorzinho que pude para que fosse mais fácil para ele ler. Eu sabia que ia enlouquecer quando acordasse, porque sem suas asas estaria preso em meu quarto. Mas era mais seguro tê-lo em cima da cômoda a essa altura, porque se estivesse no chão, frágil daquele jeito, era muito provável que fosse pisado.

Abri a primeira gaveta da cômoda um pouco, a segunda gaveta um pouco mais, a terceira ainda mais e, finalmente, a última, até o fim. Se

Tim quisesse descer, conseguiria usar a escada que eu havia acabado de fazer; mas eu esperava que ele ficasse quieto ali até eu voltar. A última vez que ele perdera uma asa, quando voluntariamente abrira mão dela para salvar Chase, ficara com uma dor forte por alguns dias e demorara um mês para a coisa voltar a crescer. Assim, mesmo que eu duvidasse que ele fosse descer, queria que Tim soubesse que tinha a opção. Tim era pequeno, mas podia ficar bem poderoso quando irritado ou infeliz. Ele tinha uma coisa que eu chamava de "complexo de *pixie*", que significava que estava programado para ser um pouco parecido com Napoleão, mas muito pior.

Alguém bateu em minha porta, interrompendo minha agitação em cima de Tim. Abri e encontrei Gregale parado ali, sozinho. Peguei-o pelo braço e o puxei para dentro, fechando a porta rapidamente atrás de nós.

– Olá, Jayne – disse ele um pouco perturbado por meu ataque a sua pessoa.

Ele era um elfo cinza, muito intelectual, e não estava acostumado a ter muito contato físico com outros fae. Além disso, eu já o havia queimado propositalmente uma vez com minha arma, meu afiado graveto da morte, também conhecido — por mim — como Blackie. Era a presa de dragão que atualmente ficava amarrada a minha perna. Então, ele ficava sempre um pouco desconfiado quando estava perto de mim. Eu não podia culpá-lo, mesmo tendo lhe mostrado que ele era o único elfo cinza na história a ser queimado por Blackie e depois curado pelo Verde.

– Gregale, preciso de sua ajuda. Desesperadamente.

– Percebi – disse ele, ironicamente.

– Estou com um grande problema, e você é o único que conheço com cérebro suficiente para me tirar dessa.

Eu poderia dizer que ele estava tentando não ficar muito envaidecido, mas suas tentativas falharam miseravelmente.

– Você deve estar metida em um problema muito grande.

– Não tenho tempo para lhe contar uma versão longa da história. Vou comparecer diante do Conselho em cerca de cinco minutos. Eles vão me acusar, acho, de quebrar algumas leis fae. Nem tenho certeza de quais são, mas preciso de você para me ajudar a me livrar disso primeiro, e depois, para fazer o Conselho ouvir a razão e permitir que meu amigo Tony se torne uma criança trocada.

– Uau. Isso é um pedido bem grande, especialmente dando-me apenas cinco minutos para eu me preparar. Não gostaria, talvez, que eu pensasse em algum plano para a paz mundial durante o jantar?

– Pare de brincar, Gregale, estou falando sério.

– Então, o que exatamente você andou fazendo para precisar de minha ajuda de uma maneira tão dificultosa?

– Deuses, essa palavra existe mesmo, Gregale? Merda, não importa. O que aconteceu é que eu peguei o jato particular e voltei para minha cidade natal para impedir um Fae das Trevas de tomar meu amigo Tony, e então, eu o trouxe de volta comigo. No processo, o *pixie*, Tim, teve a asa queimada por esse Fae das Trevas. Ele está se recuperando agora.

Fiz um gesto para sua cama minúscula.

– Qual Fae das Trevas fez isso com ele?

Gregale se debruçou sobre a cama, olhando para o rosto pálido de Tim.

Eu afastei a colcha para que ele pudesse ver as marcas das queimaduras. Gregale viu e recuou mostrando desgosto.

– Um sujeito chamado Ben. Ele é capaz de transformar suas mãos em fogo e usá-lo contra nós. Acho que ele pode cavalgar o vento também. Ele apareceu em uma brisa que soprava pela janela. Acho que é um tipo de diabo. Ele fascina as pessoas, também.

Balancei a cabeça para transmitir a seriedade de minhas acusações. Eu tinha certeza sobre essa parte hipnotizante.

Gregale tinha um olhar assustado no rosto.

– Isso é sério. Muito sério. Precisarei envolver os outros elfos cinzentos.

– Ok, mas primeiro você tem que me ajudar, eu não quero ir para a prisão e Tony não pode ser enviado de volta. Ben vai levá-lo.

– O que Ben está fazendo ali, você sabe?

– Não tenho certeza. Pensei que ele havia acabado de se mudar para a cidade, mas vi uma imagem de um ano atrás e acho que ele estava na foto. Se eu estiver certa, então ele está em minha cidade natal há mais de um ano, observando Tony e eu. Assim que fui embora, ele se mudou e se tornou o melhor amigo de Tony. Ele disse coisas para tentar fazer Tony se voltar contra mim. Ele entrou em sua vida.

– Ele tentou transformá-lo em criança trocada?

– Não. Essa é a parte estranha.

– Você sabe alguma coisa sobre suas motivações? Falou com ele?

– Sim, conversei com ele em um restaurante. Ele nos contou algumas coisas sobre seus planos e suas filosofias acerca dos seres humanos, não sei, eu estou muito assustada para lembrar tudo agora... Mas meus amigos estavam lá também. Eles podem dizer mais.

– Então, não é só você que precisa de minha ajuda, mas todos eles. Todos os seus amigos que se juntaram nessa pequena aventura.

– Bem, sim – disse eu, de repente nervosa –, mas essa coisa toda foi culpa minha, o plano foi meu. Eu não vou deixá-los levar a culpa.

Gregale assentiu enquanto pensava. Então, sem uma palavra, voltou-se para sair.

– Aonde você está indo?

– Tenho que pensar sobre algumas coisas e falar com alguns colegas. Foi convocada uma assembleia, vejo você lá.

Ele saiu do quarto, fechando a porta atrás de si.

Fiquei ali no meio do quarto perguntando-me se envolver Gregale havia sido uma boa ideia. Havíamos começado como inimigos quando eu chegara, quando eu o chamara de traidor depois de ouvir parte de uma conversa que ele estava tendo com outro fae. Ele não gostara de eu quase ter deixado Tim, o *pixie* muito perigoso, sair da redoma onde Dardennes mandara prendê-lo. Na época, eu não sabia que *pixies* poderiam destruir uma comunidade fae inteira com seu ataque feliz de *pixie*, mas nem Gregale nem qualquer um dos outros fae parecia saber que Tim não tinha ideia de que sua "pixiece" não era apreciada. Então, depois resolvemos nossas diferenças e fomos designados para treinar juntos. Chegamos a uma forma de amizade, principalmente com base na admiração mútua dos talentos um do outro. Eu havia mostrado a Gregale o poder d'O Verde, e ele havia me mostrado que os elfos cinzentos eram não só altamente intelectuais e muito envolvidos no planejamento das estratégias do conflito fae iminente, mas que também eram capazes de viajar para o Cinza, o espaço entre nosso mundo e o além; conhecido pelos seres humanos como céu e inferno, mas conhecido por nós, fae, como Mundo de Cima e Mundo Inferior.

Outra vez bateram em minha porta. Abri e encontrei todos os meus amigos esperando ali, Jared na frente.

– Vamos. Anton está reunindo o Conselho. Precisamos ir.

Dei uma última olhada em Tim, ajustei Blackie em minha perna e me juntei a eles no corredor.

– Vamos, então.

Fiz sinal para Spike, Finn e Chase. Becky sorriu para mim e me lançou um beijo amigável. Ela sempre estava tão feliz, mesmo quando eu estava praticamente sendo levada para a forca.

Fui andando atrás de Jared, ao lado de Tony. Ele ficava limpando as mãos na calça *jeans* e lançando olhares para mim. Segurei forte sua mão. Não confiava em mim para falar no momento; estava nervosa demais.

Jared levou-nos para as grandes portas que eu sabia que davam para a sala de reunião. Esse era o maior de todos os cômodos em que eu havia estado no complexo. Era grande o suficiente para abrigar a maior parte dos fae que viviam dentro ou em volta dali. Havia uma mesa elevada na frente da sala, que agora estava ocupada por membros do Conselho. Todas as outras mesas eram dispostas em semicírculos, de frente para a mesa principal e para o espaço vazio diante dela.

Eu já havia estado naquele lugar antes, quando chegara ao complexo. Foi logo depois de eu ter feito quase trinta elfos irem temporariamente para a terra dos Malucos depois de acertá-los com a energia que eu chamara de O Verde. Eu havia feito isso em legítima defesa quando os elfos me atacaram – sob a influência de uma bruxa Fae das Trevas que nunca foi identificada –, por isso, minha presença diante do Conselho fae não acabou comigo na cadeia ou coisa do tipo. Mas, daquele dia em diante, muito mais fae se envolveram em minha formação, e as perguntas sobre quem eu era ou o que poderia ser corriam por aí.

Essas perguntas ficaram sem resposta, no entanto. Ou eu era apenas outra garota fae, um elemental com uma conexão sobrenatural com os elementos da terra e da água, ou era *O* Elemento, o que eles chamam de mãe – aquela a que eu sempre havia me referido em minha vida humana como Mãe Natureza. Era alguém por quem eles esperavam havia dois mil anos, ou algo assim. Se alguém me perguntasse, eu diria que essa ideia – que eu, dentre todas as pessoas, poderia ser essa incrível deusa fae perdida havia milênios – era inacreditável e ridícula. De modo que eu só funcionava sob a suposição de que não era eu. Eu era apenas uma garota que precisava ajudar seu melhor amigo Tony a encontrar seu lugar no meio da mistura fae.

Sopraram a trombeta que mandava todos calarem a boca para que começasse a assembleia, e assim, todos rapidamente encontraram seus lugares e veio a ordem. Eu e meus amigos fomos até a última fileira dos assentos, ficando em pé no corredor central. A câmara estava lotada, não restava nenhum lugar livre. Não havia motivos para que nós nos sentássemos, de qualquer maneira – eu sabia que logo íamos ser chamados. Dardennes fez um gesto com a mão para que fôssemos para a frente. Por enquanto, apenas Tony, Chase e eu. Chase era bom demais – nunca me deixaria ir para a frente de uma multidão enfurecida sem ele. Até esse dia, eu havia assumido que isso era parte de seu trabalho, já que ele era meu demônio – meu protetor guerreiro. Mas quando Maggie disse que isso era mentira, e ela nunca estava errada nessas coisas, comecei a ter algumas dúvidas. Agora, porém, eu tinha problemas maiores com que lidar, então, deixei isso de lado em minha cabeça, como coisa para resolver mais tarde.

Tony e eu estávamos na frente do Conselho, Chase atrás de nós. A multidão ficou em silêncio, o único pequeno som remanescente era o das pessoas que se deslocavam em seus assentos. Dardennes falou, alto o suficiente para que todos na sala ouvissem.

– O Conselho fae se reuniu para esta assembleia geral para ouvir as acusações contra você, criança trocada Jayne Sparks. O Conselho foi informado que em algum momento nos dias anteriores você deixou o complexo com Jared Bloodworth e retornou trazendo consigo Tony, um ex-candidato a criança trocada que anteriormente recusou a mudança.

– Sim – disse eu, e minha voz ecoou pela sala.

A acústica nesse lugar fazia os sons se moverem em círculos ou algo assim, porque eu podia ouvir minha voz até atrás de mim.

Um velho que eu não conhecia falou em seguida.

– Quem lhe deu permissão para fazer isso?

Olhei para Dardennes e seu rosto não revelava nada. Tecnicamente, ele não havia nos dado permissão para fazer qualquer coisa, mas havia ficado muito claro que ele queria ter feito. Mas eu não o jogaria na fogueira; ele havia tornado possível que eu resgatasse meu amigo.

– Ninguém. Eu fiz isso por minha conta.

– Você não fez isso sozinha. Você teve *ajuda*! – acusou ele furiosamente, batendo com o punho na mesa.

– Bem, alguém pilotou o avião e dirigiu os carros para mim, mas eles não estavam envolvidos em meu plano para pegar Tony. Eu os usei.

Houve alguns resmungos dos fae reunidos atrás de mim, mas ignorei-os. Eu havia feito o que era certo, e não pediria desculpas por isso. Mesmo Ivar, o fae de quem eu menos gostava na sala, estava recebendo um indulto de mim. Ninguém seria punido por aquilo além de mim.

– Você voluntariamente arrastou outro fae em seu esquema para cumprir um ato que este Conselho havia proibido.

– Eu não sabia que estava violando nenhuma lei.

Nesse momento houve uma perturbação perto das portas. Vários fae estavam se movendo ao redor com olhares furiosos no rosto.

– Qual é o significado dessa interrupção? – exigiu meu inquiridor, e seu rosto assumiu um tom vermelho mosqueado.

Vi o rosto de Gregale emergindo da multidão na porta e soltei um suspiro aliviado. Se é que eu teria alguma ajuda, afinal, ela havia chegado. Eu esperava que ele trouxesse boas notícias. Peguei a mão de Tony e apertei com força, sem largar. Ele apertou a minha de volta, e percebi que suas mãos estavam geladas e úmidas.

– Desculpem-me, conselheiros, comunidade fae – disse Gregale, parando para acenar para as respectivas direções. – Sou Gregale, dos Elfos Cinzentos. Vim para atuar como raciocinador para a criança trocada Jayne.

Resmungaram um pouco na mesa principal – o velho que estava me interrogando obviamente não ficou contente com aquilo. Encarei isso como um bom sinal. Os fae na plateia sussurraram entre si.

Gregale veio até mim e eu me inclinei para falar baixinho em seu ouvido.

– Espero que um raciocinador seja algo como um advogado.

Gregale me olhou com curiosidade, mas decidi que aquele não era o momento para explicar o conceito ou fazer a tradução.

Dardennes lançou um olhar para a multidão, que imediatamente se acalmou.

– A criança trocada foi acusada de violar as leis fae? – perguntou Gregale ao Conselho.

– Ainda não. Estávamos chegando lá – disse o velho sarcasticamente.

– Oh, perdoem-me. Por favor, continuem.

– Obrigado, elfo cinza. Agradecemos sua graciosidade.

O rosto de Gregale ficou um pouco vermelho. Eu não sabia qual era o protocolo, mas parecia que Gregale havia acabado de pisar no tomate. Ótimo. Meu advogado era como o Vinny em *Meu primo Vinny*. Eu só esperava que ele obtivesse os mesmos resultados finais.

– A criança trocada Jayne admitiu que tomou o jato para sua cidade natal e voltou com seu amigo Tony para nosso complexo. Ele é um menino humano que já havia recusado a mudança.

Gregale se inclinou e sussurrou em meu ouvido.

– Até agora, nenhuma lei violada; só más escolhas.

Revirei os olhos para ele. Parecia minha mãe falando.

– A lei é que a nenhum ser humano deve ser dada uma segunda chance para fazer a mudança uma vez que a oportunidade tenha sido recusada.

Ouviram-se alguns comentários no público, que pareciam de apoio. Acho que alguns fae gostavam dessa regra. Malditos egoístas!

– Se o Conselho me permite: o ser humano Tony não foi alterado; portanto, essa lei ainda não foi violada.

– Correto. Mas compreendemos que Jayne pretende violar essa lei – desafiou o conselheiro.

– Tecnicamente falando, a intenção de fazer algo não é uma violação da lei, senhor.

Gregale pigarreou, não inteiramente confortável por fazer parte do confronto.

Eu sorri. Gregale estava detonando. Eu poderia dizer que o velhote do Conselho estava ficando chateado. Inclinei-me e falei em voz baixa para Gregale.

– Quero que eles mudem a lei. Quero que Tony seja uma criança trocada.

Gregale se inclinou para sussurrar uma resposta.

– Há muito pouca chance de isso acontecer. Essa é uma regra muito antiga e tem estado nos livros há centenas de anos.

– Bem, é hora de uma mudança. Há uma guerra se aproximando. Tony é um recurso. Ele vai ser nosso ou deles. Ben deixou claro que quer Tony. Se não o tivermos conosco, ele estará contra nós. – Coloquei minha mão na manga de Gregale. – E se ele for embora, eu também vou.

Os olhos de Gregale se arregalaram, em choque.

– Quer dizer que você vai nos deixar?

– Sim, é isso mesmo que eu quero dizer. Vou me tornar Fae das Trevas até o fim e vestir a camisa e tudo, se for para salvar a vida de Tony. Não posso cuidar dele se ele estiver lá e eu estiver aqui. Nós ficamos juntos. Somos uma equipe.

Gregale balançou a cabeça, olhando para o chão.

Por sua expressão, eu não poderia dizer se ele estava irritado ou triste. Provavelmente eu estava pedindo o impossível, mas não me importei. Era assim para mim – preto no branco. Se não estavam comigo, estavam contra mim. Foi assustador pensar que eu estava citando as palavras de Ben agora. Eu havia feito alguns amigos ali, isso era verdade. E não queria mal a nenhum deles, nunca faria nada para machucar nenhum deles. Mas se eu tivesse que escolher entre eles e Tony? Seria Tony todos os dias da semana e duas vezes no domingo.

– Senhoras e senhores do Conselho – Gregale acenou para os membros do Conselho e em seguida se voltou e encarou os fae reunidos. – Senhoras e senhores... A criança trocada Jayne gostaria de fazer uma petição; uma petição para mudar a lei existente no que se refere à transformação dos humanos em crianças trocadas.

Todo o mundo na assembleia começou a falar imediatamente, alguns deles bem alto. Notei vários membros do Conselho se inclinando para a esquerda ou a direita, conferenciando com seus vizinhos.

– O que ela propõe exatamente? – perguntou Dardennes.

Ele estava me observando com cuidado, mas sua expressão não revelava nada.

Gregale se inclinou para mim.

– Acho que é melhor que você responda essa.

Limpei a garganta e comecei, nervosa, ainda segurando a mão de Tony enquanto enfrentava o Conselho.

– É verdade que Tony uma vez decidiu não se tornar uma criança trocada. Então, sua memória foi apagada e ele foi enviado para casa. Mas, depois de ser mandado para casa, ele foi contatado e fez amizade com um poderoso Fae das Trevas chamado Ben. Eu sabia que havia algo de errado, então, voltei por ele. Apesar de apenas um mês ter se passado, esse fae já exercia muita influência sobre Tony. Ben e eu nos enfrentamos, e Tony concordou em vir comigo. – Voltei-me para enfrentar os fae reunidos na assembleia. – Vocês têm que deixá-lo fazer a mudança. Se ele sair daqui, Ben vai levá-lo para os Fae das Trevas. Vamos nos perder um do outro para sempre.

Minha voz falhou na última palavra. Não pude evitar. A ideia de perder Tony era demais.

Uma mulher mais velha do Conselho falou.

– Todos nós perdemos entes queridos para os Fae das Trevas. Nós não podemos salvá-los se essa for a escolha que fizerem.

– Mas essa não é a escolha dele! – argumentei de volta. – Ele está escolhendo os Fae da Luz como sua família! Mas estamos lhe negando a escolha.

– Ele teve sua chance e nos rejeitou! – gritou alguém na multidão.

Alguns outros fae aplaudiram, obviamente concordando.

– Ele não rejeitou os Fae da Luz, seu idiota, ele rejeitou os fae em geral. Ele é um pacifista. Não gosta de guerra.

Gregale tocou meu braço e sussurrou.

– Talvez você deva se abster de insultar aqueles cujo apoio procura.

Eu sussurrei de volta.

– Parece que estou falando com um bando de crianças.

– Seja paciente, Jayne – aconselhou ele. – Os fae têm medo de mudança. Isso tem causado muitas mortes em nosso mundo.

Soltei um suspiro, voltando-me de uma maneira que conseguisse ver tanto o Conselho quanto os fae reunidos.

– Ouçam, desculpem se eu os insultei. É que vocês precisam entender... Tony é meu melhor amigo. Ele é como um irmão para mim. E, gostem ou não, pela lei ou não, ele e eu vamos ficar juntos. Ele entende agora que a guerra é inevitável. Tony tem informações novas que não tinha antes, e decidiu se juntar a nós.

O velho do Conselho se levantou.

– Você desrespeita as leis dos Fae da Luz! Você comparece a nossa reunião maior e nos diz que pretende violar nossas leis, e espera que não haja nenhuma consequência? Você é uma criança trocada tola!

– Não! – gritei, voltando-me para o velho. – Eu não estou dizendo que vou violar sua lei inútil, antiquada e estúpida! Estou dizendo que, se vocês não mudarem essa lei, vou embora daqui! Você pode ficar com seu estúpido amuleto – arranquei o anel de meu dedo, puxando-o e torcendo-o para tirá-lo – e enfiá-lo na bunda!

Finalmente consegui tirar o anel e segurei-o a minha frente. A multidão estava ficando muito agitada e falava alto em desagrado, mas caiu em um silêncio mortal quando o anel de repente começou a brilhar.

Capítulo 7

Falei como se nada de estranho estivesse acontecendo. O brilho de meu anel se espalhava pelo salão, batendo no teto de pedra sobre nós, refletindo nas paredes e iluminando toda a sala com uma suave luz verde.

– Vocês têm a oportunidade de acolher Tony em nossa comunidade Fae da Luz. Para isso, precisam rever a lei e permitir que ele aceite a mudança, mesmo que já a tenha recusado uma vez. Não se enganem – passei o olhar por todos os membros do Conselho e depois me voltei para os fae reunidos. – Se vocês mantiverem a lei como ela é, vou embora deste lugar e nunca mais volto. Terei prazer em me tornar um dos Fae das Trevas se vocês me mostrarem hoje que eles querem a mim e a Tony mais que vocês. – Olhei para eles com nojo. – Não fico onde não me querem.

Virei-me e joguei o anel em direção do Conselho sem me importar com quem o apanharia; o brilho desapareceu imediatamente depois que o anel deixou minha mão. Céline, a elfa prateada, que foi a primeira a me treinar e também quem inicialmente me entrevistou quando eu ainda vivia como humana na Flórida, estendeu a mão e o pegou no ar. Ela olhou para mim com uma expressão perplexa.

Meu dedo ficou mais leve no lugar onde ficava o amuleto antes. Era um cristal pesado em forma de pirâmide, preso ao anel de prata por pequenas garras de ouro. Era o amuleto que eu usara para me transformar de humana em fae. Todo o mundo havia devolvido seus amuletos depois de falar as palavras que iniciavam a transformação, mas Dardennes me dissera para manter o meu. Eu me senti um pouco nua sem ele. Queria saber se era o anel que me mantinha ligada a meu poder, então, estendi a mão em uma tentativa de alcançar O Verde. Foi um alívio encontrar seu murmúrio acolhedor ainda esperando por mim, querendo se conectar. Não me deixei levar, contudo, porque ainda tinha que fazer minha saída triunfal.

– Vamos, Tony. Vamos dar o fora dessa maldita bancada.

Andei em direção ao corredor central, puxando-o atrás de mim.

– Espere! – gritou Dardennes, alto, para ser ouvido acima do tumulto criado por uma sala cheia de fae putos da vida.

Parei e Tony quase me atropelou. Ele sussurrou desculpas. Eu podia sentir Chase atrás de nós também. Fiquei aliviada ao saber que Dardennes não ia me deixar sair sozinha arrastando Tony atrás de mim. Voltei-me de novo para o Conselho.

– Jayne – começou ele sorrindo pacientemente para mim –, não creio que você perceba a magnitude de seu pedido a este Conselho.

Várias cabeças assentiam na mesa principal.

– Oh, não – disse eu em voz alta –, acredite, eu percebo. Estou pedindo que levantem suas bundas da cadeira e acordem para o que está acontecendo do lado de fora destas paredes. Mas posso ver que estão muito presos ao passado, muito ocupados ignorando os sinais óbvios ao seu redor. Tudo bem, que seja! Vou para um lugar onde meus talentos e contribuições sejam apreciados.

Isso deixou a todos em polvorosa, especialmente o velhote que era tão crítico em relação a mim.

– Ela não tem absolutamente *nenhum* respeito por este Conselho ou pelos Fae da Luz. Deixem-na ir!

– Não! – disse uma voz no fundo da sala.

Eu observava, atônita, enquanto Jared se dirigia a passos largos ao corredor central.

– Vocês não podem deixá-la ir. Ela é uma aliada valiosa.

– Jared! O que você está dizendo? – perguntou o velho, surpreso, em um tom magoado, como se houvesse sido traído.

Claramente, ele não estava feliz com o envolvimento de Jared nessa história.

– Estou dizendo que eu estive lá fora, na linha de frente, recrutando para os Fae da Luz, reunindo candidatos para a mudança. E eu vi em primeira mão que muitos Fae das Trevas estão ocupados fazendo a mesma coisa. Mas eles não são tão seletivos e estão construindo suas forças muito mais rápido que nós. Precisamos de todos que pudermos conseguir; então, deixar alguém... talentoso... como Jayne ir embora seria um grande erro, em minha opinião. Um erro que acabaria por se voltar contra nós.

– Eu concordo – disse Gregale, falando alto para ser ouvido. – Na verdade, todos os elfos cinzentos concordam. Nós temos recursos muito limitados. Embora fôssemos primeiramente contra a ideia de envolver crianças trocadas nos combates contra os Fae das Trevas e suas tentativas sempre persistentes de submeter nossos amigos humanos a seus projetos. Há algum tempo nossa mente começou a mudar a esse respeito, em grande parte por causa das coisas que Jayne e seus amigos se mostraram capazes de fazer. Sem eles, estaríamos perdendo uma parte significativa e vital de nosso arsenal.

Meu coração disparou. Jared e os elfos cinzentos eram fae importantes e respeitados. E eles me pareciam inteligentes para caramba agora.

Então, Robin, d'O Verde, um elfo verde como meu amigo Finn, levantou-se.

– Membros do Conselho... Companheiros fae... Os elfos verdes concordam por unanimidade. Nós não queremos enfrentar nossa Mãe no campo de batalha. Nós lutamos com ela, e não contra ela. Vamos aonde ela for.

Essas palavras ditas pelo líder dos elfos verdes causaram o maior alvoroço provavelmente já visto naquela sala de reuniões. Os fae foram se levantando de suas cadeiras, gritando e gesticulando. As bruxas, na parte de trás da assembleia, balançavam seus cajados no alto ameaçadoramente, e os membros do Conselho só ficaram sentados ali, estupefatos. Um grupo de ogros subiu na plataforma onde ficava a mesa principal, posicionando-se atrás do Conselho e ficando em pé ali como impressionantes e assustadores seguranças, só como precaução para o caso de algum fae arruaceiro decidir se exceder. Eu sabia exatamente o que todos estavam pensando: como eles poderiam segurar os Fae das Trevas se todos os seus elfos verdes guerreiros fossem embora?

Os elfos verdes haviam jogado duro. Eles eram os guerreiros nobres e poderosos da Floresta Verde. Sem eles, os Fae da Luz seriam alvos fáceis naquele complexo. Olhei para Robin, tentando colocar em meu olhar toda a gratidão e o apreço que sentia. Então, decidi que poderia fazer ainda melhor. Enfiei a mão n'O Verde, peguei um punhado de poder e o lancei a meu amigo Robin, esperando que ele sentisse. Tenho certeza de que ele sentiu, porque vi seu olhar atordoado por um segundo, e também o sorriso que irrompeu em seu rosto. Ele me encarou e colocou a mão sobre o coração, em uma saudação de elfo verde. Eu assenti. Ninguém ainda me chamava de Mãe oficialmente, mas isso não impedia que os elfos verdes acreditassem nisso. Eu é que não ia discutir com eles nesse momento. Eu precisava de seu apoio e não prescindiria de usar O Verde para obtê-lo. Faria o que tivesse que fazer.

Ouvi a voz de Jared gritando no meio do tumulto.

– Chase, o demônio, e eu ficamos com Jayne. Vamos para onde ela for!

A balbúrdia dos fae tornou-se ainda mais alta. Era como um trovão ecoando pelo complexo. Tony apertou minha mão e eu retribuí o gesto.

Então, Spike e seu treinador Valentine caminharam até o corredor central, com Finn logo atrás. Foi Spike quem gritou.

– Os íncubos ficam com Jayne! Nós também vamos aonde ela for!

Eles pararam a minha frente, no final do corredor central.

Os membros do Conselho já estavam em pé. Mesmo os muito velhos, tão curvados que tinham dificuldade de olhar reto para qualquer coisa, exceto o chão à frente de seus pés. Todo o mundo gesticulava e gritava. Eu podia ver gotículas de saliva saindo da boca do velho que estivera me questionando.

Não sei exatamente quando começou, mas logo tomei consciência das misteriosas ondas sonoras que se infiltravam pelos sons raivosos em torno de mim, e o barulho da multidão tornou-se quase que um eco de um pensamento. Em poucos segundos, a única coisa que eu podia ouvir – a única coisa que eu queria ouvir – era esse novo som. Era uma canção, talvez? A voz de uma pessoa? Eu não saberia dizer. Só sabia que estava me puxando, deixando-me com vontade de ouvir mais.

Em transe, vi uma figura branca que flutuava pelo corredor em direção a mim. Todos os olhos se voltaram para ver seu avanço. Era uma mulher. Sua boca estava aberta, a música encantadora que ouvíamos provinha dela. Senti uma mão em meu braço e olhei para ver quem estava me tocando. Era Chase – o único que parecia não ser afetado pela voz.

– Jayne, é a sereia. Concentre-se em minha voz. Não olhe para ela.

O azul dos olhos de Chase, seu aperto forte em meu braço e em seguida sua voz grave tiraram-me do transe. *Mas que diabos?* Eu me sacudi mentalmente para limpar a névoa de meu cérebro.

A música parou. A multidão, que estava na iminência de um motim, agora estava completamente silenciosa. Seria possível ouvir uma gota de *marshmallow* caindo naquele salão. Em pé ao meu lado estava a Dama do Lago – uma sedutora, astuciosa e maldita sereia desonesta quando queria, o que eu havia descoberto em algumas ocasiões.

Ela abriu a boca e todo o mundo caiu em um silêncio confuso, esperando para ouvir o que ela tinha a dizer. Sua voz era quase tão assustadora quanto sua música.

– As sereias e os espíritos da água estão com Jayne. Nós vamos aonde ela for.

Becky, então, caminhou até o corredor para se juntar a nós. O espaço em frente à mesa principal já estava lotado.

Os fae reunidos na plateia voltaram a gritar; mas, dessa vez, era uma melodia diferente.

– Os elfos cinzentos estão com Jayne! Nós vamos aonde ela for!

– Os elfos de prata ficam com Jayne! Estamos onde ela estiver!

– Os espíritos de madeira apoiam Jayne!

– Os anões estão com Jayne!

E assim continuou – todas as raças fae se aliando a minha causa.

Meu coração estava tão pleno que tive medo de que explodisse ali mesmo, na frente de todo o mundo. Lágrimas surgiram em meus olhos, ainda mais quando tentei segurá-las. Sequei os olhos rapidamente, esperando que ninguém notasse. Olhei para Tony e seus olhos brilhavam também.

Ele se inclinou e sussurrou para mim.

– Agora entendo, Jayne. Entendo totalmente.

Minha vida havia dado um giro completo. Eu havia deixado de ser ninguém, invisível, para me tornar alguém que ninguém queria perder. Se antes eu tinha dúvidas sobre ser fae, agora haviam desaparecido completamente.

Voltei-me para olhar o Conselho; todos já haviam retomado seus assentos. Enchi o peito e ergui a cabeça, ficando o mais aprumada que pude. Olhei para o velho, o único que parecia falar pelo Conselho; as lágrimas ainda brilhavam em meus olhos.

– Então, o que vai ser, Conselho? Meu amigo Tony pode aceitar a mudança ou não?

O velho olhou para a esquerda e para a direita, recebendo gestos de assentimento dos outros membros.

Ele se voltou para mim, obviamente chateado, mas incapaz de fazer qualquer coisa a respeito.

– Os fae falaram. O Conselho ouviu seus desejos. Concederemos uma dispensa especial da nossa legislação, o que significa que será oferecida uma segunda oportunidade de aceitar a mudança, mas apenas para essa criança trocada em potencial, Tony, e para nenhuma outra. O Conselho está dispensado.

Capítulo 8

Abracei Tony o mais forte que pude. Senti os braços de Chase a meu redor, e em seguida os de Spike e Finn também.

– Ei, e eu? – ouvi a voz de Becky atrás de nós.

Senti Spike nos soltar, e um segundo depois, a pressão do rosto de Becky entre meus ombros.

– Ah, obrigada Spike – disse ela com voz abafada.

Eu ri de felicidade. Tinha amigos incríveis.

– Vamos lá – disse eu depois de alguns instantes, ainda acariciando as costas de Tony. – Vamos para o escritório de Dardennes. É onde ficam os amuletos.

Nós seis nos separamos do abraço com relutância para sair da sala. Os presentes estavam saindo aos poucos, de vez em quando olhando para nós. Os membros do Conselho já estavam longe, eram sempre os primeiros a sair.

– Ei, Gregale! – gritei.

Ele já estava saindo, mas voltou-se para mim.

– Obrigada! – disse eu levantando um polegar e lhe dando um sorriso de dez mil watts.

Ele olhou para sua própria mão, como se fosse devolver o gesto, mas, em vez disso, apenas balançou a cabeça. Acho que o sinal de positivo era um pouco humano demais para ele.

Dez minutos depois estávamos na frente da porta de Dardennes. Chase bateu três vezes, e em seguida abriu. Dardennes, Céline e Ivar estavam lá dentro, em pé junto à mesa de Dardennes.

Tony esfregou as mãos, nervoso e voltou a esfregá-las na parte da frente da calça *jeans*.

– Não se preocupe, cara. Estes são os legais – sussurrou Finn em seu ouvido.

Tony deu-lhe um sorriso hesitante.

– Por favor, entrem – disse Dardennes –, e fechem a porta.

Spike foi o último a entrar, batendo a porta com muita força atrás de si.

– Oops. Desculpem. Acho que estou meio animado.

Olhei para trás e notei um brilho avermelhado em seus olhos brilhantes. Eu não tinha certeza se era a empolgação pela assembleia ou pelo abraço de Becky que o tinha deixado assim, mas ele definitivamente estava se sentindo um pouco feliz demais. Levantei uma sobrancelha para Chase, gesticulando com a cabeça para que ele desse uma olhada em Spike. Ele olhou e depois me fitou, revirando os olhos. Ele mantinha uma guarda constante contra os avanços amorosos de Spike em minha direção. Eu não me importava – quer dizer, Spike era mais que *sexy* –, mas ele nem sempre esperava por minha anuência antes de começar; assim, Chase era a ducha fria de Spike em forma de demônio. Eles tinham uma relação de amor e ódio.

Dardennes sorriu para nós quando avançamos em direção a sua mesa.

– Então, temos um candidato a criança trocada conosco aqui hoje, hein?

– A-hã, sim, senhor – disse Tony, pigarreando nervoso.

Céline sorriu serenamente, sem dizer nada. Ela e Dardennes pareciam irmãos – ambos tinham cabelos grisalhos e olhos cinzentos gelados. Suas túnicas eram prateadas, o que combinava perfeitamente com sua aparência. Quando andavam no mundo humano eles usavam ternos prateados também, mas não pareciam bregas de jeito nenhum. Só pareciam extremamente ricos e um pouco intimidadores. Eu não sabia se eles eram oficialmente irmãos, mas ambos eram elfos prateados, pertenciam à mesma raça fae. Sempre que havia decisões a serem tomadas sobre as crianças trocadas eles estavam envolvidos. Fora Dardennes quem nos entregara os amuletos, ajudando-nos a começar nosso despertar fae. Ele também havia entrevistado todos nós e nos escolhera. No início, eu o culpava por tudo de ruim que acontecera comigo e com meus amigos na floresta, mas aprendi a perdoá-lo. Quase totalmente.

Dardennes levantou cuidadosamente a tampa da caixa que eu sabia que continha os amuletos para as crianças trocadas. Ele olhou para Tony e depois para baixo novamente, para o conteúdo da caixa diante de si.

– Não tive tempo suficiente para avaliar Tony como eu gostaria. Vamos ver se este funciona.

Ele lhe entregou um amuleto que eu me lembrava de ter visto Finn usar, uma munhequeira de metal.

Tony pegou o amuleto, olhando para mim, e o colocou.

– Como você se sente? – perguntou Dardennes.

Tony deu de ombros.

– Tudo bem, acho. Eu deveria sentir alguma coisa?

– Não necessariamente. Mas não, acho que não é esse. Por favor, devolva-o.

Tony o tirou e o devolveu.

– Experimente este.

Dardennes entregou a Tony um anel.

Spike sussurrou em meu ouvido.

– Esse é o anel que eu usei.

– Eu sei, ssshh! – sussurrei de volta.

Eu queria saber por que Dardennes estava demorando tanto para encontrar o amuleto certo. Comecei a ficar nervosa. Eu achava que aquilo seria uma mera formalidade, não um processo de dolorosa expectativa.

– Não, não, esse não está certo também. Vamos, tente este.

Ele entregou a Tony um colar e pegou o anel de volta, colocando-o na caixa com os outros.

Olhei para Chase com uma interrogação nos olhos. Ele acenou, confirmando que era o colar que ele usara.

Dardennes e Céline sorriram ao mesmo tempo.

– Sim, é esse.

Ele fechou a tampa da caixa e apertou as mãos, olhando para Tony.

– Tudo bem, meu jovem, agora é a última chance que você tem de mudar de ideia. Tem certeza de que quer se tornar uma criança trocada?

Tony olhou para eles por um segundo, e em seguida se voltou para mim. Eu sabia que ele podia ver o medo em meu rosto – medo de que ele fosse embora.

– Vamos lá, Tony, não faça isso com ela de novo – gemeu Finn. – Droga, ela vai ficar insuportável se você não estiver aqui.

Tony sorriu.

– Então, você é uma pessoa difícil de conviver, é?

– Você não tem ideia – disse Spike.

– Pode acreditar, Tony – disse Becky com um riso na voz –, é melhor simplesmente fazer o que ela quer. Sua vida será muito mais fácil dessa maneira. Assim como a nossa.

Olhei feio para meus amigos. Eles agiam como se eu fosse um monstro ou algo assim. Só porque eu sabia o que queria e quando queria...

Tony respirou fundo e estendeu a mão para pegar a minha, voltando-se para Dardennes novamente.

– Sim. Quero ser uma criança trocada. Vamos lá.

Eu apertei sua mão, animada, incapaz de impedir que um enorme sorriso surgisse em meu rosto.

Ouvi Finn dizer "Yeeeeah!" baixinho atrás de mim. Ele e Spike deviam estar comemorando. Idiotas.

Dardennes começou o ritual.

– Tony, por favor, repita comigo:

Invoco o sangue fae que em minhas veias corra

Peço à magia fae que meu corpo a mova

Um fae sou então.

Serei uma criança trocada, de verdade,

Desde agora, nesta ocasião,

Para toda a eternidade.

Tony disse as palavras e eu observei seu rosto com cuidado em busca de quaisquer alterações. Não eram físicas, pelo menos não para nós. Mas, quando mudei, senti algo como um formigamento onde o amuleto estava. Só algumas horas depois fui perceber as diferenças em nossos pontos fortes e descobrir habilidades que havia ganhado.

Quando ele terminou, esperei alguns segundos para perguntar.

– Então, como se sente? Diferente?

– Não, na verdade, não.

– Você sentiu alguma coisa no amuleto?

– Não, não senti nada. Isso é ruim?

Tony olhou para Dardennes buscando orientação.

Eu também olhei, com medo de que alguma coisa houvesse dado errado. Ou que alguma coisa não estivesse acontecendo como deveria. Dardennes sempre havia dito que não havia nenhuma garantia de que éramos fae – só que era provável que fôssemos, com base em nosso desempenho durante o teste. Imaginei que com uma habilidade sobrenatural como a de Tony, de sentir minhas vibrações, isso significava que ele era definitivamente fae.

– É diferente para cada um, não se preocupe. Acredito que você fez a transição. – Ele olhou para Céline e ela assentiu. – O único problema é... bem... Nós não temos bem certeza de que tipo de fae você é.

Tony olhou para ele sem expressão.

Bem, isso era uma surpresa.

– Então, que diabos isso significa? O que vamos fazer agora? – perguntei.

Céline respondeu.

– Ele será enviado para treinar com vários grupos até que vejamos quais são as competências que se manifestam.

– Eu o quero comigo – disse eu com a naturalidade de quem entende do assunto.

– Isso pode não ser possível – disse Dardennes.

– Tudo bem. Então ele precisa de um demônio ou algo do tipo. Em meu primeiro dia de treinamento um Fae das Trevas tentou me transformar em uma almofada de alfinetes. E eles já mostraram que estão interessados em Tony ao mandar Ben para tentar conquistá-lo, tornar-se seu melhor amigo e alistá-lo.

Pfff. Como se isso pudesse acontecer...

– Não se preocupe, Jayne, nós vamos cuidar da segurança dele – disse Céline.

– Desculpem se isso não me deixa muito aliviada – disse eu ironicamente.

O fato de Chase ter quase se tornado um cadáver havia não muito tempo era um pouco difícil de esquecer.

– Jayne, está tudo bem – disse Tony. – Eu vou ficar bem. Tenho certeza de que eles vão cuidar de tudo.

– Há um novo demônio que chegou com um dos últimos grupos de crianças trocadas – sugeriu Chase.

– De quem você está falando? – perguntou Dardennes.

– Scrum.

– Scrum? – disse um coro de quatro vozes: a minha e as de Tony, Becky e Finn.

Dardennes concordou com a cabeça lentamente, ignorando nossa surpresa pelo infeliz nome dessa pessoa.

– Poderia dar certo. Pelo menos até sabermos o que Tony pode fazer por si mesmo. – Ele olhou para Céline. – Você poderia fazer os arranjos? Mover os quartos e tudo o mais? Pode colocar Scrum do lado de Jayne e Tony, uma porta abaixo.

– Sim, tudo bem. Eu cuido disso. – Ela fez menção de sair da sala. – Ivar, venha comigo, por favor. – Ela olhou para mim. – Jayne, você agiu bem hoje. Estamos muito orgulhosos de vocês.

Não sei por que isso me deixou tão feliz, mas deixou.

– Obrigada.

Eu podia sentir meu rosto queimar um pouco.

A porta se fechou atrás dela.

– Muito bem, você sabe como agitar as coisas, não é, Jayne?

Dardennes levantou uma sobrancelha para mim.

Eu apenas dei de ombros em resposta; de jeito nenhum eu lhe pediria desculpas. Tempos de desespero pedem medidas desesperadas.

– Você poderá levar Tony para seu novo quarto em breve. Por que não vão todos jantar primeiro? – sugeriu ele.

– É a melhor ideia que ouvi durante todo este maldito dia – disse Finn. – Estou morrendo de fome.

– Eu também.

Spike ofereceu um braço a Becky:

– Vamos?

Ela riu e se adiantou, enroscando-se no braço de Spike.

Peguei Tony pela mão.

– Vamos lá, Tones, seu fae fodão. Vamos pegar um grude.

Capítulo 9

– Eles comem comida normal por aqui? – perguntou enquanto saíamos pela porta.

– Isso depende de a que "eles" você se refere – disse eu olhando para Chase.

– Que foi? – perguntou Chase, realmente sem entender o que eu achava tão engraçado.

– Nada.

Não mencionei o fato de que, além do bufê, ele comia carne que ainda se mexia e praticamente qualquer outra coisa nojenta que oferecessem por ali. Muitas refeições atrás eu havia prometido apoiar seus hábitos alimentares repugnantes e seu enorme apetite, porque eu tinha certeza de que era isso que o mantinha tão grande e musculoso; e nenhuma garota fae quer um demônio fracote a protegê-la.

Chegamos ao refeitório e enchemos nossos pratos, sentamo-nos a nossa mesa habitual, onde agora outras crianças trocadas também se sentavam. Nós havíamos sido o primeiro grupo de crianças trocadas a passar pelo processo de recrutamento, mas muitos outros vieram depois. Eles nos olharam, a maioria com medo até de conversar enquanto estávamos por perto. Eu não sabia por quê, já que não havíamos feito nada para assustá-los – talvez nossa reputação nos precedesse, ou algo do tipo. Eu havia armado algumas confusões em meu primeiro dia, inclusive colocando Céline em um estado de animação suspensa, para não mencionar o fato de ter feito praticamente a mesma coisa com um grupo de trinta elfos logo depois. Pensando bem, era muito possível que eles tivessem ouvido falar de tudo que eu havia feito e ficassem com um pouco de medo de mim. Mas não precisavam. Eu sabia controlar meu poder sobre O Verde agora. Bem, a maior parte dele, pelo menos.

– Então, quem é esse tal *Scum*? – perguntei a Chase, observando enquanto ele mastigava um bocado de carne misteriosa.

Tony o observava comer, fascinado. Ele olhou para seu próprio prato e depois de volta para o de Chase. No de Tony havia uns pedaços de carne bovina, uma cenoura e um pouco de salada. No de Chase havia carne contorcível, que estava imóvel, uma montanha de macarrão e uma tigela gigante de pudim. Três fatias de pão se equilibravam ao lado dela.

Chase apontou para uma mesa próxima com o garfo. Havia algumas crianças trocadas lá; todos pareciam mais jovens que nós. Aquilo não parecia promissor.

– Qual é?

– O de túnica marrom.

Oh, não me diga! Dãã. Todos os demônios usavam túnicas marrons. Havíamos vestido nossos uniformes fae quando estávamos no avião, porque assim era mais fácil saber quem pertencia a qual raça no complexo. Tony era o único que ainda usava roupas humanas. Eu sabia que haveria roupas esperando por ele em seu quarto no momento que chegássemos lá. Perguntei-me se Ivar é que faria todo o trabalho doméstico ou se eles contratariam um *brownie* para cuidar do quarto e das coisas de Tony. Eu tinha um para meu quarto. Seu nome era Netter, e eu o pagava todos os dias com uma bola de chocolate. Ele não tinha ideia de como eram fáceis de obter, ou que elas não eram lá grande coisa para o resto de nós. Ele pensava que bolas de chocolate eram o alimento dos deuses.

Olhei para o fae chamado Scrum. Ele estava sentado, mas, por sua aparência, era vários centímetros mais baixo que Tony. Seu corpo tinha a forma de um barril de cerveja.

– Ele é um demônio? – perguntei, sem acreditar em meus olhos.

– Mmm-hmm – afirmou Chase com a boca cheia de comida.

Vi quando Scrum se levantou, não percebendo que seu guardanapo, que estava parcialmente sob seu prato, havia ficado preso no cinto de sua túnica. Quando ele começou a se afastar da mesa, o prato o seguiu. O pessoal de sua mesa tentou avisá-lo, mas sua atenção foi atraída por Chase.

– Olá, Chase! E aí?

Ele se aproximou um passo, vindo em nossa direção, e então o prato caiu da mesa, derramando todo o seu conteúdo nas pernas de Scrum e na cadeira e se espatifando no chão.

Ele parou de se mexer quando a sensação morna da carne contorcível e do purê de ervilhas ultrapassou o tecido de suas calças, rapidamente encharcando tudo e atingindo suas pernas. Ele olhou para a bagunça.

– Oops. Como foi que isso aconteceu?

– Chase – disse eu, instantaneamente chateada e preocupada com o bem-estar de Tony –, você deve estar brincando comigo. *Esse cara* é a proteção de Tony?

Eu estava ficando totalmente revoltada com Dardennes de novo. Quando ele começava a agir como um cara legal, ia e fazia uma asneira gigante como aquela: colocava um perfeito idiota para ser guarda-costas de Tony. Eu estava tentando ignorar o fato de que Chase havia sugerido Scrum e me concentrar apenas no fato de que Dardennes havia concordado.

Chase deu de ombros.

– Ele é um bom rapaz. Só precisa de uns pequenos ajustes.

– Eu diria que ele precisa mais é de uns grandes ajustes, se quiser minha opinião – disse Finn sorrindo. – Não se preocupe Tony. Vou ficar de olho em tudo. Os elfos verdes sabem como você é importante para Jayne, e nós queremos mantê-la feliz.

– Talvez você vá fazer algum treinamento comigo também, Tony – disse Becky, animada – Eu sou um espírito de água. Talvez você seja também.

– Como vou saber que tipo de fae eu sou? – perguntou Tony a todos nós.

– Bem, eu posso praticamente garantir que você não é um íncubo – disse Spike.

– Verdade; talvez consigamos descobrir o que você é pelo processo de eliminação – disse Finn.

– Como você pode saber que ele não é um íncubo, Spike? – perguntei.

– Porque ele está comendo toda a comida normal e não vejo nenhum brilho em seus olhos.

Puxei o ombro de Tony para que ele ficasse de frente para mim, olhei em seus olhos e vi que Spike estava certo; nada do brilho vermelho de sangue quente. Seus olhos pareciam cinzentos para mim. Olhei para o prato de Spike, percebendo que não havia muita comida nele. Acho que eu nunca havia prestado muita atenção a sua dieta antes. Comecei a me perguntar o que ele comia, então, mas rapidamente decidi que não queria saber.

– Tony, de que cor são seus olhos normalmente? – perguntei.

Não me lembrava de eles serem cinzentos. Eu tinha quase certeza de que eram castanhos. Era isso que o fazia parecer um filhotinho triste às vezes.

– Castanhos.

– Humm. Foi o que pensei – disse eu pensando no que isso poderia significar.

Eu teria que perguntar a Céline quando a visse novamente.

– Por quê?

– Porque estão cinza agora.

– Sério? – Tony olhou para nós, virando a cabeça para todos os lados. – Alguém tem um espelho?

– Haverá um em seu quarto – disse Becky, esticando o pescoço para ver melhor seus olhos. – É, você tem olhos cinza agora. Bonito.

– Oh, Tony – disse Finn com uma voz fina de falsete –, seus olhos são muuuito bonitos agora.

– Cale a boca, Finn. Você está é com ciúme – disse Becky, tentando não sorrir.

– Ciúme de quem? De Tony? De jeito nenhum, senhora. Ele tem Jayne pendurada nas costelas. Que ciúme que nada, não senhora.

Bati no braço dele.

– Cuidado, elfo verde, ou posso esquecer que somos amigos.

– Sem chance. Você não vai se livrar de mim, Mãe.

Peguei um punhado do tecido de sua túnica.

– Chame-me de mãe mais uma vez para ver o que acontece.

Ele ergueu as mãos em sinal de rendição, rindo.

– Ok, ok, misericórdia! Eu desisto. Você é quem manda. Vou calar a boca agora.

Tony sorriu. Fiquei contente ao ver que essa provocação o divertiu e fez feliz, mesmo que me fizesse querer bater em alguém. Esses elfos verdes me chamando de mãe me deixavam um pouco maluca. A ideia era muito estúpida para se levar a sério; eu não tinha certeza de que estava pronta para esse tipo de responsabilidade, ou se a queria. Quando eu havia passado pela entrevista para me qualificar para o teste fae e eles me perguntaram o super-herói que eu queria ser, eu havia respondido Mãe Natureza. Mas não havia pensado muito sobre o que minha vida significaria se isso fosse verdade. Agora, toda vez que o assunto vinha à tona eu pensava em um milhão de outras coisas com as quais eu preferia me preocupar – como o Fae das Trevas que estava tentando roubar meu melhor amigo Tony, por exemplo. Agora que ele não era mais um problema, porém, provavelmente eu teria que começar a lidar com essa questão "Mãe". Ugh.

Só então Scrum chegou a nossa mesa, coberto de manchas de comida e sorrindo como um idiota.

– Ei pessoal. Tudo bem?

Spike se levantou para sair.

– Bem, vou deixar vocês, crianças... ãhn... fazerem o que quer que tenham que fazer.

Finn se juntou a ele.

– É. Até mais tarde. Vejo vocês todos no café da manhã. – Ele estendeu a mão para Becky. – Vamos lá, garota. Deixe esse povo para lá. Preciso de ajuda com uma coisa.

Becky olhou para ele desconfiada, pegando sua mão e se levantando.

– Se isso é mais uma de suas experiências com teletransporte, eu não estou interessada.

Enquanto caminhavam para longe eu podia ouvi-lo tentando convencê-la.

– Não, não, não é nada disso. Dessa vez, preciso que você me mostre...

Não consegui ouvir o resto, e provavelmente não ia querer. Finn e Spike estavam sempre tentando descobrir como desenvolver poderes diferentes, que gostariam de ter. Nenhum dos dois estava satisfeito com as coisas incríveis que já podiam fazer, especialmente Finn. Becky podia fazer um monte de coisas que nenhum de nós podia, e isso o deixava louco. Acho que Finn e Spike haviam feito uma espécie de acordo de se tornarem superfae ou qualquer coisa estúpida parecida. Homens. Todos iguais. Pequenos meninos em corpos grandes.

Scrum ficou parado olhando para nós, nervoso, esperando que alguém reconhecesse sua existência.

Eu suspirei.

– Olá. Então, ouvi dizer que você é o novo demônio daqui.

Ele ficava mudando de um pé para outro, nervoso, para a frente e para trás.

– É. Acho que sim. Estou com Chase.

Chase levantou as sobrancelhas, mas continuou comendo.

– Você está gostando? Quer dizer, até agora? – perguntou Tony, sorrindo para ele.

– Ah, é legal. Ser um demônio é... muito incrível. – Ele olhou para a camisa de Tony e franziu as sobrancelhas, confuso. – Que tipo de fae é você? Sua roupa parece... bem... não fae.

Uau. E ele levou só meia hora para perceber isso. Acho que "observador" não estava na lista de qualificações desse demônio. Ele devia ser de uma hierarquia muito baixa, pois não participara daquela assembleia infernal. Pensei que todo o mundo estaria lá.

– Acabei de me tornar uma criança trocada. Menos de uma hora atrás. Ninguém sabe que tipo de fae sou ainda.

– Ah... Isso é normal? De todos que mudaram comigo, Dardennes meio que já sabia o que seríamos mesmo antes da mudança.

Tony deu de ombros.

– Não sei. É tudo novo para mim.

– Que tipo de coisas você pode fazer?

Eu o interrompi.

– Ei, ele já disse que não sabe.

– Ah, cocô, desculpe mesmo. Eu falo demais. As pessoas me dizem isso o tempo todo. Ou melhor, agora os fae me dizem isso o tempo todo.

– Cocô?

Será que meus ouvidos estão me enganando ou ele realmente disse isso?

Ele parecia envergonhado.

– É que não estou autorizado a xingar.

– Quem disse?

Pelo que eu sabia, não havia polícia de palavrões por ali. Caso contrário, eu estaria com grandes problemas.

– Minha avó. Ela morreu há pouco tempo, que sua alma descanse em paz por toda a eternidade. Era uma defensora das regras. Sem palavrões e sem cotovelos em cima da mesa. – Ele parecia envergonhado. – E algumas outras coisas que eu odeio dizer, como também não peidar, exceto no banheiro...

– Puta merda, cara, muita informação!

Droga, qual era o problema desse cara? Ele era estúpido? Agora eu estava realmente começando a me preocupar com Tony de novo.

Chase estava tentando manter uma expressão séria, mas não estava conseguindo. Eu o cutuquei. Esse cara já era totalmente irritante, e o sorriso de Chase só me irritou mais. Já estava com um belo mau humor, e aquele moleque ia sofrer as consequências.

– Escute, se você quer ficar por aqui, preciso esclarecer uma coisa: se me der uma dor de cabeça, vou quebrar sua cara. E você vomitando todas essas suas coisas pessoais em cima de nós está me dando dor de cabeça.

Os olhos de Tony saltaram das órbitas.

– Jayne, fique fria. Ele só está nervoso.

Olhei para o garoto demônio e ele parecia não saber se devia correr, chorar, mijar nas calças ou todos os três.

Eu imediatamente me senti mal.

– Ouça, *Scum*, eu só estou cansada, estressada e com fome. Sinto muito se feri seus sentimentos. Sente-se aí e cale a boca por alguns minutos, ok?

O sorriso voltou a seu rosto como se nunca houvesse ido embora.

– Ok! É Scrum, a propósito, não *Scum*, mas não se preocupe, as pessoas se confundem o tempo todo. Vou sentar aqui com vocês. Isso é legal. Posso ficar quieto. Nãããão tem problema, de maneira nenhuma. Entendo totalmente esse lance de dor de cabeça. Minha avó tinha o tempo todo. Ela me mandava para meu quarto por horas e horas. Essa era a única coisa que parecia fazê-la se sentir melhor. Acho que ela gostava do silêncio, como você.

Chase continuou comendo, mas colocou a outra mão sobre a minha, que eu fechara em forma de punho sobre a mesa.

– Respire, Jayne – disse Tony com um sorriso na voz.

Olhei para ele.

– Nem comece, cabeça de balão.

– O quê? – ele riu. – Eu não disse nada.

Acho que mesmo se eu lhe desse um tapa, ele não ia parar de sorrir.

– Estou feliz por minha desgraça fazê-lo feliz, Tony.

– Ótimo. Agora, termine seu jantar para que possa me mostrar meu novo ambiente.

– Não fique tão animado – disse eu enquanto punha uma garfada de não sei o quê na boca. – É uma cela sem janelas.

Eu sorri ao ver a expressão de horror em seu rosto.

– Mas não são ruins, de verdade – interviu Scrum, ou Scrubs, ou qualquer que fosse o nome do moleque. – São quentes o suficiente para você não sentir frio, e têm uma bela colcha na cama...

Desliguei-me do resto da merda que ele estava vomitando sobre nós. Eu tinha a sensação de que teria que fazer muito isso no futuro com esse babaca. Meus pensamentos se voltaram para meu quarto sem janelas e meu pequeno amigo Tim, que eu esperava que ainda estivesse dormindo em sua dor.

– Vou pegar algumas frutas para Tim.

– Quem é Tim? – ouvi o garoto perguntar enquanto eu caminhava para o bufê.

Minutos depois estávamos todos andando pelo corredor a caminho do meu quarto, Chase liderando. O garoto Scrubs continuou falando e falando e falando. Eu não conseguia entender como não estava rouco, falando assim o tempo todo. E como diabos ele havia feito isso no meio da Floresta Verde durante o teste fae? Sua conversa teria alertado cada um dos fae em todo o maldito lugar, o que significava que ele devia ter lidado com um monte de conflitos. Tinha que perguntar a Céline sobre seu desempenho. Ou talvez eu pudesse encontrar uma das crianças trocadas que passaram pelo teste com ele e que me contassem.

Chegamos a meu quarto e coloquei o dedo indicador na frente dos lábios.

– Scrubs, você precisa calar a boca agora, e não estou brincando. Há um *pixie* muito doente aqui, e se você o irritar, ele vai *pixificar* sua bunda.

Ele arregalou os olhos e sussurrou.

– Isso é ruim?

– Sim – disse eu muito séria. – É *muito* ruim. É pior que ser morto e comido por um orc.

Parecia que ele ia ter um AVC. Coloquei o dedo na frente dos lábios novamente e levantei as sobrancelhas, formando com a boca as palavras "*Fique quieto*".

Enquanto eu estava ocupada repreendendo e advertindo o novo demônio idiota, Chase abriu a porta do quarto e entrou. Ele já havia dado dois passos para dentro do quarto quando percebi meu erro; mas aí, já era tarde demais.

Capítulo 10

– AGORA VOCÊ VAI PAGAR POR ISSO! – ouvi a voz minúscula gritar, logo antes de Chase engasgar e tentar respirar.

Mas que diabos?

– Tome isso, sua besta gigante! Coma minha poeira!

Era a voz de Tim, mas definitivamente havia um tom maníaco nela.

– Tim, pare! Que diabos você está fazendo? – gritei, entrando logo atrás de Chase.

Eu estava muito, muito preocupada com o que significava "comer a poeira" de Tim; podia ser algo muito ruim.

Chase estava em pé, imóvel, ainda no meio do quarto. Eu tinha medo de tentar chegar mais perto, porque agora estava dentro do quarto o suficiente para ver que Tim estava acordado e muito, muito irritado. Seu rostinho minúsculo estava todo vermelho, e se a minha visão não me enganava àquela distância, pareceu-me que ele poderia muito bem ter enlouquecido.

– Jayne! – gritou ele desesperado.

– Sim, sou eu! O que aconteceu?

– Alguém pegou minhas asas! – gritou ele freneticamente. – Minhas asas! Estou completamente cheio de razão!

– Não foi Chase. Não o machuque. Foi um Fae das Trevas chamado Ben.

– Oh – disse ele com uma voz muito mais calma, olhando para Chase e depois para mim. – Bem, isso é... inconveniente.

Ele afundou a cabeça nos ombros, o que fez que parecesse uma tartaruga tentando entrar no casco.

– Como assim? – Essa me pareceu uma reação estranha depois de descobrir que suas asas haviam sido tomadas pelo diabo. Eu poderia ter pensado em muitas palavras melhores que "inconveniente" para usar – algumas muito criativas, na verdade, com uma pitada liberal de palavrões para melhorar o tom de verdade.

– Booooom, ãhn, é que entrei um pouco de pânico quando acordei e não havia ninguém aqui, e depois essa grande montanha de carne entrou com um olhar tão sério no rosto, e eu aqui sem asas, eeentãaoo...

– Chase sempre está com uma expressão séria, você sabe disso.

Tim riu, nervoso.

– Não mais. Não está mais.

Eu tive uma sensação muito ruim.

– Chase, olhe para mim.

Chase se voltou para olhar para mim e eu senti uma batida em meu coração; parecia que tinha tido um pequeno ataque cardíaco. Ele tinha no rosto o maior sorriso que já havia dado, pelo menos durante o tempo em que eu o conhecia. Estava esquisitíssimo.

– *Chase* – sussurrei –, *que diabos está acontecendo com você?*

– Nada! – explodiu ele, ainda sorrindo como um maníaco. – Tudo é incrível! Uau! Eu não tinha ideia de como esses quartos eram incríveis. Isso é fabuloso! Este quarto, a cama, a cômoda... É tudo madeira de verdade! Você já havia notado isso antes? Eu não.

Ele me empurrou, passando para o corredor, caminhando rapidamente para longe.

– Ele está totalmente certo – disse o garoto demônio cujo nome eu não conseguia lembrar no momento. – Eu sempre achei que nossos quartos eram bastante agradáveis. E é difícil arranjar móveis de madeira de verdade nos dias de hoje.

– Agora não, imbecil! – disse eu com raiva. – Chase! – gritei, indo atrás dele. – Aonde você está indo?

– Tenho que ir lá fora – respondeu ele –, este lugar é muito apertado.

Corri de volta para meu quarto.

– Tim! Que diabos você fez com ele?

Tim se voltou, timidamente desenhando círculos com o pé na madeira da cômoda a sua frente, olhando para baixo, evitando meus olhos.

– Diga agora, Tim, senão vou...

– É tarde demais – disse ele em voz baixa. – Você não pode mais ameaçar tomar minhas asas. Elas já se foram. E é tarde demais para Chase também. Eu dei uma de *pixie* com ele.

– Você... *O quê?*

Tim se voltou para mim com os olhos suplicantes.

– Pensei que ele ia me matar, e não podia voar para longe! Então, entrei em pânico, um pouco.

Balancei a cabeça.

– Isso não é *um pouco*, Tim. Isso é *um montão*. Você me prometeu que não faria isso com ninguém. E de todas as pessoas... Chase? Será que ele já não sofreu o bastante por ser meu amigo? Primeiro uma flecha nas costas, agora isso!

Tim abaixou a cabeça novamente.

– Eu sei. Sinto muito.

Olhei para Tony.

– Fique aqui com Tim. Não o deixe sair do quarto.

Olhei para o demônio estúpido ao lado de Tony.

– Você fique aqui também. Não deixe ninguém chegar perto deles.

Por último, olhei para Tim.

– Não dê uma de *pixie* com ninguém enquanto eu estiver fora, ou terminamos por aqui. Eu mesma vou trancá-lo em uma redoma, está me entendendo?

Tim balançou a cabeça, deixando um pequeno pum escapar em resposta.

– *Estou fodida* – era tudo que eu conseguia pensar em dizer a mim mesma enquanto corria pelo corredor na direção em que Chase havia acabado de seguir.

Capítulo 11

Alcancei Chase quando ele estava saindo pelas portas do refeitório e entrando no corredor sem fim. Eu não tinha a mínima ideia de quantas portas havia para sair ou de quão grande era esse complexo. Toda vez que eu pensava que sabia, acabava saindo por outra porta que nunca vira ou caminhando por uma distância mais longa que antes. Normalmente, esse fenômeno era apenas uma curiosidade. Nessa noite, era um sério aborrecimento.

– Para onde vamos, Chase? – perguntei, alcançando-o, totalmente sem fôlego.

Ele tinha pernas longas e estava com pressa.

– Tenho que sair. Ir para fora, lá fora, *lá fora*!

Ele deu um pulinho, então; e de todas as coisas que Chase fizera desde que se transformara em *pixie*, essa foi a mais assustadora. Chase era o cara mais frio que eu conhecia – decididamente, do tipo forte, silencioso. Ele não pularia tão depressa, assim como eu não pararia de praguejar. Era uma dessas coisas que "não acontecem nesta existência". Mas ali estava ele fazendo aquilo. E meu inteligente amigo elfo cinza, Gregale, dissera-me que a maldição de um *pixie* era impossível de quebrar; e se alguém conseguisse quebrar uma, a pessoa afetada nunca voltaria a seu perfeito juízo novamente.

Por favor, por favor, por favor, deixe que alguém se cure. Às vezes o estoicismo de Chase me dava nos nervos, mas tinha certeza de que essa alegria exagerada seria muito, muito pior. Eu poderia acabar querendo matá-lo para que não estragasse *minha* infelicidade.

Chase chegou a uma porta que eu nunca vira. Sobre ela havia uma flor. A maioria das portas tinha algum símbolo, o que tornava mais fácil para nós, Fae da Luz, guardar as imagens em nossa mente — manipuláveis —, já que era assim que fazíamos as portas aparecerem, tanto do lado de dentro desse corredor quanto do lado de fora do complexo. Se não fosse assim, seria um lugar vazio na parede ou outro lugar na floresta.

Chase abriu a porta e correu para fora.

– Chase, espere, seu idiota!

Ele não foi longe. Estávamos em um campo, semelhante a um em que eu já estivera com Gregale, onde ele me contara que minha arma pontiaguda parecida com um bastão – que me fora dada durante o teste fae – era nada mais, nada menos, que o dente canino do Aguilhão. O Aguilhão era um dragão dos Fae das Trevas há muito tempo assassinado por algum ancestral meu. Quando eu o estava usando contra alguém, ele incendiava a pessoa com fogo de dragão – geralmente assombroso, mas totalmente inútil contra o problema atual. Ficava preso em uma correia à minha perna.

Parei de correr e fiquei à margem de uma clareira gramada banhada pela luz da lua. Fiquei observando Chase correr em círculos, girando e rindo, sorrindo escancaradamente com seu maldito riso tolo. Eu conseguia enxergar muito bem à noite na floresta, mesmo sem lua. Acho que tinha alguma coisa a ver com minha conexão com O Verde.

Sentei-me na grama. *Agora, que diabos devo fazer?* Repassei minhas opções. Eu poderia recorrer a Spike e ele provavelmente me encontraria. Contanto que eu tivesse pensamentos eróticos, ele provavelmente apareceria para que pudéssemos transar. Fiquei pensando em quantas vezes eu poderia usar essa artimanha para fazê-lo aparecer antes que ele parasse de responder. Nós nunca chegamos a concluir a coisa depois de um dos meus convites chega-mais. Toda vez que eu o atraíra dessa maneira não havia sido por motivos sexuais, por isso ele estava sempre com suas intenções obscenas em *stand by*.

Eu poderia também usar O Verde para trazer Finn até mim. Todos os elfos verdes eram fisgados por minha rede desse modo. Não era tão legal quanto a habilidade dos elfos verdes de enviar mensagens telepáticas completas, com palavras reais, mas era bom o suficiente para meus propósitos. O problema era que eu não sabia a quem chamar na rede de elfos. Quem poderia nos ajudar nessa confusão? Provavelmente os curandeiros do complexo precisariam ser convocados – mas eu já fora advertida pela Escuridão que ser transformado em *pixie* era praticamente uma sentença de morte, o que era o motivo pelo qual eles quase haviam se borrado nas calças quando eu soltara Tim da redoma. Se eu os convocasse, Tim sofreria uma expulsão, com certeza. Agora tudo que Dardennes e Gregale haviam dito sobre os perigos dos *pixies* estava voltando para me assombrar. E assombrar Chase. Olhei para ele se deleitando em seu frenesi de alegria e suspirei. Talvez eu pudesse conversar com ele.

Eu me levantei e caminhei para onde ele estava pulando, estendendo as mãos para agarrá-lo e acalmá-lo.

– Chase. Ei. Pare só um segundo, está bem? Venha falar comigo.

– Eu estou falando com você, Jayne. Dance comigo! Por que você está aí parada? Não consegue sentir as vibrações? É impressionante. Não posso parar de me mexer. Passam todas por mim! Você sabe quanto perdi por não sentir essa vida?

Ele continuou a girar com os braços estendidos para o céu. Seu rosto estava lindo, com um sorriso muito largo. Era a primeira vez que eu o via feliz. Parecia um tanto errado que eu me esforçasse muito para trazê-lo de volta a seu silencioso e invulnerável eu. Mas precisava fazer isso, porque ele não ia parar. Ele continuaria extravasando até que caísse de exaustão; e depois, quando recuperasse a energia, ele se levantaria para fazer tudo outra vez. Esse processo continuaria pelo resto de sua vida. E ele sendo um fae, isso significaria cerca de mil anos, mais ou menos.

Fiquei tão preocupada planejando como desencantaria Chase que não o vi vindo em minha direção senão tarde demais. Ele me pegou em seus braços e me girou consigo. Içou-me do chão, girando-me e girando-me sem parar, até que comecei a ficar nauseada.

– Chase, ponha-me no chão, seu maluco!

Ele se recusou. Simplesmente continuou dançando e girando. Meus braços e costelas estavam doendo onde ele me apertava.

– Solte-me! Você está me machucando!

Mas, ainda assim, ele continuou. Eu estava começando a entrar em pânico, contorcendo-me e tentando escapar. Ele não percebia ou não se importava por estar me esmagando. Tentei afastar minha mente da dor e da náusea para poder recorrer a'O Verde. Como de hábito, seu zumbido estava bem próximo de minha mente, esperando para ser convidado a entrar. Senti seu toque acolhedor abraçar meu corpo. As sensações desagradáveis que Chase havia criado começaram a desaparecer e eu comecei a me acalmar.

Enviei uma mensagem por meio de minha conexão com a floresta, avisando que precisava que Chase fosse interrompido para que eu pudesse escapar. Momentos depois, um grupo de trepadeiras correu pelo chão saído de uma árvore próxima e enroscou-se em suas pernas.

Chase continuou tentando se mover de qualquer jeito, mas logo as trepadeiras o dominaram. Eu não havia pensado em todo o processo, obviamente; aquele velho ditado "quanto mais alto o coqueiro, maior o tombo" ocorreu-me de surpresa. E, bem, quando os coqueiros são do tamanho de Chase, eles caem com muita força. E quando caem sobre você, vamos combinar que é mesmo péssimo.

Chase desabou como uma tonelada de tijolos, aterrissando bem em cima de mim. Eu grunhi ruidosamente quando o ar foi expulso à força de meus pulmões. Ele riu descontroladamente.

– Essa foi uma grande ideia, Jayne. – Ele se aninhou em meu pescoço, provocando calafrios por toda minha espinha. – Hmm, você cheira bem. Vamos fazer amor.

Ele puxou minha túnica, tentando descobrir como me despir dela. Foi quando resolvi que era hora de dar uma bofetada de juízo em sua bunda maluca.

Plaft!

Ele olhou para mim com uma expressão de dor.

– Ui, isso doeu. – Ele fez beicinho por um segundo e depois sorriu de novo como um maníaco. – Mas tudo bem, porque vou perdoar você! Agora, ajude-me a tirar sua túnica. Podemos fazer amor sob a lua, Jayne; vai ser mágico!

Eu o empurrei com o máximo de força que pude, grunhindo.

– Ninguém... vai... fazer... amor... com ninguém... sob a... maldita lua... cabeça de merda...

Não consegui sequer movê-lo. Ele tinha duzentos e não sei quantos quilos de ágil demonismo que não seriam dissuadidos de seu propósito romântico. Eu odiava fazer isso com ele, mas era o único meio de afastá-lo.

Puxei Blackie e toquei as costas de Chase com ele. Ouvi um chiado bem antes de ele gritar.

– *Ahhhhh!* Ei, essa doeu. Oooh, Jesus, é um maçarico. Puxa. Minha nossa, o que houve com minhas costas? Preciso dançar. Arranque essas ervas daninhas para que eu possa dançar para acabar com a dor!

Ele me empurrou para longe para poder se abaixar e travar uma luta com as trepadeiras ainda agarradas a seus tornozelos.

Rolei para longe dele e caminhei rapidamente para a margem do campo, lançando uma mensagem para O Verde, dizendo que ele precisava ficar prisioneiro lá até segunda ordem. Eu tinha que achar alguém que pudesse ajudá-lo, mas não queria que Dardennes nem nenhum dos membros do Conselho soubessem daquilo. Eles levariam Tim e o baniriam para sempre para uma colônia de *pixies* em algum lugar e eu nunca mais o veria. Além do mais, ele estava sem asas agora, e isso era em parte culpa minha, de modo que não era correto deixá-lo ir embora quando ele estava daquele jeito.

Chase começou a cantar uma velha canção folclórica que provavelmente ficaria grudada em minha cabeça por dias a fio. Até que, levando tudo em consideração, ele cantava bastante bem.

Eu me desliguei disso e dei um tapinha leve na linha *ley* seguinte, fazendo contato com Maggie, a bruxa. Mais uma vez, ela era minha única esperança. Eu tinha medo de ter usado todos os meus privilégios, no entanto, de modo que não tinha ideia alguma de como a compensaria por essa segunda cura de Chase. Odiava precisar de sua ajuda tão logo depois de ter acabado de pedir que curasse Tim. Eu precisava arranjar outros amigos bruxos, especialmente porque vira recentemente como era útil tê-los por perto.

Senti a energia instável de Maggie ali adiante, reconhecendo-me. Lancei a ela imagens de onde eu estava e de qual era meu problema, e depois esperei. Não obtive resposta alguma dela, mas eu não tinha muita certeza de como isso funcionava, de modo que apenas me sentei, deixando a conexão cair quando tudo que dela restou foi um zumbido monótono. Talvez ela aparecesse e talvez não. Eu lhe concederia uma hora e depois daria um jeito de arquitetar um plano B.

Enquanto esperava, enviei uma mensagem para Finn por meio d'O Verde. Ele estava dormindo; pude perceber pelo zumbido baixo de sua presença. Eu o cutuquei com força e lancei-lhe imagens da porta com a flor, esperando que ele entendesse que eu precisava dele. Finn era o único que eu conseguia contatar desse modo. Eu não tinha conexão alguma com Becky. Com Spike eu teria que usar pensamentos eróticos, e depois de ter sido acariciada por Chase, não estava com disposição para isso. Eu gostava de Chase e o achava maravilhosamente bonito e tudo mais, mas não desse jeito. Talvez, em outra ocasião, pudéssemos fazer amor sob a luz da lua ou o que fosse, mas não quando ele estivesse maluco feito um idiota. Louco não era *sexy de jeito nenhum*. Esse não era Chase. Um dia, se quisesse fazer amor comigo, sei com certeza que ele não falaria daquele jeito. Por enquanto, parecia protagonista de um romance ordinário e mal escrito. *Eca!*

Cerca de dez minutos depois ouvi a porta se abrir na margem do campo e os sons de passos e murmúrios. Logo Finn e Becky apareceram.

Soltei um suspiro de alívio.

– Obrigada por virem, gente. Sinto tê-los importunado tão tarde.

Becky olhou para mim com preocupação.

– O que houve? Você está bem?

– Sim, estou bem. Mas ele não.

Apontei para Chase, estendido no chão, lutando valentemente para se livrar enquanto ria desenfreadamente.

– Esse é... – Becky perguntou, incrédula.

Suspirei.

– Sim. É Chase.

– Que *diabos* está acontecendo? – perguntou Finn, dando um passo em direção a ele.

– *Não*! – agarrei o braço de Finn. – Não faça isso. Deixe-o à vontade – disse eu, repugnada. – Não chegue perto demais. Ele pode tentar fazer amor com você sob a luz da lua, ou algo do gênero.

– Ah... Eu, Finn! O que é que há, cara? – gritou Chase, interrompendo-nos. – Venha para cá e me ajude a escapar, sim? Puxa, você está com ótima aparência. Isso é um novo corte de cabelo? Vamos dançar. Sinto vontade de dançar, você não sente?

Finn se voltou e olhou para mim horrorizado:

– Que diabos aconteceu com esse pobre cara? Porque esse não é Chase. Há algum tipo de impostura, ou vodu de fae da escuridão rolando aí.

– Não – disse eu tristemente. – Esse é Chase. Ele se transformou em um *pixie* acidentalmente.

A mão de Becky voou para sua boca e seus olhos se arregalaram:

– *Oh, não!* – murmurou ela.

– Sim. Foi Tim que fez isso. Ele havia acabado de perceber a remoção de suas asas e Chase o surpreendeu, então ele simplesmente... não sei... *praguejou* e o transformou em *pixie*. Chase vem dançando e rindo desse jeito desde então. Eu tive que amarrá-lo para que ele pudesse ficar imóvel e me soltar. Vocês não vão querer se aproximar dele neste momento, podem acreditar.

– O que ele estava tentando fazer com você? – perguntou Becky, relutante e ainda descrente.

– Primeiro ele tentou me atrair para sua dança maluca, o que quase me fez vomitar. Depois ficou um tanto brincalhão. Pense em Spike, mas com grandes músculos e o carisma de um palhaço de circo.

Becky fechou os lábios em uma carranca.

– Oh! Abusado!

– Sim. Ele não chegou a fazer nada, mas, ainda assim. É Chase. Só que parece tão errado, principalmente por ele agir de forma tão... diferente.

– Esquisita.

Eu fiz que sim. Ela havia entendido totalmente.

– Então, que diabos vamos fazer com ele? Só esperar a noite toda para que isso passe?

Balancei a cabeça tristemente:

– Não há meio de isso passar, pelo que eu soube. Ele foi transformado em *pixie* para sempre, a menos que Maggie possa arranjar alguma coisa para ajudá-lo. Do contrário, ele continuará a fazer essas besteiras até que morra de exaustão.

Becky tinha lágrimas nos olhos.

– Ah, meu Céu. Ah, meu Mar. Ele vai morrer por ter sido transformado em *pixie*? Que jeito horrível de morrer!

– Ora, Becky, vamos encontrar uma solução. Não comece a chorar. Não vamos deixar o velho Chase morrer diante de nós. Ele é um cara forte e Jayne tem sua conexão com O Verde. – Finn olhou-me analiticamente. – Você pode curá-lo, como fez comigo e com Becky durante o teste?

Era verdade. Eu conseguira curar os dois de algumas feridas bem ruins que receberam de algum fae desequilibrado que estava lá na floresta para nos ajudar a fracassar no teste.

– Na verdade, eu não havia pensado nisso. Acho que posso tentar. Poderia ser melhor se todos nós estivéssemos perto de um dos Antigos, uma das árvores maiores, no entanto.

– Verei o que posso encontrar. Vocês, garotas, fiquem aqui com o garoto romântico.

Finn ergueu um polegar em direção a Chase.

Becky se aproximou e se sentou comigo, esfregando minhas costas com sua mãozinha. Eu não sou uma pessoa grande, mas ela é mesmo pequenina. Ela fazia que eu me sentisse um alce quando estava perto de mim. Nesse momento, no entanto, eu não dava muita bola para isso.

– Não se preocupe. Resolveremos isso, de um jeito ou de outro.

– Eu chamei a bruxa. Maggie. Não sei se ela virá.

Becky estremeceu involuntariamente.

– Não sou a maior fã dela, tenho que lhe dizer. Ela ficou um tantiiiinho feliz demais por arrancar as asas de Tim. Foi sinistro.

– Eu sei. Mas se alguém tem um remédio, é ela.

– Odeio pensar no que haverá nesse remédio, no entanto.

– Sim. Eu também. Talvez testículos de salamandra ou algo assim.

Becky deu risadinhas.

– Salamandras têm testículos?

– Claro que têm. Bom, na verdade nunca vi as gônadas de uma salamandra, mas devem ter. Como fariam bebês?

Eu sorri para ela. Essa era uma das conversas mais estúpidas que eu já tivera na vida, mas ao menos distraía minha mente de meu pobre amigo que estava cantando algo que parecia *Moon River*, uma canção que meu pai costumava cantar, só que ele cantava o mesmo trecho sem parar e muito desafinado. Era estranho que Chase conhecesse essa velha canção.

Finn voltou das árvores, trotando em nossa direção e falando ao mesmo tempo:

– Achei uma. Não é muito longe. – Ele olhou atentamente para Chase. – A questão é: como vamos removê-lo daqui para lá?

– Deixe isso comigo – disse eu conectando-me outra vez a minha fonte de poder.

Imaginei Chase sendo arrastado por trás de nós pelas trepadeiras, e elas obedeceram a meu pedido.

– Mostre-nos o caminho – disse eu. – Só não pise nas trepadeiras que estão segurando Chase.

Finn nos ofereceu suas mãos para nos ajudar a ficar em pé. Levantamos e o seguimos floresta adentro, com Chase arrastado atrás de nós. Ele ia ficar meio esfolado, mas isso era melhor do que travar mais uma luta corpo a corpo com ele. Chase era danado de pesado para carregar.

Ele cantava e ria intermitentemente enquanto lutava com suas amarras.

Tão logo vi a árvore que Finn havia escolhido, soube que era a certa. Ela era *enormemente* grande. Quase tão alta quanto uma sequoia.

A floresta era muito estranha. Havia nela todas as espécies de árvores, e não apenas aquelas que seriam de se esperar na região. Eu sabia que estávamos na Europa... na França, provavelmente, por minhas avaliações do tempo que levava dali para a Flórida, o clima e as informações que eu vira nos computadores do conjunto residencial. Algumas árvores não deviam estar ali, mas estavam. Eu dei de ombros, como se fosse coisa dos fae. Muitas coisas que eu não conseguia explicar naqueles dias eram atribuídas a essa explicação genérica.

Pedi às trepadeiras d'O Verde que amarrassem Chase à árvore para que ele não pudesse fugir, e elas obedeceram fielmente. Foi preso como um prisioneiro, e não gostou nem um pouquinho. Estava suando pelo exercício de tentar fugir enquanto irrompia em explosões de gargalhadas e gritos de alegria. Sua voz estava começando a ficar rouca.

Eu me aproximei e me ajoelhei junto a ele, tomando cuidado para não ficar perto demais. Olhei sobre meu ombro, dizendo:

– Vocês poderiam se afastar? Não tenho certeza do que vai acontecer.

Eles deram cinco passos para trás, sem dizer nada, apenas olhando fixamente para Chase e para mim.

Olhei para Chase, odiando o que via em seus olhos e em seu rosto. Era como amor, desespero e confusão, tudo misturado, e tão pouco característico dele. Era como se houvesse um alienígena habitando a mente de meu amigo.

– Chase, querido, vou tentar curá-lo com O Verde. Preciso que você fique imóvel e simplesmente deixe acontecer, está bem?

– Vamos só dançar, está bem? Ou cantar! Podemos cantar juntos. Vamos lá, eu começo. *Row, row, row your boat*... Ok, Jayne, agora você faz um coro e nós vamos alternando... *row, row, row your boat*... você agora...

Suspirei; era inútil tentar falar com ele. Comecei, inclinando-me em direção à árvore e colocando as palmas das mãos sobre a casca firme e marrom, para que pudesse ajustar meu corpo contra ela antes de abraçá-la. Esse método me parecia o melhor e mais purista de comungar com a força da vida que vibrava através dessa floresta. Eu podia me conectar com O Verde por muitos meios, de qualquer maneira, agora que aprendera como usar e controlar meus poderes ao treinar com vários outros fae, mas o abraço na árvore ainda era o melhor meio para prosseguir usando meu poder, pois eu precisava estar à altura e me concentrar melhor no que estava fazendo – ou tentando fazer.

Estendi os braços, envolvendo a árvore, o braço esquerdo sobre o peito de Chase. Suas costas estavam contra o tronco, para que nós ficássemos juntos na conexão.

Uma voz emergiu do alarido do canto delirante de Chase e do zumbido d'O Verde.

– Isso não vai funcionar!

Reconheci a voz de Maggie, que se erguia atrás de mim.

– Vou tentar, de qualquer maneira.

– Fique à vontade. Vou-me embora.

Eu soltei a árvore, voltando-me para encará-la.

– Não! Fique um minuto. Deixe-me só tentar isso.

Ela deu de ombros e ficou imóvel.

– Não demore. Preciso de meu sono de beleza. Já da passou da minha hora de dormir.

Voltei ao trabalho, ignorando o óbvio erro de sua justificativa, já que, mesmo com todo o seu repouso de beleza, sua aparência não era menos que hedionda.

– Muito bem, Chase, aqui vamos nós...

Fechei os olhos, bloqueando o coro enferrujado de *Row, Row, Row Your Boat* o melhor que podia. Lancei meu pedido por meio da velha grande árvore que conectava a mim e a Chase à energia que se ligava a todas as coisas que eram e haviam sido vivas na Floresta Verde e pelo mundo afora. Pedi que se desse início a uma cura na mente de meu amigo, para ajudá-lo a encontrar o velho Chase e ficar livre daquela... coisa... ou seja lá o que o estivesse possuindo. Senti o toque amoroso d'O Verde fluindo através de mim e penetrando Chase, mas não tinha ideia alguma de se estava fazendo alguma diferença. Apenas o sustentei até concluir que era tudo que eu podia fazer, e depois, delicadamente, deixei O Verde ir embora, agradecendo-lhe por qualquer coisa que houvesse sido capaz de executar. Um suspiro escapou de meus lábios quando mais uma vez me vi esvaziada da força afetuosa d'O Verde.

Afastei-me da árvore e olhei criticamente para Chase. Ele estava em silêncio, sorrindo. Isso não era exatamente um bom sinal. Era Chase, afinal, por isso o sorriso me preocupava.

– Chase? Você está bem?

Seus olhos lentamente se abriram e depois seu sorriso se ampliou quando me viu.

– Isso foi *fabuloso*! Faça de novo! Por favor! Eu me sinto tão energizado neste momento! – Ele lutou com as trepadeiras com uma expressão confusa no rosto. – Por que essas coisas estão em cima de mim? Pode me ajudar a tirá-las? Preciso dançar.

Lágrimas frustradas brotaram em meus olhos e dei um pulo.

– Puta merda! – gritei para ninguém em particular.

– Eu disse que não ia funcionar – resmungou Maggie. – Saia daí, garota.

Eu me voltei com raiva, caminhando em direção a ela enquanto explicava.

– Foi Tim quem fez isso com ele. Foi um acidente. Se eu não puder remediá-lo, se você não puder remediá-lo, mandarão Tim para uma colônia de *pixies* leprosos e Chase para algum lugar igualmente horrível. Talvez eles o rebaixem ou coisa assim, eu não sei. Preciso dos dois aqui. Em estado *normal*. Diga-me que pode ajudar – supliquei.

– *Pixies* são amigos perigosos para se ter.

– Sim, é tarde demais para esse aviso, agora. Eu só preciso saber se você pode fazê-lo melhorar.

Ela deu de ombros.

– Ele me parece feliz. Talvez não queira melhorar – disse Maggie com um sorriso astuto.

– Pare de enrolar, morcega velha. Você sabe que ninguém escolhe ser transformado em *pixie* ou ficar desse jeito. Ele vai se matar com esse tipo de felicidade.

Ela deu de ombros.

– Posso pensar em modos piores de morrer.

– Sim – disse eu em tom de ameaça, pondo a mão sobre Blackie –, eu também.

Maggie ergueu sua sobrancelha, interrogativa.

– Você está me ameaçando?

– Não exatamente – respondi à provocação. – Estou lhe pedindo para me ajudar. Você vai ou não vai ajudar? Mas diga logo e pare de ficar enrolando. Não estou com humor para isso.

– É verdade!

– Pode apostar que é verdade. Então, pode me ajudar?

– Talvez. Maldições de *pixie* são coisas complicadas. Mas não sou eu que posso ajudar seu amigo. Você precisa dos curandeiros do complexo dos Fae da Luz.

– Por quê? Por que você não pode fazer?

– Você precisa de um antídoto feito em um laboratório. É uma nova magia; não é minha especialidade. Você pega o sangue de Tim, o *pixie* que o amaldiçoou, e usa-o para fazer o feitiço de reversão. Eu sei o básico, mas não o processo todo. Você precisa de uma bruxa mais jovem e uma bruxa mais velha trabalhando juntas.

– Vai funcionar? Vai deixar Chase... normal de novo?

– Eu não sei. Talvez. Talvez não.

Joguei as mãos para o alto, frustrada.

– Você não está ajudando em nada! Eu não posso levá-lo de volta para o complexo. Eles vão se livrar de Tim, com certeza. Preciso que você o cure aqui onde eles não verão.

Maggie começou a se afastar.

– Aonde você vai? – gritei com estridência.

– Para a cama.

– Mas eu preciso de sua ajuda!

– Ajudei-a o quanto pude. Agora, vou dormir.

– *Arrrrggghhh!* – berrei, querendo puxar meus cabelos.

Becky veio em direção a mim, hesitante.

– Então... o que você quer que façamos? Quer levar Chase de volta para o complexo?

Ela pousou a mão em meu braço; sua presença fria me acalmou um pouco.

Finn se adiantou também.

– Parece que essa é a única solução.

– Não pode ser – disse eu, quase chorando de frustração. – Acabei de recuperar Tony, agora vou perder Tim? Não – balancei a cabeça –, é simplesmente demais. Ele está ferido. Não posso deixar isso acontecer.

– Sim – disse Becky voltando os olhos para Chase –, mas você não pode deixar Chase por aí, e não há outras opções. Ele é barulhento demais para ficar escondido. E como vai alimentá-lo? Ele come como um cavalo.

Tudo que ela dizia fazia sentido, mas eu não conseguia decidir o que fazer. Realmente, de verdade não queria que Tim fosse punido. Não era justo. E eu sabia que esperar que o Conselho fosse completamente imparcial não era realista. Eles eram racistas rancorosos contra os *pixies*, do primeiro ao último, e eu tinha certeza de que pensavam que já haviam feito favores suficientes para mim.

– Talvez eu pudesse ajudar.

A voz emergiu do nada. Segurei Blackie, puxando-o da bainha em minha perna. O arco de Finn voou de seu ombro para suas mãos com uma flecha já apontada. Ele fora tão veloz no saque que nem o vi se mexer. Se eu não estivesse tão apavorada com um possível ataque sorrateiro, ficaria seriamente impressionada. Becky executou um ato de desaparecimento, teletransportando-se para algum lugar do qual eu não tinha a menor ideia. Cara, fiquei com tanta inveja dessa habilidade!

– Quem está aí? – gritou Finn.

– Meu nome é Gustav, mas meus amigos me chamam de Goose. E estou aqui diante de vocês, mas não gosto muito ser alvejado ou queimado, de modo que enquanto não baixarem suas armas, ficarei no Cinza, obrigado.

Ele tinha um ligeiro sotaque. Parecia alemão ou algo assim.

Olhei para Finn e ele deu de ombros. Nenhum de nós baixou a arma.

– Nós o conhecemos? – perguntei.

Eu estava tentando ganhar tempo, vasculhando minha memória à procura de um elfo cinzento chamado Goose. Eu não conhecia muitos deles, mas Gregale havia mencionado alguns. Mas não me lembrava de nenhum Gustav ou Goose.

– Não. Não é provável – disse ele com um sorriso na voz.

Ele não parecia ameaçador, exceto pelo fato de que estava se escondendo de nós.

– Você vive no complexo? – perguntou Finn.

– Não. Vivo por aqui na floresta. E no Cinza.

– De que diabos ele está falando? Viver no Cinza? – murmurou Finn para mim.

Eu me inclinei para seu ouvido e lhe disse o que sabia.

– É o espaço entre este mundo e os Outros Mundos, onde os espíritos às vezes moram. Não tenho muita certeza. Gregale me levou lá uma vez para visitar Tony usando projeção astral. Os elfos cinzentos podem ir lá.

– Ah – disse Finn, agindo como se tudo que eu havia dito fizesse perfeito sentido, o que não fazia.

Mas era o melhor que eu podia fazer. O Cinza era um tanto misterioso para mim também.

– Se baixarmos nossas armas, você tem que prometer não nos ferir – disse eu tentando parecer confiante, ignorando convenientemente o fato de que se ele quisesse nos ferir, não hesitaria em mentir sobre suas intenções.

– Se eu quisesse feri-los, podia já ter feito isso cinco vezes seguidas. Vocês não são os fae mais silenciosos da floresta, acreditem.

Ele tinha razão.

– Tudo bem; estamos com um amigo doente.

– Percebi. E como disse, talvez eu possa ajudá-los em sua pequena aflição. Um problema de transformação em *pixie*, se não me engano, não é?

Maldição. Agora o complexo todo ia descobrir.

Baixei minha arma, estendendo os braços e empurrando o braço de Finn para que ele baixasse seu arco.

– Ótimo. Nossas armas foram baixadas. Apareça.

Uma luz trêmula apareceu a alguns metros de nós. Primeiro a forma era apenas um contorno cinzento. Depois, ficou mais sólida. Erguendo-se ali, usando uma túnica de um cinza escuro, estava um sujeito magro com um nariz pontudo e pômulos altos. Tinha cabelos louros como Chase, mas olhos cinzentos como alguns que eu vira recentemente. *Os olhos de quem são assim?* Não consegui descobrir, e depois ele começou a falar, de modo que imediatamente esqueci o que estava tentando recordar.

– Faço parte de um grupo de bruxas e outros fae que recentemente tiveram sucesso em tratar a transformação em *pixie*. Talvez seu amigo queira vir a nossa instalação e participar de nosso estudo mais recente.

Olhei para ele como se estivesse maluco. Nós estávamos ali na Floresta Verde, Chase amarrado a uma árvore rindo até estourar sua cabeça tola, e esse cara vinha falar de testes clínicos? Seria deficiente mental? Fiquei preocupada que estivéssemos lidando com um psicótico total, e não com o salvador que ele se esforçava para ser.

– Ouça, Goose, reconheço seu pequeno avanço médico ou seja lá o que for, mas isto aqui não é uma brincadeira. Meu amigo precisa de ajuda, e não está interessado em ser um rato de laboratório, ou o que quer que você esteja falando. Por isso, a menos que você possa realmente ajudá-lo, vou precisar que desapareça de nossa frente.

Minha mão comichava para erguer Blackie e encostá-lo em seu rosto, mas eu não queria que Goose desaparecesse de novo até ter certeza de que não seria útil. Eu estava desesperada – tão desesperada que estava conversando com um estranho que nunca vira ou de quem jamais ouvira falar, em uma parte desconhecida da floresta no meio da noite.

Goose sorriu pacientemente.

– Não, ele não seria um rato de laboratório. Nosso estudo está além das experiências com animais. Nós temos fae verdadeiros participando agora, que têm tido grande sucesso com nosso tratamento.

Finn desabafou, incapaz de conter sua curiosidade.

– Então, o que é esse tratamento? Vocês lhes dão uns pontapés na bunda ou algo assim?

– Não. Nós temos bruxas na equipe que descobriram os meios de criar um antídoto muito parecido com aquele descrito por sua amiga. Maggie, creio, era seu nome.

– Então, como é o antídoto? O que ele faz? – perguntei.

– Consiste em uma série de tratamentos administrados em várias etapas, até que a transformação em *pixie* seja completamente removida. Os efeitos colaterais são... tratáveis. E temporários.

– Vocês já tiveram uma "pixificação" completamente revertida?

Goose limpou a garganta.

– Bem, não exatamente. E o termo correto é "transformação em *pixie*". Mas estamos muito, muito perto disso. Por milhares de anos, vários grupos vêm trabalhando nessa solução, mas, pela primeira vez, tivemos avanços significativos. É muito empolgante, na verdade. – Ele olhou significativamente para Chase, sério. – Seu amigo precisa de nós, isso é muito evidente. E vocês não deviam esperar para resolver o que fazer. Quanto mais esperarem, mais difícil será a cura e menos chance há de que ele se recupere totalmente.

Tive uma sensação de pânico no peito e foi difícil respirar.

– Bom, tudo parece interessante, mas, não querendo ser grosseiro nem nada, nós nem sabemos quem é você ou de onde vem, e simplesmente espera que entreguemos nosso amigo a você e a um bando de bruxas que tampouco conhecemos? Acho que não. – Finn balançou a cabeça e franziu o cenho. – Não senhor. Não vai dar.

Finn estava certo. Por mais tentador que parecesse, eu não podia simplesmente ceder Chase a esse sujeito desse jeito. Não quando sabíamos tão pouco a respeito dele.

– Ele está certo. Conte-nos o que precisamos saber. Quem é você e de onde é exatamente?

– Posso dizer que sou Gustav. Sou um fae... da raça dos irados, como podem ver por minha túnica. Moro na Floresta Verde com outros de minha espécie. E sou um Fae das Trevas, se isso faz alguma diferença.

Olhei para ele horrorizada.

– Claro que faz diferença, seu estúpido Fae das Trevas! – Imediatamente ergui Blackie, notando que Finn já tinha Gustav em sua mira.

– Ah... Então vocês são Fae da Luz... e recém-transformados, se não me engano. Não se preocupem, não têm nada a temer de mim. Eu sou apenas um cientista, fundamentalmente. Olhem... – ele ergueu as mãos e gesticulou. – Não carrego armas. Vim em paz.

Ele realmente não parecia muito ameaçador.

– Você é um Fae das Trevas. Isso o torna um vilão – disse Finn categoricamente.

Gustav sorriu.

– Vejo que eles mantêm a máquina de propaganda bem lubrificada e funcionando perfeitamente no acampamento dos Fae da Luz. Que infelicidade para vocês. Na verdade, jovem elfo verde, o mundo não é tão fácil de encaixar em categorias, não é? Desconfio que seu amigo foi transformado em *pixie* por um *pixie* dos Fae da Luz, não foi?

– Sim. E daí?

– A mim parece que *ele* é o vilão, não eu. Estou me oferecendo para ajudar.

– Mas o que você quer em troca? Essa é a verdadeira questão.

Eu aprendera uma coisa muito valiosa com Maggie, que nunca sequer tentara esconder o fato de que era esse seu lema: nada no mundo vem sem sacrifício pessoal.

– Tão desconfiada... Tão incrédula... Mas eu lhe darei as respostas para que você se sinta mais à vontade; porque é verdade que eu faço isso por razões egoístas. Nós perdemos vários dos nossos devido à transformação em *pixies*. Quanto mais indivíduos tivermos de diferentes raças fae, mais oportunidade teremos de encontrar a cura. Estamos perto dela. Mas não podemos pedir aos fae que sejam voluntários na transformação em *pixies* para que possamos continuar com nosso trabalho. Eu viajo pelo Cinza procurando aqueles que tenham tido a infelicidade de trombar com um *pixie* raivoso ou desorientado. É por isso que estou aqui e me ofereço para ajudar, muito embora vocês sejam, como dizemos no complexo dos Fae das Trevas, os vilões.

Ele sorriu ao dizer isso, erguendo a sobrancelha em desafio.

Suponho que fazia sentido que ele nos considerasse adversários.

Finn olhou para mim, dando de ombros.

– Faz sentido para mim.

– Sim, para mim também. *Se* ele estiver dizendo a verdade.

E isso me deu uma ideia perfeita.

– Espere um segundinho, Goose. Quero que você fale com uma amiga minha.

Dei um tapinha de leve n'O Verde por meio da linha *ley* próxima novamente. Precisava de mais um favor de Maggie, de modo que mandei minha mensagem: *Maggie, traga sua velha bunda detectora de mentiras de volta para cá. Fico te devendo uma.*

Capítulo 12

Uma Maggie resmungona apareceu não muito depois, juntando-se a nós sob os galhos da árvore antiga a que Chase permanecia amarrado.

– Maggie, preciso que você me diga se esse tal de Goose está nos dizendo a verdade. Ele está se oferecendo para ajudar Chase, mas não tenho certeza de que podemos confiar nele.

Ela o olhou atentamente e grunhiu, depois olhou de volta para mim.

– Qual é sua oferta?

– Ficarei te devendo um favor de sua escolha se você fizer isso por mim.

– Qualquer coisa que eu quiser?

Um sorriso se espalhou lentamente por sobre seu rosto.

Fiquei um pouco desconfortável com essa barganha sem regras fixas, e *muito* desconfortável com aquele sorriso, mas não via alternativa. Eu não tinha nada mais a dar.

– Dentro do razoável, sim.

– Do razoável de quem?

Revirei os olhos. Ela teria se saído uma grande advogada no mundo humano.

– Eu não sei... do razoável de um fae mediano, suponho.

– Feito.

Ela fez que sim para mim. Depois, voltou-se para encarar Goose.

– Fale!

– Conte a ela o que contou a nós – disse eu.

Parecendo intrigado, Goose começou sua história:

– Meu nome é Gustav e sou dos Fae das Trevas.

– Verdade!

Goose deu um pulo, temporariamente sobressaltado, mas depois prosseguiu.

– Faço parte de um grupo de bruxas que estão trabalhando para curar aqueles que foram transformados em *pixies*.

– Verdade!

– Nós encontramos uma cura.

– Mentira!

Gustav franziu o cenho para ela e depois olhou para mim.

– Você tem que ser exatamente verdadeiro, ou ela saberá.

– Ah – disse ele fazendo que sim. – Tudo bem, estamos perto de uma cura, e temos tido muitos sucessos em descobrir e tratar com eficácia a transformação em *pixies* avançada.

– Verdade!

– E se eu entregar Chase a você, não vai feri-lo?

– Não.

– Mentira!

– Sinto muito... O que quero dizer é que a única dor que ele sofrerá será um efeito colateral do tratamento. Em outros aspectos, não tenciono lhe causar nenhuma dor.

– Verdade!

– E você o deixará livre quando ele terminar o tratamento ou quando eu lhe pedir para devolvê-lo?

– Sim, com certeza.

– Verdade!

– E me contará a verdade sobre como e onde encontrá-lo?

– Sim.

– Verdade!

Olhei para Finn.

– Consegue pensar em algo mais que precisemos saber?

Finn olhou para ele e disse:

– Você não tem outro motivo para ajudar Chase além de suas experiências científicas?

Ouvindo isso, Goose se embaraçou um pouco, levando alguns minutos para responder.

– Meu único interesse em seu amigo, pessoalmente, é científico.

– Verdade!

Olhei para Finn e ele retribuiu meu olhar dando de ombros. Supus que estávamos ambos satisfeitos o bastante para assumir o risco. Eu não achava que tivesse nenhuma outra chance.

– Obrigada, Maggie. Você pode voltar para a cama agora. Vá tirar seu sono de beleza.

Ela grunhiu e depois se afastou arrastando os pés, desaparecendo entre as árvores.

Encarei Goose.

– Tudo bem. Você pode levá-lo para seu laboratório. Mas quero sua promessa solene de que cuidará bem dele. Ele é muito especial para mim.

Tentei não pensar em como ele era especial, porque um nó estava se formando em minha garganta, fazendo minha voz ficar rouca.

– Prometo que farei o que puder para ajudá-lo a se livrar de seu problema de transformação em *pixie*.

– E quando ele estará pronto para voltar para casa?

– Presumindo que você possa me arranjar uma amostra de sangue de *pixie*, uma semana, se tudo correr bem.

– Uma *semana*? Puta merda, como vamos nos livrar do Conselho por uma semana inteira? – perguntou Finn.

– Não sei. E como diabos vamos conseguir uma amostra do sangue de Tim?

Voltei a focar a atenção em Goose.

– Tudo bem. Então, temos que lhe arranjar uma amostra de sangue de *pixie*; e como traremos Chase para casa quando tudo terminar?

– Façam seus curandeiros dos Fae da Luz pegarem a amostra, digam que é para Maggie. Encontrem-me de novo aqui com ela amanhã ao meio-dia. E depois, retornarei para cá com Chase dentro de uma semana. Na mesma hora, meio-dia. Se eu puder chegar antes, enviarei uma mensagem a vocês.

– Como vai fazer isso?

– Visitarei vocês pelo Cinza. Agora que os conheço, deve ser possível encontrá-los.

– Como saberei que você estará lá?

Goose sorriu pacientemente:

– Disseram-me que parece que os pelinhos da nuca das pessoas se eriçam, e com certeza vocês me ouvirão quando eu falar com vocês.

– Agradável isso, hein? – dei um sorriso amargo.

– Tenho plena certeza de que não funcionará dentro do complexo – disse Finn.

Eu não sabia disso antes, mas ser uma parte dos elfos verdes dava a Finn acesso muito maior que o meu a um monte de informações sobre segurança.

– Você está correto. Mas quando se está do lado de fora, funciona. Eu continuarei tentando, se for necessário, até que chegue a vocês em algum lugar da floresta.

– Ótimo. Então, como você transportará Chase para seu laboratório? E onde ele fica?

– Eu já contatei alguns ogros que nos dão assistência em detalhes de segurança. Eles estarão aqui brevemente. E meu laboratório fica no complexo dos Fae das Trevas, aqui nesta floresta.

O fato de que havia um complexo de Fae das Trevas naquela mesma floresta era interessante, mas eu tinha assuntos mais imediatos com que me preocupar. Concluí que poderia meditar sobre a questão do complexo dos Fae das Trevas com meus amigos mais tarde. Além do mais, Finn provavelmente saberia alguma coisa sobre isso.

– Vou ter que libertá-lo das trepadeiras, ou elas não sairão – expliquei.

– Se puder esperar até os ogros chegarem, será melhor. Um fae transformado em *pixie* é difícil de pegar, às vezes.

– Sim. Eu reparei.

Ouvimos algo quebrando por entre as árvores próximas, e cinco segundos depois dois fae gigantes chegaram, parando perto de Goose.

– Chamou? – disse um deles.

Sua voz parecia tanto com a de Ivar que era intrigante. Esses ogros até se pareciam um pouco com ele – grandes cabeças com sobrancelhas volumosas que pendiam sobre olhos pequenos, pescoços grossos e braços grossos como minha cintura. Eram bons fae para se ter por perto como segurança, com certeza.

Goose apontou para Chase.

– Vocês podem, por favor, entregar aquele fae que está amarrado à árvore ali adiante em meu laboratório? – Ele fez um sinal positivo para mim. – Pode libertá-lo agora.

Rapidamente enviei uma mensagem às trepadeiras, dizendo que podiam soltar Chase. Eu não queria aqueles ogros despedaçando-as. Eu nunca tivera nenhum sinal d'O Verde de que quebrar suas trepadeiras ou folhas fosse dolorido, mas, mesmo assim, não parecia correto deixar isso acontecer quando podia ser evitado.

As trepadeiras rapidamente recuaram, voltando para as árvores e moitas das quais haviam saído.

Chase tentou se levantar, obviamente planejando sair correndo e dançando um pouco mais, se é que a alegria em seus olhos era alguma indicação. Mas os dois ogros rapidamente puseram fim nesses planos agarrando-o firmemente pelos braços. Ele lutou valentemente, esquivando o corpo o mais longe que podia, tentando olhar para o campo atrás de si, enquanto gritava o tempo todo que o soltassem para que pudesse dançar. Chase até os convidou a ir com ele, coisa que, se não fosse tão digno de pena, teria sido hilário. Chase brincando no meio das flores com dois ogros? Hilariante e hediondo ao mesmo tempo.

– Vamos partir agora, e verei vocês amanhã para pegar o sangue – disse Goose fazendo-nos uma ligeira reverência quando começou a se apagar dentro do Cinza.

– Goose! Espere!

Ele se voltou um pouquinho.

– Sim?

– Que tipo de fae você é mesmo?

– Sou um irado.

Concordei.

– Tudo bem, obrigada. Nós nos veremos.

Ele se apagou dentro do Cinza, desaparecendo completamente em questão de segundos.

– Por que você lhe perguntou isso?

– Porque de repente eu lembrei onde havia visto olhos como os dele anteriormente.

– Onde?

– No rosto de Tony. Bem depois que ele se transformou.

– Ah, merda. Eu não somei dois mais dois, mas você está certa.

– Você sabe o que é um irado?

– Não tenho a menor ideia.

– Nem eu. Vamos voltar. Amanhã podemos perguntar a Dardennes ou Céline. Talvez até Jared saiba.

Atravessamos a floresta e depois o campo.

– Então, o que vamos fazer quanto à ausência de Chase? O que vamos dizer a todo o mundo?

–Não sei – respondi distraidamente. – Vamos procurar Jared. Ele saberá o que fazer.

– Ou ele nos denunciará e estaremos totalmente ferrados.

– É, isso pode acontecer. Mas tenho a impressão de que não acontecerá. Jared faz as coisas certas pelos fae, mesmo que isso faça que as pessoas o odeiem.

Eu sabia disso porque havia acabado de superar meus sentimentos de raiva por ele, que começaram quando ele fingira ser um adolescente comum em Miami, em vez do recrutador fae que realmente era. Mas, desde que ele ajudara a resgatar Tony, estava fora de minha lista negra para sempre.

Chegamos à porta e encontramos Becky nervosa, esperando por nós.

– Ei, onde está Chase?

– Nós o entregamos a um Fae das Trevas – disse eu.

Eu a estava provocando, zombando de seu desconforto.

– Como?

Ela olhou para Finn procurando confirmação.

– Sim. Abrimos mão dele. Demos um pontapé em sua bunda feia.

– Vocês não estão falando sério... estão?

Eu ri um pouco porque ela ficou tão preocupada e triste... meu senso de humor doentio me dominava como sempre. Mas não consegui manter o fingimento. Fiquei com medo de que ela começasse a chorar.

– Sim, fizemos isso, mas não desse jeito. Pode relaxar. Venha conosco falar com Jared e explicaremos tudo. Não quero dizer nada nos corredores para que ninguém possa nos ouvir.

Eu não tinha ideia de que hora era; era tarde, mas havia alguns fae corujões como Spike que podiam ainda estar acordados e perambulando por ali.

– Alguém sabe onde fica o quarto de Jared?

– Eu sei – disse Becky, tentando agir displicentemente, mas fracassando quando sua voz travou.

Eu ergui uma sobrancelha.

– Ah, você sabe, é?

– Silêncio! Não é bem assim – disse ela com o rosto vermelho como beterraba.

Finn franziu o cenho.

– Bem, é o que então, Becky?

Ele falava como um pai.

– Jared é uma boa pessoa. É bom conversar com ele... vocês sabem... quando se tem perguntas e coisas assim.

Finn olhou para ela com desconfiança, mas não me importei muito. Se ela queria se envolver com Jared, era problema dela. Becky era uma grande garota e podia decidir por si mesma se queria conquistar um cara duzentos anos mais velho que ela.

Seguimos Becky pelo corredor interminável até que chegamos à porta que ela indicou como sendo a de Jared. Ela bateu três vezes e ele abriu, totalmente vestido. Acho que ele era um desses tipos corujões.

Seus olhos abrangeram todos nós.

– Olá. O que houve? – perguntou Jared cautelosamente, como se não tivesse certeza de que queria ouvir a resposta.

– Podemos entrar? – perguntei.

– Claro.

Ele deu um passo para trás, dando-nos espaço para entrar. Depois que entramos, fechou a porta.

Nossos quartos eram muito pequenos, de modo que toda vez que nos reuníamos em um deles, imediatamente nos sentávamos no chão. Jared se juntou a nós, erguendo uma perna e pousando seu antebraço em seu joelho curvado diante de si.

– Jared, temos um problema. Um grande. Este quarto é... à prova de som?

– Sim. E também não há espiões enfeitiçados nele.

– Espiões enfeitiçados? – perguntou Becky.

Finn rapidamente explicou:

– As bruxas podem pôr nos quartos um feitiço que escuta tudo que acontece, e relata a elas.

Isso me irritou e me fez pensar se meu quarto não estaria enfeitiçado.

– Como se sabe que há um espião?

– É preciso fazer que uma bruxa o examine.

– Puta merda!

Eu sentia que nunca saberia o que havia para saber sobre ser fae. Eles precisavam de uma escola ali, ou de um manual, no mínimo.

– O que você estava dizendo? – incitou Jared.

– Desculpe. Então... problema dos grandes. Não foi de modo algum culpa dele, mas Tim "pixificou", ou melhor, transformou Chase em *pixie*... – continuei falando rapidamente, muito embora pudesse ver que Jared estava praticamente se borrando de raiva. – Então, Chase ficou um tanto fora de controle e fugiu para a floresta, dançando e fazendo bagunça; daí, fomos atrás dele e finalmente o amarramos a uma árvore. Depois, surgiu um irado chamado Gustav e se ofereceu para ajudar com uma nova cura, e eu me assegurei de que ele não estava mentindo usando Maggie, a bruxa, que consegue perceber quando alguém mente; e ele levou Chase para seu laboratório, onde vai curá-lo. Mas isso vai levar uma semana, de modo que precisamos de você para dar cobertura a Chase enquanto ele estiver ausente. Do contrário, Dardennes e o resto do Conselho expulsarão Tim. E por enquanto ele não tem asa alguma e realmente não foi culpa dele, de modo que não seria justo.

Parei para tomar fôlego, analisando ansiosamente o rosto de Jared à procura de sua reação final. Sua expressão havia passado da incredulidade à raiva e à surpresa e a alguma coisa que naquele momento eu não consegui discernir.

Capítulo 13

— O QUÊ? COMO PÔDE? QUANDO? — Jared passou a mão pelo cabelo, frustrado. — O que posso dizer ao Conselho, Jayne? Esta comunidade é pequena demais. Alguém desaparecido por tanto tempo será notado. Você sabe que isso não vai funcionar.

— Não, eu não sei disso — falei, testando-o.

Finn sugeriu.

— Você e Ivar continuam recrutando em missões o tempo todo. Por que não partem em uma e levam um Chase imaginário junto?

— Não tenho nenhuma programada por enquanto, e exige muita coordenação empreender uma. Eu simplesmente não posso improvisar uma desse jeito. E o Conselho está sempre envolvido; eles saberão que algo está ocorrendo. Vão querer explicações que não terei.

— Bem, vamos achar algum jeito. Acabei de recuperar um amigo, não vou perder outro agora. Se eles expulsarem Tim para uma colônia de *pixies*, ele nunca sobreviverá. Ficará sem asas por uma semana, no mínimo. Eu nem sei se aquela que Ben queimou vai voltar.

Eu não havia expressado essa preocupação ainda, mas andava pensando nela; e deduzi que não faria mal ressaltá-la nesse momento. Jared precisava ser convencido.

Jared se levantou e foi se sentar em sua cama, voltando os olhos para nós.

– Farei o que puder para pensar em alguma coisa, mas, por enquanto, estou sem ideia alguma. – Ele suspirou ruidosamente. – Procurem-me no café da manhã. Nada acontecerá esta noite que possa mudar alguma coisa.

– Tudo bem – falei me levantando e indo em direção à porta com Becky e Finn. – E obrigada, Jared. Agradeço sua ajuda.

– Tudo bem – disse ele distraidamente, obviamente com a mente ainda voltada para nossa situação difícil.

Finn, Becky e eu saímos do quarto de Jared e nos despedimos uns dos outros. Eles se afastaram, descendo pelo corredor na direção oposta a meu quarto. Eu imaginei minha porta, e alguns minutos depois estava em pé diante dela. Pude ouvir o baixo murmúrio de vozes ali dentro, o que me fez pensar sobre aqueles espiões enfeitiçados novamente. Eu esperava não ter um deles ali.

– Olá, pessoal – disse ao entrar, ficando imediatamente irritada ao ver Scrubs sentado em minha cama e Tony no chão.

– Scrubs, caia fora de minha cama, seu cretino.

Ele pulou:

– Oops, sinto muito. É Scrum, a propósito. Não Scrubs.

Ele caminhou na ponta dos pés, exageradamente desajeitado, e se sentou no chão perto de Tony.

– Tony, *você* pode se sentar em minha cama.

Tony sorriu.

– Estou bem aqui. O que você descobriu?

Tim olhava para mim ansiosamente, e eu franzi o cenho. Uma bobagem fora a causa de tudo aquilo. Se ele não fosse tão bom amigo, eu alegremente o mandaria para a forca. Mas ele de algum modo descobrira um jeito de ser querido por mim, e agora eu tinha que dar cobertura ao seu traseiro de *pixie*.

– Chase está com os bruxos dos Fae das Trevas, que estão tentando curá-lo.

– *O quê?* – gritou Tim.

Eu era a única no quarto que conseguia ouvi-lo. Eu conseguira com Maggie um feitiço para poder escutar sua voz minúscula, que normalmente era baixa demais para os ouvidos humanos, a menos que ele estivesse falando diretamente em um canal auditivo a uma polegada de distância. Agora eu podia ouvir sua voz como se saísse de uma pessoa normal.

– Sim, você me ouviu direito, seu maluquinho. E amanhã, eu e você vamos aos curandeiros para que eles possam extrair uma amostra de seu sangue. Os Fae das Trevas precisam dele para a cura.

Tim balançava a cabeça com medo no rosto.

– Nem se atreva a pensar em dizer não, Tim. Eu não estou brincando com você. Chase não pode ser curado sem isso. Ou você coopera e não me apronta nenhuma merda, ou eu lhe ponho debaixo daquela redoma novamente.

– Sim – disse ele protestando, com o pânico difuso em seu rosto –, mas você sabe o que um Fae das Trevas pode fazer com uma amostra de sangue? E de um *pixie*?

– Não. E não quero saber. Maggie disse que esse cara que conhecemos na floresta estava dizendo a verdade. Ele pode curar Chase; ou curá-lo quase completamente, sei lá. De modo que precisamos fazer isso. Vamos levar a amostra para ele amanhã bem antes do almoço.

Tim virou o rosto para a parede, dando-me suas costas raivosas.

– Há algo que eu possa fazer para ajudar? – perguntou Scrum.

– Só fique fora do meu caminho.

Eu não estava com disposição de dar uma de babá essa noite.

– Jayne, ele pode nos ajudar, acho. Ele esteve me falando muita coisa sobre seu treinamento e o que acontece aqui no complexo.

Ergui uma sobrancelha ao ouvir isso. Esse sujeito era tão desajeitado que era difícil imaginá-lo se saindo bem em qualquer treinamento.

Mas ele era um demônio, de modo que ao menos saberia o que eles faziam dia a dia.

– Que seja. *Scum*, seu quarto é vizinho ao meu, por ali – ergui meu polegar na direção oposta ao quarto de Chase. – Tony, o seu é do outro lado do dele. Venham, eu os levo lá.

– É Scrum, não *Scum*. Mas tudo bem, obrigado. Acho que me mudaram. – Ele foi para o corredor e abriu a porta de seu quarto. – Boa-noite, pessoal. Foi ótimo encontrar você, Tony. Vejo-o de manhã?

– Claro, Scrum. Obrigado pela orientação – disse Tony sorrindo.

Tony atraía desajustados. Eu odiava pensar no que isso queria dizer em relação a mim.

Scrum desapareceu. Ouvi o som de uma batida e um arranhão saindo do quarto, o que me dizia que o garoto provavelmente havia tropeçado e batido contra a cômoda, derrubando-a de lado. *Que imbecil*. Como esse cara podia ser o guardião de um demônio guerreiro estava além de minha compreensão. Fiquei pensando se era possível que eles houvessem falhado deixando-o entrar.

Tony abriu a porta para seu quarto e vi imediatamente que era quase exatamente igual ao meu. Entrei e fui para sua cômoda. A bandeja de prata em cima, no lugar onde ele devia deixar brindes para seus *brownies*, era um pouco diferente. Era de prata também, mas tinha ornamentos diferentes nas bordas. Eu notara a mesma coisa no quarto de Spike na única vez que estivera lá.

– Quando entrei em meu quarto pela primeira vez havia roupas nas gavetas para mim.

Abri as dele, e realmente estavam cheias. As túnicas eram brancas como as minhas, e ele tinha calças *jeans*. Que legal... íamos bancar os gêmeos.

– Você tem coisas aqui, mas tenho a impressão de que essas túnicas vão mudar.

Tony se aproximou para olhar dentro da gaveta comigo.

– Por quê? O que há de errado com elas?

– São brancas.

Tony olhou para mim.

– E isso é um problema porque... eu sou bagunceiro, talvez?

– Não. Porque acho que você devia adquirir algumas de tom cinza escuro, em vez destas.

Tony me lançou um de seus olhares.

– Jayne, não me faça torturar você com cócegas. É só me falar. Estou cansado.

Revirei os olhos.

– Hoje à noite conheci um Fae das Trevas, que é um irado.

– É o cara que vai dar um jeito em Chase?

– Sim, exatamente. Ou ele trabalha com os bruxos que vão fazer isso. Seu nome é Gustav, ou Goose, para abreviar. De qualquer modo, os olhos dele têm a mesma cor dos seus. Portanto, não é uma definição ou qualquer coisa assim, mas há uma possibilidade de você ser um irado também.

– O que é um irado?

– Não faço a menor ideia. Eu *sei* que eles podem fazer coisas no Cinza, o que é... legal.

Honestamente, eu não sabia se era legal ou não, mas queria dar a Tony algo positivo em que pensar. E se estivesse em sua raça fazer parte do Cinza, estou certa de que seria bom para ele, mesmo que não fosse meu lugar favorito. Eu estivera no Cinza uma vez, quando Gregale me levara a uma projeção astral para ver Tony em West Palm. Ficara tão concentrada em chegar a Tony que não prestara muita atenção no Cinza, mas lembro que era frio e nada alegre. Eu também sabia que o Cinza distorcia a aparência das coisas – lançava uma sombra que não estava necessariamente lá. Quando vi Tony no Cinza, ele parecia infeliz e desamparado, furioso comigo. Ele estava um pouco assim quando fomos vê-lo pessoalmente, mas não de maneira tão intensa como o Cinza o fizera parecer.

– Como vou aprender todas essas coisas?

– Durante seu treinamento. E pelas conversas com outras crianças trocadas. Juro, a maior parte do que sei aprendi por fofocas e por acidente. Aqui não é Hogwarts, se entende o que quero dizer. Conversarei com Dardennes sobre isso amanhã. Só tenho que descobrir como contar a ele que você é um irado. Nós não temos nenhum aqui, pelo que vi, e ele ficará pensando como foi que fiquei sabendo.

– Você disse que pôde perceber pelos olhos desse Goose? Como assim?

– Um monte dos fae aqui tem características físicas que indicam sua raça. Como Dardennes e Céline, que são ambos elfos prateados, têm aqueles estranhos olhos cinza prateados. E quando fazem suas coisas, como cavalgar o vento, seus olhos ficam trêmulos, girando.

– Eles cavalgam o vento? E seus olhos giram? – Tony tinha uma expressão confusa no rosto. – Isso parece legal e vulgar ao mesmo tempo.

Eu dei risada.

– Não, seus olhos não giram, palerma. A cor é que gira ao redor. O vento, na verdade, está na íris deles. Mas não é como se seus globos oculares ficassem rodando ou coisa assim.

Fiquei sorrindo, imaginando a digna Céline com olhos de bola de críquete. Era uma coisa que eu gostaria de ver.

– Como você vai mencionar isso a eles?

– Não sei. Talvez eu peça a Jared para falar.

Tony bocejou.

– Scrum me mostrou onde ficam os banheiros masculinos. Você acha que posso tomar um banho antes de dormir?

– Claro. Eu tomo banhos tardios o tempo todo. Não há tantas garotas assim aqui, de modo que geralmente o lugar fica só para mim. Suas roupas estão na cômoda, toalhas na gaveta de baixo. Há sabonete e dispensador de xampu nos chuveiros. Sua escova de dentes e creme dental devem estar no armarinho ao lado de sua pia. – Apontei para o canto do quarto. – Precisa de mais alguma coisa?

– Só um desses – disse ele estendendo os braços para um abraço.

Aceitei de boa vontade, puxando-o para um aperto enorme.

– Cara, como estou feliz por você estar aqui!

Lágrimas brotaram de meus olhos e eu deixei-as sair. Limpavam a ansiedade de minha alma. Tony estava comigo outra vez, e assim que Chase estivesse inteiramente curado e Tim tivesse suas asas crescidas novamente, tudo estaria certo em meu mundo.

Pude ouvir o sorriso na voz de Tony quando ele respondeu.

– Eu também, Jayne. Obrigado por voltar para me pegar. Eu sei que dificultei as coisas, e não tinha certeza de nada. Mas estou feliz com minha escolha e muito alegre por estar aqui.

– Rá! – ri, encostada em seu ombro. – Como se eu fosse abandoná-lo para Ben e seus amigos demônios dos Fae das Trevas. Acho que não.

Tony se afastou de mim.

– Jayne, eu sei que você o despreza muito. E, para ser honesto, toda aquela coisa de "homem pegando fogo" me abalou. Mas eu realmente penso que se lhe der uma chance, você gostará dele. Ele era ótimo, e não só para mim, mas para todo o mundo.

Balancei a cabeça. De modo algum eu aceitaria esse papo furado.

– Que seja, Tones. Você sempre foi bom em ignorar os defeitos das pessoas.

– Como alguém que pragueja o tempo todo?

– Sim. Como essa pessoa, engraçadinho. Posso praguejar um pouquinho, mas os defeitos dele são mais do tipo "sou um demônio maligno que lança fogo". Dificilmente comparáveis a um bem colocado "sacana" ou "miolo de merda".

Tony riu.

– É bom saber que embora você seja fae agora, ainda é a mesma Jayne.

Eu sorri.

– É verdade, querido. Você está olhando para a nova e melhorada Jayne... Jayne-nova-versão-formatada – beijei-o em uma bochecha e depois dei um tapinha leve na outra. – Boa-noite. Virei buscá-lo de manhã. Não fique vagando por esses corredores, exceto para ir ao banheiro e para os quartos, ou você se perderá, eu não sei como iria encontrá-lo.

Ele olhou para mim, divertido.

– É só um corredor, Jayne.

– Sim... É o que você pensa.

Saí de seu quarto sem lhe dar uma explicação, decidindo que o deixaria tentar me levar ao refeitório amanhã. Era a melhor maneira que podia pensar para ilustrar como era confuso.

Voltei a meu quarto e caminhei em direção a minha cômoda, onde Tim estava em seu miniquarto de dormir. Ele estava deitado em sua cama, com o rosto virado para o outro lado.

– Tim, sei que você não está dormindo. Vire-se e fale comigo.

Ele se virou zangado, estremecendo de dor nos tocos de suas asas, mas não disse nada.

– Estou morta de cansaço e sem ânimo para qualquer acesso de fúria, por isso, peço apenas que me deixe dizer uma coisa: vou fazer tudo que puder para impedi-los de descobrir o que você fez e de expulsá-lo para uma colônia de *pixies*, Tim. Mas você tem que me ajudar. Você me prometeu que não transformaria ninguém em *pixie*, e eu pus minha reputação em risco responsabilizando-me por você. Se eles descobrirem o que fez, nós dois estaremos ferrados. Você entende o que estou dizendo aqui?

Tim fez um beicinho.

– Não preciso que você me explique as coisas como se eu fosse um *pixiezinho* de nada.

– Bem, aparentemente precisa, já que soltou seus poderes de *pixie* sobre nosso amigo, seu idiota. Portanto, passe por cima do orgulho e me ajude. Amanhã vamos sugar um pouco de sangue de sua bunda mole e depois você vai me ajudar a arquitetar um plano.

– Eu já tenho um – disse ele baixinho, ainda se recusando a desfazer o beicinho.

– Bem, qual é?

– Eu vou me entregar.

– Acabe com essa merda de mártir e pare de sentir pena de si mesmo – me afastei dele, frustrada. – Sabe de uma coisa, Tim? – Voltei-me de supetão para encará-lo novamente. – Se você não fosse tão pequeno e sem asas no momento, eu daria um tapa em sua bunda besta. Não permitimos nenhum *showzinho* de autopiedade neste quarto.

– Não é um *showzinho* de autopiedade – disse ele, chorando baixinho ao explicar. – Eu faltei com minha palavra. Minha palavra é muito importante para mim... tal como você. Eu decepcionei você. Nem sei por que você ainda me quer por perto...

Ele sufocou e depois fungou, enxugando o nariz com a manga de sua túnica.

Então era isso. Tim estava preocupado que eu não fosse mais gostar dele. Suspirei.

– Tim. Você já me conhece muito bem, e sabe que eu não sou a garota mais delicada e sentimental do complexo. Se quiser alguém para mimá-lo e lhe dar todos os tipos de abraços de *pixies*, vai ter que falar com Becky. Neste momento eu estou mais que cansada, e superdesconjuntada, e tudo que quero fazer é dormir e acordar para descobrir que tudo isso foi um pesadelo maligno. Mas, no fim disso tudo, você precisa saber que quero tê-lo aqui neste quarto comigo, sendo ainda meu colega de quarto e ainda meu amigo. Agora, até que Chase fique melhor, isso é tudo em matéria de afeto que posso lhe dar.

Tim concordou lentamente, e um sorriso hesitante aflorou em seus lábios.

– É bom o suficiente para mim. É mais do que eu mereço.

– Tim...

– Tudo bem, tudo bem – ele ergueu a mão debilmente –, nada de *showzinhos* de autopiedade. Vou dormir. Tenho duas novas asas em crescimento, você sabe. Não apenas uma; duas asas. Duas.

Ele ergueu dois dedos pequeninos.

– Ora, cale a boca. Fico feliz que ela tenha arrancado essa segunda asa. Agora talvez você leve em conta aquilo pelo qual Chase está passando.

Tim estremeceu.

– Golpe baixo, Jayne. Mesmo vindo de você.

– Ora, durma com esse barulho!

Joguei meus cobertores para trás, chutando longe meus mocassins. Desfaleci na cama, mal puxando os cobertores para cima antes de começar a cair no sono.

– Não vai escovar os dentes primeiro?

– Você não vai calar essa maldita boca antes que eu vá até aí e o enfie em uma gaveta?

A única resposta que recebi foi um dos infames puns de *pixie* de Tim...

– Idiotinha sem asas – resmunguei para meu travesseiro.

Ele deu uma risadinha, e isso foi a última coisa que ouvi antes de cair em um sono sem sonhos.

Capítulo 14

Acordei na manhã seguinte com uma batida em minha porta. Levantei e me esforcei para abri-la; encontrei Spike em pé na entrada.

– Afe! O que você quer? – disse eu, deixando-o em pé ali e voltando para minha cama, me arrastando sob a colcha e cobrindo a cabeça.

– Que modos são esses de cumprimentar seu maior fã? – Ele entrou no quarto e fechou a porta atrás de si. – Senti sua falta ontem. Vim ver o que estava acontecendo. Pude notar que você estava perturbada, e obviamente ainda está. – Passos em direção a minha cama. – Tenho obtido pensamentos eroticamente zero de você ultimamente, e isso não é bom. Todo o mundo devia deixar rolar uma horinha para o erotismo todo dia. É bom para a alma.

Espiei por baixo das cobertas e vi seus olhos começarem a brilhar à luz de uma ideia quando ele se sentou na borda de minha cama.

– Meu bafo da manhã devia ser a cura para o que o aflige neste momento, meu amigo. De modo que mantenha distância.

Ergui a mão em advertência.

Spike pegou minha mão e a depositou em seu colo. Ergueu a cabeça em direção a minha cômoda, sussurrando:

– Como vai o pequenino?

– Está dormindo. E não deixe ele ouvir que o chamou de "pequenino". Ele aprontou uma de borrar as calças com Chase ontem, e já me basta um amigo fodido com quem lidar no momento.

– O quêêêê?

– Sim. Não estou brincando.

Suspirei pesadamente, pensando no grande prato de merda de cavalo fumegante que me esperava na mesa do café da manhã desse meu dia.

– Por que é que eu sempre perco a diversão toda?

Soltei-me da mão de Spike e belisquei sua perna. Dura.

– *Ui!* Por que fez isso? – Ele ergueu uma sobrancelha. – Está com vontade de brincar?

Não pude deixar de sorrir.

– Um dia desses vou aceitar seu convite. Mas não hoje.

Ele se inclinou para mais perto.

– Por que esperar? Não há ocasião melhor que o presente.

O brilho vermelho em seus olhos ficou mais profundo e girou.

Eu fechei deliberadamente os olhos.

– Recue, ou vou soltar meu bafo de dragão sobre você.

Spike riu baixinho.

– Como se isso fosse me deter. É só você dizer a palavra mágica, Jayne, e posso resolver todos os seus problemas.

Abri um olho.

– Pode mesmo?

Spike sorriu timidamente.

– Bem, eles ficariam só temporariamente ausentes; você pararia de pensar neles por algumas horas. Mas não, os problemas ainda estariam aí quando você descesse do sétimo céu.

– Ainda assim – pensei em abrir o outro olho –, pode valer a pena tentar um dia desses... esquecer por algumas horas.

Spike se levantou como um relâmpago e despiu a túnica, ficando só com seu calção preto, suas tatuagens coloridas da cintura ao pescoço e até o pulso, destacando-se em toda sua glória.

Senti um tremor me percorrer. Ele era um espécime único de garoto durão, isso era certeza. Gemi de frustração.

– Spiiiike, ponha a camisa de volta. Não posso fazer isso agora. Tenho muita merda para fazer e pouco tempo para isso.

– Posso ser rápido – disse ele voltando a se sentar na beira da cama, pegando minha mão e pondo-a sobre seu peito. – É melhor devagar, mas se você quiser uma rapidinha, posso me ajustar.

Seu rosto era todo erotismo. Seus olhos eram hipnóticos.

– Spike, eu...

Senti minha negação se desintegrando na loucura giratória que eu via naquelas profundezas intensamente vermelhas. Eu queria afundar nelas.

Spike baixou seu rosto até o meu, bebendo-me com seus olhos. Estava a um segundo de me beijar, com bafo de dragão e tudo, quando soou uma batida na porta.

– Ei, Jane! Sou eu... Scrum! Vou entrar, tudo bem? Não fique louca da vida comigo!

E então, a porta se abriu rapidamente.

Spike se aprumou, suspirando.

– Quem diabos é esse aí? – perguntou ele desanimado, nem sequer voltando os olhos.

– Olá... íncubo. Desculpe, não sei seu nome. Sou Scrum, e você... ãhn... precisa ir embora.

Spike arqueou uma sobrancelha e voltou os olhos para mim.

– Esse cara é real?

Ver o corpo em formato de barril de Scrum se erguendo à entrada de minha porta arrancou-me de meu nevoeiro sensual.

– Que diabos você está fazendo aqui? – perguntei.

Eu me sentia como se alguém houvesse despejado um balde de água fria em minha cabeça.

Scrum pareceu desconfortável.

– Estou fazendo meu dever como demônio. – Ele olhou para Spike. – Vou dizer mais uma vez: você tem que cair fora deste quarto, íncubo. *Imediatamente*.

Sorri com a cena ridícula. Eu estivera a dois segundos de me envolver em uma coisa *realmente* excitante que provavelmente seria um grande erro, e fui salva pelo garoto que tinha o nome da merda que flutuava em uma poça suja.[2] Essa era minha vida.

– Obrigada, *Scum*, pela ajuda, mas você pode ir agora.

Ele sorriu, frustrado.

– Meu nome não é *Scum*. É *Scrum*. Como no movimento de rugby. E eu não vou a parte alguma enquanto ele não for embora. – Ele olhou para Spike com os olhos apertados. – Você tem cinco segundos para partir voluntariamente. Do contrário, terei que retirá-lo à força.

Spike vestiu de novo a túnica.

– Gostaria de ver você tentar.

Seus olhos cintilavam perigosamente.

– Spike, por favor, não machuque o garoto. Vá embora. Eu já estou pronta. Tenho que me levantar, de qualquer maneira.

Afastei os cobertores para sair da cama.

Spike se sentou e pôs sua mão possessivamente sobre minha perna nua.

– Spike? – disse eu, notando que ele parecia realmente sério.

– Tudo bem – disse Scrum, entrando no quarto –, se é assim que você quer...

---

[2] A palavra *Scum*, como Jayne o chama, significa escuma, ralé. (N. do T.)

Spike pulou, pronto para atacar. Mas Scrum foi mais rápido que ele. Eu sabia que os íncubos podiam se mover de modo assombrosamente rápido, mas isso não pareceu afetar Scrum de modo algum. Em um segundo Spike estava perto de minha cama, e no outro, preso em um abraço de urso com Scrum junto à porta – Scrum era o urso.

Spike vomitava fúria, lutava furiosamente contra a prisão do corpo de Scrum. Este o segurava, e seu rosto ficava cada vez mais vermelho pelo exercício conforme os segundos se passavam. Ele recuou lentamente para fora do quarto, brigando contra o estilo de luta de Spike. Assim que chegou ao corredor, inclinou-se de volta, espremendo Spike com mais força ainda. Ouvi Spike grunhir e vi seu rosto ficar mais branco. Ele já era bem pálido, considerando que era um íncubo, mas agora parecia mortalmente branco.

Dei um pulo da cama, aproximando-me deles, mas ficando um pouquinho atrás.

– Você o está machucando! Ponha-o no chão! – gritei.

– Não até... que ele... se renda – grunhiu Scrum.

Spike balançava a cabeça para trás e para a frente, negando, resmungando com o pouco fôlego que lhe restava.

– Spike, peça "penico"! – gritei, entrando em pânico.

Esse Scrum não estava de brincadeira.

Mas era tarde demais. Scrum deu mais um apertão e o corpo de Spike amoleceu. Scrum desapertou e deixou Spike cair até que ficou pendendo debaixo de seu braço como uma gigantesca bolsa tiracolo.

Eu estava em choque.

– Você... Ele...

Caminhei para mais perto deles, parando na soleira da porta e olhando para a forma imóvel de Spike.

– Ele não está morto, se é isso que a preocupa. Eu eliminei sua vontade. Quando ele acordar, estará bem.

– E quando ele vai acordar?

Scrum sacudiu o ombro que não estava sustentando Spike.

– Quando ele reconhecer que tenho uma vontade mais forte.

Olhei para ele como se fosse maluco.

– Quando diabos vai ser isso?

Scrum deu de ombros.

– Não sei. Quando ele resolver cair de costas no chão.

– Mas ele está inconsciente, seu idiota! Quando ele vai cair de costas no chão?

– Não, ele não está... não de verdade. Está só em uma espécie de animação suspensa. Chase me falou que os íncubos daqui de seu complexo não são tão teimosos. Ele ficará bem logo, tenho certeza. Só o colocarei em seu quarto para que ele fique confortável enquanto luta com seus demônios internos. Vejo você no café da manhã.

Com isso, ele desceu pelo corredor, arrastando Spike debaixo do braço, fazendo arrastar suas pernas e bater nas pedras atrás de si.

A cabeça de Tony despontou na entrada de seu quarto. Ele se voltou para ver Spike sendo arrastado pelo corredor.

– Por que isso aconteceu?

Balancei a cabeça.

– Eu lhe conto no café da manhã. Tenho que me vestir. Saio dentro de dez minutos.

Cinco minutos depois ouvi Tony do lado de fora da porta; abri para que ele pudesse esperar dentro enquanto eu acabava de me arrumar. Eu só tinha que passar um pouco de delineador e rímel e terminaria. Tomei o banho mais rápido do Oeste e vesti a túnica branca padrão e uma calça *jeans*. Lancei uma olhadela para Tony pelo espelho para ver que ele estava usando a mesma coisa que eu. Perguntei-me se ele havia notado que estávamos parecendo um par de vasos.

– Eu me sinto meio engraçado nestas roupas.

– Você está vibrando em minha direção novamente? – perguntei em tom de acusação.

– Talvez – disse ele, um tanto na defensiva.

– Não se preocupe com isso. Vibração é uma coisa de fae.

– Bem, se você se lembrar, eu fazia isso antes de me tornar fae.

– Sim... eu sempre disse que você era especial.

Pisquei para ele pelo espelho.

– Vocês dois precisam falar tão alto? – resmungou Tim embaixo de sua colcha.

– Acorde, seu dorminhoco. Hora do café da manhã. O trem da alegria está partindo.

– Vou passar o café da manhã.

Puxei sua colcha e a atirei no chão.

– Não, não vai. Levante-se. Estou saindo em dois minutos e sou sua mula de carga.

Tim me olhou com mau humor.

– Alguém já lhe disse que você é mandona?

– Sim, todo o mundo que me conhece. Grande novidade. Totalmente desinteressante.

Retirei a escova da gaveta de cima e passei-a por meu cabelo molhado.

– Você pode escovar os dentes depois do café da manhã. Vamos.

Dei as costas para Tim e me abaixei para que ele pudesse subir em meu ombro, jogando a escova em minha cama.

Senti seu peso leve e depois um puxão dolorido quando ele pegou um punhadinho de cabelo.

– *Ui*, seu fedelho! Não com tanta força.

– *Thhhppbbbttt.*

Suspirei.

– O que ele disse? – perguntou Tony.

– Nada. Ele só me mostrou a língua.

Tony tentou esconder um sorriso.

– Não ria. Um dia desses você vai ser alvo de um dos seus ataques de mau humor, e aí vai ver como eles são engraçados.

– Tony não é mandão como você. Ele é legal.

Balancei a cabeça, resmungando baixinho.

– Tim, juro por tudo que é sagrado...

Saímos para o corredor e eu fechei a porta atrás de nós.

– Muito bem, Tony. Encontre o refeitório.

– O quê?

– Você disse que este lugar é só um corredor... Então, encontre o refeitório.

Juntei as mãos diante do corpo e girei os polegares, esperando pacientemente.

Tony olhou pelo corredor abaixo, para um lado e depois para o outro... e depois se voltou e tomou a direção errada.

Eu dei risada, estendendo o braço para pegar sua camisa e puxá-lo de volta.

– Foi o que eu pensei. É por aqui.

Ele me seguiu pelo corredor abaixo até que chegamos à sala do café da manhã.

– Eu poderia jurar que...

– Sim, eu sei. Este lugar foi enfeitiçado para nos confundir. – Abri a porta com um puxão e entrei no ainda silencioso e quase vazio refeitório. – Você tem que imaginar o lugar onde deseja estar: visualizá-lo na cabeça. Você notará que a maior parte das portas aqui tem um símbolo. Isso torna mais fácil visualizar para onde você quer ir. Se conhecer o símbolo, poderá se concentrar nele e acabará lá. É só começar a andar e a porta certa por fim aparecerá.

– Isso é legal. Mas, para quê isso? – perguntou ele enquanto caminhávamos para o bufê.

– Para impedir que os malvados entrem.

Tony só olhou para mim, não disse nada, e eu tomei a iniciativa de ler sua mente.

– Malvados como Ben.

Tony revirou os olhos, afastando-se de mim para encher seu prato.

Senti Jared vindo em minha direção antes de vê-lo.

– Acho que descobri uma coisa – sussurrou ele em meu ouvido. – Sente-se comigo quando terminar aqui.

Eu rapidamente enchi meu prato com frutas e um ovo cozido, juntando-me a Jared, Finn e Becky à mesa. Tony chegou logo a seguir.

– Desembuche.

Esperei para ouvir o que Jared tinha a dizer enquanto observava Tim descer por meu braço. Ele pegou algumas frutas do meu prato e começou a comer.

Jared se abaixou e falou baixinho.

– Concluí que agora é uma boa hora para trabalhar com os elfos, fazer um pouco de treinamento e reconhecimento de equipe contra os Fae das Trevas. De modo que vou informar ao Conselho que minha equipe de demônios, exceto algumas crianças trocadas como Scrum, que ficarão na retaguarda para ajudar ali, sairá a campo para um evento que durará uma semana. Os elfos verdes vão se juntar a nós em uma parte disso.

Finn se aproximou.

– Eu já falei com Robin. Ele é bom nisso.

Fiz que sim. Robin era legal. Eu sabia que ele nos daria cobertura.

Jared olhou para mim.

– Você acha que terá Chase de volta dentro de uma semana?

– Sim. A menos que eles encontrem problemas; e se isso acontecer, combinamos que me informariam.

Jared concordou.

– Tudo bem. Está feito, então.

– O Conselho simplesmente vai deixar você fazer o que quiser? – perguntou Becky.

Nenhum de nós sabia realmente qual era a posição de Jared e quanto poder tinha, e parecia grosseiro perguntar. Muito embora ele parecesse um adolescente mais velho, tinha cerca de duzentos anos, ou algo assim. Onde quer que houvesse uma reunião, ele ficava atrás do líder do Conselho com uma dupla de ogros.

– Eles confiam em mim para fazer o que for melhor para nossa família fae. E é o que vou fazer; do contrário, isso não estaria acontecendo de modo algum.

Jared fixou o olhar em mim e eu soube exatamente o que ele estava tentando dizer.

– Obrigada, Jared. Tim e eu ficamos te devendo uma.

– Ei! – isso veio da mesa onde Tim estava sentado comendo um pedaço de fruta.

– Chega disso, nanico.

– O que ele disse? – perguntou Jared.

– Ele disse: "Diga a ele que darei minhas asas recém-crescidas mais tarde se ele as quiser".

Jared sorriu e piscou para mim.

– É muito generoso de sua parte, Tim, mas não será necessário.

Becky deu uma risadinha quando Tim começou a pisar com força em torno da mesa, movendo-se com impaciência.

A porta para o refeitório se abriu e vi Spike e Scrum entrarem juntos. O cabelo de Spike parecia bem desarrumado, mas isso era normal nele. No entanto, ele estava franzindo o cenho, o que não era normal nele.

– O-oh – disse eu.

– Que foi? – perguntou Becky.

– É, que foi? – perguntou Finn, vendo que eu seguia Spike pelo salão todo.

– Spike ficou meio... brincalhão esta manhã, e Scrum o pegou em flagrante. Foi muito impressionante, na verdade, ver Scrum derrubá-lo. – Eu tinha que dar um pouco de apoio ao palerma. – Ele abriu a porta, fez uma advertência e depois, *bam*, deu em Spike um abraço de urso mortal e o nocauteou. Nocauteou *mesmo*.

– Ora, a coisa esquentou bastante – disse Finn com a voz cheia de respeito.

– É – disse eu, balançando a cabeça lentamente com as sobrancelhas erguidas. – Eu não teria acreditado se não visse com meus próprios olhos.

– Que bom para ele – disse Becky sorrindo como uma boba. – Ele parece realmente bonzinho.

– É, mas não creio que Spike esteja sentindo amor neste momento.

– Com certeza – disse Finn, dando risada. – Pobre sujeito. Ele está só tentando agitar um pouco as coisas por aqui e vive sendo atacado.

– Ah, é? – perguntei. – Quem mais o ataca?

Finn deu de ombros:

– Bem, você, quase cem vezes; Becky, alguns dos filhotes de elfo que conheço...

Olhei para Spike, sentindo pena dele. No mundo humano, ele não teria problema algum em conquistar uma garota. Era músico – dos bons, na verdade. Tocava guitarra em Miami quando nos vimos pela primeira vez. Ele era lindo, do tipo durão, que é o melhor gênero, pelo que me consta. E acima de tudo, era um sujeito autenticamente bom. *Então, por que eu continuava a lhe dizer não?*

Spike se juntou a nós na mesa com o prato quase vazio.

– Olá, Spike. Como vai? – perguntei hesitante.

– Ele precisa de uma boa transformação em *pixie* – disse Tim dando risadinhas.

– Nem brinque com isso, seu tampinha diabólico.

– O que ele disse? – perguntou Finn.

– Você não vai querer saber, acredite.

Spike não ergueu os olhos e respondeu:

– Estou bem. Só cansado.

– Desistir cansa mesmo – disse Scrum ao se sentar conosco.

Spike fez uma carranca, mas não disse nada.

– Do que ele desistiu? – perguntou Becky.

– Da vontade de brigar comigo – disse Scrum, como se isso explicasse tudo.

– Não entendi – disse Finn.

– Bem – disse Scrum animado, obviamente muito feliz por estar nos ensinando alguma coisa –, como demônio, meu trabalho é proteger aqueles que precisam ser protegidos; assim como Jayne, por exemplo. E toda vez que há uma ameaça a sua segurança, eu posso senti-la. Então, assim que tenho essa sensação, eu entro em ação. *Ka-iiaaa!* – e deu um golpe desajeitado de karatê, fatiando o ar diagonalmente a sua frente.

Eu balançava a cabeça. Ainda não o havia visto "entrar em ação". Eu teria rido até cair de bunda a essa altura da história, mas ele realmente havia mexido aquele corpo de barril de cerveja bem rapidinho quando precisara. Flagrei-me surpreendentemente curiosa pelo que ele tivesse a dizer. Por algum motivo, os fae não puxavam muitas conversas recíprocas sobre seus talentos ou características de raça, de modo que era legal quando alguém revelava alguma coisa como essa. Parecia meio uma coisa íntima compartilhar demais assuntos de raça. Essa não era a primeira vez que eu desejava que houvesse alguma espécie de manual que viesse com a explicação dessa porcaria de transformação.

– Spike estava ameaçando a segurança de Jayne, mesmo que nenhum dos dois percebesse, e foi por isso que eu pedi a ele para ir embora.

Essa foi a parte da história na qual meu rosto ficou vermelho de vergonha, e os olhos de Spike ficaram um tanto vermelhos com a recordação.

– Ele se recusou a sair, então, tive que alquebrar sua vontade, seu desejo de resistir às minhas ordens.

– Quer dizer que todos têm que fazer o que você diz? Não importa o quê? – perguntou Finn claramente contrariado com a ideia.

– Não, não é assim. É só uma coisa dentro de mim que me diz quando algo está certo ou errado. E se estiver errado, então minha vontade será mais forte que qualquer outra coisa. E como em outras áreas da vida, é tudo uma questão de força de vontade. Uma batalha das vontades, acho que se pode dizer. A pessoa com a resolução mais forte vence. E entre um demônio que sabe o que é certo e um sujeito apenas... você sabe... tentando arrancar um beijinho ou seja lá o que for, os demônios sempre vencerão.

Ele sorriu, pousando as mãos sobre a mesa, olhando para cada um de nós para sondar nossas reações.

– Isso é legal, na minha opinião – disse Finn.

– Chase nunca nos falou disso antes. Estou um tanto impressionada – disse Becky.

– Acho que isso explica por que ele se feriu tantas vezes até agora, desde que nos tornamos crianças trocadas – acrescentou Finn. – O cara levou uma flechada, transformou-se em *pixie*... o que virá a seguir?

– Shh! – sussurrei. – A transformação deve ser mantida em sigilo, seu miolo mole.

– Ah, sim, certo. Errei. Desculpe.

– Então, qual é o babado? – perguntou Scrum. – Ouvi falar alguma coisa sobre manobras de treinamento.

– Você vai ficar aqui – explicou Jared. – O resto de nós, menos Brian, que vai ficar aqui também, vai sair para uma missão em campo com duração de uma semana.

– Quem é Brian? – perguntou Tony.

– Você me pegou agora – disse eu.

– Ele é outra criança trocada demônio – explicou Jared.

Scrum olhou para mim e depois para Jared:

– Entendo, Jared. Pode contar comigo.

Jared sorriu para Spike.

– Sim. Entendi.

Spike olhou atentamente e fez uma carranca.

– Ora, vamos lá, Spike – disse eu. – Você não ficar emburrado o dia todo, vai?

Ele olhou para mim, recusando-se a sorrir:

– Sim, eu vou. Talvez por dois dias.

– O pobre sujeito precisa de amoooor – zombou Finn.

Spike ergueu a sobrancelha, desafiador:

– Melhor tomar cuidado. Não estou discriminando mais entre fêmeas e machos.

Finn fez uma expressão horrorizada:

– O quê? Você é *gay* agora?

Spike riu – ele não conseguiu evitar. E o mesmo fizemos eu e Becky. Era impossível evitar. Até Tim estava dando risadinhas.

Finn ergueu as mãos, pedindo paz:

– Não que haja algo errado em ser *gay*, não me entendam mal. Estou só perguntando.

– Não, para sua informação, não sou *gay*. Mas posso conseguir satisfazer minhas necessidades de energia com qualquer um, fae ou humano, macho ou fêmea. Não é sexo, embora possa ser tão bom quanto. E no fim fico tão faminto que paro de me preocupar se o doador é bonito ou não. E acredite, Finn, você não é muito bonito, *de jeito nenhum*. Nem mesmo um pouquinho.

– Bem – disse Finn – isso é uma boa notícia... que você não ache que sou bonito. Não quanto à coisa *gay*, no entanto. Quero dizer, você pode ser homossexual se quiser. Eu não me importo. Somos amigos, não importa.

– Não sou *gay*.

– Claro, cara, como quiser. Acredito em você. – Ele virou a cabeça e resmungou com o canto da boca. – Apesar de que você não vai me ver por aí sugando energia nenhuma de outro *cara*. Pouco importa quão faminto eu esteja.

Becky já estava rindo, mas esse último comentário fez que ela risse com tal força que quase caiu da cadeira. Até Jared estava sorrindo.

Spike baixou seu garfo:

– Ah, é? Bem, tente só ser um íncubo por um dia e vai ver quão seletivo será!

Ele se levantou para ir embora, mas eu estendi meu braço e segurei o seu.

– Spike, não vá. Ele está só provocando. Acho que é horrível você ser uma espécie de escravo por causa dessa necessidade. Eu ficaria... interessada em ver como é.

– Aposto que ficaria – disse Finn, provocador.

– Oooo-oooh – disse Becky. – Reaja a isso, Jayne.

– Calem a boca, seus estúpidos. Não estou falando desse jeito. Estou apenas dizendo... que... não sei... que fico curiosa.

Spike voltou a sorrir:

– Eu ficaria mais que feliz de doutrinar você acerca de meu mundo, Jayne. Sempre que quiser. É só dizer e estarei lá.

Ele piscou para mim; seu bom ânimo estava restaurado.

– Pode contar com isso.

Notei que Scrum ficou apreensivo com a ideia, de modo que acrescentei:

– E Scrum pode supervisionar.

– Que seja – Spike deu de ombros. – Ele pode vigiar, se quiser. Por mim, podemos fazer isso totalmente vestidos. Mesmo assim – ele se inclinou para mais perto de nós e baixou a voz –, é muito mais divertido quando fazemos nus.

– Oh, Jesus, Spike... você tem que chegar a tanto? Agora vou ter que lavar meus olhos com sabão, imaginando você sem roupas com um cara.

– Ah, puta merda, Finn, *eu não sou gay*!

Todos nós caímos na risada. Nossa preocupação com Chase temporariamente desapareceu.

– Então, o que vamos fazer hoje? – perguntou Tony deliberadamente mudando de assunto, sempre solícito quando o assunto era ser o cara bonzinho que se preocupa com os sentimentos dos outros e mantém a paz.

– Vamos conversar com Dardennes sobre você, e depois terei que levar Tim para tirar sangue com nossos curandeiros, e depois levar a amostra à floresta para que Goose leve a seu laboratório.

– Quem é Goose? – perguntou Spike.

– É uma longa história... mas é o cara que está ajudando Chase.

– Como foi que você o conheceu na floresta? Parece tráfico de droga esse negócio de passar frascos de sangue *pixie* sob a cobertura das árvores.

– Não diga nada a ninguém, só isso, ok? Temos que guardar segredo disso para todo o mundo, exceto nós.

– Sem problemas. Eu consigo guardar segredo. – Spike sorriu para mim. – Só me informe quando estiver pronta para um *test-drive* com o Spike aqui.

Todo o mundo gemeu. *Test-drive* com Spike parecia tão errado...

– Qual é o problema? Ela ofereceu! Vocês sabem que eu não vou recusar.

Eu me levantei, fazendo um movimento para que Tony se juntasse a mim e para que Tim pulasse em minha mão para que eu pudesse içá-lo até meu ombro.

– Vamos embora. Divirtam-se no campo. Becky, verei você na hora do almoço?

– Sim!

– Guarde uma cadeira para mim. Posso me atrasar.

– Claro. Vejo você depois, amiga.

Tony me seguiu quando saí da sala em direção ao escritório de Dardennes. Ele não estivera no refeitório, de modo que esse era o único outro lugar que eu conhecia onde poderia procurá-lo.

Chegamos e eu bati três vezes. A porta se abriu e Ivar apareceu.

– Dardennes está aí? – perguntei.

– Sim.

– Por favor, faça-a entrar – disse uma voz feminina saída de dentro.

Capítulo 15

Entrei e vi que Céline e Niles, o anão *Commando*, como eu gostava de chamá-lo, estavam reunidos com Dardennes em torno de sua escrivaninha, olhando atentamente para o que parecia ser um mapa da floresta. Aproximando-me, reparei que o mapa tinha símbolos e marcas sobre toda sua extensão, mas não pude entender exatamente o que eram; e algumas maneiras aprendidas havia muito tempo não me permitiriam esforçar muito os olhos para obter uma melhor visão. Eu gostaria de poder ignorá-las e agir com toda a curiosidade que sentia, mas isso simplesmente não aconteceria. *Maldição.*

– Olá, pessoal. Acho que todos vocês conhecem Tony.

Todas as cabeças ao redor da escrivaninha fizeram que sim. Dardennes sorriu.

– Bem, de todo modo, ele ainda não sabe a que raça pertence, por isso, estou pensando no que devo fazer com ele hoje. Ele pode treinar comigo?

Céline e Dardennes olharam um para o outro, e ela deu de ombros.

Dardennes respondeu:

– Não vejo por que não.

Tony e eu trocamos sorrisos antes que eu prosseguisse:

– Eu queria saber se vocês talvez achem que Tony pode ser um irado.

Os olhos de Dardennes, bem como os de Céline, arregalaram-se diante da pergunta.

Notei que Niles estava ficando agitado.

– O que a faz pensar isso? – perguntou ele, mal-humorado.

Dei de ombros:

– Não sei. Não sei muita coisa sobre eles, na verdade. Mas os olhos de Tony ficaram cinzentos depois da mudança, e eu soube que os irados têm olhos cinzentos.

Os três – e depois um quarto, quando Ivar se juntou a eles – olharam mais de perto o rosto de Tony.

– De que cor eram seus olhos anteriormente, filho? – perguntou Dardennes.

– Castanhos.

– Interessante. Diga-me... que outras coisas você nota em si mesmo que estão diferentes?

– Bem, eu ainda sou capaz de vibrar para Jayne; isso não mudou. Mas agora... estou vibrando para outras pessoas, também, acho. E acho que também ouço vozes. Vozes que não... pertencem às pessoas.

Olhei para Tony chocada:

– Por que diabos você não me contou isso tudo?

Tony deu de ombros, parecendo chateado:

– Desculpe. É que nós temos andado meio... ocupados, acho.

Eu sabia muito bem que era melhor não fazer nenhuma outra pergunta. Eu não queria que Chase fosse mencionado.

– E vibrar significaria que... – perguntou Céline.

– Ah... significa que eu posso notar o que Jayne está sentindo, de vez em quando. Não o tempo todo. E às vezes sei o que ela está pensando também. Não palavras específicas, em geral, não detalhes. Só ideias gerais.

– Hmmm... – Dardennes cruzou os braços e pousou a mão no queixo. – Empatia, telepatia, talvez... O que você acha? – perguntou ele voltando-se para Céline.

– É possível – respondeu ela, evasiva.

– Ele segurou o machado durante o teste – disse Niles.

A arma que Tony escolhera durante o teste fae era um machado semelhante a um sabre de luz; emitia zumbidos de brilho azul toda vez que ele o girava; pelo menos quando o girava furioso, depois de provocado. Quando estava tranquilo e o movia, era apenas um machado comum.

– Vale tentar mandá-lo para Gregale hoje, acho.

– Essa é uma grande ideia! – disse eu entusiasmada.

Dardennes ergueu a sobrancelha.

– Bem, se minha opinião vale alguma coisa, é mesmo uma boa ideia – acrescentei.

Um dia eu finalmente descobriria que ninguém está interessado em minhas ideias sobre tudo. Talvez. Mas, pensando bem, provavelmente não.

– Nós valorizamos sua opinião, Jayne. Valorizamos todas as opiniões das crianças trocadas – disse Céline. – Temos tanto a aprender com vocês quanto vocês conosco.

– Não é verdade! – disse eu, rindo com desdém.

Niles fechou a cara para mim novamente. Ele era rabugento o tempo todo, de modo que isso não me incomodou de modo algum. Tony, no entanto, estava parecendo um pouquinho preocupado. Cutuquei seu braço:

– Não se preocupe, Gregale é legal. Foi ele quem me levou para ver você no Cinza.

– Exatamente – disse Dardennes. – Se Tony for um irado, precisará ficar intimamente familiarizado com as técnicas de entrar e sair do Cinza.

– Não precisamos perder mais um...

– Já basta, Niles – disse Dardennes, interrompendo-o deliberadamente. – Você poderia mostrar a este jovem fae onde ele pode encontrar Gregale?

Niles concordou, desdenhoso, saindo imediatamente de trás da escrivaninha e rumando para a porta.

Tony olhou para mim, e pude notar pela expressão em seu rosto que estava pensando a mesma coisa que eu: *Quem foi que se perdeu, e onde?*

– Vejo você mais tarde, Tones. Tenho que... fazer uma coisa, de modo que... vejo você no almoço.

Tony apertou minha mão e depois seguiu Niles para fora do aposento. Eu fiquei observando-o desaparecer pela porta, e um pedacinho de meu coração foi embora com ele. Era como se ele fosse meu irmão mais novo indo para seu primeiro dia de jardim de infância, ou coisa assim. Balancei a cabeça para fazê-la voltar a este planeta.

– Aonde você vai hoje, Jayne? – perguntou Céline.

– Tenho que falar com os curandeiros, e depois vou trabalhar com Gregale e Tony.

– Por que você vai aos curandeiros? Não está se sentindo bem?

– Oh, não, estou bem. É Tim. Ele está com um problema nas asas – expliquei o mais vagamente possível.

– E como você está se sentindo, Tim? – perguntou Céline polidamente.

– Estou com uma dor enorme e sentindo vontade de transformá-la em *pixie* – respondeu ele com sua voz mal-humorada.

– Ele disse que está melhorando e agradece por você perguntar – disse eu.

Dardennes sorriu, mas não disse nada.

– Bom ouvir isso. Bem, boa sorte. Por favor, informe-nos como Tony está passando, sim? – pediu Céline.

– Claro. Sem problemas. – Voltei-me, saindo apressadamente. – Falo com você depois.

Fechei a porta atrás de mim, imaginando a clínica em minha mente, já que era o único lugar onde havia curandeiros. Era aonde Chase havia ido quando fora atingido pela flecha. Eu não tinha ideia alguma de quanto tempo levaria para conseguir uma amostra de sangue de *pixie*, mas devia ser um processo fácil. Suas veias deviam ser tão finas quantos fios de cabelo humano.

Chegamos rapidamente, e aproximei-me do primeiro fae que vi:

– Com licença, eu preciso obter uma amostra de sangue de um *pixie*. – Ergui o polegar em direção a meu ombro. – Pode me informar aonde devo ir?

O sujeito revirou os olhos, confuso.

– Você quer o quê, de um *quê*?

Suspirei. Odiava ter que repetir as coisas quando sabia que havia sido perfeitamente clara da primeira vez.

– Eu preciso de uma amostra de *sangue* tirada deste *pixie* que está sobre meu *ombro*. Quem faz isso por aqui?

– Bem, eu faço. Suponho. Mas não é a coisa mais fácil de se fazer neste mundo...

– Sim, eu imaginei. Então... onde devemos ficar?

Ele hesitou um segundo antes de dizer:

– Vá até a mesa de exames ali adiante e alguém logo vai aparecer.

Isso parecia bem fácil. Lá em casa eu teria precisado de um pedido de meu médico de infância, um cartão de segurança indicando que eu pagara uma pesada soma mensal pelo privilégio de ter o tal cartão, um talão de cheques... *A medicina socializada dos fae é demais.*

Tim desceu de meu ombro, usando minha mão como plataforma para chegar ao papel branco estendido sobre a mesa de exames. Seus pezinhos formavam rugas no papel quando ele andava para trás e para a frente. Ele resmungava ao caminhar, mas não alto o bastante para que eu ouvisse o que ele estava dizendo.

Tenho certeza de que ele sabia que era melhor não reclamar comigo. Eu tentava não sentir muita pena de seus toquinhos de asas, um dos quais ainda estava um pouco enegrecido. Eu precisava endurecer meu coração contra suas manipulações demoníacas de *pixie*. Ele podia ser muito convincente quando queria, e eu precisava da amostra de sangue, não importava como.

Um curandeiro chegou à mesa, um diferente daquele que nos saudara. Esse parecia mais velho.

– Entendi bem quando fui informado de que você queria uma amostra de sangue extraída deste *pixie*?

– Sim, entendeu.

– Desculpe, mas posso lhe perguntar para que você precisa dela?

– Não, não pode.

Pronto. Veríamos se o fator intimidação funcionaria com esse sujeito. Ele enrijeceu a olhos vistos.

– Bem, então, temo que não possamos ajudá-la.

– Não podem ou não querem? – perguntei com raiva.

Eu devia saber que isso não seria fácil.

– Suponho que eu devia ter dito "não queremos".

– Por quê?

– Pensei que isso seria razoavelmente óbvio.

– Bem, obviamente *não é*, ou eu não estaria perguntando.

Eu estava perdendo minha frieza rapidamente.

– Jayne, não quer esfriar a cabeça um pouco? – sugeriu Tim em tom de advertência.

– Talvez eu possa chamar alguém do Conselho para discutir esse assunto. Coletar sangue de *pixie* não é algo que se faça de forma leviana – disse o rígido fae, voltando-se para ir embora.

Segurei seu braço:

– Não, não se incomode. Eu lhe direi para que precisamos do sangue. Não é nada demais – tentei suavizar as coisas, esperando que ele acreditasse.

– Sou todo ouvidos – disse ele sarcasticamente.

– Tenho que levar a amostra para Maggie, a bruxa. Ela precisa do sangue para um remédio para a asa do *pixie*. Como você pode ver, ele teve um pequeno problema. – Apontei para as costas de Tim, que foi gentil e se curvou todo para exibir seus tocos horríveis. – Os métodos dela de obter sangue são... um pouco violentos. De modo que vim até você para que o *pixie* não sofra abusos. Eu sei que vocês são o máximo em qualidade nesse assunto.

– Bem, então a coisa é diferente – ele sorriu pelo elogio. – Viu? Não foi tão difícil responder a uma simples pergunta, foi?

Eu reprimi minha réplica franca e sorri docemente. Não confiava em mim mesma para falar, pois enormes quantidades de xingamentos certamente sairiam de minha boca.

– Espere um momento, vou pegar o ferrão.

Ferrão?

Tim intensificou seu andar de cá para lá. Seus resmungos ficaram altos o bastante para que eu ouvisse:

– É só transformar um fae, *um fae*, em *pixie*, e tudo vira uma confusão. Foi só um pouco de felicidade que eu liberei. Por que todo o mundo cai matando na felicidade atualmente? Chase era chato. Tudo que ele fazia era ficar olhando. Nunca dizia uma palavra. Provavelmente nunca sorriu na vida. Agora, olhem para ele. Feliz! Feliz, e todo o mundo está transtornado...

E continuou sem parar até que o curandeiro retornou. Eu tentei ignorar as arengas de Tim porque não discordava totalmente dele. Muitos fae poderiam usar um pouco mais de alegria na vida, pelo que eu havia visto. Cair morto com alegria delirante? Não. Mas um pouco de dança e algumas risadas de vez em quando? Sim.

O curandeiro estava perto da mesa, com as duas mãos erguidas, o polegar e o dedo indicador de cada mão entrelaçados, como se estivesse prestes a se sentar, cruzar as pernas e meditar um pouco, murmurando alguma bobeira como "om" ou coisa equivalente. Ele tinha também uma faixa gigante em torno da cabeça, com uns óculos de proteção presos nela.

– Vamos começar, então? – perguntou ele, todo sorriso agora.

Usou as palmas das mãos para puxar os óculos para a frente dos olhos, olhando atentamente para mim.

Caí na risada, incapaz de me conter. Os óculos eram uma espécie de lente de aumento, mas de um tipo que eu nunca vira. Juro, seus olhos ficaram do tamanho de pratos.

Ele esperou pacientemente até que eu me acalmasse.

– Aposto que você poderia ver um espinho na bunda de um *pixie* com esse negócio.

O curandeiro se inclinou com seus óculos gigantes e eu me afastei para o lado, o mais longe que pude, para lhe dar espaço. Ele abaixou os dedos que seguravam o ferrão. Pude notar quando ele tocou Tim com o ferrão porque o *pixie* se encolheu. E gritou:

– *Ui*. Cuidado com isso, parceiro. Espete esse negócio um pouco mais e vou quebrar sua cara feia!

– Tim disse para não espetar mais.

– Fale a parte de quebrar a cara feia dele, Jayne. Fale para ele.

– Não.

– Não o quê? – perguntou o médico, concentrando-se em sua sangria.

– Nada. Como vão as coisas?

– Bem – ele ergueu a mão. – Até aqui, tudo bem. Agora, vamos à coleta.

Ele levou os dedos da outra mão em direção à perna de Tim.

– O que você está fazendo agora?

– Estou coletando o sangue dele nesta pipeta.

– Que diabos é uma pipeta?

– Em termos faianos, é um pequeno tubo de vidro que tem uma ação a vácuo natural destinada a sugar o sangue para dentro dele. Estou colocando-a na pequena poça de sangue na perna do *pixie*, para que entre neste nosso tubo aqui. Você vai levar estes tubos para a bruxa quando eu houver terminado.

– Como eu vou fazer isso se nem sequer posso vê-la?

– Eu tenho um estojo de transporte. O sangue não vai durar muito. Você tem que ser rápida.

– Ah...

Voltei os olhos para Tim e ele parecia estar suportando bem. Não estava mais lutando, embora parecesse ainda muito mal-humorado.

O curandeiro se levantou, colocando a pipeta em frente a seus óculos de proteção:

– Muito bom. Foi melhor que o esperado.

– Foi? Suponho que isso seja bom.

– Sim. Nunca se sabe com essas veias pequeninas. Mas ele é durão. E vai ficar muito bem. Faça-o aplicar um pouco de pressão sobre o lugar, sim? Aqui está um pouco de gaze.

Ele me estendeu um pequeno pacote de gaze que tirou do bolso de seu casaco. Era quase do tamanho da metade do corpo de Tim.

Abri-o e o estendi para Tim, observando que ele o pegou e o colocou nas pernas. Ignorei seus renovados resmungos e xingamentos.

O curandeiro se afastou para preparar o transporte do sangue. Tentei não rir quando ele tropeçou em duas mesas no caminho, ainda usando os óculos de proteção.

– Obrigada, Tim.

– Tudo bem.

– Sabe, eu nunca mencionei isso, mas notei que você fala de um jeito mais moderno que os outros fae, entende? Por quê?

– Porque estive por aí.

– O que isso significa?

– Significa que não vivi minha vida toda na Floresta Verde, *se* é que isso é da sua conta.

– Não é da minha conta, mas eu gostaria de saber. Onde você viveu?

– Por aí.

– Tudo bem. É óbvio que você ainda está irritado comigo. Talvez quando esfriar a cabeça você possa me contar.

Tim escolheu esse momento para soltar um pum, de modo que decidi parar de tentar puxar papo.

O curandeiro voltou com uma caixa comprida e estreita.

– O sangue está aqui. Você tem cerca de uma hora, mais ou menos, antes que não possa mais ser útil para a bruxa.

– Obrigada – disse eu tomando a caixa de suas mãos, pondo Tim sobre meu ombro e rumando para a porta.

– Desculpe sacudi-lo demais, Tim, mas temos que nos apressar.

Eu desci corredor abaixo o mais rápido que pude, visualizando na mente a porta pela qual havíamos passado com Chase na noite anterior.

Logo estávamos ao ar livre, na Floresta Verde, perto da clareira onde Chase dançara. Foi então que percebi que chegaria cedo e que Goose não estaria lá ainda. O sangue ia estragar antes que ele chegasse.

Caminhei com passos pesados pelo meio das flores e depois entrei na floresta pelo outro lado. Fui levada de volta à grande árvore onde tentara curar Chase, praguejando o caminho todo.

– Sacana, bastardo, maluco, idiota, fodido, punheteiro...

– Jayne! – gritou Tim.

– O quê?!

– Está rezando, ou o quê?

– O que é que você está dizendo?!

Ele deu risadinhas.

– Não sei. Imaginei que uma garota como você talvez rezasse desse jeito.

– Você sabe que eu poderia fazê-lo voar longe com um peteleco, seu enchimento de bunda!

– Oooohh, essa é mais uma boa. Enchimento de bunda. Queria ter uma caneta aqui. Estou aprendendo tanto hoje!

– É, eu também. Como suas pernas são magricelas e pálidas.

Ouvi um sonzinho em resposta.

– Solte um pum em meu ombro mais uma vez e você vai ser transportado na ponta do meu sapato de agora em diante.

– Eu tenho um problema digestivo. É uma deficiência natural. Você não devia trazer isso à tona.

– Deficiência natural o cacete. Tente comer alguma coisa que não seja fruta.

– Tenho tentado. Fica pior.

– Tudo bem... limite-se às frutas. Não querendo mudar de assunto, pois você sabe como eu gosto de saber de seus problemas intestinais, mas você sabe como invocar aquele sujeito, o Goose? Não quero que este sangue estrague.

– Sem chance. Não sou caminhante do Cinza.

– Você fala como se isso fosse uma coisa ruim.

– Ora, é ruim mesmo.

Minha preocupação em entregar o sangue de *pixie* para Goose a tempo era agora obscurecida por minha preocupação por Tony.

– Por quê?

– Muitos fae se perderam lá. Não, obrigado. Prefiro a luz do dia.

– Como eles se perdem?

– Não sei. Eles apenas se perdem. O Cinza não é um bom lugar para *pixies*. Os espíritos e os fae que habitam o lugar estão em situação de aguda necessidade de transformação em *pixie*, e sabem disso. Eles veem um *pixie* e, pronto, acabou. Papa de *pixie*.

– Papa de *pixie*?

– Sim. Não é bonito, acredite.

Chegamos à velha árvore, que agora não mostrava sinais de ter sido o cativeiro de Chase.

– Então, que diabos devo fazer agora?

– Esperar?

– Sim, obrigada, isso ajuda muito.

Que pé no saco, pixie.

Tudo que eu podia ouvir era o som dos pássaros chilreando e da brisa soprando suavemente as folhas das árvores. Sorri, a despeito de minhas preocupações. Era realmente um belo lugar ali, onde quer que estivéssemos. Ficamos sentados ali pelo que pareceram horas, só batendo papo.

– Tim?

– Sim?

– Onde estamos?

– Ora... isso é uma charada? Estamos na Floresta Verde.

– Sim, eu sei disso. Mas onde fica a Floresta Verde? Tipo, em que país?

– Você quer dizer em um dos mapas humanos?

– Sim.

– França.

– Eu sabia!

– Como é que sabia?

Dei de ombros.

– Não sei. Horas de viagem. Computador.

Eu usara a sala dos computadores no complexo várias vezes quando Tony e eu estávamos separados. A certa altura, eu havia visto um *site* identificando o endereço de IP de meu computador como sendo na França ou Europa.

– Em que lugar da França estamos exatamente?

– Ardennes.

– Isso é uma cidade?

– Não. É um departamento. Uma região.

– Ah.

Desejei ter prestado mais atenção à aula de geografia. Tenho certeza de que havíamos estudado a França. Talvez lá pelo sexto ano. Então, percebi que o nome era quase igual ao de nosso misterioso e destemido líder.

– Parece Dardennes. Isso é uma coincidência?

– Não. Dardennes significa "de Ardennes". O "D" tinha um apóstrofo. É francês. Muitos de nós somos de Ardennes, mas, em geral, não nos preocupamos como os seres humanos. A maior parte de nós, pelo menos.

Ergui os olhos e olhei no meio das árvores tentando avaliar pela posição do sol que horas seriam. Desisti, já que tinha aversão a qualquer espécie de navegação.

– Estamos totalmente ferrados. O que vou fazer com Chase?

Eu tentava não me estressar demais, mas estava perdendo a batalha. Sentia lágrimas de frustração espicaçando meus olhos.

– Shh! – sussurrou Tim em meu ouvido, segurando de repente um punhado de cabelo meu.

– Ui. Que foi? – sussurrei.

– Rápido! Esconda-se!

Não questionei; apenas segui sua ordem. Corri para trás da grande árvore, para o lado oposto ao que eu estava.

– Que foi? – perguntei tão baixinho quanto pude.

– Shhh – foi sua única resposta.

Pude sentir seu corpo pequenino tremer em meu ombro quando ele se moveu sorrateiramente para entrar no fundo de meu cabelo.

Sons de movimento na vegetação rasteira nas profundezas do arvoredo atraíram minha atenção.

Capítulo 16

Tentei não fazer nenhum barulho, estendendo a mente para dar uma batidinha n'O Verde. O que quer que fosse acontecer, eu queria essa rede de segurança ali para nós. Abaixei-me lentamente e puxei Blackie de sua bainha em minha perna. Ele poderia fazer até o maior dos orcs arder com fogo de dragão, se fosse necessário. *Puta merda*, como eu esperava que não chegasse a tanto! Eu era terrível em matemática, mas sabia que quatro contra um era ruim.

Essa era uma daquelas horas em que eu desejava ter telepatia como os elfos verdes tinham. Poderia mandar uma mensagem telepática para todos que eu conhecesse nesse exato momento. Socorro! Salvem-me antes que eu seja devorada! Mas, por enquanto, tudo que eu tinha era meu poder terreno e meu dente de dragão. Eu não sabia se a transformação em *pixie* funcionava nos orcs, mas tinha medo de que: 1) eu acidentalmente fosse transformada em um *pixie*, e isso, em longo prazo, seria pior que ser molestada por um orc; e 2) como um orc dançante, cantante era tão fundamentalmente errado, poderia de algum modo colocar fora de equilíbrio a rotação da Terra e acabar com o mundo como o conhecemos.

De modo que resolvi não considerar a ajuda de Tim como uma solução possível. Eu esperava que ele houvesse seguido a mesma trilha de raciocínio que eu, de modo que não tomaria a iniciativa de pular para fora e me "ajudar". Talvez, esperançosamente, sua impetuosa transformação de Chase em *pixie* lhe houvesse ensinado que não era uma boa ideia transformar alguém em *pixie* na presença de amigos.

Os orcs grunhiam uns para os outros, aproximando-se de meu esconderijo. Um deles farejava o ar como um cão de caça. Conforme se aproximavam, tentei um passo hesitante para o lado, pensando que se pudesse manter a árvore entre eles e eu, não me veriam e estaríamos seguros. Infelizmente, pisei em um galho seco, que estalou alto o suficiente para parecer antinatural e atrair a atenção deles.

Quatro cabeças feias, escuras, encaroçadas se voltaram simultaneamente em minha direção. O coro de rugidos e grunhidos me revelou, muito embora eu não falasse uma só palavra de orcano, que eu fora descoberta. Rapidamente corri em torno da árvore, tentando voltar para a clareira onde eu conversara com Goose na noite passada. Precisava de mais espaço para manobrar.

Esses orcs eram mais rápidos que aqueles com quem eu lidara da última vez durante meu teste fae. Eu só tinha tempo para ficar no lugar com as pernas bem abertas, em posição de luta, antes que eles me ultrapassassem.

No instante antes de me alcançarem, pensei em como é totalmente falsa, nos filmes, essa coisa de sempre que o grupo dos vilões ataca, aparece um de cada vez, dando ao atacado tempo para quebrar cada cara individualmente. Esses orcs obviamente não frequentaram nenhuma escola de etiqueta para vilões, tampouco haviam ido ao cinema, porque foram todos para cima de mim de repente, em dois segundos, como moscas sobre um monte de merda – eu era a merda, é claro.

Girei Blackie em um arco amplo, zero de finesse no movimento tendo o desespero absoluto como guia. Ouvi e senti o cheiro do chiado de sua pele negra quando uma onda de fogo de dragão os tocou e os queimou. Tenho certeza de que aprendi *filho de uma puta* em orcano nesse momento. E depois alguma coisa que parecia: *(Rugido!) Fagar garnah! (mais rugidos) Garnah bator! (mais rugidos!)*. Traduzido livremente, tenho certeza de que significava *Filha de uma puta! A piranha está armada!*

Eles caíram de costas, praguejando em orcano e olhando surpresos para seus ferimentos, que vazavam sangue cor de alcatrão, negro, de orcs.

– Jayne, fuja! – gritou Tim.

Não esperei para ver que mais eles iam fazer; preferi seguir o conselho sensato de Tim, correndo em círculos amplos em torno deles e depois disparando de volta para a clareira.

Por favor, não me sigam, por favor, não me sigam, por favor, não me sigam, eu entoava ao fugir. Não demorou para que ficasse sem fôlego. *Lembrete: acrescente aeróbica diária ao regime de treinamento.*

Depois me lembrei do sangue de Tim na caixa que eu enfiara no cinto de minha túnica.

– Duas vezes merda! – gritei para o ar a meu redor, diminuindo meu ritmo até parar.

– Será que eu quero saber para que é isso? – perguntou Tim com a voz trêmula.

– Você ainda está aí? Ótimo.

– Sim, estou aqui ainda... pendurado, na luta por minha vida querida. Nunca senti tanta falta de minhas asas em todos os meus anos de *pixie*.

– Imagino. Acho que os despistamos. Mas eu preciso voltar.

– O quê?! Ficou maluca? Sem chance. É favor deixar-me aqui.

– No campo? Onde um porco selvagem poderia comer você? Não, não é uma boa ideia.

– Melhor um porco selvagem que um orc. Você sabe o que os orcs fazem com os *pixies*?

– Enfiam uma vara na garganta deles, que sai do outro lado, pela bunda, e os penduram em cima de uma fogueira?

Na verdade, eu já vira os orcs fazerem isso com um anão, de modo que não estava sendo sarcástica pelo menos uma vez na vida.

– Sim, se você tiver sorte. Do contrário, eles arrancam seus apetrechos de uma vez só e os comem enquanto você olha.

Estremeci de repulsa. Orcs eram uns merdas imundos.

– Mas eu tenho que entregar esse sangue para Goose. Chase será um caso de insanidade mental para sempre se eu não entregar, e não posso deixar isso acontecer. Mesmo que eu tenha que beijar os lábios viscosos de um orc, preciso fazer isso.

Tim ficou em silêncio por alguns segundos. Eu me voltei para ir quando ele falou novamente.

– Certo. Mas não vá simplesmente andando até lá. Seja discreta.

– Sim, claro. Mas eu não sou a pessoa mais discreta do mundo.

– E eu não sei? – disse Tim em um suspiro.

– Eu ouvi isso. Diga-me o que fazer ou cale a boca. Tanto faz para mim.

Segui pelo campo, sabendo que devia me apressar, mas incapaz de me forçar a correr de volta para os Orcs. Isso parecia totalmente errado – deviam ser meus instintos naturais me cutucando.

– Tudo bem. Está vendo aquela árvore à direita? Vá até lá e fique atrás dela e espere alguns segundos... Procure por sons de orcs.

– Ou cheiros.

– Sim, isso também.

Fiz o que Tim me disse; fiquei ouvindo e cheirando o nada.

– Agora, vá para aquela mais à esquerda. Aquela com o galho de baixo pendurado. Faça a mesma coisa.

E assim continuamos durante os quinze minutos seguintes, Tim dando instruções de como agir furtivamente e eu tentando não parecer um elefante passando por entre as árvores. Eu não sei por que tive tanto cuidado, visto que os orcs mesmos eram barulhentos e óbvios.

A única razão pela qual eles me encontraram antes foi porque um deles sentiu meu cheiro e chegou perto o suficiente para me ouvir xingar. Provavelmente foi o cheiro de Tim que eles sentiram. Afinal, ele tinha problema de gases.

Por fim chegamos à cena de minha algazarra, mas os orcs já haviam ido embora, deixando apenas algumas poças de gosma negra no chão marcando a cena do crime.

Parecia ser mais perto da hora do almoço agora. Olhei em volta, nervosa, procurando Goose. Como se para responder às minhas orações, ouvi a voz dele saindo do Cinza.

– Olá, Jayne. Fico feliz em vê-la aqui. Você está adiantada.

– Sim, mas não o suficiente. Peguei esse sangue mais de uma hora atrás, e o sujeito da clínica me disse que só servia por uma hora.

A imagem fraca de Goose apareceu diante de mim, tornando-se completa aos poucos, e não mais transparente.

– Faremos o possível com o que você trouxe – disse ele estendendo a mão.

Enfiei a mão no cinto da túnica e peguei a caixa com a pipeta.

– Aqui está a coisa, o tubinho de vidro com o sangue do *pixie*. Eu não consigo nem enxergá-lo. Espero que você tenha uma dessas lupas de olho de peixe que nosso sujeito tinha.

– Não se preocupe, nós temos tudo que necessitamos. Eu não sei se isso vai funcionar para o tratamento, pois, como você disse, o sangue não é mais fresco, mas vamos fazer o que pudermos. Obrigado. Nós nos veremos aqui em uma semana, então?

– É. E, a propósito, se você puder *não* enviar um grupo de orcs de boas-vindas da próxima vez, isso seria ótimo.

– O que você quer dizer? – perguntou ele com um olhar interrogativo no rosto.

– Orcs. Os fedorentos, pretos, enrugados, filhos da puta do mal.

– Desculpe, não estou entendendo.

Ele inclinou a cabeça, examinando-me como se estivesse tentando decidir se eu era louca.

– Você não sabe mesmo?

– Não, lamento. Talvez seja o estresse por seu amigo ferido que causou em você alguma... desorientação.

– Não importa. Fique atento na volta. Há orcs na floresta.

Ele riu, paciente.

– Isso não é possível.

– Ah, é sim.

– Os orcs são do submundo, e não do aqui e agora.

– Submundo? Eles estavam aqui, eu os queimei, e agora eles se foram. Veja o sangue.

Apontei para o chão, onde havia agora apenas algumas áreas queimadas. Merda. Eu havia esquecido que o sangue deles era como ácido e acabava queimando.

Goose levantou uma sobrancelha.

– Tudo bem. Uma semana.

E então, ele desapareceu no nada novamente.

Droga de caminhantes do Cinza.

– Vamos lá, Tim. Vamos almoçar.

– Eu perdi o apetite.

– Bem, então você pode só me ver comer.

– Isso só vai piorar as coisas.

Eu desatei a correr, só para irritá-lo. Ele se segurou em meu cabelo com toda a força, e eu não tinha mais certeza de quem estava torturando quem naquele momento; mas chegamos ao complexo em tempo recorde. Encontramos Becky e Scrum no bufê de almoço quando eles estavam entrando na fila para pegar comida. Notei que Scrum já tinha uma pilha de carne balançante em seu prato. Devia ser uma coisa de demônio comer essa porcaria nojenta. Eu preferia que minha carne fosse boa e morta quando eu a comesse.

– Então, o que aconteceu? Foi tudo bem? – perguntou Becky.

– Você teve problemas, não é? – perguntou Scrum calmamente.

– É, eu diria que sim.

– Eu sabia. Podia sentir. Eu devia ter ido junto. Se algo houvesse acontecido quando eu deveria estar de olho em você... nem sei o que eles fariam comigo.

Ele estava suando.

– Não se preocupe. Vou levá-lo da próxima vez. Confie em mim... Eu não quero virar comida de orc.

Os olhos de Becky quase saltaram das órbitas.

– Orcs? Você viu orcs lá fora?

– Shhh! Não precisamos de todo o Conselho na minha cola, Beck.

– Ah, sim – sussurrou ela –, desculpe.

Sentamo-nos à nossa mesa.

– Então, respondendo a sua pergunta, sim: havia quatro orcs lá. Eles deram de cara comigo. O problema de gases do Tim nos entregou...

– Ei! Não acredito que você está colocando a culpa disso em mim! – gritou ele em meu ombro.

– Tim tem gases? – perguntou Scrum, confuso.

– É. Peida o tempo tooodo – disse eu sorrindo.

Eu deveria ter sabido qual seria a resposta de Tim.

– É isso aí, otário! – disse eu enojada. – Você vai ficar em meu sapato o resto do dia. Eu avisei.

– O que ele fez? – perguntou Becky, inocentemente.

Eu só olhei para ela e revirei os olhos.

– Ah. Credo. Estou muito feliz por não poder ouvi-lo.

– Nem me fale.

Tim me ignorou, descendo por meu braço para chegar a meu prato, onde uma uva bela e gorda esperava por ele. Eu particularmente gostei quando ele comeu uma. Ele era hilário tentando romper a pele e ao mesmo tempo não se encharcar com o sumo. Era bom ficar assim relaxada, ali com meus amigos e me entretendo com um *pixie* de merda. Muito melhor que lutar contra criaturas do submundo em nossa floresta.

Tony apareceu em seguida, entrando na sala atrás de Gregale, com um enorme sorriso no rosto. Ele acenou para nós antes de pegar uma bandeja no final da fila do bufê e enchê-la. Quando terminou, juntou-se a nós na mesa. Spike passou pela porta que vinha da direção dos quartos e se juntou a nós também, ignorando o bufê totalmente. Ele estava terrível. Pálido e abatido, e tinha círculos escuros sob os olhos.

– Spike, você está uma merda.

– Obrigado, Jayne – disse ele, engatilhando e disparando uma arma imaginária contra mim antes de deixar a cabeça cair entre seus braços apoiados na mesa.

Tudo que se via era a parte de trás de sua cabeça.

– O que há de errado com você, Spike? – perguntou Becky com o rosto cheio de preocupação.

– Estou faminto.

– Vá pegar um pouco de comida.

– Não é fome de comida – murmurou ele.

Becky olhou para mim torcendo os lábios em uma careta. Então, olhou para ele.

– Ah, sinto muito.

Ela baixou os olhos, atenta em sua comida.

Eu tomei uma decisão e falei antes que acabasse amarelando e mudando de ideia.

– Spike, depois do almoço vamos para meu quarto. – Olhei para Scrum. – Você também, Scabs.

Scrum sorriu.

– É Scrum, não Scabs. E tudo bem. Posso supervisionar.

– Parece meio bizarro – disse Becky sorrindo diabolicamente.

Spike murmurou entre os braços.

– Deixe para lá, Jayne. Não preciso de sua piedade.

– Não é piedade. Eu quero. Estou curiosa, lembra?

Spike levantou a cabeça para olhar para mim.

– Sério?

– Sério.

Um grande sorriso irrompeu em seu rosto antes lamentável, mas agora um pouco rejuvenescido.

– Bem, tuuudo ceeeerto!

Tony abaixou a cabeça e sorriu.

– Por que está sorrindo? – perguntei, cutucando-o.

– Por nada.

– O que você fez hoje, Tony? – perguntou Becky. – Descobriu de que raça você é?

– Sim. Sou um irado, com certeza.

– Isso é legal! – disse Scrum, entusiasmado. – O que você pode fazer? Eu nunca ouvi falar de um irado. Nem mesmo antes de me tornar uma criança trocada. Já havia ouvido falar de elfos e duendes e outras coisas, mas irados? Não. Nem uma vez.

– Você quer calar a boca e dar a ele uma chance de falar? – perguntei.

– Ah, sim, desculpe.

Ele fez um sinal indicando que seus lábios estavam fechados, mas eu sabia que não ia durar.

– Gregale é legal. Inteligente também. Ele me mostrou como entrar e sair do Cinza. Fomos para todo lado.

– O que ele acha desse seu negócio de vibrações?

Tony sorriu, dando de ombros.

– Talvez ele tenha ficado um pouco enciumado e impressionado.

– Vibrou a bunda dele, é?

Eu estava tão orgulhosa dele; era um páreo duro para o velho Gregale.

– É. Ele ficou surpreso. Nenhum dos outros fae no complexo é empático.

– O que é um empático? – perguntou Becky.

– Alguém que pode sentir as emoções de outras pessoas. É como ter empatia por elas, mas em um nível muito mais profundo.

– Uau. Então, você pode me sentir agora?

– Se eu me concentrar, sim. Eu conseguia fazer isso um pouco antes de virar uma criança trocada. Agora, posso fazer isso com mais pessoas e a uma distância maior. O truque vai ser aprender a me concentrar na pessoa que eu quero ler. Às vezes, quando estou em um lugar com muita gente, fica tudo atrapalhado.

– Isso me deixaria todo confuso, acho – disse Scrum – Tipo, como é que você sabe que não são seus os sentimentos que está sentindo, entende?

– Não é o mesmo que minhas próprias emoções. As minhas estão ligadas a minha mente e ao meu coração, ou algo assim. Os sentimentos de todos têm sua própria assinatura. Posso sentir Jayne a mais de uma milha de distância.

Spike ergueu o queixo um pouco mais alto, inclinando a cabeça para o lado e fixando em Tony os olhos vermelhos.

– O que ela está sentindo agora?

Tony sorriu, e seu rosto ficou rosado.

– Vou deixar você descobrir isso.

Bati no braço de Tony.

– Chega de conversa. Eu estou com fome; calem a boca e comam.

Spike deu uma piscadinha para mim antes de se levantar para ir embora.

– Vejo você em seu quarto, Jayne. Estou indo para lá me deitar e esperar por você.

Balancei a cabeça sem dizer nada, tentando ignorar Becky me chutando por baixo da mesa e rindo.

– Desculpe, Becky – disse Spike de onde estava –, eu a chamaria para ir junto também, mas não quero que Finn fique com ciúmes.

Ela olhou para ele e em seguida, para mim, com pânico nos olhos.

– O que quer dizer com isso?

Eu dei um riso abafado, com a boca cheia de comida da última garfada.

– Do que você está rindo?

– Ah, de nada – disse eu com inocência fingida.

Ela pensava que era tão controlada, mas sua paixão por nosso amigo elfo verde era totalmente óbvia. Acho que o único que não havia percebido era o próprio Finn. Eu imaginava que não era por falta de interesse, mas pelo fato de que ele era um caipira e que Becky não devia saber como realizar o ritual de acasalamento caipira. Tenho certeza de que era algo como tomar um gole *sexy* de uma garrafa de cerveja ou algo assim... ou talvez matar um animal na floresta com um único disparo de arco.

– Se você está sugerindo que eu... e que Finn... bem, você é louca – ela me desdenhou um pouco demais. – Não é nada disso. Bom, ele é bonito e agradável, mas nós somos apenas amigos.

– A-ham. Como quiser, Becks. Todos nós acreditamos em você.

Ela suspirou profundamente, tentando não sorrir. Estava tentando se manter firme, mas não era possível.

– Vocês, espíritos de água, não são nada durões. De jeito nenhum mesmo, sabia disso?

O queixo dela endureceu.

– Nós podemos ser durões quando queremos.

Soltei um riso de zombaria. *Certo*. Nenhum deles tinha mais que um metro e meio. Acho que Becky era a maior de todo o complexo.

Sem qualquer aviso, ela me deu um tapa no braço. Antes mesmo que eu tivesse chance de reagir Becky desapareceu, reaparecendo do outro lado e me batendo no outro braço. Voltei-me para pegá-la, mas ela desapareceu novamente, aparecendo do outro lado para me bater na cabeça. Eu me voltei novamente para pegá-la, mas ela sumiu no ar mais uma vez. Virei imediatamente, pensando que seu plano era ficar indo e voltando, mas ela estava um passo a minha frente, e apareceu novamente onde estava sentada antes, batendo na lateral de minha cabeça – dessa vez muito forte.

Eu gritei, frustrada.

– Tudo bem, eu me rendo! Espíritos de água podem chutar o traseiro de todo o mundo sempre que quiserem!

Eu estava encolhida embaixo de meus braços, tentando me proteger de seu próximo ataque.

Ela apareceu novamente e se sentou na cadeira; disse calmamente:

– Estou feliz por termos resolvido esse pequeno problema de discriminação racial.

Scrum, que estava nos observando com uma expressão atordoada no rosto, começou a rir, e logo foi acompanhado por Tony. Fiz uma careta para eles, mas que só os fez rir mais. Tim se juntou a eles, até que engoliu um pedaço de uva errado e começou a engasgar. Tentei ajudá-lo batendo em suas costas com o dedo, mas isso o jogou do outro lado da mesa, o que fez Scrum e Tony quase gritarem de tanto rir. Scrum empurrou a mesa para se afastar e sua cadeira caiu, fazendo que se espatifasse no chão, o que foi demais para Tony e Becky. Eu não teria ficado surpresa se eles houvessem feito xixi nas calças.

– Vamos embora, Tim. Este lugar está cheio de pirralhos. Vamos.

Ele se arrastou por cima da mesa para subir em minha mão e se deitar de costas, com falta de ar. Não tenho certeza se era por causa do riso ou de minha falha na manobra de Heimlich de *pixie*. De qualquer maneira, eu não senti pena dele.

– Vejo vocês no jantar, babacas.

Tony e Becky continuaram a rir enquanto observavam Scrum se levantar e me seguir para fora, segurando o flanco, como se estivesse com dor. As outras crianças trocadas na sala observavam-nos sair com expressões confusas. Eu ignorei todos eles, recusando-me a deixar o sorriso que estava quase estourando dentro de mim vir à superfície. Eu tinha um íncubo a satisfazer, e tinha a sensação de que precisaria de toda minha força para esse pequeno exercício.

Abri a porta do meu quarto e encontrei Spike deitado em minha cama, com as mãos cruzadas atrás da cabeça. Já havia tirado a camisa, que agora estava jogada no chão. Droga, ele era lindo. Eu nunca fui uma grande amante de tatuagens – gosto de uma aqui ou ali em um braço ou nas costas, mas geralmente não de muitas; Spike era a exceção a essa regra. As suas iam do pulso até o pescoço e a cintura, e lhe caíam perfeitamente bem. Quando cheguei mais perto, vi que uma delas era um dragão de boca aberta. Tinha dentes pretos.

– Spike, quando você fez essa tatuagem?

Aproximei-me e apontei para o dragão em volta de seu braço e ombro. A cabeça terminava em seu músculo peitoral direito.

Ele olhou para baixo, erguendo a sobrancelha enquanto se concentrava.

– Alguns anos atrás.

Ele pegou minha mão, aquela que estava apontando para a tatuagem, e entrelaçou nossos dedos levemente:

– Por que pergunta?

Abaixei-me e puxei Blackie da bainha, segurando-o para ele ver.

– Porque este é um dente de dragão, e é o único preto por aqui. Ou é um de um par que é o único par preto pelas redondezas. É meio engraçado que seu dragão tenha dentes pretos também.

Spike deu de ombros.

– De que outra cor seriam?

– Boa pergunta.

Um silêncio constrangedor caiu sobre o quarto. O único som era produzido por Blackie ao deslizar de volta para sua bainha. Eu não sabia qual era a etiqueta apropriada para a alimentação de um íncubo, ou se não havia nenhuma mesmo. A última vez que vira uma acontecer fora quando Chase sofrera o ataque na floresta durante nosso teste, e o sujeito mordera seu pescoço de um jeito bem parecido com o de um vampiro, mas sem sugar de verdade nem beber o sangue. Eu não tinha certeza de estar disposta à parte cortante.

Scrum pigarreou, e em seguida Tim deu uma risadinha em meu ombro.

– Tudo bem, vamos começar pelo começo. Tim, você vai para seu quarto.

Soltei a mão de Spike e me afastei, colocando o braço sobre a cômoda para que Tim pudesse descer e ir para a cama. Ele tinha uns livros pequenininhos em sua mesa de cabeceira que Netter, nosso *brownie*, havia conseguido para ele, e poderia ler enquanto estivéssemos fazendo essa coisa de íncubo. Eu não me preocupei especulando como Netter os havia encontrado, ou se alguém poderia ler um livro tão minúsculo. Eu nem conseguia ver as palavras.

Ouvi a porta se abrir atrás de mim e alguém entrar.

– Vou só me sentar aqui no chão – disse Scrum –, prometo que não vou interferir, desde que você não a machuque.

Vi os olhos de Spike se incendiarem, soltando um brilho vermelho.

– Não se preocupe. Eu não tenho nenhuma intenção de machucá-la.

– Tudo bem, mesmo assim. Não tenho certeza de que você pode se controlar muito bem ainda; é só para você ficar ciente de que, se for longe demais, vou atrapalhar sua festa e quebrar sua vontade de novo.

Spike revirou os olhos.

– Eu ouvi bem o que você disse, não se preocupe.

– Scrum, fique virado para a parede – disse eu.

Mesmo que Spike e eu não fossemos fazer sexo, a ideia de alguém olhando enquanto ele se alimentava de mim era um pouco bizarra demais para o meu gosto.

– Tim, você também. Vire para o outro lado.

– É o meu quarto também, sabia?

– Tim!

– Tudo bem.

Observei-o se deitar em sua cama, de costas para nós. Notei que o toco de suas asas ainda estava preto, mas talvez um pouco menos, o que me fez sorrir.

Spike olhou para mim com diversão e fome em seus olhos.

– Está feliz agora?

– Sim. Por enquanto.

– Venha aqui e deite ao meu lado na cama.

Olhei para ele com desconfiança.

– Eu não me ofereci para nada além de uma alimentação, você sabe.

Spike revirou os olhos.

– Sim, sim, eu sei. É apenas mais confortável se você relaxar. Não se preocupe. Você tem seu pitbull ali para assegurar que eu não vá longe demais.

– E sem mordidas.

– Fechado. Sem mordidas, prometo.

Fiquei ali, sem saber o que fazer, até que ele olhou para mim com os olhos suplicantes e sérios, e o rosto pálido.

– Por favor...

– *Okaaay.*

Eu me deitei na cama, me esticando ao lado dele para ficarmos cara a cara, cada um de nós em seu lado.

– O que tenho que fazer? – perguntei em voz baixa.

Eu realmente gostaria que Tim e Scrum não estivessem no quarto. Parecia que isso deveria ser feito em particular; particular mesmo, não semiparticular.

– Só relaxe e olhe em meus olhos.

Não foi uma instrução difícil de seguir. Os tons de âmbar e vermelho rodando em seus olhos me puxavam, e meu olhar se fixou sem que eu nem mesmo pensasse em resistir. Minha mente escapou um pouco enquanto eu observava o âmbar e vermelho mudar para vermelho e preto, as nuvens escuras de fumaça se enredando em torno das ondas rubras. Era quase como se as cores fossem fantasmas ou espíritos, dançando ao redor de seus olhos, me chamando para junto dele. Eu não poderia dizer se eram espíritos flamejantes dançando na fumaça preta ou espíritos negros dançando em chamas. Meu corpo estava ficando quente por toda parte, especialmente em certos lugares, o que fazia aquilo parecer mais que apenas uma alimentação básica.

– Spike... – disse eu sem fôlego.

– Shhh, está tudo bem. Vou começar agora. Relaxe.

A última sílaba da palavra "relaxe" foi me puxando para fora de minha mente como um sedoso e deslizante *ssssssss* que me fez sentir como se eu estivesse adormecendo e caindo de uma grande altura ao mesmo tempo. Eu não conseguia mais sentir meu corpo. As cores em seus olhos ficaram maiores, abrangendo todo o meu campo visual, de modo que eu estava dentro desse mundo vermelho e preto, flutuando, sem sentir nada além do calor e da agitação elétrica de energia sexual. Fechei os olhos e nos beijamos. Hesitantes no início, depois mais profundamente. As visões que eu tivera em seus olhos permaneceram vivas em minha mente.

Logo percebi outra sensação, proveniente do fundo de meu corpo. Um puxão suave que não era nem desconfortável nem particularmente agradável. Era só como se ele puxasse algumas coisas. Os vermelhos e negros, girando ainda, dominavam toda minha atenção, me enganando com suas formas convergentes e em seguida desaparecendo, para se transformar em algo diferente um instante depois. Eu estava fascinada pelo visual e ignorava a sensação de algo me deixando. O beijo era fácil e me consumia, aumentando os sentimentos estranhos que ameaçavam me dominar. O que quer que fosse, não me importei. Eu só queria descobrir o que eram esses seres nos redemoinhos. Por que estavam tentando se esconder de mim? Quem ou o que eram eles? O calor gerado pelo beijo de Spike e sua língua dançando com a minha foi demais para mim.

Eu estava distantemente consciente de uma mão tocando minha cintura, acariciando minhas costas. Ela traçava um caminho de calor que se infiltrou em meus ossos. Mexi meu corpo languidamente em resposta. Eu não podia controlar isso, nem impedir o gemido de sair da minha boca.

A próxima coisa que senti foi meu corpo sendo empurrado para trás e a boca de Spike deixando a minha. A conexão com aquelas coisas rodopiantes pretas e vermelhas se foi em um segundo. Eu podia sentir o frio da pedra do chão em minhas costas e o ar frio tocando a pele superaquecida de meu rosto e braços. Meus lábios estavam inchados e cansados. Mantive os olhos fechados; ainda não estava pronta para voltar completamente à realidade.

Eu podia sentir que havia uma luta acontecendo nas proximidades, mas imaginei que provavelmente era Scrum e Spike se agarrando – algo com que eu não precisava me preocupar. Era evidente que a alimentação havia se transformado em algo mais erótico do que Scrum poderia aceitar. Eu me sentia tão bem que estava feliz por ele estar lá para acabar com aquilo. A última coisa que eu queria era saber que havia ido até o fim com um íncubo na frente dos meus amigos. E talvez houvesse feito isso também – eu estava tão longe...

– Jayne está bem? – perguntou Tim, preocupado, do outro lado da sala.

Claro que ninguém o podia ouvir, então eu respondi.

– Eu estou bem. Só relaxando.

– Bom, talvez você queira sair do caminho.

Eu abri os olhos para ver do que ele estava falando e rolei em direção a minha cama bem a tempo de evitar ser pisada. Scrum segurava Spike em um bloqueio total do corpo novamente, mas, dessa vez, Spike não parecia tão chateado. Seu rosto estava corado e com uma aparência saudável, e ele sorria diabolicamente. Seus olhos tinham um tom vermelho brilhante. Desviei o olhar para não cair neles novamente – era perigoso fazer isso, eu tinha certeza agora. Infelizmente, era um desses perigos que uma garota não consegue evitar, uma vez que me fez sentir tão bem e vinha em um pacote tão bonito. Agora Spike não só parecia um *bad boy* – ele era um *bad boy*, no verdadeiro sentido da palavra.

Percebi como estava cansada quando tentei me levantar do chão para a cama. Não tinha energia para isso, então, deitei-me no chão olhando para o teto.

Scrum voltou para dentro do quarto alguns segundos depois.

– Como está Spike? – perguntei sem tirar os olhos do teto.

– Ele está bem. Deixei-o ir. Ele vai para a floresta para gastar o excesso de energia, acho.

– Bom para ele.

– Não tão bom para você, no entanto – disse Scrum com a voz preocupada. – Precisa de ajuda para voltar para a cama?

– Talvez.

Eu não estava pronta para admitir que me sentia fraca.

Scrum se abaixou para me ajudar a levantar.

– Já vi isso antes. Normalmente, quando eles fazem isso a um fae, ele desmaia. Acho que você tem sorte de ainda estar consciente. Mas é estranho, porque acho que ele se excedeu um pouco.

– É por isso que o rosto dele estava tão cor-de-rosa? – perguntou Tim.

– Tim quer saber se é por isso que o rosto dele estava tão cor-de--rosa – disse eu, cansada.

– Talvez.

Ao pensar nisso, notei que o rosto de Spike era geralmente muito pálido quando ele estava normal.

Scrum ajudou-me a deitar na cama.

– Melhor? – perguntou ele.

– Sim. Obrigada… por sua ajuda hoje. Com Spike e outras coisas.

Scrum sorriu.

– Sem problemas. Só estou fazendo meu trabalho. Ser um demônio é a melhor coisa que já me aconteceu.

Era difícil não sorrir de seu entusiasmo pela vida fae. Acho que ser drenada de toda a minha energia tornou mais fácil não me incomodar com sua personalidade de cachorro ansioso.

– De onde você é?

– Eu sou da Califórnia. East Bay. Uma pequena cidade chamada Tracy.

– Você gosta de lá?

Ele deu de ombros.

– Era legal. Mas minha mãe morreu, então eu parei de gostar de tudo por um tempo.

– Ah… Bem, isso é uma merda.

Minha mãe era um pé no saco, mas pelo menos ainda estava viva.

– É. Mas agora minha vida é muito melhor.

Ele sorriu para mim, fazendo-me sentir uma merda por ter sido tão má com ele antes. Contudo, era tão fácil debochar dele que não era realmente culpa minha.

– Ouça, desculpe se eu enchi seu saco antes.

– Você não me encheu o saco. De verdade. Não se sinta mal.

Rapaz, esse garoto deve ter sido tratado como lixo anteriormente se achava que era normal o que eu havia dito antes. Jurei me esforçar mais para ter paciência com ele. Esperava que não fosse muito difícil.

Ele se voltou para sair, mas seu pé ficou preso na beira de minha mesa lateral, fazendo-o tropeçar e levar meus móveis com ele. O abajur que estava em cima da mesa se quebrou em mil pedaços, e os absorventes que eu tinha na gaveta se espalharam por todo lado. Scrum ergueu os olhos cercado de vidro e de produtos femininos, e disse:

– O que aconteceu?

Tim sacudiu todo o seu estúpido corpo de *pixie* sem asas de tanto rir, mas eu apenas suspirei. O universo com certeza tem prazer em me dar tarefas quase impossíveis.

– Limpe isso, seu desajeitado. Vou tirar um cochilo. Diga isso por mim a quem estiver no comando, sim?

Adormeci antes de ouvir a resposta dele, e não ouvi outro barulho durante horas. Sonhei desde a hora do almoço até a do jantar com demônios vermelhos e fantasmas esfumaçados pretos indo me acariciar e me puxar para seu mundo.

O PRIMEIRO A SENTAR-SE COMIGO À MESA do jantar foi Tony. Era a primeira vez que ficávamos sozinhos desde o que me parecia uma eternidade. Bem, mais ou menos sozinhos, uma vez que Tim estava agora andando pela mesa e dando uma de pateta. Eu o ignorei.

– Você parece feliz. Diga-me o que anda fazendo – disse eu.

A sensação de alívio que senti ao perceber quão contente ele estava quase me dominou. Eu não havia entendido completamente quanto estava preocupada com sua integração ao lugar até ter dito isso.

– Eu estou feliz mesmo. Não tenho certeza de já ter lhe agradecido o suficiente por fazer isso por mim... Por me convencer a vir para cá. Então, obrigado.

– De nada – respondi, cutucando-o com meu ombro. – Mas fui totalmente egoísta. Você é meu melhor amigo e eu precisava tê-lo comigo.

– Você pode dizer isso, mas eu sei a verdade.

Eu o ignorei. Não sou nenhuma santa, isso é certo; mas se ele queria achar que meus motivos eram altruístas, eu não ia discutir.

– Então, o que você aprendeu esta tarde?

Tony se esforçou para engolir o enorme pedaço de comida que havia acabado de colocar na boca. Se não estivesse tão certa de que ele era um irado, eu me preocuparia com a quantidade de comida que estava comendo. Ele comia como um demônio, exceto a carne saltitante.

– Mais coisas no Cinza. Além disso, Gregale me convidou para uma reunião dos elfos cinzentos. Nós temos um monte de traços comuns, irados e elfos cinzentos. Eles me deixaram participar de uma das reuniões de estratégia de guerra.

– Sério? Isso parece legal. O que vocês conversaram?

– Coisas como número de Fae das Trevas, o que eles estão fazendo no mundo humano, poderes que seus fae têm, e nosso treinamento.

– O treinamento... Isso é interessante.

– Como assim?

Becky e Scrum se juntaram à mesa, querendo ouvir o que estávamos dizendo.

– Eu sei que há uma guerra se aproximando, mas nosso treinamento parece estar um bocado desorganizado. Eles nem sequer percebem que eu nem apareço metade do tempo.

– Você tem razão – concordou Tony com entusiasmo. – Eu só estive aqui um dia e já percebi. Conversamos sobre isso hoje e eu dei a eles algumas ideias.

– Algumas ideias? Para quem? Para o Conselho? – perguntou Becky.

– Não, para os elfos cinzentos.

Ela assentiu com a cabeça, admirada.

– Muito bom, Tony. Você é inteligente. Eles devem ouvi-lo.

– Obrigado – disse ele timidamente, corando um pouco.

– Nosso treinamento não é ruim – disse Scrum, apunhalando alguma coisa carcomida em seu prato e enfiando-a na boca.

– Não, o treinamento dos demônios está na melhor forma – concordou Tony –, porque Jared está diretamente envolvido. Ele está sozinho no comando da organização do treinamento de todas as crianças trocadas; mas também é responsável pelo recrutamento, então, eu sugeri que talvez ele esteja fazendo coisas demais. Eles precisam de outra pessoa para tomar conta dos programas de treinamento.

– Quem seria? Niles?

O anão parecia ser a escolha mais lógica, mesmo porque ele era o mais beligerante de todos os fae que eu conhecia no complexo.

– Não, ele só consegue lidar com os anões. Ele é meio... pavio curto com os outros fae.

– *Pfff*. Nem me diga.

Eu gostava dele, mas ele era mesmo meio canalha e mal-humorado.

– Eles vão falar com o Conselho e encontrarão alguém. Vocês provavelmente vão notar uma diferença em suas rotinas diárias depois que acontecer.

– Você se encaixou mesmo aqui, não é, Tony? – perguntou Becky.

Ele deu de ombros.

– Acho que sim.

– Isso é incrível. De verdade. Jayne sentiu muito sua falta quando você se foi. E ela estava muito preocupada com você.

– Eu sentia falta dela também.

Ele olhou para mim e eu pude ver um brilho em seus olhos.

Porra, eu estava tão feliz por ele estar ali. Tudo estaria totalmente certo no mundo quando Chase estivesse conosco de novo – o Chase de sempre, não o dançarino. E esse pensamento me levou a outro.

– Ei, quando você vai para o Cinza, consegue encontrar quem você quiser?

– Sim, qualquer um.

– Mesmo um Fae das Trevas?

Ele hesitou.

– Talvez. Não tenho certeza. Mas por que você ia querer isso?

Inclinei-me para mais perto dele para poder falar baixinho e ser ouvida.

– Eu poderia checar o progresso de Chase com Goose.

Tony assentiu lentamente, entendendo.

– Eu poderia tentar.

– Amanhã? – perguntei.

– Sim, amanhã. Você pode ir para o Prado Infinito comigo e tentamos.

– Onde fica isso? Eu já estive lá?

– É a porta com o símbolo do infinito. Um oito deitado.

– Sim, eu sei qual porta, o símbolo que parece uma pista de corrida.

Era a porta a que Gregale havia me levado quando fomos ver Tony no Cinza.

– Depois do almoço nos encontraremos lá, então.

– Eu também vou – disse Scrum.

– Tudo bem.

– E eu – disse Tim.

Revirei os olhos.

– Tudo bem. Alguém mais? Beckster? Você quer participar da festa?

Ela sorriu.

– Não, eu tenho que trabalhar com Naida e os outros.

– Festinha no lago? – perguntei com sarcasmo.

Eu havia sido autorizada a confirmar minha afinidade com a água ali naquele lago e a fazer um pouco de treinamento, mas eles nunca deixariam me integrar totalmente ou explorar seu mundo subaquático. Eu podia ter afinidade com água, mas não era um espírito de água ou sereia.

– É... Não seja ciumenta.

– Rá! Ciumenta! – disse Tim. – Quem teria ciúmes de um bando de fae moluscos fedidos?

– É isso aí, *Pixie*.

Estendi o dedo para um "toque aqui".

– O que ele disse? – perguntou ela, desconfiada.

– Ele disse que os espíritos de água são fracos.

– Ei! – disse ela a Tim fingindo-se ofendida.

– Diga a verdade! – gritou ele. – Ela vai me encher de porrada como fez com você!

Mostrei a língua para ele e, a seguir, olhei para Becky, decepcionada.

– Ele não disse isso de verdade.

– Eu sei – disse ela, sorrindo –, só estou brincando. E tudo bem ter ciúmes. Eu também teria muito se fosse vocês.

E então ela desapareceu, reaparecendo no bufê.

Sorte dela, pois eu estava pronta para dar um belo tapa em seu braço nu. Espíritos de água do caralho.

– Onde está Spike? – perguntou Tony.

– Está fazendo uma corrida noturna na floresta – explicou Scrum.

– Por quê?

– É um daqueles momentos em que os íncubos andam por aí como selvagens, correndo mais rápido que qualquer outra pessoa no mundo fae, só porque lhes dá vontade. Eles são meio estranhos.

Scrum continuou comendo enquanto falava, completamente alheio aos pedaços de comida que caíam de sua boca de vez em quando.

Eu fiquei um pouco enojada de olhar para ele.

– Scrum, você ouviu falar de boas maneiras?

– Ah... Desculpe. – Ele mastigou e engoliu, limpando a boca com o guardanapo antes de continuar. – Ele sugou um pouco da sobrecarga de energia de Jayne hoje, então, está feliz da vida agora.

– É, literalmente – disse eu olhando para meu prato, sentindo meu rosto corar.

– Alguém está enveergonhaaadaaa! – disse Tony com voz cantante.

Dei-lhe uma cotovelada.

– Cale a boca.

– O que aconteceu?

– Ela praticamente transou com o íncubo! – gritou Tim.

Eu levantei o dedo na posição de tiro, mirando diretamente nele.

– Diga isso de novo, aberração, e vai ver o que acontece.

– Ai! – gritou ele, correndo para longe do meu prato em direção a Scrum. – Salve-me, demônio! Ela ficou brava depois de transar com o íncubo!

Ele estava rindo histericamente de sua provocação, o que era a única razão para eu não me aproximar mais e dar um belo pontapé em sua bundinha de *pixie*. Minha parte "coração aberto" – admito que é pequena, mas existe em algum lugar – estava contente de vê-lo tão feliz, correndo por aí com seu pequeno toco queimado de asa. Ele tinha muitas razões para estar triste, por isso, se minhas escapadas semissexuais o entretinham, eu tinha que me conformar.

– Fique aí ou vou afogar você em minha sopa e comê-lo no jantar.

– Orc! – acusou-me, apontando para mim.

– Gnomo! – respondi.

– Ah, não... Você acabou de me chamar de gnomo? – disse ele com as mãos nos quadris.

– Ah, sim, chamei. Pequeno comedor de terra.

Tim estava fumegando. Aparentemente, eu acertara seu ponto fraco com esse insulto. Pessoalmente, não acho que os gnomos sejam tão ruins. Um pouco sujos, talvez, mas amigáveis. Mas, em comparação com o brilhante, limpo e perfeitamente penteado Tim, eles deviam ser considerados cidadãos de segunda classe – pelo menos por ele. Acho que eles nunca escovavam os dentes, e Tim estava sempre escovando os seus e usando fio dental, pelo menos três vezes por dia, às vezes mais.

– É só esperar. Não durma hoje à noite, isso é tudo que tenho a dizer.

Eu ri.

– O que você vai fazer? Peidar a noite toda? Isso nem é uma ameaça, já estou acostumada.

– Você tem sooooorte de eu não ter asas agora.

– Sim, eu tenho, não é mesmo?

Sorri para ele diabolicamente, estendendo a mão lentamente para agarrá-lo.

Ele chiou e correu pelo braço de Scrum, escondendo-se atrás da cabeça dele. Segundos depois, ouvi um som abafado de engasgos e Tim gritando:

– Maldito cabeça de gnomo, você nunca lava o cabelo?

Ele saiu para o ombro de Scrum, agitando os braços na frente do rosto, como se estivesse tentando espantar um enxame de moscas.

– O cheiro está em mim! Eca! Tire isso!

Levantei-me e fui até Scrum para pegar Tim.

– Relaxe, Tim. Acabou a brincadeira. Você já terminou de comer?

– Perdi o apetite. Acho que alguns insetos vivem lá. Espero que ele não seja contagioso.

– O que há de errado com ele? – perguntou Tony inocentemente.

– Ele disse que não gosta do xampu de Scrum.

– Ah, eu não uso xampu – disse Scrum.

– Por que não? – perguntou Tony, obviamente um pouco enojado com essa pequena informação.

– Não é bom para o cabelo.

– Quem disse isso? – perguntei.

– Eu li em algum lugar.

Eu ri.

– Onde? Na revista *Manutenção da casa dos sem-teto*?

Tony riu, e em seguida tentou encobrir o riso com uma tosse.

– Essa revista existe? – perguntou Scrum.

Afastei-me, dizendo:

– Tony, boa-noite! Venha ao meu quarto mais tarde.

Esse era o mais longe a que minha paciência e compreensão poderiam chegar.

Olhei para trás quando cheguei à porta de saída. Tony estava rindo de Scrum escondido atrás do garfo. O garoto tentava esticar o cabelo o máximo possível para poder olhar, mas era muito curto, então ele só ficava virando a cabeça de um lado para outro enquanto puxava tufos de cabelo. Balancei a cabeça enquanto abria a porta e saía do refeitório. O garoto era lamentável. E se o futuro dos Fae da Luz estivesse nas mãos de caras como esse? Eu temia por minha existência neste mundo.

Tony se juntou a mim e a Tim em nosso quarto cerca de vinte minutos depois. Tempo suficiente para eu tomar banho e me vestir para dormir. Tim tomou seu banho na pia enquanto eu tomava o meu no chuveiro. Eu já havia perdido a vergonha de ser vista nua por Tim. O que poderia fazer ao ver um peito gigantesco, afinal? Provavelmente acharia bizarro, uma vez que os peitos a que ele estava acostumado deviam ser do tamanho de metade de um Tic Tac, aproximadamente. E esses seriam das *pixies* peitudas.

Tony se sentou na beira de minha cama enquanto eu me enfiava embaixo das cobertas.

– Teve um bom dia hoje, hein? – perguntei.

– Sim, tive mesmo. Não disse no jantar porque pode acabar não dando certo, mas os elfos cinzentos vão me recomendar para ser responsável pela organização do treinamento.

– O quêêêê? Isso é incrível, Tony! Parabéns! Como diabos você conseguiu isso?

Ele sorriu, obviamente encantado com a ideia.

– Não sei. Em um minuto eu estava apenas ouvindo coisas na reunião, e então, comecei a ter ideias de estratégias e maneiras de fazer as coisas mais eficientemente, e aí, comecei a falar. Era como se fosse óbvio. Os problemas com que eles estavam lidando, as crianças trocadas entrando e não sabendo o que fazer... eram tão simples para mim. Isso me fez lembrar o jogo xadrez, sabe?

Seus olhos brilhavam de emoção. Ele gesticulava sem perceber. Eu nunca o havia visto tão animado.

– O negócio é olhar para o objetivo final, vencer esta guerra, ou estar preparado para vencer esta guerra, e então, ver todos os recursos e pensar em como aproveitar seus pontos fortes, e ver como este ou aquele movimento vai causar um efeito cascata. É tudo igual às estratégias que aprendemos e usamos no clube de xadrez.

– Eu disse que o melhor nome para esse clube era "Um dia dominaremos o mundo".

Tony sorriu.

– Você estava certa. Ele está me ajudando a mostrar-lhes como se planejar para a guerra. Eles gostaram mesmo do que eu tinha a dizer.

– Eu sempre soube que você era o cara mais inteligente do mundo. Agora, tenho a confirmação dos fae mais inteligentes do mundo de que eu estava certa.

Tony se inclinou e me abraçou.

– Obrigado, Jayne. Obrigado. Por tudo.

Abracei-o.

– De nada. Agora, pare de me agradecer antes de ficar todo bobão. Vejo você amanhã.

– Certo. – Ele se levantou para sair. – Vejo você amanhã, Tim.

– Boa-noite – ouvimos a vozinha do outro lado da sala.

Eu fiquei de costas para a porta e gritei para meu amigo.

– Tony?

– Sim, Jayne?

– Não deixe a porta bater em sua bunda na saída.

Capítulo 19

Tony estava deitado de costas no chão a meu lado no Prado Infinito. Scrum sentou ao lado, observando a nós e à margem da floresta, que não ficava muito longe. Tim descansava em meu peito, perto de meu pescoço, em silêncio pelo menos.

– Só para constar, gente, eu não gosto disso – disse Scrum.

Suspirei.

– Não gosta de quê? De Tony ir para o Cinza? Do prado? Do quê?

– Deste lugar. Algo parece... desligado.

Eu não deveria duvidar de seu radar de demônio, porque ele havia sido capaz de perceber quando eu estava em apuros com Spike antes, mas já havia estado ali várias vezes para treinamento e outras coisas e nunca tive nenhum problema. Era um belo dia – o sol brilhava, o céu estava azul, e nuvens enormes e macias flutuavam lentamente sobre nós. Havia até uma brisa suave que bagunçava meu cabelo em volta do rosto. Claro que o cabelo de Scrum não se mexeu, uma vez que não havia sido lavado, tipo, nunca.

– Relaxe, cabeça de gnomo, nós vamos ficar bem. Seu radar, quer dizer, *demoniodar*, deve estar falhando. Fique de olho nos caras maus.

– É o que pretendo. E só para você saber, meu *daedar*, é assim que se chama, nunca teve uma falha. Vou ficar bem aqui, e se eu disser para você entrar, basta concordar e não discutir.

Ele nos lançou o olhar mais sério que já foi capaz de fazer, acho.

– Juro por Deus – disse eu, revirando os olhos.

Tony olhou para mim e falou em voz baixa:

– Você não deve mesmo dificultar as coisas, Jayne. Ele só está fazendo seu trabalho.

Mostrei a língua para ele.

– Cuide do seu, cabeça de balão.

– É o meu. Eu posso ser o novo coordenador de treinamento.

– Tudo bem, quando chegar sua promoção, talvez seja seu trabalho. Por enquanto, a única coisa com que você precisa se preocupar é encontrar esse cara no Cinza.

– Tudo bem, então me relembre: o que exatamente eu vou fazer?

– Encontrar esse Goose. Ele é um irado das trevas. Pergunte a ele como está indo com Chase.

– Onde ele mora?

– No complexo dos Fae das Trevas.

– Você sabe onde é? Como é?

– Não.

– Tem alguma coisa de Goose?

Fechei a cara.

– Não, idiota, não tenho. Não costumo colecionar quinquilharias de pessoas que encontro na floresta.

– Tudo bem, fique fria, só estou perguntando. É mais fácil encontrar alguém quando se tem algum tipo de conexão. Procurar pelo Cinza por alguém que você não conhece pode ser complicado.

– Bem, não faça, se não puder.

Tony suspirou alto.

– Eu não disse que eu *não posso*. Só disse que pode ser *complicado*. Então, se eu o encontrar, o que devo dizer?

– Pergunte a ele como está indo o tratamento de Chase e se ele estará pronto para que eu venha buscá-lo em poucos dias. Tente checar o dia e a hora exata... E o lugar. Supostamente, na grande árvore onde nos encontramos pela primeira vez.

– Tudo bem – disse Tony apertando minha mão. – Aqui vou eu para o nada.

Esperei pacientemente, segurando gentilmente a mão de Tony e olhando para as nuvens no céu. Vi uma que parecia um coelho e outra que parecia uma tartaruga. É engraçado. Como na fábula. No início, elas se moviam lentamente pelo céu, mas depois começaram a se mover mais rápido. O coelho perdeu a forma, virando um aglomerado de manchas menores. A tartaruga se transformou em um orc. Parecia estar correndo no céu, perseguindo os pedaços de coelho que haviam sobrado. Irgh. A memória dessas criaturas nojentas não era algo que eu queria cultivar enquanto esperava no prado por notícias de Chase.

O vento continuava; não era frio, mas eu me senti estranha. Era como se uma tempestade estivesse se aproximando. Ouvi alguma coisa perto do limite do prado, proveniente das árvores, e virei a cabeça para olhar para Scrum.

– Scrum, você ouviu esse barulho?

Suas palavras anteriores haviam me deixado paranoica.

Ele não respondeu, só ficou ali parado, olhando.

– Scrum! – perguntei mais alto –, ouviu ou não?

Ele não disse nada. Na verdade, não teve reação nenhuma. Apenas olhava para a distância como se estivesse em uma névoa. Ou congelado no lugar.

Sentei-me rapidamente e senti algo aterrissar em meu colo. Olhei para baixo e vi que Tim estava lá, sentado, todo tenso, olhando para longe. Meus ouvidos começaram a zumbir e meu cérebro tentou entender o que estava acontecendo. Movi a mão lentamente e levantei Tim com cuidado. Seu corpo estava quente e sua pele ainda macia, mas ele definitivamente não estava bem. Estava todo *zumbificado* por fora. Olhei para Scrum e vi que estava na mesma condição. Olhei para Tony em pânico, mas não sabia dizer se isso estava acontecendo com ele também ou se estava apenas caminhando pelo Cinza. Fiquei com medo de perturbá-lo, preocupada com a possibilidade de prendê-lo no Cinza ou algo assim.

Um barulho saiu das árvores de novo e eu voltei a cabeça na direção do som. Saindo da escuridão da barreira verde estavam um rapaz e uma menina. Quase me irritei quando vi quem era. Rapidamente escondi Tim na frente de minha túnica, rezando para que não o estivesse machucando, e me levantei de um pulo para receber a dupla.

Capítulo 20

– Olá, Jayne. Engraçado encontrar você por aqui.

O meio-sorriso mal-intencionado que ela me lançou foi um *flashback* direto de Miami.

– Olá, Samantha. Parece que você encontrou um lugar onde se encaixa direitinho.

Ela fez uma careta como resposta.

Notei que ela estava vestindo um manto negro sobre uma túnica branca e calças pretas. Eu estava com medo de pensar que esse uniforme poderia significar a mesma coisa ali que em meu mundo fae da Luz. Se ela fosse uma de nós, eu diria que era uma bruxa.

Ben sorriu para mim.

– Olá, Jayne. Vejo que conseguiu convencer Tony a fazer a mudança. Bom para você. Tenho certeza de que ele está deixando todos vocês muito orgulhosos.

– Dê o fora daqui, Ben. Não estou interessada nas suas besteiras. É melhor dar um jeito de sumir antes que eu chame um pelotão de duendes verdes para prender você e a Miss Simpatia aí.

Apontei com o queixo para a Rainha da Vadias. Samantha e eu havíamos nos encontrado antes, quando éramos ambas fugitivas andando por aí com Jared e sua equipe, em Miami. Eu só a conhecera por cerca de dois dias, mas fora o suficiente para ver que ela tinha uma atitude ruim e um *chip* enorme no ombro. Todos nós em Miami tínhamos certeza de que ela seria convidada a fazer o teste conosco; mas foi a única a ser rejeitada depois da entrevista. Na época, Jared ficara realmente chateado, e ela também. Mas acho que ela acabou encontrando um plano B... ou ele a havia encontrado.

– Não, você não vai fazer isso. Porque, se fizer isso, seus amigos vão se machucar.

Ele acenou com a cabeça para Scrum e Tony no chão.

– Parece que você já os machucou, então, acho que não tenho nada a perder.

Chamei O Verde, irritada comigo mesma por não ter feito isso logo que ouvi o ruído de sua chegada. Eu poderia estar mais bem preparada, e com Tony ali indefeso como estava, era totalmente estúpido não ter alguma energia em modo de espera. O que eu estava pensando?

– Não, eles estão bem. Só estão em suspensão por alguns minutos enquanto nós falamos de negócios.

Esfreguei a mão lentamente sobre o local onde Tim estava escondido em minha túnica. Um dos seus pés espetava meu peito e eu precisava arrumá-lo, mas não queria que eles soubessem que ele estava lá.

– Que negócios?

– O negócio de levá-la conosco.

Soltei uma gargalhada.

– Rá! Como se *isso* fosse acontecer. Veja, eu até gosto do pessoal do grupo de teatro, mas não vou a lugar nenhum com vocês, babacas.

Ben deu de ombros, ainda sorrindo.

– É você ou eles. Você escolhe.

– Hmmm – disse eu com sarcasmo, colocando o dedo nos lábios. – Eu escooolhoo... Nenhuma das opções anteriores. – E, com isso, lancei uma bolha de energia Verde entre eles e nós, protegendo meus amigos lá dentro, rezando para que Tony ainda fosse capaz de sair do Cinza.

– Agora comece a dar o fora daqui antes que alguém se machuque. E por alguém quero dizer você.

Samantha olhou para Ben como se procurasse sua aprovação. Ele concordou com a cabeça, sem nem mesmo olhar para ela. Ele não parava de olhar para mim. Seu olhar firme e sua calma inabalável eram assustadores para caralho e me deixavam nervosa. Ele era realmente bom nessa coisa de guerra psicológica.

Samantha levantou a mão e acenou lentamente perto do topo da minha bolha. Senti uma falha no sistema – uma escorregada no poder. Eu nunca havia sentido nada parecido, e não gostei *nem um pouco*. Nem precisei olhar para cima para ver o que estava acontecendo – ela estava dobrando meu escudo de energia e me cercando.

– Ei, cadela! Deixe minha bolha em paz!

– Desculpe, Jayne, mas ela vai quebrá-la, e, em seguida, levaremos seus amigos. Eu tentei avisá-la.

Senti meu escudo protetor se dobrando e desintegrando sob o poder dela. *Como diabos ela está fazendo isso?* Comecei a entrar em pânico. Puxei mais poder d'O Verde, mas não pareceu fazer diferença. Eu me sentia fraca e cansada, e não sabia bem se isso era parte de seu ataque mágico ou não. Eu não conseguia segurar essa bolha e chamar os elfos ao mesmo tempo. Toda minha concentração estava voltada para manter o escudo e pensar em minhas opções. Eu poderia dizer que não importava o que eu fizesse, ela acabaria vencendo, e minha bunda estava fritando. E, obviamente, meus estúpidos amigos demônios não seriam de ajuda nenhuma, considerando que pelo menos um deles estava sob o domínio de Samantha. *Fodeu e fodeu de novo*.

– Tudo bem – concordei, com raiva. – Desisto. Vou abaixar o poder se você concordar em deixá-los em paz.

Ben me encarou com o olhar mais intenso que eu já havia visto desde a vez que Spike olhara para mim sabendo que chegara sua vez.

Ele acenou para Samantha, sem tirar os olhos de mim. Interrompi seu controle visual; eu queria ver o rosto de Samantha quando ela percebesse que havia sido dada a ordem para recuar. Ela parecia irritada, mas fez o que lhe foi dito.

Algo nela tornava impossível eu não dizer alguma coisa.

– Isso mesmo. Dê o fora, Sam. E não pense nem por um segundo que eu não vou contar a Jared o que você fez aqui hoje.

Na mosca. Eu soube que havia acertado um belo golpe quando ela levantou a mão como se fosse atacar de novo, mas, dessa vez, a mim diretamente.

Ben estendeu a mão e tocou-lhe o braço.

Ela puxou-o para trás rapidamente, como se houvesse sido queimada, com um olhar de surpresa e dor no rosto.

– Não a deixe atingi-la. Lembre-se de nossa causa.

Samantha fez uma careta para mim e se voltou para ir embora, deixando Ben ali comigo. Pensei em atacá-lo com O Verde e chamar meus amigos, mas algo me disse que ele já esperava por isso. E eu não podia correr o risco de machucar Tony ou Scrum. E não sabia o que fazer quanto a Tim. Eu poderia deixá-lo ali, o que provavelmente seria o melhor, mas me preocuparia por ele estar sem asas e poder ser comido por um esquilo ou ser pisado; e não sabia quanto tempo demoraria para que todos acordassem. Se eu pudesse mandar uma mensagem telepática para Tim nesse exato momento, pediria desculpas, porque não era preciso ser nenhum gênio para saber que eu estava prestes a ser presa pelos Fae das Trevas – e, pobre Tim, ia acabar preso também, por consequência.

Ben estendeu a mão.

– Vamos?

Maldito seja ele por ser tão gato. Os bandidos eram sempre mais bonitos que os mocinhos. Olhei para sua mão como se houvesse bosta de orc nela. De jeito nenhum eu iria tocá-lo. Não me importava quão bonito ele fosse.

– Leve-me a seu líder, ou a seu covil, ou sei lá.

Ele deu um sorriso amargo.

– Por que não a levo somente ao complexo dos Fae das Trevas?

– Faça seu pior. Tenho certeza de que você e Samantha vão se divertir com isso. Eu não estou nem um pouco surpresa por ela estar a seu lado, sabia.

– Ah, é? E por quê?

– Porque vocês são todos um bando de rejeitados pelos Fae da Luz.

Ben avançou e agarrou bruscamente meu braço.

– É bom você aprender a calar a boca de vez em quando, antes de se meter em problemas sérios.

Dei outro sorriso amargo.

– Você não tem ideia de como isso fica perfeito vindo de você.

– Ah, é? Por quê?

– Porque você fala exatamente como o imbecil do meu pai.

Ele me deu um empurrão e me arrastou, sem dizer nada, até chegarmos à margem da floresta. Foi então que vi Maggie, a bruxa.

– Oh, graças a'O Verde, Maggie! Você tem que me ajudar a me livrar deste idiota.

Puxei meu braço dele. Estava tão aliviada por vê-la ali que senti meus joelhos fraquejarem. Eu queria correr e lhe dar um abraço, mesmo ela sendo toda torta e enrugada. Agora esses bastardos iam se arrepender. Ela conhecia as coisas de bruxas, e Samantha não seria páreo para ela.

Maggie olhou para mim sem expressão no rosto. Então, deu de ombros e me deu as costas, arrastando-se para longe.

Fiquei confusa por um segundo. Será que ela precisava de mais espaço para lançar seu feitiço destruidor? Estava indo buscar sua varinha? Será que precisava de uma varinha? Ela continuou andando e eu me apavorei.

– Maggie! Aonde você vai?! Preciso de sua ajuda, caramba!

Notei outra figura em pé a seu lado. Era Samantha... sorrindo. Maggie passou se arrastando por ela, assentindo com a cabeça.

Que porra é essa?

– Obrigada, Maggie – disse Samantha em voz bem alta para que eu pudesse ouvir, olhando-me enquanto falava. – Nós apreciamos sua ajuda.

Fui tomada por uma raiva que não sabia que eu era capaz de ter.

– Você me vendeu, Maggie?! Você me entregou para os Fae das Trevas? Pensei que fôssemos amigas! – Saliva voava de minha boca junto com as palavras venenosas. – Você não é melhor que um *orc* podre! Está me ouvindo?! Uma maldita pilha de merda de orc preta, viscosa, vaporosa e fedida! Eu odeio você! Eu odeio você, está me ouvindo?

E essa foi a última coisa que me lembro de ter dito antes de ver seu pequeno e brilhante olho preto, e então, tudo ficou escuro.

Capítulo 21

Minhas costas estavam doendo – provavelmente por causa de todos os calombos duros e irregulares que me cutucavam. Eu ainda não estava pronta para abrir os olhos e identificar o que eram. Meus outros sentidos me diziam muito mais do que eu queria saber. Eu estava em um lugar frio e úmido. A cama, ou onde quer que eu estivesse deitada, era de pedra, portanto, não muito macia. Eu podia ouvir água pingando em algum lugar e tudo em volta de mim cheirava a mofo. Tinha certeza de que estava em algum lugar subterrâneo ou dentro de uma caverna. Não conseguia ouvir nada além da minha própria respiração e o pequeno respingo ocasional de água. Pelo menos, eu esperava que fosse água.

Levei a mão lentamente até meu peito e descobri que Tim ainda estava lá, embaixo de minha túnica. Eu podia sentir seu calor, o que significava que ele estava vivo. Esperava não o ter esmagado durante o transporte. Não havia nenhuma dúvida em minha mente de que eu estava no complexo dos Fae das Trevas; não precisava de habilidades sobrenaturais para descobrir. Provavelmente eu estava em uma masmorra. Eles tinham mesmo uma masmorra. *Idiotas.*

Alcancei minha perna e senti a bainha vazia onde a presença maciça de Blackie deveria estar. *Droga.*

Finalmente abri os olhos e me embebedei visualmente do que via. Eu estava em uma espécie de quarto em uma caverna. Tudo no espaço havia sido esculpido na pedra. Não havia barras de ferro me prendendo ali, por isso, não era tão parecido com uma masmorra quanto eu esperava. Ainda assim, havia uma porta e ela estava fechada. Eu estava disposta a apostar que estava trancada pelo lado de fora. Não havia cama, apenas a laje de pedra na qual eu estava deitada, que poderia se transformar em um altar para sacrifício de virgens sem muito esforço. Virei a cabeça para dar uma olhada no chão, na esperança de não ver uma poça de sangue. Felizmente, não havia nenhuma. O chão era de pedra e parecia irregular. Em uma das paredes opostas, também de pedra irregular, alguns fios de água escorriam, e pude ver que era a fonte do pinga-pinga que eu ouvia.

Sentei-me lentamente, lutando contra a tontura que ameaçava me dominar. Qualquer que fosse o feitiço que Maggie ou Samantha haviam me lançado, fora um trabalho muito bom. Tentei me lembrar de alguma coisa que acontecera depois de eu gritar com Maggie, mas não consegui. Eu poderia ter transado com um orc que provavelmente dormiria durante a coisa toda do mesmo jeito. Fechei bem as pernas enquanto as imagens assaltavam minha mente. Eu não tinha certeza de que me recuperaria de algo do tipo, e estremeci de repulsa só de pensar.

– Ok – disse eu em voz alta para o quarto de caverna –, hora de ir para casa.

Tentei chamar O Verde, mas não havia nada. Apenas um vazio negro. O pânico subiu por minha garganta, mas falei baixo para mim mesma e minha voz batia nas paredes.

– Relaxe. O Verde está lá fora. Você só precisa ser paciente e tentar novamente.

E assim fiz. E mais uma vez. Mas nada aconteceu.

– Porra! – gritei para ninguém em particular.

– Droga! – gritou alguém de volta.

– Tim?

Olhei para meu peito.

– Você se importaria de me tirar desse seu maldito sutiã, por favor? Está quente e mole aqui. Estou tentando não vomitar, mas se você não me tirar logo, não posso prometer nada.

– Pode sair, pode sair!

Abri minha túnica o mais rápido que pude e puxei a borda do sutiã para baixo. Tim não esperava a liberdade súbita, de modo que se desequilibrou, caindo em meu colo.

– Ai, que inferno, isso dói – gemeu.

Eu o vi lutar para se levantar, tentando firmar os pés em minhas pernas, mas falhando. Peguei-o delicadamente e o coloquei no banco a meu lado.

– Que diabos aconteceu? Como é que eu fui parar em seu sutiã? – Ele olhou ao redor enquanto esfregava sua bunda com uma mão e a cabeça com a outra. – E onde estamos?

– O que aconteceu foi Ben e Samantha, ajudados por Maggie, e estamos no complexo dos Fae das Trevas. Que eu saiba.

Tim se voltou para olhar para mim.

– Não!

– Sim!

– Ah, isso não é bom. Isso não é bom *de jeito nenhum*. Jayne, você sabe o que isso significa?

– Tenho certeza de que isso significa que estamos presos. Ou pelo menos eu estou. Eles não sabem que você está aqui.

Tim pensou por um segundo.

– Você tem certeza de que eles não sabem que eu estou aqui?

– Tenho certeza. Por que eles deixariam você em meu sutiã? E eu com certeza não disse que você estava lá.

– Conte-me tudo que sabe – ordenou ele, todo preocupado, andando por ali e ocasionalmente sacudindo uma perna ou se curvando para esticar as costas. – Precisamos de um plano, mas, primeiro, preciso de tanta informação quanto você. Vamos.

Informei-o sobre nossa triste situação, tentando recordar o máximo possível de detalhes. Quando terminei, Tim estava balançando a cabeça.

– Não posso acreditar que ela ajudou a capturá-la. Isso é tão típico de Maggie. Eu nunca deveria ter lhe apresentado a ela.

– O que quer dizer com é "típico de Maggie"? Ela sempre foi boa para nós.

– Rá! Isso é o que você pensa. Maggie faz o que Maggie quer e pelas razões de Maggie. Se para ela vale a pena ser legal, ela é legal. Se ela quiser sua asa, ela a arranca. Se ela quiser vendê-la para seu pior inimigo, faz isso também. Acredite em mim. Eu sei o que ela é capaz de fazer.

– Vocês têm uma história, e eu sei que não é coisa boa. Diga-me o que ela fez com você.

– Além de arrancar minhas asas, mais de uma vez?

– Sim.

– Não. O passado deve ficar no passado. Agora, precisamos descobrir como sair daqui. Se eles nos mantiverem por muito tempo, vamos acabar ficando.

Tive uma sensação muito assustadora ao ouvir isso.

– O que você quer dizer? Eu não vou ficar aqui.

Tim suspirou alto.

– Os Fae que são trazidos para cá raramente vão embora.

– Por quê? Será que eles... morrem?

A ideia me deixou nauseada e em pânico mais uma vez. Eu podia ouvir meu coração batendo em meus ouvidos. Tive que respirar fundo e engolir algumas vezes para manter meus conteúdos estomacais onde deveriam ficar.

– Não. Pior. Eles *escolhem* ficar. Os Fae das Trevas bagunçam seus cérebros.

– Não este cérebro – disse eu, confiante. – Tenho tanta vontade de me tornar um Fae das Trevas quanto de dormir com um orc. Não vai rolar, como diria Finn.

– Você diz isso agora, mas eu já vi acontecer. Um fae perfeitamente racional, inteligente. Um dia ele é fae de luz e feliz no casamento, no próximo, é um Fae das Trevas e diz coisas como "Vejo você mais tarde, otário". Confie em mim. Acontece. E pode acontecer comigo ou com você. Precisamos sair daqui.

Ele voltou a andar de um lado para o outro, ainda mais rápido. Seguindo esse ritmo, ele ia cavar um caminho no banco de pedra.

– Tudo bem, tudo bem. Vamos elaborar um plano. – Pensei por alguns segundos e, em seguida, percebi que estava totalmente sem ideias. – Qual é nosso plano?

– Você disse que nós estávamos lá fora com Tony, e não o pegaram, certo?

– Pelo que sei, não. Só nós. E você, só porque estava em minha túnica.

– Eu estava em seu sutiã, Jayne. Seu sutiã! E deixe eu lhe contar... Seus peitos são suados e pegajosos.

– Tudo bem. Da próxima vez vou deixar você virar almoço de esquilo, que tal? – Levantei-me e saí andando, testando minhas pernas. – *Punk* ingrato.

– Você não viu ninguém ainda? Há quanto tempo estamos aqui?

– Não, e não sei.

Só então ouvimos um som na porta.

– Rápido, entre em minha túnica!

Inclinei-me e peguei Tim, empurrando-o de volta para meu sutiã antes que ele pudesse reagir. Eu podia senti-lo tentando sair, cavando ao redor e arranhando minha pele, por isso bati levemente do lado de fora de minha túnica. – Shhh, alguém está chegando – sussurrei desesperadamente –, e pare de me *coçar.*

A porta se abriu para revelar Samantha em pé no limiar, sorrindo maliciosamente para mim, o que só me fez querer arrancar aos chutes aquele sorriso daquela cara estúpida. Agora que eu sabia que Maggie estava de alguma forma envolvida na anulação de meus poderes, não estava tão impressionada com a bruxa Samantha. Ela devia ser uma criança trocada pateta que não tinha a menor ideia de nada, assim como todo o resto dos novatos.

– Pronta para se render e me deixar sair daqui? – perguntei.

Ela me olhou com zombaria.

– Claro. Você não vai a lugar nenhum até que Ben termine com você.

– Ah, sim. Ben. Então, qual é... ele é o substituto de Jared para seu enrugado coração negro?

– Cale a boca.

– Quanto tempo levou para esquecer seu amigo Jared? Um dia inteiro?

– Não é nada disso, Jayne. Mas eu não espero que você entenda.

– Que bom. Não espere que eu entenda como você pôde vender todos os seus amigos para um demônio mentiroso só porque ele é bonito. Eu nunca vou entender alguém como você.

– Quer dizer que acha que eu sou bonito? – disse Ben, chegando do outro lado da porta para ficar ao lado de Samantha. – Isso é tudo por enquanto, Sam. Encontro você na hora do almoço.

– Mas...

– Eu disse que tudo bem. Por favor, deixe-nos.

– Você não acha que...

– Samantha. Vá.

Ele franziu o cenho para ela.

Ela me lançou um olhar de ódio, e em seguida saiu correndo, deixando Ben e eu quase sozinhos – Tim ainda estava escondido em meu sutiã. Felizmente, ele havia parado de lutar. Eu podia sentir seu pequeno corpo em movimento a cada respiração rápida. Torci para que Ben não o visse ou ouvisse. Pelo que eu sabia, esse bosta tinha poderes auditivos supersônicos.

– Então, qual é o plano? – perguntei, irritada. – Tortura? Desmembramento? Morte? Conte-me, o suspense está me dando coceira.

Ben sorriu e entrou, fechando a porta atrás de si.

– Nenhuma das anteriores.

– Então? – descruzei os braços –, por que você me trouxe aqui?

Ben deu de ombros.

– É uma parte necessária do plano.

– Seu plano para dominar o mundo?

Ele riu sem vontade.

– Dificilmente. Mas chame como quiser, não faz diferença. Vou conseguir o que quero, sempre consigo.

Meu queixo endureceu, e fui incapaz de me controlar.

– Você não conseguiu Tony. E eu sei que você o queria bastante.

Ben sorriu para mim com pena. Eu não gostei disso nem um pouco.

– Se fosse Tony que eu queria, não acha que eu teria simplesmente o arrebatado, como fiz com Samantha?

Ele deve ter lido a surpresa em meu rosto, porque continuou:

– Sim, eu a trouxe assim que você e seus amigos entraram no avião. Ela está aqui há mais tempo do que você é Fae da Luz. Nós não fazemos nossos recrutas passarem por todos aqueles testes ridículos.

– Sim, isso é verdade. Ouvi dizer que você vai alistar qualquer imbecil com merda no lugar do cérebro que tope. Samantha não é a única prova disso.

O olhar de Ben passou de condescendente a irritado.

– Você está obviamente incorreta, mas não faz diferença para meus planos. Por mim, você pode continuar ignorante.

– Observação astuta não é ignorância. – Eu não tinha ideia de onde havia tirado isso, mas decidi prosseguir. – Tudo que vi foram enganações e truques. Você mentiu para Tony e feriu meus amigos. Está disposto a matar os seres humanos e os fae para obter o que deseja. Isso me diz que você precisa de pessoas de moral duvidosa para construir seu exército. Samantha é um exemplo perfeito disso.

– E o que Samantha já fez para você? – perguntou ele, cruzando os braços e recostando-se na porta.

– Nada, além de ser uma pessoa que anda com perdedores.

– Sinto muito, mas você deve estar enganada. Você está olhando para os que em breve serão vencedores da guerra fae. Estaria fazendo um favor a si mesma se se juntasse a nós.

– Só em seus sonhos. Mande-me de volta agora e eu digo para eles pegarem leve com você.

Ben balançou a cabeça lentamente.

– Você realmente não tem ideia do que está dizendo – ele se afastou da porta –, mas isso não faz diferença. Você vai servir a seu propósito e, em seguida, será libertada. Ou morta. Qualquer coisa que se adapte às minhas necessidades no momento.

A dureza em sua voz me gelou até os ossos. Não havia sequer um indício de potencial remorso em sua expressão. Acreditei nele quando disse que me mataria se fosse conveniente, e isso teve o efeito de suavizar minhas palavras.

– Por que eu? Por que você me trouxe, em vez de Tony?

Ele olhou para mim, analisando meu rosto.

– Você não sabe mesmo, não é?

– Sei o quê? – perguntei, exasperada.

Eu já estava cansada de seus jogos.

Ele deu dois passos em minha direção.

Recuei até minhas pernas baterem no banco de pedra atrás de mim. Quanto mais ele se aproximava, mais eu era capaz de sentir seu calor; chegava em ondas. Olhei para seu rosto, incapaz de desviar o olhar. Seu cabelo estava levemente desgrenhado, e uma mecha caía sobre a testa. Era escuro, marrom-escuro, quase preto. Seus olhos verdes profundos penetraram minha determinação. Enquanto olhava para mim, ele falou novamente.

– Você é quem vai começar a guerra – disse ele com calma e frieza.

Senti meu sangue fugir do rosto.

– Eu? – disse com voz fraca. – Como eu poderia começar uma guerra trancada aqui?

Lambi os lábios, nervosa. Minha boca estava seca.

Ben sorriu, parecendo quase triste, lentamente chegando e tocando meu rosto com um dedo.

– Tão suave... Tão fria ao toque... – disse ele, quase para si mesmo.

Então, ele piscou algumas vezes e sua expressão endureceu. Baixou a mão:

– Eles virão buscar você. E quando chegarem, nós estaremos prontos.

Ele se voltou e saiu da sala, batendo a porta atrás de si.

Fiquei congelada no lugar por alguns segundos, digerindo suas palavras e avaliando seu sentido. Eu tinha que dar o fora dali antes que elas pudessem se tornar realidade em vez de apenas divagações de um louco. Eu não tinha a mesma fé que ele sobre meu valor para os Fae da Luz como um grupo; mas sabia que meus amigos iriam me buscar, e eu não queria que nenhum deles caísse em uma armadilha.

Senti alguma coisa balançando em minha túnica; coloquei a mão sobre ela.

– Temos que dar o fora daqui, Tim.

Um abafado "concordo!" veio de dentro da túnica.

Corri para a porta e puxei-a, esperando que estivesse trancada, mas ela se abriu e se chocou contra a parede. Perdi o equilíbrio um pouco, mas rapidamente o recuperei, correndo da sala para o corredor. Olhei em ambas as direções, decidindo ir para a esquerda. Dei uma volta, fechei a porta atrás de mim e corri. Não havia nenhum ritmo ou razão em minhas decisões agora, apenas instinto de sobrevivência.

Corri por um corredor que parecia perturbadoramente conhecido. Passei de porta em porta, perguntando-me quando eu chegaria ao fim ou a uma curva. Já um pouco sem ar, parei, colando os ouvidos a uma porta próxima. Não ouvi nada, e tentei abrir o trinco delicadamente. A porta se abriu pouco a pouco para revelar um quarto de pedra, como o meu. Abri mais a porta e vi um banco de pedra, como aquele em que eu estava. Abri o resto da porta e vi que estava em pé à porta do quarto onde estivera antes. Eu podia ver os fios de água que escorriam da parede.

– Foda-se, maldito orc! – gritei para fora do quarto, cerrando os punhos, frustrada.

A cabeça de Tim despontou para fora de minha túnica, com seu cabelo espetado em todas as direções.

– O que aconteceu? – sussurrou ele com voz rouca.

– O corredor é enfeitiçado. Corri por cinco minutos e cheguei exatamente a lugar nenhum.

– Palavrão!

Fiz uma pausa em meu falatório e olhei para ele.

– O que você acabou de dizer?

– Palavrão!

– É essa sua ideia de xingar sem xingar?

– Obviamente – Tim usou meus botões para subir a meu ombro. – Solte o cabelo para que eu possa me esconder, caso eles voltem.

Tirei o elástico que segurava meu rabo de cavalo e o guardei deslizando-o em meu pulso. Eu estava vazia de ideias e cheia de irritação.

– Posso reclamar um pouco mais sobre o quanto minha falta de asas está dificultando nossa fuga?

– Vá em frente. Mas talvez você devesse ficar quieto, caso este lugar esteja grampeado.

– Ah, não está.

– Como você pode ter certeza?

– *Pixies* conseguem sentir coisas assim.

– Coisas assim como?

– Bem, eletrônicos ou qualquer coisa que funcione como eletrônicos, como feitiços de grampeamento.

– E por que você não me disse essas coisas antes? Não acha que eu gostaria de saber disso?

– O quê? Eu devo informá-la sobre todas as minhas habilidades incríveis? Isso pode levar muito tempo, sabia? Tenho pilhas delas.

Era um fato que, se tivesse asas agora, ele as estaria escovando e alisando. Ele era excessivamente orgulhoso delas e de sua "pixiece" em geral. Eu também era, normalmente, mas agora tudo que pensava era em como fazer que ele e seus tocos de asa saíssem dali vivos.

Capítulo 22

Não sei quanto tempo se passou até que alguém finalmente surgiu na porta. Talvez tenham sido apenas algumas horas, ou talvez um dia inteiro; mas deve ter sido algum tempo, porque eu estava ficando com fome e precisava realmente fazer xixi.

A porta se abriu e um sujeito pequeno apareceu, vestindo roupa de duende – possivelmente um duende do bosque, por sua aparência. Tim estava sentado em meu ombro, assim, felizmente, foi capaz de saltar para meu cabelo logo que ouviu o movimento no trinco.

– Já estava na hora – disse eu, irritada. – Tenho que ir ao banheiro.

– Por favor, siga-me.

Segui-o pelo corredor até outra porta. Ele a empurrou para revelar um banheiro.

– Há uma escova de dentes e outros itens de que você pode precisar na prateleira.

Tentei não ficar brava com o sujeito. Eu sabia que não era culpa dele que eu estivesse ali, mas isso não justificava o fato de ele estar de acordo com minha prisão.

– Eu não vou ficar aqui, sabia?

Ele só olhou para mim, sem expressão.

Passei por ele para usar o banheiro, sorrateiramente colocando Tim no compartimento a meu lado para que ele pudesse se aliviar sem que o duende o visse. O sujeito ficou do lado de fora, dando-nos a privacidade de que precisávamos. Eu liguei a torneira e deixei a água correr, para que ele não nos ouvisse sussurrando.

– Há escutas neste lugar?

– Não.

– Você viu algum jeito de escapar no caminho até aqui?

– Não.

– Eu também não. Mantenha os olhos abertos. Olhe para trás enquanto estivermos andando e veja se encontra qualquer coisa.

– Ok.

Saímos pela porta. Tim se escondeu mais uma vez em meu cabelo.

O duende do bosque apontou para o símbolo de uma seta na porta.

– Este é seu banheiro. Você conseguirá encontrá-lo por este símbolo na busca de imagens.

Então, é assim que eles chamam aqui: busca de imagens. O mesmo feitiço que existe em nosso complexo. Arquivei a informação em minha cabeça para mais tarde.

– Como faço para encontrar o caminho de volta para meu quarto?

Ele sorriu sem humor.

– Você só vai conseguir encontrar um quarto. O seu. Nenhum símbolo é necessário.

Babaca. Eu me esforcei para não dizer em voz alta. Esse cara teria o que merecia qualquer dia desses, quando os Fae da Luz chegassem e acabassem com todos eles.

Ele nos levou de volta ao nosso quarto, onde encontrei Ben esperando, sentado em minha cama de pedra. A porta se fechou atrás de mim e eu dei alguns passos antes de parar diante dele. Sorri com falsa alegria.

– Como *não* é bom vê-lo!

Ben sorriu também, mas parecia mais uma careta.

– Pode se acostumar com isso. Eu visitando-a. Parece que não consigo evitar.

– Ah, *que bom*.

Ben tinha um olhar distraído no rosto. Disse "Entre!" em direção à porta.

Um fae alto e magro vestindo uma túnica cinza-escura abriu a porta. Entrou, acenando para Ben e agindo como se eu não estivesse ali em pé diante dele.

Ben se levantou e olhou para mim. Sua expressão era totalmente despojada de qualquer amabilidade.

– Jayne, este é Leck. Ele é um irado. O trabalho dele é obter informações de você, e seu trabalho é entregá-las a ele. Sugiro que coopere. Será mais fácil para todos dessa forma.

Olhei para ele, confusa. *De que diabos ele estava falando? Que informação?*

Ben me lançou mais um olhar intenso e, em seguida, foi para o canto da sala. Ele fez um sinal com a cabeça para Leck.

– Comece.

Leck avançou com os olhos agora focados em mim. Não gostei do vazio que vi em seu olhar. Era como se ele fosse um zumbi de cabeça oca ou algo assim. Foi assustador ver olhos da mesma cor que os de Tony em um cara como esse. Recuei, levantando lentamente as mãos sem nem perceber.

– Ouça, Leck, é melhor você parar aí mesmo, porque se me tocar, vai se machucar.

Ele parou em minha frente, a mais ou menos um metro de distância.

– Sente-se.

– Não.

Eu mantive minha posição, com o queixo ligeiramente levantado, desafiadora. Por mim, este tal de Leck podia ir se danar.

Esse foi o último pensamento claro que tive antes de a dor de cabeça começar.

– Por favor, sente-se.

Segurei minha cabeça, tentando deter a dor que se espalhava por meu crânio.

– Vá... se... foder...! – disse eu, ofegante.

– A dor não vai parar até que você obedeça. Sente-se.

Eu não queria me sentar. Recusei. Mas a agonia era quase insuportável. Senti meus joelhos cedendo e minhas pernas tremendo. Caí no chão, enquanto alguma parte profunda de meu cérebro se assegurava de que eu não esmagasse o pobre *pixie* indefeso escondido em meu cabelo.

Assim que atingi o chão, a dor diminuiu e se reduziu a uma pulsação monótona – ainda horrível, mas nada como as agulhas de sofrimento que antes estavam fincadas em minha massa cinzenta. Fiz algumas respirações curtas e superficiais, tentando me livrar da dor e da náusea.

– Que tipo de filho da puta usa tortura para fazer uma pessoa se sentar?

Olhei para ele através de um véu de dor e vi que estava apelando para a pessoa errada. Ele não se preocupava nem um pouco com minhas queixas. Olhei para Ben, ainda em pé no canto da sala.

– O que há de errado com você?

Ele deu de ombros, casualmente.

– Você tem informações. Eu preciso delas. Pode me entregá-las de bom grado ou vou arrancá-las de você. Você decide. Só sei que o resultado final será o mesmo.

– Eu não vou vender meus amigos – rosnei.

Ben acenou para Leck.

A dor começou de novo; só um ligeiro aumento, mas foi o suficiente para me fazer perder o fôlego bruscamente. Tentei não me concentrar nela, mas era quase impossível. Estava consumindo cada pensamento meu.

Leck falou novamente, com sua voz vazia.

– Diga-nos onde encontrar a entrada mais próxima do complexo dos Fae da Luz.

Eu só olhei para ele e lhe lancei o olhar mais sujo que consegui.

Ele esperou alguns instantes e em seguida piscou... lentamente. Antes de seus olhos se abrirem completamente, a dor floresceu por minha testa.

Um gemido escapou de meus lábios antes que eu pudesse fechar bem minha boca e impedir que os sons saíssem. Baixei a cabeça, fechando os olhos com força, ouvindo o som da minha respiração ofegante entrando e saindo de meu corpo. Eu não podia contar a eles. *Nuncanuncanunca-nuncanunca...*

– Diga-nos onde é a entrada mais próxima do complexo dos Fae da Luz – disse ele em voz alta.

Sua voz cortou caminho pela dor e espalhou algo que pareciam punhais de aço direto em cada hemisfério de meu cérebro.

– Aaaaahhhh! – era o único som que saía de minha boca.

Em algum lugar ouvi a voz de Ben dizendo:

– Pegue leve, acho que ela vai dizer.

Ele parecia muito confiante e imbecil, e isso encerrou a negociação para mim. Eu desmaiaria por conta de um AVC gigantesco antes de lhe dar qualquer coisa que ele quisesse. Mesmo sendo tão ruim como era, tudo que eu conseguia pensar era como ele poderia ter feito isso com Tony ou qualquer um dos outros. Ele não tinha consciência. Rezei para o universo, ou qualquer pessoa que pudesse me ouvir, para que eles não encontrassem Tim em meu cabelo.

De repente, a dor clareou e não havia mais estrelas caindo por meu campo visual.

– Olhe para mim – disse Leck.

Eu levantei a cabeça, mas meus olhos se recusaram a abrir.

– Abra os olhos.

– Não consigo.

Foi a única coisa que consegui dizer.

Ele me agarrou pelos cabelos no alto da cabeça, levantando metade de meu corpo e me forçando a abrir os olhos com a outra mão. Comecei a lacrimejar imediatamente; até a luz fraca do quarto era demais para mim nesse momento. Acho que, de alguma forma, o nojento havia feito que uma enxaqueca séria detonasse em mim. Seria ótimo para ele se eu tivesse um AVC ali mesmo no chão.

– Onde é a entrada?

Sussurrei a resposta, mas ele não conseguiu me ouvir.

– O quê? Fale mais alto.

Juntei toda a energia que ainda tinha e respondi gritando:

– EM SUA BUNDA, SEU SACO DE MERDA FLAMEJANTE!

A dor explodiu atrás dos meus olhos quando ele soltou meu cabelo e lançou outra torrente de castigo em meu cérebro. O quarto ficou escuro e eu caí de volta no chão, ao lado da pequena poça criada pela goteira daquela caverna molhada. A dor ia e vinha em ondas tortuosas, mais e mais, juntamente com náuseas que podem ou não ter virado vômito no chão. Eu estava muito alheia para saber ou me importar. Senti-me em convulsão, e em seguida, um doce, doce relaxamento conforme minha mente desaparecia. Meu último pensamento consciente foi que mal podia esperar para afundar Blackie no coração vil e escuro desse cara. Aquele filho da puta ia se arrepender se eu saísse viva daquele lugar.

Capítulo 23

Senti uma batida suave em minha bochecha.

– Jayne. Jayne! Você tem que acordar.

A voz era de Tim. Ele parecia preocupado. Por que Tim estava tão preocupado? Eu estava atrasada para o café da manhã? Dormira demais?

Lentamente fui tomando consciência das sensações em várias partes de meu corpo. Meu pescoço estava retorcido. Meu ombro, costelas e quadril doíam por estarem sobre algum tipo de superfície dura, implacável. Pedra? Por que eu não estava em minha cama?

E então, lembrei. E senti os cheiros. Abri os olhos e vi o quarto acima de mim; eu estava caída no chão. Havia uma poça rançosa de algo que cheirava a vômito seco bem na frente de meu rosto.

– Puta que pariu, o que aconteceu? – perguntei enquanto me sentava. – Ihrrrrrg! Merda merda merda, que porra é essa? Por que minha cabeça está explodindo?

Meu cérebro pulsava como se Tim e alguns dos seus amigos formassem uma banda de *rock* em minha cabeça – uma banda de percussão.

– Eles torturaram você – lamentou Tim suavemente. – Foi a pior coisa que eu já vi em minha vida. Eu não posso acreditar que um fae faria isso com você. – Meu pobre amigo *pixie* estava realmente com o coração partido. – Você esteve desmaiada por um longo, longo tempo. Fiquei com medo de que não acordasse.

Respirei fundo algumas vezes, tentando convencer a dor a voltar para os recantos mais distantes de meu crânio.

– Eu não lembro muito claramente. Quem era aquele cara que estava aqui?

– Leck. Um irado.

– Sim... – Ouvir seu nome refrescou minha memória. – E que diabos era aquilo com o poder de enxaqueca de derreter o cérebro, afinal?

– Eu não sei, mas pensei que você estava morrendo. Foi horrível. Eu queria "pixificá-lo", mas não tinha certeza de poder fazê-lo sem atingir você, e tinha medo que eles nos matassem se eu tentasse.

– Não, estou feliz por você não tê-lo feito. Não faça isso a não ser que eu diga. Não quero que eles saibam que você está aqui; eles só iriam usá-lo para me forçar a dizer coisas.

– Você não pode contar a eles, Jayne. Não importa o que aconteça, não faça isso! – disse ele em pânico.

– Não brinque. Acha que não sei disso? – segurei minha cabeça entre as mãos. – Que inferno, eu preciso de uma aspirina.

Massageei minhas têmporas pensando que talvez ajudasse, mas me sentia tão machucada que por fim desisti. Fiquei imaginando o que uma tomografia computadorizada de meu cérebro mostraria agora – provavelmente, um monte de pontos mortos. Pensei que era altamente provável que eles houvessem desintegrado partes de meu cérebro.

– Temos que descobrir como sair daqui. Não sei quanto dessa tortura eu consigo aguentar antes de acabar me matando.

Eu não estava brincando também. Decidi, depois desse confronto, que eu era oficialmente uma covarde. Podiam me insultar o dia inteiro que tudo bem, sem problemas; mas se me causassem dor, eu estaria pronta para fugir. E preferia sempre fugir a me entregar.

– Eu não vou deixar que faça isso, Jayne. Se for necessário, vou "pixificar" você para que eles não sejam capazes de machucá-la. Tudo que você vai sentir é a felicidade para o resto da eternidade... Ou pelo menos até morrer de exaustão de tanto dançar e cantar.

– Bem, vamos guardar isso como nosso Plano Z, está bem? Eu não sou suicida e ainda não estou pronta para desistir de minha visão ocasionalmente derrotista do mundo.

– E nenhum de nós está pronto para ver você desistir dela também. Há um charme todo especial em seu fatalismo.

– Cale a boca e me ajude a resolver isso, certo?

Levantei-me com cuidado, esperando até saber que minhas pernas estavam firmes o suficiente para voltar à laje de pedra. Eu tinha que ficar longe do treco nojento no chão.

– Precisamos de um *brownie* ou alguém aqui para limpar essa merda. Não existe inferno pior que olhar para seu próprio vômito depois de sofrer a enxaqueca mais insuportável do mundo.

– Sim, existe. Ser forçado a olhar para uma poça gigante de vômito de outra pessoa.

Lancei-lhe um olhar fulminante, mas eu não podia discutir.

Ele atravessou o piso para se juntar a mim e eu abaixei a mão para fazer uma espécie de elevador para Tim, estremecendo com a dor latejante que começara de novo em minha cabeça. Ficamos ali sentados no banco frio pelo que pareceram horas, eu fazendo uma rotina ocasional de respirações profundas para tentar administrar os ecos do efeito colateral da dor que ainda martelavam minha cabeça. Deitei-me, dormindo e acordando, preferindo descansar de lado o máximo que pudesse, porque deitada de costas a dor de cabeça aumentava.

Em algum momento da noite alguém deixou um prato de comida insossa do lado de fora da porta. Notei quando me levantei para ir ao banheiro. Senti-me um pouco melhor depois de comer e lavar o rosto. Tim também comeu algumas mordidas do lixo sem gosto que foi nosso jantar. Nenhum de nós sabia se as refeições seriam oferecidas com alguma regularidade, então, comemos, mesmo sem vontade. Eu usei o pequeno guardanapo que eles incluíram em meu prato para cobrir a nojeira no chão.

– Esses Fae das Trevas são uns animais – disse eu enojada quando me sentei na laje de pedra com as costas contra a parede mais próxima. – Nós nunca trataríamos os fae desse jeito.

Tim limpou a garganta e olhou para o teto, parecendo terrivelmente culpado.

– Que foi? – perguntei.

– Bem... Isso não é exatamente verdade.

– De que diabos você está falando? Nós não torturamos outros fae, Tim.

– Você ainda não viu todos os quartos do complexo, não é? – Ele me perguntou misteriosamente.

– Não, você já?

– Nem todos, mas mais que você. Mais do que o Conselho sabe que eu vi.

– Tiiiim... confesse. O que você sabe que eu não sei?

Ele deu de ombros.

– Só que os Fae da Luz têm quartos como estes e que eles estão no meio de uma guerra também.

Eu me senti um pouco mal do estômago. Não podia imaginar Dardennes ou Céline ordenando que alguém fosse torturado como Ben havia feito.

– Você viu alguém ser torturado?

– Não. Mas ouvi algumas coisas.

– Coisas de tortura?

– Talvez. Eu estava do lado de fora da porta uma vez. Quem estava lá dentro não estava feliz.

– Quando foi isso?

– Alguns dias atrás.

– Por que você não me disse nada?

– Não sei. – Ele deu de ombros, olhando para suas mãos entrelaçadas. – Não quero que você pense que estou dando desculpas, Jayne, mas sou mais velho que você, eu vi um monte de coisas em meu tempo, e sei que quando alguém está em guerra, algumas regras são distorcidas. Algumas são até mesmo violadas.

– Sim, mas somos Fae da Luz. Nós somos os mocinhos. Nós não torturamos os fae.

Ele balançou a cabeça tristemente.

– Não é assim tão simples, Jayne. Mocinhos... bandidos... as linhas são um pouco tênues, não acha?

Tudo que ele estava dizendo me enojou e irritou. Ele me fez lembrar Ben.

– Não. Eu não acho que são tênues, de jeito nenhum. Ser do bem significa que você não tortura ou mata. Bandidos fazem essas coisas, mas nós não. É simples.

Ele me encarou com o olhar fixo.

– Você precisa ir um pouco mais fundo.

– Não, não preciso.

Nesse momento a porta se moveu e eu agarrei Tim, jogando-o em cima de meu ombro. Tentei não estremecer com os puxões e cabelos arrancados enquanto ele se escondia freneticamente.

– Você estava falando com alguém? – perguntou Ben olhando em volta, desconfiado.

– Sim. Com o exército de elfos verdes que estão a caminho daqui para quebrar sua cara.

Ele sorriu, condescendente.

– Há um forte feitiço de bloqueio em torno desta cela. Nenhum dos seus amigos pode ouvi-la, nem O Verde.

– Magias foram feitas para serem quebradas – disse eu o mais ferozmente que pude.

– Não, as regras é que foram feitas para serem quebradas – respondeu ele olhando para mim intensamente.

– Algo em que você obviamente é muito bom. Por exemplo, as regras relativas ao mínimo de decência para com os outros.

– Eu não vim aqui para discutir com você.

– Para que veio, então? Para me torturar um pouco mais? Porque isso foi muito divertido. Vamos fazer de novo. Talvez possamos fazer um pouco em você, também.

Os olhos de Ben brilharam, vermelhos.

– Você tem ideia de quanto é frustrante?

– Você acha que me interessa? – gritei.

– Deveria, Jayne, você realmente deveria! Porque eu sou a chave para sua sobrevivência. Uma palavra minha e você já era, vai embarcar em uma viagem só de ida para o além.

Dei dois passos em sua direção.

– Vamos deixar umas coisas bem claras, Ben – eu quase cuspi as palavras. – Eu não tenho medo de você. Eu o odeio com toda minha alma. E não vou ajudá-lo a ferir minha família ou qualquer outra pessoa. Você pode queimar no inferno, pelo que me diz respeito.

Ben deu um passo em minha direção; estávamos a apenas alguns centímetros de distância. Eu podia sentir o calor de seu corpo, preso ao fogo, enviando pulsações de eletricidade por todo o meu corpo, e nem todas totalmente horríveis. Seus olhos ardiam, brilhantes, e eu sabia que devia ter medo – eu já o tinha visto quase em chamas antes –, mas, por alguma razão, não tinha. Eu sentia a pureza d'O Verde em minhas veias, mesmo que não pudesse chamá-lo para mim. Ele estava lá fora, em algum lugar, esperando por mim para nos conectarmos novamente. Esse pensamento me encheu de uma confiança que eu não sabia que tinha.

– Tenha medo de mim, Jayne. Por favor.

Ele estendeu a mão como se quisesse tomar minha mão, mas parou. Ben estava quase implorando. Se ele houvesse tomado qualquer outra atitude, eu provavelmente teria cuspido em seu rosto. Mas, do jeito como falou, era como se estivesse me implorando para ter medo dele, o que não fazia sentido nenhum.

– Por quê? Por que quer tanto que eu tenha medo de você?

– Porque... – seus olhos examinaram meu rosto e meus ombros, como se estivesse memorizando minhas características, parando finalmente em meus olhos – ...eu não quero destruí-la.

Ele estendeu a mão lentamente, tocando minha têmpora com o dedo, passando-o por meu rosto e pescoço, deixando uma trilha de fogo que não queimava quando passava.

– Mas vou, se você me forçar a isso.

Senti minha respiração parar em minha garganta. Tudo que ele fazia e cada vibração que enviava estava em total contradição com minha prisão e tortura que ele havia ordenado pessoalmente apenas algumas horas antes.

– Por que está fazendo isso? – sussurrei.

Seus olhos se endureceram e ele puxou a mão, dando um passo para trás. Voltou a seus olhos a raiva flamejante.

– Estamos em guerra, Jayne. Quanto mais cedo você aceitar isso e se render a mim, mais cedo sua situação vai ficar bem melhor.

Sua abrupta mudança de ânimo me irritou. Joguei as mãos para o alto, gesticulando para a cela ridícula na qual eu estava sendo forçada a dormir.

– Ah, então até que eu me renda, tenho que dormir em um banco de pedra cercada por meu próprio vômito? – Cruzei os braços sobre o peito. – Bom, quer saber, Ben? Por mim, você pode ir foder um orc. Prefiro nadar nesta merda a lhe dar essa satisfação.

O brilho vermelho surgiu em volta dele em um instante. Ele estava quase perdendo a calma, e mesmo não o conhecendo muito bem, eu sabia que a birra desse diabo das trevas seria épica. Eu duvidava que sobrevivesse. Provavelmente todo esse complexo não sobreviveria. Deixei cair os braços, e em pânico, minha mente entrou em polvorosa. E foi aí que a ideia me ocorreu. Eu poderia detonar todo esse maldito lugar com a ajuda de Ben. Tudo que eu tinha que fazer era deixá-lo com raiva suficiente. Eu nem sequer considerei que sacrificaria a mim mesma e a meu amigo Tim. Tudo em que pensei foi no resultado final.

– Isso, vá em frente. Exploda-me, Ben. Mande-me ao Outro Mundo com seu fogo. Você sabe que a única razão pela qual pode fazer isso é porque cortou totalmente meu poder aqui. Se estivéssemos lá em cima na Floresta Verde, eu quebraria sua cara daqui até o submundo. Eu pegaria seu fogo e o destruiria com minha água! Eu pegaria seu vento e o anularia com minha terra! Você é fraco! – Dei um passo até ficar perto o suficiente para sentir o cheiro de enxofre, que era como uma aura em torno dele. – Você é um aproveitador e um torturador. Você não tem nenhum código de honra. Você não merece ser fae.

Essa última parte foi a que pegou, acho. Foi a pior coisa que eu poderia pensar em dizer no momento. Mesmo que eu não tenha nascido fae, tenho um talento natural para criar bons insultos. Aparentemente, essa coisa de "merecer ser fae" era um detonador para ele – um tiro inspirado direto no coração.

O fogo irrompeu e formou uma gigante bola flamejante. Tropecei para trás, afastando-me o máximo que pude, mas o calor era quase insuportável. Eu esperava que ele estivesse com raiva suficiente para queimar todo o lugar. Não queria ser assada à toa.

Tive alguns segundos, quando estava sendo consumida pelas chamas, para pensar sobre meu momento de sacrifício e morte. Eu deveria ter sentido mais medo, pavor mesmo. Mas não havia para onde ir, e eu sabia. Era inútil temer. Não havia janelas de onde saltar... não havia maneira de passar por ele até a porta... nenhum poder verde para me refrescar e me proteger. Eu só estava triste por Tim ser pego nessa também.

– Desculpe, Tim! – gritei.

Eu senti um puxão em meu cabelo como resposta, e exatamente ao mesmo tempo a porta da cela se abriu e um grande rugido de desagrado encheu o quarto.

Capítulo 24

A SALA FICOU BRANCA – TODA BRANCA. Não só as cores do quarto, mas também os sons e a temperatura. Era como se houvéssemos todos sido transportados de repente para um lugar completamente branco, sem nada nos pisos, paredes ou teto, vazio. Um vento forte chicoteava em volta e em cima de mim, fazendo meu cabelo voar ao redor de minha cabeça. Quando pensei que era forte o suficiente para me levantar e me levar embora, o barulho do vento desapareceu e foi substituído por um som metálico distante, como um canal de televisão fora do ar. Meu cabelo se acomodou sobre meus ombros. Eu não sabia se ainda estava na mesma sala ou em outro lugar. Dorothy deve ter se sentido assim quando foi varrida para Oz.

Então, ocorreu-me: talvez assim fossem os Outros Mundos. Talvez eu estivesse em uma sala de espera para o Mundo de Cima. *Oh, porfavorporfavorporfavor, que seja o Mundo de Cima, e não o submundo.*

O único problema com essa teoria era que ainda podia sentir Tim em meu cabelo, e eu tinha certeza de que quando morresse não ia poder levar alguém de carona comigo. Levantei lentamente a mão para colocá-la na nuca. Tim estava lá, tremendo. De alguma forma, ele conseguira se segurar para não ser soprado para longe. Ele estava bem quieto – provavelmente em estado de choque. Eu esperava que Tim não fizesse xixi em mim.

Mudei o peso do corpo de um pé para o outro, sentindo o chão em torno de mim com as pontas de meus mocassins. Eu ainda estava em pé no chão da cela; podia sentir sua superfície irregular abaixo de mim. O branco recuou para um cinza claro. Lentamente, o chão de pedra, paredes e superfícies do quarto foram voltando aos seus tons naturais. Vi que eu ainda estava no mesmo lugar na cela, mas Ben havia ido embora e em seu lugar estava outro fae – uma mulher vestindo uma túnica de prata. Ela tinha cabelo cinza prateado e olhos brancos. Parecia-se tanto com Céline que era assustador. Eu quase a chamei Céline, mas me detive. Não precisava dar a esses fae nenhuma informação, e decidi que isso incluía nomes.

– Quem é você?

Eu me convenci de que o primeiro a falar teria automaticamente a vantagem.

– Sou Maléna, dos elfos de prata. E você é Jayne, a elemental dos Fae da Luz.

Inclinei a cabeça, recusando-me a confirmar ou negar quem ou o que eu era.

– Foi sua bola de luz que passou por aqui?

Ela olhou para mim com uma interrogação nos olhos antes que entender do que eu estava falando.

– Aquilo era vento, e não luz.

– Parecia muito brilhante.

Ela me examinou como se eu fosse um rato em uma gaiola fazendo algo curioso.

– Você é divertida.

– Não, na verdade, estou irritada. Quero ser libertada. Você não tem o direito de me prender contra minha vontade.

– De acordo com qual lei?

Hesitei.

– De acordo com a lei da Floresta Verde.

Tirei isso do nada, mas me pareceu bom.

– Não existe tal lei.

– Bom, deveria existir. Eu não sei quem é responsável por fazer as leis por aqui, mas, obviamente, andaram dormindo de touca. Deixaram passar a parte de "tortura é desumano" também.

– Nós não somos humanos, e por isso não somos obrigados a agir como humanos. Agimos como fae, portanto, fazemos o que deve ser feito para nos proteger. Você pode sair assim que responder às nossas perguntas. Acredito que lhe tenham dado uma demonstração suficiente de nossos métodos. Não nos force a mandá-la para os Outros Mundos. Diga-nos o que queremos saber e vamos mandá-la de volta para a Floresta Verde para que volte para casa.

– Para quê? Para você poder destruir minha casa e todos de quem gosto? Não. Não, obrigada. Eu não concordo com isso.

Ela era uma puta fria, fazia Ben parecer só um menino malvado.

– O que aconteceu com Ben?

Eu queria saber se ele havia sido explodido pelo tornado. Parecia projetado para apagar seu fogo. Seria terrivelmente conveniente para os Fae da Luz se os Fae das Trevas simplesmente destruíssem uns aos outros. Talvez eu pudesse orquestrar mais uma daquelas pequenas catástrofes.

– Não se preocupe com Ben. Você devia estar mais preocupada consigo mesma.

– Eu não estou *preocupada*, estou *curiosa*. É uma grande diferença.

Maléna olhou para mim e em seguida saiu da sala. Manteve a porta aberta, então, não perdi tempo e olhei para fora. Não a vi em lugar nenhum. Corri alguns passos pelo corredor e tentei abrir outra porta, encontrando-me mais uma vez em minha própria cela.

– Filhos da puta – disse eu com desgosto, suspirando quando entrei no quarto, fechando a porta atrás de mim. – Você está bem, Tim?

– Sim – disse a voz fraca que saía de meu cabelo.

– Quer sair?

– Não. Vou ficar aqui por um tempo.

– Eu não o culpo. Eu gostaria de ter um ninho de cabelo gigante onde pudesse me esconder.

Deitei-me de lado na cama de pedra imaginando que horas seriam, pensando que devia ser muito tarde. Eu estava exausta. Apesar da terrível dureza e do frio do banco, estava sonolenta. Enquanto meu cérebro tentava descontrair, meus pensamentos sonolentos flutuavam sobre os acontecimentos do dia – ou dias. Realmente eu não tinha ideia de quanto tempo estava ali.

Pensei em Ben e lutei comigo mesma. Parte de mim o odiava até sua própria essência, mas outra parte de mim estava curiosa sobre ele. Tentei negar e ignorar, mas as coisas a respeito dele não faziam sentido, por isso mantive meu cérebro interessado e imaginando. Maldito cérebro traidor que ele era para mim às vezes. Ben era cruel e havia feito coisas terríveis; estava disposto a fazer qualquer coisa para alcançar seus objetivos – até mesmo me matar. Mas ele também mostrava lampejos de compaixão ou misericórdia. Ele poderia ter pegado Tony, mas não o fez. Poderia tê-lo matado no prado, mas não o fez. Poderia ter me torturado mais, mas não o fez. Nada disso fazia sentido nenhum, e isso me frustrou. Aplaquei minha frustração imaginando o tipo de tortura que eu poderia fazer com ele para obter respostas às minhas perguntas. Em primeiro lugar, ia fazê-lo se sentar e ouvir Scrum durante seis horas seguidas. Eu mandaria uma bruxa fazer um feitiço para que ele não pudesse bloquear o som da voz de Scrum e não conseguisse adormecer. Então, daria a Tim um prato inteiro de frutas e trancaria os dois em um espaço muito pequeno, fechado...

Meus pensamentos felizes foram interrompidos por outro som na porta.

Leck entrou na sala, sozinho dessa vez.

Que inferno, de novo não. Meu cérebro estava chorando de medo, mas recusei-me a deixar que isso transparecesse em meu rosto.

– Olá, rapaz. Que sorte a minha – disse eu sentando-me e fixando nele um olhar ousado.

Leck estava à porta, sem dizer nada.

– Você não vai me vencer no jogo do sério, Leck. Eu arraso nisso.

Ele ainda não disse nada. Ficou só olhando para mim, e foi me assustando.

– Alguém já lhe disse que você tem a personalidade de um ogro?

Vi uma ligeira elevação, quase imperceptível, de uma de suas sobrancelhas, mas nada mais. Sabia que estava chegando perto de irritá-lo, e por algum motivo sádico, eu realmente precisava fazer isso – deixá-lo com raiva. Eu não poderia usar O Verde ou Blackie contra ele, mas poderia usar minha inteligência afiada. Pelo menos foi o que eu disse a mim mesma.

– Não, espere. Isso seria um insulto aos ogros. Acho que seria mais correto dizer que você tem a personalidade de um orc.

Os lábios de Leck se estreitaram.

– Um extraestúpido.

Ele deu três passos longos em minha direção e, em seguida, lançou-me o olhar do mal. A dor explodiu em minha cabeça. Tive tempo de dizer algumas palavras antes que ela se tornasse insuportável.

– Orc... filho da puta!

Rolei da laje de pedra, segurando a cabeça com as mãos enquanto caía no chão. Eu ofegava; alguma parte de meu cérebro me dizia que poderia ser possível respirar através da dor, como as mulheres fazem quando dão à luz. Poucos segundos depois, a única parte racional de meu cérebro que ainda estava funcionando decidiu que quem disse que dá para respirar através da dor intensa nunca tentou. *Bastardos mentirosos.*

A agonia era tão grande que dominava meu pensamento. Tim não era mais minha preocupação. Ben me explodir? Tudo bem. Tanto fazia. Tornados me transportando para fora da Terra? Claro. Qualquer coisa. Basta acabar com esse horror em minha cabeça que vou concordar com qualquer coisa.

A dor diminuiu. Meus olhos fechados lutaram para abrir. Eu queria – não, *precisava* – ver se Leck ainda estava ali. Minha esperança desesperada era que ele houvesse ido embora de novo e eu pudesse cair em um sono profundo e escuro no qual as farpas pungentes e cortantes já não fossem capazes de me alcançar.

Um olho aberto e minhas esperanças foram imediatamente frustradas. Leck ainda estava ali, só que agora tinha um leve sorriso no rosto. Ele não precisava dizer; eu sabia o que estava pensando. *Agora, quem está rindo?*

Eu me senti quase nocauteada com esse último ataque. Talvez fosse essa a chave para lidar com ele – irritá-lo o suficiente para ter uma overdose, e então eu poderia dormir. Olhei para ele, agora com os dois olhos abertos.

– Nada mal – gemi – para um fodedor de orc.

Eu esperava que minha tortura prosseguisse até a fusão do cérebro, de modo que estava totalmente despreparada para o chute no rosto que levei. Fez minha cabeça ir para trás e eu rolei por metade do chão do quarto. Tentei manter a cabeça longe do chão um pouco para não esmagar meu amigo, mas toda minha concentração estava tomada. Se esse cara fosse começar a me quebrar fisicamente daquele jeito, Tim não aguentaria. De modo que mesmo que a dor em meu olho me distraísse da dor de cabeça, as coisas mudaram. Eu já não podia me dar ao luxo de provocá-lo e esperar por um blecaute.

– Merda! Por que você fez isso?

– Diga-nos o que queremos saber e tudo vai acabar.

– Sim, isso eu entendi. E talvez eu esteja disposta a conversar, mas tenho que ir ao banheiro primeiro.

– Não.

Ergui a cabeça e fixei os olhos nele, lançando-lhe o olhar mais fulminante que pude.

– Sério mesmo que vai me torturar fazendo eu me cagar nas calças? Eu não sou a única que vai sofrer com isso, sabia?

Leck fez uma expressão de extrema repugnância, o que me deixou muito feliz. Fiz um esforço infernal para não sorrir. Eu não tinha que ir ao banheiro de verdade, mas estava lutando para pensar em alguma maneira de atrasar o inevitável e também de encontrar um lugar para esconder Tim, para que ele não precisasse levar uma surra comigo.

– Pode ir ao banheiro. Se demorar muito, vou mandar alguém atrás de você.

Engoli a réplica que estava pronta para voar boca afora, não querendo abusar de minha sorte. Eu sabia que esse cara era o verdadeiro problema – realmente um coração negro de Fae das Trevas. Era como se alguém houvesse tirado sua alma. Eu tremia só de pensar. Tony poderia ter se tornado um deles.

Levantei-me lentamente, tentando ignorar as pontadas em minha sobrancelha, onde o pé de Leck havia me atingido. Eu sentia algo quente escorrendo pela lateral de meu rosto; não tinha certeza se era suor ou sangue. Andei o mais casualmente e confiante que pude, tropeçando apenas uma vez. Leck se afastou de lado, permitindo-me passar.

Imaginei o banheiro em minha mente e cheguei logo. Queria ficar o maior tempo possível, mesmo ele havendo me ameaçado para que me apressasse. Parei na frente do espelho, percebendo que o que escorria por meu rosto era realmente sangue. A pele acima de minha sobrancelha se rasgara, então eu não tinha só uma ferida escancarada e sangrenta, mas também um inchaço acima do olho. Pelo menos não fora no próprio olho. Joguei um pouco de água em meu agora não tão belo rosto, tentando lavar o sangue, mas isso só serviu para fazer o sangramento piorar.

Tim foi na ponta dos pés para meu ombro e me olhava sem dizer nada. Seu olhar era muito triste. Eu não disse nada porque não podia encarar sua piedade naquele momento. Se uma única lágrima traidora saísse de meus olhos, provavelmente eu me transformaria em um Neanderthal e socaria o espelho.

Havia toalhas de papel perto da pia, que eu usei para tentar impedir o pior do sangramento. Eu já havia manchado bastante minha túnica, mas dessa vez não tinha jeito – nem sei por que me incomodei de usar as toalhas. Eu estava coberta não só de sangue, mas também de sujeira, baba, e não quero saber de que mais. *Por favor, que não seja vômito*. Joguei as bolinhas de papel manchado de vermelho na pia e peguei um pouco mais. Elas absorviam o sangue muito rapidamente, e cada vez que eu as tirava, puxavam o sangue seco e o sangramento começava novamente. É possível sangrar até a morte por um *corte na sobrancelha*?

Olhei para a enorme pilha de toalhas de papel sangrentas na pia. Depois olhei no espelho, vendo o banheiro atrás de mim no reflexo. Fiquei ali por um minuto sem fazer nada, perguntando-me por que meu cérebro estava me cutucando. Eu não conseguia entender, então, desisti e peguei as toalhas de papel para jogá-las no lixo; mas mudei de ideia no último segundo e joguei-as no vaso sanitário.

– O que está fazendo? – perguntou Tim.

– Não sei.

Olhei para todas as toalhas ensanguentadas no vaso, vendo-as afundar e se encharcar com a água. Minha mente corria.

– Eu ia deixar você aqui, mas este lugar está enfeitiçado e você não pode voar. Você morreria de fome antes que conseguisse ir embora.

– Então, não me deixe aqui. Eu quero ficar com você.

– Ele vai bater para caralho em mim, Tim. E se isso acontecer, você vai se machucar muito. Eles vão encontrá-lo e matá-lo, eu sei que vão. Não posso deixar isso acontecer.

– Qual é o lance com as toalhas na privada? Você teve uma ideia?

– Acho que sim. Talvez.

Tive? Eu tive uma ideia? Era um tiro no escuro, mas mesmo isso valia a pena tentar nesse momento.

– Prepare-se para abandonar o navio e encontrar um lugar para se esconder até que suas asas cresçam de volta e você possa voar para fora daqui.

– Eu não vou abandonar você, Jayne.

– Sim, vai. Confie em mim... Eu abandonaria sua cara feia.

– Não, você não me abandonaria. Eu sei o que você está tentando fazer, Jayne. Não tente me deixar irritado para que eu vá embora.

Suspirei.

– Tim, se você me ama, vai fazer o que eu estou lhe pedindo.

– Isso é jogo sujo, Jayne, jogo sujo. – Eu podia sentir sua carranca queimando em meu pescoço. – Mas vou pensar nisso.

– Tudo bem. Já é o suficiente.

Voltei para a pia e tirei todas as toalhas de papel do dispensador, empurrando-as para dentro do vaso sanitário até que ficasse lotado.

– Muito bem, Tim. Hora de a *Operação Cagão Entupido* começar.

Fui até a porta e coloquei a cabeça para fora do banheiro.

– Com licença! – disse eu em voz alta no corredor. – Há alguém aí fora? Estou com um probleminha aqui!

Uma porta se abriu no final do corredor e o duende do bosque, guardião do calabouço, apareceu, obviamente irritado.

– Qual é o problema?

Olhei para ele timidamente.

– Na verdade, é meio embaraçoso.

Fiz um gesto convidando-o a entrar. Ele me olhou desconfiado, mas seguiu-me.

Apontei para o vaso sanitário.

– Acho que devo ter usado muito papel da última vez que estive aqui, porque a descarga não funciona. E preciso usar o banheiro agora, mas não posso se a descarga não funcionar, entende? Há outro banheiro que eu poderia usar?

Tentei parecer o mais constrangida possível e não desonesta, mas por dentro me sentia desleal e esperançosa. *Vamos lá, seu estúpido espírito da floresta... Caia em meu insano plano de fuga!*

Ele deu alguns passos mais e olhou para o vaso com um olhar enojado.

– O que você colocou aí dentro? – perguntou ele, irritado.

Olhei para ele.

– Você está brincando comigo, não é?

Eu poderia dizer que minha reação o surpreendeu um pouco, então, decidi que a vergonha era o caminho certo:

– O que foi? Vocês, Fae das Trevas, não cagam? Não menstruam? Que negócio é esse? Coisa de Fae das Trevas? Então, se eu me juntar a vocês, nunca mais vou ter que cagar de novo? Nunca terei que procurar um absorvente na floresta? Porque, vou lhe dizer, isso é tentador.

Ele olhou para mim horrorizado; sua boca se movia, mas nenhum som saía. Seus olhos iam de mim para a porta, e em seguida para o vaso sanitário. Ele estava em pânico total. Esses duendes do bosque não eram bons em confrontos verbais, para minha sorte.

– Ouça, leve-me para outro banheiro, sim? Eu não vou contar a ninguém que sei seu segredo sobre cocô e menstruação, está bem? Mas, honestamente, vocês deviam colocar isso nos folhetos. Conseguiriam um monte de recrutas mulheres dessa forma.

– Nós não temos... Não há... Todo o mundo... – Ele fechou os olhos e respirou fundo. – Tudo bem. – Abriu os olhos e os fixou em mim com calma. – Vamos. E apresse-se. Leck está esperando você.

– Sim, e eu com certeza mal posso esperar para voltar para ele também. Sabia que ele está fazendo aquela coisa de tortura? Uau, é sempre divertido. Ele até começou a me chutar no rosto agora, percebeu? – Apontei para meu olho sangrento, mas ele se recusou a olhar. – E ele não parece nem um pouco incomodado com o fato de ter o dobro do meu tamanho e eu ser uma garota. Vocês, Fae das Trevas, têm uma mente tão moderna... Vocês batem em suas esposas também?

Ele me ignorou enquanto caminhávamos pelo corredor; eu tentei de todas as maneiras notar qualquer tipo de característica distinta em qualquer uma das portas enquanto continuava tagarelando, mas não encontrei nada. Todas pareciam iguais.

O duende parou em frente a outra porta.

– Aqui – disse ele, irritado. – Use este. E não use tanto papel desta vez.

Fiz um gesto para ele se aproximar e me inclinei em sua direção, sussurrando, conspiratória:

– Para sua informação, eu sei que você não caga há um longo tempo, mas, às vezes, é necessário um monte de papel, sabia?

Deixei-o, irritado, do lado fora da porta. Eu tinha que me apressar e tentar descobrir que diabos fazer a seguir; não tinha tempo para desfrutar minha tortura de fazer humor com as funções corporais.

Esse banheiro era muito parecido com o outro, se não um pouco mais agradável. Tinha dois reservados e duas pias, além de uma coisa que parecia uma pequena caixa de metal quadrada no canto. Fui rapidamente até ela, percebendo, quando cheguei mais perto, que era um velho aquecedor.

– Que diabos é isso? – disse eu, passando as mãos sobre ele, procurando uma maneira de abri-lo.

Tim saiu de meu cabelo.

– O que é isso?

– Um tipo de aquecedor. Você poderia se esconder aqui dentro.

– Sim, vai ser perfeito... até que alguém acenda o fogo – disse ele sarcasticamente.

– Ouça, está quente. O verão está chegando. Ninguém vai acender um fogo aqui tão cedo. Suas asas estarão de volta em três semanas ou mais. Você só precisa encontrar um jeito de arranjar comida. Talvez, se rastejar pelo tubo que vai para o teto, possa encontrar uma maneira de sair, ou pelo menos o refeitório ou a cozinha.

Tim subiu pelo meu braço para se aproximar.

– Parece possível – admitiu a contragosto.

– Bem, pense nisso enquanto eu tiro esse sangue estúpido de meu rosto.

O corte estava escorrendo novamente.

Deixei Tim no aquecedor e fui até a pia, abrindo a torneira e deixando a água correr sobre minhas mãos enquanto olhava para mim mesma no espelho. Eu estava uma merda. Meu cabelo era uma bola gigante de nós. Meu rosto tinha sujeira e sangue. Meus lábios estavam secos e querendo rachar. Fechei os olhos e respirei fundo, deixando minha mente vagar para o lugar em mim onde havia memórias d'O Verde. Nossa, como eu desejava poder usar seu poder de cura em mim agora e refazer-me.

Senti um formigamento nas mãos. No começo, pensei que era a temperatura da água mudando, mas depois ficou mais forte. Abri os olhos e olhei para baixo, preocupada, achando que o lugar tinha torneiras enfeitiçadas. Talvez a água fosse envenenada.

Mas o sentimento que fluía através da água não era ruim. Quando eu me concentrava nas sensações, eram realmente muito boas. Muito boas. Parecia...

– Não... – sussurrei com medo de ficar muito esperançosa.

– O quê? – perguntou Tim.

– Tim! – sussurrei animada –, estou sentindo alguma coisa!

– Sim, eu também. Desespero... Fome... Tristeza... Desesperança. Pode escolher.

– Não, pare de brincar, estou falando sério! Há algo nesta água!

– Depressa! Venha me pegar, venha me pegar!

Ele estava pulando para cima e para baixo no aquecedor, ansioso, gesticulando com as mãos e acenando.

A voz do duende do bosque entrou pela porta.

– Você já está acabando aí? Leck quer você de volta.

Sim, aposto que ele quer.

– Saio em um minuto! Estou um pouco constipada agora!

Estendi a mão e agarrei Tim.

– Fique aqui na beira da pia e coloque a mão na água. Diga-me se você sente também.

Tim e eu deixamos a água correr sobre nossas mãos. Não havia erro; algo estava acontecendo ali.

– Eu não sinto nada. É só água – disse ele com decepção nas palavras.

– Não, Tim. Há algo. Eu posso sentir. É forte.

Tim olhou para a água em minhas mãos, e em seguida, para meu rosto, encontrando meus olhos.

– Jayne. Você é um elemental.

– Sim, e daí?

– Você tem laços com a água.

Pensei sobre isso um segundo. *Flashes* de Naida e Becky passaram por minha mente.

– O que isso significa?

– Eu não sei! – disse ele febrilmente. – Talvez você possa se conectar! Como isso funciona?

– Não tenho a menor ideia, Tim! – disse eu com pânico na voz. – Eu nunca me comuniquei com a água antes! Isso é coisa de Becky, não minha!

– Ouça – disse Tim estendendo as mãos em um gesto de calma –, relaxe. Estenda a mão para a água... Através da água. Veja se consegue encontrar alguém lá fora... um espírito de água, uma sereia... um sapo, um girino... alguma coisa!

Respirei hesitante e profundamente e fechei os olhos. Imaginei que tinha cerca de dois minutos antes que o duende do bosque entrasse por aquela porta e me arrastasse para fora. Eu tinha que tentar.

Capítulo 25

Apeguei-me à sensação brilhante que passava através de minhas mãos quando descansavam sob a água que ainda fluía da torneira. A princípio, minha conexão era quase imperceptível, apenas uma vibração; mas, depois, senti um alongamento estendendo-se para além do lugar onde eu estava. *Deve ser assim que se sente um feixe de luz em um cabo de fibra óptica.* Eu estava correndo ao longo de uma corrente, indo com um fluxo que não podia ver; as imagens e *flashes* de sentimentos tremulavam e quase me faziam cócegas enquanto eu passava. Concentrei-me em duas fae que eu sabia que estavam associadas com esse elemento: Becky e Naida, a sereia do lago da Floresta Verde.

No começo eu não tinha nada em que me agarrar, só um amontoado de imagens e pedaços de sensações. Mas, aos poucos, as coisas tomaram forma e ganhei foco. Eu podia sentir que o que procurava estava lá fora... se o pudesse alcançar. Tim estava dizendo algo, mas eu não conseguia me concentrar nele muito bem; estava absorvendo as coisas que via e sentia na água. Algumas de suas palavras romperam minha concentração.

– ...Como O Verde!

Ao ouvir essas três palavras, percebi que o que eu estava tendo nesse momento com a água não era diferente do que eu havia tido com O Verde. Havia uma rede de seres ali, todos ligados uns aos outros por meio desses elementos. Eu estava conectada. Eu estava ligada a ambas as redes – as de água e terra. E elas estavam ligadas uma à outra... Não estavam?

Decidi que valia a pena tentar fazer algum tipo de ligação transversal entre as duas. Ou eu traria O Verde para mim e de alguma forma me protegeria da pior parte da tortura, ou causaria algum tipo de evento cataclísmico. Talvez os elementos nunca devessem se misturar. Eu não tinha tempo para resolver o problema ou consultar os sábios e maravilhosos elfos cinzentos, então, decidi voltar para minha filosofia padrão: que porra... podia muito bem tentar.

Por meio da água chamei meus amigos. Concentrei cada grama de energia que eu tinha na recordação de seu rosto, sua personalidade e nossa história em comum. Eu evocava os sentimentos que tivera quando estávamos passando por coisas juntos. Imaginei a risada de Becky e seu sorriso fácil. Lembrei-me do rosto impassível de Naida atraindo meus amigos para a água durante nosso teste. Vi tudo; e por meio de todas essas visões, pude senti-los. Sua energia fae surgia de nosso elemento Água e voltava para mim.

Eu sabia que estava sentindo Becky lá agora. Ela estava preocupada e com medo, mas aliviada também. Tentei lhe dizer onde eu estava e que Tim e eu tentaríamos escapar. Era mais difícil usar a conexão com água para mim. Eu não tinha experiência suficiente com ela, e não sabia se Becky estava recebendo a mensagem ou não.

Naida estava lá também. Eu senti uma presença calmante nela, e raiva. Sabia que a raiva não era para mim – estava reservada para os que me mantinham ali. Nossa, como eu gostaria de vê-la flutuar para cá e cantar para todos eles até morrerem!

Afastei-me da conexão com meus amigos de água e foquei na elaboração de uma conexão entre a água e a terra. Eu sabia que estava ali em algum lugar.

Pensei na Floresta Verde e nas árvores... As folhas e as videiras... Tudo que eu e os outros havíamos tocado antes, quando eu precisara deles. Pensei nas raízes dos Anciões afundadas no solo, estendendo a mão para a água que as alimentava; e foi aí que encontrei minha conexão. Ela estava esperando por mim o tempo todo.

Eu estava no banheiro, conectada por meio da água, e puxei O Verde para mim. Ele veio correndo, preenchendo cada parte de meu ser com sua luz fria, curativa. Senti um ponto acima de meu olho formigar e sabia que a pele estava sendo repuxada e o tecido da cicatriz se tecendo sobre o corte que antes sangrava. Senti minha energia restaurada e minha esperança aumentou até que inchou meu coração de felicidade. Agora Tim e eu tínhamos O Verde. Agora íamos dar o fora desse pesadelo dos infernos.

Enviei um silencioso obrigado para a Água, grata por sua ajuda e conexão com O Verde. Tirei a mão do fluxo da torneira, testando para ver se a conexão se mantinha, aliviada ao descobrir que sim. Até as criaturas das trevas ajudaram minha conexão ali. Até seu coração sombrio não conseguiu se esconder do poder que alimentava com sua força vital. Fechei a torneira e abri os olhos, voltando-me para Tim.

– Foi tão bem quanto pareceu? – perguntou ele, sorrindo hesitante.

– Melhor. Estou ligada a'O Verde agora.

– Eu sabia. Senti o zumbido, mesmo sem minhas asas. *Pixies* podem sentir O Verde, sabia?

Eu sorri, cheia de alegria, que não lhe encheria o saco por causa de sua altivez de *pixie*.

– Eu sei, você é o fodão. Você é o cara... o grande *pixie*. Agora, vamos quebrar a cara desses fae.

Tim saltou para minha mão estendida e correu por meu braço para entrar em meu cabelo.

– Em frente, sua elemental quebradora de caras fae!

Estendi a mão, batendo suavemente em sua bunda por arrancar meu cabelo e me tratar como um cavalo, mas não tive tempo para repreendê-lo corretamente porque alguém estava batendo na porta.

– Hora de sair! – gritou meu carcereiro duende do bosque.

Hora de testar minha força, quer dizer, seu idiota. Coloquei um campo de energia Verde na frente da porta.

– Venha me pegar, cabeça de gnomo!

Eu podia ouvir alguns resmungos do outro lado da porta. O trinco sacudiu. Passou-se mais um segundo e sacudiu mais uma vez, antes de seguir-se mais silêncio.

– Como você trancou essa porta? Essas portas não podem ser trancadas. Abra agora!

Ele falava como minha mãe. Tentei não rir. Escapar das garras dos bandidos era coisa séria, mas eu estava tão cheia de poder d'O Verde, e certa de que eu podia finalmente escapar, que não poderia deixar de ficar feliz.

– Não!

Era como se eu estivesse no auge da vida. Jorrava luz e felicidade. Não era meu estilo, mas eu me sentia tão bem nesse lugar miserável!

Ouvi os passos irritados do duende do bosque se arrastando até o final do corredor. O Verde foi ampliando todos os sons a meu redor. Eu podia ouvir Tim respirando rápido, mostrando-me que estava tão animado quanto eu. Logo fui capaz de ouvir vários pares de pés vindo pelo corredor em direção à porta.

A voz de Leck se infiltrou pela madeira, causando um arrepio de cima a baixo em minha espinha. Isso diminuiu um pouco minha alegria; ouvi-lo me fez perder um pouco de otimismo. Eu sabia que ele estava do outro lado, a menos de dois metros de distância, tentando descobrir como entrar e me machucar. Esse tipo de mal é difícil de bloquear totalmente.

– Abra a porta, Jayne. Ainda não acabamos de conversar.

Tim estava tremendo de novo.

– Ele vai entrar, Jayne – gemeu baixinho.

– Não vai, não – sussurrei. Gritei para a porta. – Vá torturar sua mãe, Leck!

Eu esperava que insultar a mãe de um fae fosse tão rude quanto insultar a de um humano. Talvez se eles ficassem bravos o suficiente, algo se quebraria por ali e eu seria capaz de encontrar uma maneira de sair. Com sorte, a coisa a se quebrar não seria eu.

– Eu lhe dou cinco segundos.

– Dê-me o que quiser. Eu não vou sair daqui enquanto os Fae da Luz não chegarem para quebrar a cara de vocês.

Considerei testar a ligação de energia para a comunicação, mas eu estava preocupada com minha capacidade de fazer muitas coisas ao mesmo tempo. Poderia eu segurá-los com minha bolha gigante de energia Verde e falar com os elfos verdes ao mesmo tempo? Valia a pena tentar, mas eu tinha medo de fazer isso com Leck ali fora. Eu já sabia que, como irado, ele podia fazer coisas como andar pelo Cinza e enviar uma dor insuportável a meu corpo, mas não tinha outras pistas sobre seus poderes restantes. Irados eram uns assustadores de merda. Eu estava feliz por meu amigo Tony ser um deles. Uma vez que ele houvesse entendido tudo, ninguém jamais mexeria conosco de novo.

Senti algo pressionando O Verde. Não era bom; parecia escuro e perigoso. Devia ser Leck tentando fazer alguma coisa, ou talvez Samantha novamente – embora desta vez parecesse diferente, mais ameaçador. Talvez Leck estivesse tentando entrar ali utilizando o Cinza. Eu não tinha ideia de como o Verde e o Cinza se conectavam – ou se desconectavam, nesse caso –, e também não queria saber.

– Tudo o que está tentando fazer não está funcionando. Vá torturar alguém. Deve haver uma criancinha ou uma senhora de idade por aí para você derreter só por diversão.

Eu podia ouvir vozes moderadas do outro lado da porta, mas era difícil descobrir o que estavam dizendo. Eu poderia dizer que estavam putos, no entanto. Boa. Pelo menos eu não era totalmente inepta contra esse poder fae.

O que estava empurrando minha bolha de energia parou, então rapidamente corri ao longo da conexão para ver o que ou quem mais eu poderia encontrar lá fora. Finn era o candidato mais provável, sendo um elfo verde, e eu sabia que poderia chegar aos elfos por meio d'O Verde. Mas ele estava fora, em manobras de treinamento, não sabia por quanto tempo. Eu não tinha certeza de onde estava ou quanto tempo havia passado ali. Mas valia a pena tentar encontrá-lo. Se eu conseguisse falar com Finn, ele poderia contar para Jared e o Conselho o que estava acontecendo. Infelizmente, eu teria que lhes falar sobre Chase, porque se alguém fosse aparecer para fins de resgate, eu queria que ele fosse levado também. Até o momento nenhum dos fae ali havia mencionado Chase, o que me dizia que eles não sabiam que ele estava ali, ou que não sabiam sobre nossa ligação.

Imaginei Finn em minha mente, ouvindo o sotaque caipira agradável de seu discurso. Vi seu cabelo avermelhado e suas sardas, os antebraços musculosos que ele flexionava quando recuava sua flecha para lançá-la assobiando através do ar até acertar seu alvo. Eu o vi sorrir para Becky, sempre se divertindo com seus comentários felizes. Esperei para ver se me deparava com ele em minha conexão, mas antes que eu pudesse ir longe o suficiente, ouvi mais sons no corredor.

– Jayne – era Ben.

Eu não disse nada, mas abandonei minhas tentativas de alcançar Finn.

– Jayne, não sei como conseguiu trancar a porta, mas você tem que abri-la. Eu não serei capaz de protegê-la se resistir agora.

Eu tinha que dizer alguma coisa; aquilo era ridículo demais para ficar sem resposta.

– Proteger-me? Se soltar seu pitbull Leck em cima mim é sua ideia de proteção, pode ir se ferrar. Ele quase me matou.

– Você está sendo dramática.

– Deixe-o liquefazer seu cérebro por alguns minutos e veja se você ainda concorda com essa afirmação.

– Jayne, escute. Maléna virá.

Sua voz tinha uma urgência que me deixou nervosa. Principalmente porque ele parecia nervoso, e não creio que essa fosse uma emoção que ele sentia normalmente.

– Deixe-a vir. – disse eu, arrogante, apesar de ter muito receio.

Ela havia detido Ben totalmente e o mandara para fora da minha cela – com um simples comando ou com uma rajada de vento de tornado que enviara –, o que significava que ela era foda. Eu só não sabia quão fodona ela era. Gostaria de ter passado mais tempo com Céline aprendendo sobre os elfos de prata. A primeira coisa que eu faria quando voltasse seria falar com Tony sobre os planos dos elfos cinzentos para a formação dos fae. Se não fosse tarde demais, um curso básico de princípios fae era definitivamente necessário. Esses tolos não percebiam o quanto a ignorância das crianças trocadas estava machucando os Fae da Luz como um todo e arriscando nossa segurança.

Não ouvi mais nada durante um minuto ou mais, de modo que presumi que Ben havia ido embora e que eu estava sozinha novamente com Tim; mas, depois, ouvi um leve toque na porta. Uma voz falava comigo do outro lado, mas era fraca demais para eu ouvir. Cheguei mais perto.

– O que você disse?

Eu nem sabia quem era. Coloquei a mão na porta e pude sentir o calor, e não só a madeira. Ben.

– Jayne. Por favor, estou lhe implorando. Você vai destruir o coração de Tony se for morta aqui dentro.

– Ben, por que você não me deixa em paz? Não vou sair.

Eu pulei para trás de susto ao ouvir o estrondo na porta, que a sacudiu em suas dobradiças. O som era como quando minha mãe e o namorado iam começar a brigar. Foi justo antes de ganharmos novos buracos nas paredes, cortesia de Rick, o Babaca.

– Você acabou de socar a porta?

– Sim.

– Uau. Bem maduro.

– Estou frustrado, ok? Tony é meu amigo... era meu amigo. Sei quanto ele se preocupa com você. Você vai morrer e ele vai me culpar.

Ben estava fazendo minha cabeça girar novamente. Poderia ser mais ridículo? Ele ordenava minha tortura e, em seguida, pedia que eu me salvasse submetendo-me a mais do mesmo? Se essa não fosse uma situação de vida ou morte, seria típico de qualquer garoto. Dizem uma coisa, fazem outra. Enganam uma menina, fazendo-a acreditar que gostam dela, e em seguida desprezam-na depois que ela cai na rede. Não que eu tivesse muita experiência na área, mas tive meu coração partido uma ou duas vezes por meninos descuidados. Eu sabia quando estavam brincando comigo.

– Você não precisa se preocupar com Tony ou comigo. Eu não vou morrer, e você se afastou da amizade de Tony quando me trouxe para cá.

Ouvi um rugido baixo que me indicou que a fúria flamejante de Ben estava levando a melhor. Puxei mais d'O Verde para mim, esperando que não tivesse que lutar com os elementos contra ele. Eu não tinha experiência de combate e definitivamente não tinha confiança. E estava do lado errado do campo também. Talvez se meus companheiros fae estivessem atrás de mim, eu me sentisse diferente. Mas ali, tudo que eu queria fazer era manter os bandidos do lado de fora até que pudesse fugir.

Ouvi mais ruídos no corredor e alguns gritos. O calor de Ben desapareceu e foi substituído por um silêncio frio.

– O que você acha que estão fazendo? – sussurrou Tim.

– Não tenho ideia. Mas isso está me assustando... O silêncio.

– A mim também.

Afastamo-nos da porta, sentando no chão do banheiro, do outro lado.

– Se as coisas acabarem mal para nós aqui, só quero que você saiba que significou muito para mim ser seu amigo – disse Tim olhando para suas mãos pequenininhas.

– Digo o mesmo, Tim. Mas nós vamos sair dessa. Vivos. Nossos amigos virão.

– Você conseguiu entrar em contato com eles?

– Não. Mas vou tentar novamente em um minuto. Só estou com um pouco de medo de tirar minha concentração da grande bolha de energia que coloquei em torno do banheiro.

Tim olhou em volta e para o teto.

– Nós estamos em uma bolha neste momento?

Dei de ombros.

– É assim que eu chamo. Imagino uma bolha gigante de poder feito d'O Verde e ela aparece.

Tim sorriu.

– Já me sinto melhor – ele olhou para a porta do banheiro gritando alegremente com seu pequeno dedo médio estendido. – Fodam-se, Fae das Trevas! A bolha os deteve!

Nossos sorrisos desapareceram quando ouvimos o vento responder. Meu queixo caiu e todo o sangue sumiu do rosto de Tim ao mesmo tempo. Maléna estava de volta, e fazia algo dentro do vento do lado de fora da porta.

Capítulo 26

O UIVO DA TEMPESTADE DE MALÉNA FICAVA cada vez mais alto. Eu não sabia se parecia uma tempestade nível cinco só para mim, porque eu ouvia as coisas de forma mais intensa, ou se ela realmente estava formando algo tão poderoso. Eu podia ver a porta do banheiro tremer com a força, mas dentro de nossa bolha de energia não sentimos nada. O vento não nos tocaria, nem a nada nas proximidades. É como se o banheiro estivesse no olho de um furacão.

O Verde cantarolava continuamente, sua força não esmorecia nem hesitava. Os ventos do lado de fora da porta uivavam, deixando a Tim e a mim muito nervosos. Ele subiu pela manga de minha túnica e se sentou em meu ombro, segurando um punhado de meu cabelo, só para o caso de alguma necessidade. Não precisaria de muito mais que uma brisa para jogá-lo contra a parede.

– Quanto tempo você pode mantê-la lá fora? – perguntou Tim.

– Eu não sei. Para sempre? Não é que isso me canse... Posso sentir o escudo, e parece forte.

Eu não queria lhe falar de minhas teorias ou medos, mas suspeitava que esses Fae das Trevas estavam usando a arma errada contra mim. Talvez eu estivesse enganada, mas parecia que a única maneira de lutar contra um elemental era usar os outros elementos. Acho que Samantha e Maggie haviam conseguido me pegar antes diretamente pelo poder que eu estava usando – e havia a fronteira mágica lá para ajudar. Era possível que eu estivesse errada; mas se não estivesse, esperava com todas as forças que Ben não descobrisse. Aparentemente, Maléna podia controlar o vento, até certo ponto – mas não como Ben podia. Eu o chamava de diabo das trevas o tempo todo, mas não o que ele era. Eu sabia agora. Ele era um elemental como eu.

Lembrei-me daquela noite quando Ben fora até o quarto de Tony andando no vento. Era uma sensação totalmente diferente daquela que Maléna criava ali. Ela podia controlar o vento, viajar nele, mas esse elemento fazia os desejos de Ben – da mesma forma que a terra fazia os meus por meio d'O Verde. Nenhum dos outros fae podia fazer isso. Isso eu sabia porque Dardennes me havia dito, e porque quando eu estava em meu elemento usando minhas habilidades, sabia que estava ali sozinha. Eu estava ciente de que outros fae e outras criaturas estavam ligados por meio de suas próprias habilidades únicas, mas nenhum deles controlava o próprio elemento.

– Então, como você nos vê saindo dessa? – perguntou Tim, interrompendo meus pensamentos.

– Essa é uma ótima pergunta. Acho que eu imagino ser resgatada. Posso usar O Verde para nos proteger, mas ainda não consigo sair deste complexo enfeitiçado. A menos que alguém venha nos buscar, como poderíamos escapar?

– Poderíamos fazer um refém.

Eu ri sem vontade.

– Com o quê? Meu hálito assustador? Não, espere, vou lhe dizer o que faremos. Vou agarrar esse espírito de madeira da próxima vez que ele chegar perto da porta e você pode peidar na cara dele. Isso vai colocá-lo sob seu comando, e em seguida, você pode mandar que ele nos mostre o caminho para fora.

Tim puxou meu cabelo.

– Muito engraçada. Eu tinha um plano mais realista, como Chase vir nos buscar, mas se você prefere fazer piada...

– Chase? Você quer dizer o Chase recentemente "pixificado"?

– É. Talvez eles o tenham curado. Ele está aqui em algum lugar, certo? Eles não devem saber sobre ele, ou já o teriam usado contra você. Talvez aquele sujeito, Goose, possa ajudar também. Ele não parecia um fae tão sombrio assim para mim.

O jeito de ele falar foi engraçado. Eu torci a cabeça para tentar olhar para ele, mas Tim se escondeu atrás de meu cabelo.

– Quantos Fae das Trevas você conhece, afinal?

Ele não respondeu de imediato.

– Tim? – alertei.

– Alguns, ora. Eu conheço alguns. Alguns conheço melhor que outros.

– Quem exatamente você conhece, e como? E não brinque comigo. Precisamos explorar todas as opções.

Tim suspirou profundamente junto a minha orelha esquerda, arrepiando todos os pelos de meu braço e perna desse lado. Eu o alcancei e agarrei, segurando-o a minha frente. Dobrei as pernas para que ele pudesse ficar em meu joelho e no mesmo nível de meus olhos.

– Pode ir falando, Tim. Sei que você tem segredos. É hora de compartilhar.

– Tudo bem. – Ele se sentou em meu joelho com as pernas dobradas. – Pode ser que eu tenha... ushcshussh...

O resto da frase saiu tão baixo que eu não pude ouvi-lo.

– Repita. E em um volume que alguém que não seja um cão possa ouvir, por favor.

– Eu disse que pode ser que eu tenha uma esposa voando por aqui em algum lugar.

Eu quase o fiz voar pela sala mesmo sem asas quando ouvi aquela declaração de valor inestimável.

– Você o quê?

Tim simplesmente cruzou os braços sobre o peito, sem dizer nada.

– E por que você não me disse isso? Não acha que poderia ter sido importante compartilhar esse fato antes?

– Por quê? Ela não faria nada para nos ajudar. Ela é uma Fae das Trevas!

– Ela já era Fae das Trevas quando você se casou com ela?

– Não. Ela mudou de lado.

Olhei para ele em choque.

– Tim, isso é terrível.

– Não me diga.

Olhei para ele com piedade fingida, ainda não muito feliz por ele ter escondido isso de mim.

– Foi por causa de seu problema de gases?

Tim lançou as mãos para o alto.

– Eu não acredito que você está brincando em um momento como este!

Bati as duas mãos no chão de pedra.

– Bem, eu não posso acreditar que você escondeu isso de mim!

Nós dois estávamos sentados olhando um para o outro.

– Desista, Tim. Você sabe que eu vou vencer.

– Não, você não vai. Posso ficar encarando até que os globos oculares de um fae caiam.

– Tudo o que tenho que fazer é puxar o ar e soprar meu hálito terrível sobre você, que vai acabar tudo.

Tim levantou as mãos.

– Tudo bem, tudo bem, eu me rendo. Guarde sua respiração para si mesma, mulher. Você venceu.

– Então, diga-me o que aconteceu. Porque eu sei que ela não o trocou por outro *pixie*. Você é gato demais para isso.

– Não é!? – Tim balançou a cabeça. – Aquela *pixie* estava louca. Ela nunca teve vida melhor do que quando estava comigo. Seu nome é Abby.

Esfreguei seus pés, acariciei suas asas, fiz seu café da manhã todos os dias... – ele suspirou –, e então, um dia, ela se foi. Puf. Algumas semanas depois eu a encontrei na casa de Maggie. Ela havia tirado Abby da floresta. Quem sabe que diabos estava fazendo ali fora... ela nunca me disse. Maggie estava usando suas asas em uma de suas poções... Elas haviam feito algum tipo de acordo. Fiquei com ela, dando minhas asas em troca da liberação de Abby. Depois que as asas de Abby voltaram a crescer, ela foi embora, prometendo voltar e me buscar quando as minhas crescessem. Esperei por ela por mais três dias depois que melhorei, e devo dizer que ficar na casa de Maggie tendo asas é assustador. Ela está sempre de olho em você, agitando a colher de madeira ao seu redor. Eu tinha certeza de que um dia ela ia bater em minha cabeça e tirar minhas asas mais uma vez.

– Então, o que aconteceu depois? Abby voltou?

– Não. Ela não apareceu, então, fui embora. E voei por toda parte à procura dela. Finalmente, encontrei outros pequenos fae e eles me disseram onde ela estava. Cerca de dois meses depois, eu a vi na floresta. Ela pediu desculpas, mas disse que ia ficar. Tentou me convencer a ir também, mas eu disse que de jeito nenhum. Este *pixie* não é um Fae das Trevas.

– Uau. Que merda – Eu não conseguia pensar em mais nada para dizer.

– É. Ela me largou depois de setenta e cinco anos de felicidade conjugal.

Eu quase engasguei.

– Setenta e cinco anos? Barbaridade, Tim! Isso é muito tempo.

– Na verdade, não. Não para os fae.

– Vou me lembrar disso. E ela nunca lhe disse por que foi embora?

– Ela tentou, mas eu me recusei a ouvir. É tudo um monte de propaganda, de qualquer maneira.

– Tudo bem. Então, acho que podemos riscá-la da lista de possíveis ajudas.

– É. Bem fora da lista. Se Abby tentasse ajudar, eu me recusaria a ir com ela.

– Bem, não vamos enlouquecer também. Se ela oferecer, vamos com ela. Depois, vamos dizer-lhe que ela é uma merda por deixá-lo.

Tim sorriu para mim.

– Tudo bem. Fechado. Mas corra muito rápido depois de dizer isso. Ela vai "pixificar" você com certeza se a chamar de merda.

– Ah, sim, esqueci essa parte. "Pixificação".

– Você ouviu isso? – perguntou Tim com a cabeça inclinada.

– O quê?

– Nada. Essa é a questão. O vento uivante se foi.

Apurei o ouvido, e com certeza ele estava certo. Estava tudo em silêncio.

Coloquei Tim em meu ombro e me levantei; caminhei cautelosamente até a porta e grudei meu ouvido nela para ouvir todos os sons no corredor. Não havia nada, e nenhum calor também. Agachei-me, tentando ver por baixo da porta. Mas não vi o suficiente para saber se havia alguém lá, de modo que me levantei de novo.

– Há alguém aí?

Eu não tinha certeza de que responderiam, mas achei que valia a pena tentar.

– Acha que estamos sozinhos aqui agora? – perguntou Tim.

– Não sei... não precisamos de um guarda; não podemos sair do corredor. Sabe que horas são?

– Não tenho ideia. Não sei ao certo se passamos aqui metade de um dia, um dia inteiro, dois dias... sem janelas e refeições regulares, é difícil dizer.

– Eu sei. Bem, praticamente o tempo todo eles nos assediaram por horas. Talvez possamos assumir que seja noite, uma vez que finalmente nos deixaram sozinhos. Isso significa que temos várias horas ininterruptas enquanto eles dormem para tentar contato com nossos amigos.

– Vá em frente. Depois, precisaremos tentar dormir também. Quem sabe o que o amanhã trará.

– Concordo – disse eu. – Você fica aqui em meu ombro. Se ouvir alguém chegando, avise-me. Mas não puxe muito forte.

– Eu nem sonharia com isso.

Ele deu uma risadinha.

– Tim, não estou brincando.

– Ah, eu também não.

Suspirei, desistindo de manter uma conversa séria com ele. E então, bloqueei em minha mente todos os pensamentos de Tim puxando meus cabelos. Precisava me concentrar n'O Verde e encontrar meus amigos. Eu tinha um sinal de SOS para enviar e um resgate a pedir.

Capítulo 27

Finalmente encontrei Finn, mas ele estava muito longe. Ele conseguiu contatar os duendes verdes no complexo, mas não havia um número suficiente lá para fazer qualquer coisa por mim. Ele me enviou imagens de grupos de elfos verdes e demônios que trabalhavam em conjunto preparando-se, mas eu não tinha nenhuma ideia de quão longe no futuro essas imagens se tornariam realidade. Enviei-lhe imagens de Tim e eu no banheiro. Ele parecia confuso, mas eu não sabia o que mais lhe mostrar. Lancei-lhe quadros mentais de Ben, Maléna e Leck. Esperava que ele entendesse que se visse qualquer um deles, devia atirar primeiro e perguntar depois.

Encontrei Becky novamente e tentei avisá-la de que eu estava bem. Tudo que eu podia sentir dela era pânico e ansiedade. Essa coisa de comunicação pela água dava muito trabalho. Cortei a ligação, frustrada por não chegar a lugar nenhum com ela.

Os roncos de Tim me distraíram de minhas tentativas, de modo que decidi desistir por enquanto. Eu havia feito tudo que podia, de qualquer maneira. Ajeitei-me o melhor que pude, juntando um monte de toalhas de papel debaixo de minha cabeça, no chão, como travesseiro. Finalmente adormeci, pensando em como estava com fome.

Minha mente era um turbilhão de sons sonolentos e imagens distorcidas. Os fae e as pessoas de meu passado se misturavam, falando comigo, gritando, chorando e até comendo. Era como se eu revisasse minha vida e não houvesse tempo suficiente para passar tudo na ordem certa. Alguém havia tomado de mim meu pote de biscoitos de memórias e comido os bons, jogando as migalhas no chão. Agora eu podia ouvir a voz de Tony.

– Jayne! Jayne! É você?

Claro que sou eu. É o meu sonho.

– Jayne, sou eu, Tony. Estou no Cinza. Você pode me ouvir?

Tony estava ali? No Cinza? Estou no Cinza?

– Tony?

– Oh, graças a Deus você respondeu. Estou me projetando no plano astral agora. Eu posso vê-la... Você pode me ver?

– Não.

Eu não sabia se estava respondendo em voz alta ou apenas em minha cabeça. *Isso é tão confuso.*

– Onde você está? Isso parece um banheiro.

– É um banheiro. Estou no complexo dos Fae das Trevas, em algum lugar, mas não tenho ideia de onde. Os corredores estão enfeitiçados. Vi apenas uma cela esculpida na pedra e dois banheiros. Estou com O Verde nos protegendo aqui. Eu não conseguia canalizar o poder nas outras salas. Estamos aqui devido a algumas... dificuldades técnicas.

– O que quer dizer? Não se preocupe, mais tarde você me conta. Não é seguro eu ficar aqui. Só queria lhe dizer que Chase está chegando até aí. Ele está indo, aguente firme.

– Como assim Chase está vindo? Ele está bem? Não quero que ele se machuque!

– Escute... oh, merda, tenho que ir. Vá com Chase, ok? Cuidamos dos problemas mais tarde. Até...

E então, ele se foi. Eu queria gritar *"Que problemas?"*, mas ele não estava mais lá. Comecei a falar com Tim sobre Tony, mas percebi que eu ainda estava vendo imagens malucas e meu corpo parecia preso no cimento. *Oh, eu ainda estou dormindo.* Despertei e me espreguicei por um segundo, olhando ao redor do banheiro como se minha mente inconsciente alcançasse minha mente desperta.

– Tim – disse eu em voz alta –, acorde. Tenho que lhe dizer algo.

Ele me ignorou completamente, ainda roncando. Decidi deixá-lo em paz e voltar a dormir. Se Chase chegasse, eu ouviria. Precisava descansar um pouco, ou não conseguiria agir quando meus salvadores chegassem, fossem quem fossem.

Assim que esse pensamento passou por minha cabeça ouvi ruídos do lado de fora da porta novamente. Meus ouvidos se aguçaram. Seria Chase ou Ben? Maléna ou Leck?

Quem quer que fosse, estava rindo. E depois tossiu. *Então, nenhuma das opções acima.*

Houve uma batida na porta.

– Jayne? Você está aí?

Levantei-me lentamente e me arrastei até a porta.

– Quem é?

– Sou eu. Chase.

Em seguida, outra risadinha.

– Quem está com você? – perguntei, confusa.

Não reconheci a voz do risonho.

– Ninguém.

– Quem está rindo aí com você?

– Sou só eu. Ande logo e abra a porta. Precisamos tirá-la daqui.

Tive medo que este fosse um truque dos Fae das Trevas. Talvez alguém estivesse projetando a voz de Chase.

– Prove que é você.

– Você não reconhece minha voz?

– Sim, mas não essa maldita risada.

– Tudo bem. Lembra quando fomos para o quarto obelisco? E tivemos que dizer qual era nosso maior desejo?

– Sim.

– Eu ainda tenho esse mesmo desejo. Então, vamos lá.

Ele começou a rir de novo, só que dessa vez foi mais um grunhido. Mas, mesmo assim, eu sabia que era Chase, não havia dúvidas. Durante nosso teste, no final, tivemos que falar nosso maior desejo em voz alta para entrar no complexo. O dele era cuidar de mim – então, acho que era isso que ele ainda estava fazendo. *Isso que é dedicação*. Minha garganta doía por conta das emoções devastadoras que de repente me fizeram engasgar.

Enfraqueci o escudo e peguei a maçaneta da porta, abrindo-a.

Chase estava na porta, com a mão no batente e um enorme sorriso no rosto.

– Jaynie! – exclamou ele entrando e me agarrando pela cintura e me girando. – Oh, estou tão feliz de vê-la!

Rapidamente refiz o poder e o envolvi na bolha conosco. Depois, empurrei seu peito o mais forte que pude. Esse cara era Chase, sim; mas estava agindo muito como não Chase. Ele ainda estava "pixificado", aparentemente.

– Ponha-me no chão, seu imbecil.

– Você está linda – disse ele, sorrindo como um tolo, mas colocou-me suavemente no chão.

Fui até Tim e o peguei.

– Acorde, dorminhoco. Temos um problema dos grandes.

Chase não estava só mentalmente enlouquecido; obviamente havia perdido a visão. Essa era a única explicação para alguém me achar bonita naquele momento.

Tim se sentou, esfregando os olhos. Seu cabelo estava desarrumado, mas não tive coragem de lhe dizer; afinal, era tão importante para ele.

– Oh, olá, Chase. Como você está?

– Excelente, meu pequeno amigo *pixie*, como tem passado? Faz tempo que não o vejo.

Ele riu e colocou as mãos nos quadris, aparentemente esperando por uma resposta igualmente entusiasmada.

Tim olhou para mim com tristeza.

– Ainda não se curou, acho.

Balancei a cabeça, sem dizer nada.

– Pois bem, acho que preciso tirar vocês daqui. Goose me disse que você está em apuros.

Abri a boca para falar, mas não pude. Fiquei imaginando Chase vendendo alguma merda inútil em um comercial de tevê. Aposto que ele conseguiria vender até o inferno com aquele sorriso.

– Ah, você é tão adorável, eu mal posso suportar! – gritou ele, pegando meu rosto entre as mãos, apertando-o e inclinando-se para beijar meus lábios superfranzidos. – Vamos lá, crianças, sigam-me. Traga sua poderosa energia Verde, Jayne. Você pode precisar dela.

Tim e eu trocamos olhares e demos de ombros, balançando a cabeça com tristeza. Era preciso muita coisa para deixar ambos simultaneamente sem palavras, mas Chase havia conseguido.

Fomos até a porta de novo; reuni toda minha sagacidade o melhor que pude e cerquei-nos com O Verde. Enviei a mensagem de que precisava que a bolha de poder se movesse conosco, mantendo todos nós dentro dela o tempo todo, sem deixar que nada nem ninguém entrasse. Fiz isso o mais rápido que pude, porque Chase já estava indo para o corredor. Incluí uma pequena cláusula em minhas instruções, pedindo a'O Verde para bloquear qualquer ruído que fizéssemos dentro da bolha. Eu não sabia se iria funcionar, mas com certeza seria mais fácil escapar se os Fae das Trevas não ouvissem o Sr. Risadinha enquanto saíamos.

– Senti falta de vocês, pessoal. Este lugar é chato com C maiúsculo. Ficam o tempo todo falando de se preparar para a guerra, começar a guerra, derrotar os Fae da Luz na guerra. Isso cansa.

– Por que eles disseram tudo isso para você? Não sabem que você é Fae da Luz?

– Oh, não sou mais Fae da Luz. Sou Fae das Trevas agora.

– *O quê?* – minha voz saiu estrangulada. Fiquei instantaneamente mal do estômago. – Chase? – segurei seu braço para fazê-lo parar de andar. – Como assim, você é Fae das Trevas? Você... mudou de lado?

Eu quase não pude pronunciar essas últimas palavras. Era inconcebível.

– Tive que mudar – ele deu de ombros. – Não se preocupe comigo, Jayne. Sempre vou cuidar de você.

Ele me lançou um sorriso espetacular, como se estivesse posando para um comercial de pasta de dentes.

Lágrimas brotaram em meus olhos e comecei a chorar.

– Não, Chase, não! Eu não quero que você seja um Fae das Trevas. Não vou permitir!

Ele sorriu como se sentisse pena de mim, dando-me um tapinha no ombro com sua mão enorme.

– Ssshhh, não chore. Estou bem. Estou feliz, viu?

Deu-me um belo sorriso, de parar o coração,e apontou para seu rosto.

– Não, você não está! Você está pixificado, seu idiota, é diferente! Esse não é você. Esse é um maníaco, uma versão louca, drogada de você. Você vai ficar melhor em breve, será de novo o velho Chase, eu sei que vai. Se eles não puderam curá-lo aqui, Maggie vai conseguir. Tim vai lhe dar mais asas, não vai, Tim?

Olhei para ele com o desespero estampado no rosto.

A expressão de Tim não parecia melhor que a minha. Ele acenou com a cabeça furiosamente.

– Claro. Assim que elas voltarem a crescer, serão suas, Chase. Todas suas.

Ele continuou balançando a cabeça, dessa vez para mim. Parecia tão assustado quanto eu.

– Vamos lá, querida – murmurou Chase com voz calma. – Temos que nos mexer. Alguém pode chegar e ver o que está acontecendo. Eu não tenho muito tempo para chegar até a porta.

– Mas você vai conosco, não é? – implorei, lamentavelmente até para meus próprios ouvidos.

Mas não me importei. Aquilo não podia estar acontecendo. Era como perder Tony de novo.

Ele fez uma careta divertida.

– Não, sua boba. Vou ficar aqui. Esta é minha casa agora.

Ele caminhou rapidamente de novo, olhando para trás para se certificar de que eu o seguia.

– Mas quero que você saiba que se mudar de ideia, você pode ser um Fae das Trevas comigo. Eu serei seu demônio novamente e as coisas voltarão a ser como eram.

Ele riu muito alto e em seguida tossiu, como se tentasse controlar sua risada daquele jeito.

As lágrimas continuavam a correr pelo meu rosto e me engasguei com soluços que saíam do fundo do meu coração. Tudo que eu podia pensar era que havia ferrado tudo. Muito. Entreguei meu demônio de mão beijada – o mais durão, mais confiável, o sujeito mais leal do mundo – para o inimigo. A "pixificação" havia mexido com ele, e obviamente seu tratamento não valia porra nenhuma; eu caíra totalmente no papo de Goose. E, ainda por cima, havia entregado um frasco de sangue de *pixie* ao Fae das Trevas, e os curandeiros haviam me advertido que poderia ser usado em feitiços de bruxa muito perigosos. A ideia do sangue de Tim sendo usado para conjurar armas que poderiam ser utilizadas contra meus amigos me fez mal fisicamente. Minha cabeça estava girando, e eu tive que parar e me apoiar na parede.

– Chase! – gritou Tim. – Ela está caindo!

Seu tom era de pânico, provavelmente porque ele estava em meu ombro, e se eu caísse, ele iria comigo. O estúpido *pixie* nunca parecia se lembrar de que eu era a única pessoa que podia ouvi-lo.

– Opa, opa, Jayne. Relaxe, peguei você.

E essa é a última coisa que recordo: Chase me pegando em seus grandes, grossos e fortes braços, o cheiro de seu delicioso corpo em meu nariz, o calor de seu abraço me envolvendo e por um momento me fazendo sentir segura.

Perdi a consciência e caí como uma covarde inútil na escuridão acolhedora.

Capítulo 28

Senti o calor perto de mim e me aproximei dele. Eu não queria acordar desse pesadelo, especialmente porque a parte da tortura física havia acabado e sido substituída por essa coisa... confortável, fosse lá o que fosse.

– Ela está se mexendo.

– Seus olhos estão abertos?

– Não.

Ouvi as vozes preocupadas dos meus amigos. Pelos cobertores macios e familiares sob meus dedos eu podia dizer que estava em minha própria cama, no complexo dos Fae da Luz. Fiquei feliz por isso, e me perguntei que calor era esse a meu lado. Parecia um *golden retriever* ou algo assim – quente, macio e pesado. Mas eu ainda não queria enfrentar a realidade que certamente me esperava... Meu mundo todo de cabeça para baixo.

– Leve-me até lá.

– Tim, talvez você devesse deixá-la dormir.

Sim, Tim, deixe-me dormir. De alguma forma, Tim havia atraído alguém perto o suficiente para que pudesse ouvi-lo e fazer sua vontade.

– Não, ela está fingindo. Posso notar. Suas pálpebras estão se mexendo. Leve-me até lá para que eu possa vê-la melhor.

Ouvi passos que iam do armário para minha cama. Logo senti pequenos passos por cima de meu corpo em direção a meu rosto.

Pixie do caralho.

– Hora de acordar! Acorde, Jaynezinha – disse Tim com sua voz irritante.

Senti uma batidinha em minha bochecha.

– Vá embora – resmunguei.

– Ela está acordada! – exclamou Becky.

– Coof! E aqui está seu mau hálito para provar! – gritou Tim, fazendo sons de engasgos exagerados.

Idiota.

– Você não pode ludibriar o Sr. Tim – disse a profunda voz sulista de Finn.

Voltei a cabeça para ele, que estava de frente para onde eu achei que Tim poderia estar, e respirando o máximo que pude, falei.

– Vão embora e me deixem em paz. Todos vocês.

Eu não queria nenhum deles ali. Queria ficar sozinha em minha desgraça.

Senti Tim cair em meu peito e dar sequência a sua atuação de engasgos.

– Nada feito, querida. Você tem que se levantar.

Esse foi Spike, e agora eu sabia quem estava deitado comigo na cama.

Alguém pegou minha mão e puxou-a algumas vezes.

– Vamos lá, Jayne. Volte para nós.

Era Tony. Ele me deu justamente o que eu não precisava ouvir: sua voz gentil e paciente, sem nenhum julgamento.

Senti as lágrimas chegando novamente e joguei o braço por cima do rosto.

– Deixem-me em paz, por favor. Saiam.

Tentei gritar, mas não tinha forças. Muito da minha energia estava aplicada na tristeza.

– Nós não vamos a lugar nenhum – disse Tim com uma de suas vozes mais fofas. – Agora levante-se e pare de sentir pena de si mesma. E escove os dentes, Jayne, Bafo de Dragão de Blackthorn.

Agitei a mão ao redor de onde achei que ele estava, tentando afastá-lo de mim.

– Saia daqui, seu pé no saco – rosnei com raiva.

Na ponta da língua eu tinha a acusação contra ele pela situação de Chase, mas eu sabia que não era justo. Fechei bem a boca, apenas deixando as lágrimas rolarem para meus ouvidos. Eu odiava chorar deitada; deixava meus ouvidos todos melados.

Abri os olhos e virei minha cabeça para o lado. Encontrei-me a cerca de dois centímetros do lindo rosto de Spike. Ele abriu um sorriso *supersexy* para mim; meu sorriso favorito.

– Olá, linda.

Eu devia ter ficado feliz ao ouvir isso, mas, em vez disso, comecei a chorar. Ele me fez pensar em Chase dizendo o mesmo antes. Cobri o rosto com as duas mãos e me esforcei para me virar sob as cobertas apertadas para não olhar para Spike, desejando que todos saíssem de meu quarto e me deixassem em paz.

– Sei que você quer que a gente vá embora, Jayne, mas não podemos – disse Tony. – Nós precisamos que você se levante e fale conosco. Há um monte de coisas acontecendo agora. Você dormiu por cerca de dezoito horas.

Eu mal ouvi o que ele estava dizendo. Tentei bloqueá-lo para poder chafurdar em meu desespero.

– Deixe eu lhe dar um beijinho. Isso vai animá-la – disse Spike com o sorriso ainda na voz.

– Não! – disseram quatro vozes de uma só vez.

– Tudo bem, credo... Só estou tentando ajudar.

Eu estava tão triste, mas não pude deixar de rir um pouco da tentativa de Spike de se dar bem sob o pretexto de me "ajudar".

Senti o peso de Spike sair da cama.

– Hora de tomar medidas sérias, então.

– Spike, se for preciso, chamarei Scrum – disse Finn em tom de alerta.

– Ele não vai machucá-la – disse Tony com calma, confiante.

Eu ainda estava chorando em silêncio, mas meus suspiros eram menores e não tão fortes. Não sentia mais como se estivesse me afogando na escuridão.

Senti as cobertas sendo puxadas e as mãos de Spike correndo por minhas pernas e costas, levantando-me da cama. Mantive os braços na lateral do corpo.

– Não me deteste pelo que estou prestes a fazer, amor. Estou ajudando você.

Ele se inclinou e beijou meu pescoço, inalando fortemente, dando-me calafrios. Meus lamentos diminuíram ainda mais, mas mantive os olhos fechados, descansando minha cabeça contra seu peito. Eu não ligava para o que ele ia fazer.

Ele começou a andar. Bloqueei os sons dos que nos cercavam, ouvindo apenas alguns sussurros e cortinas sendo puxadas.

O quê?

E, em seguida, o som da água saindo do chuveiro e batendo em meus tímpanos. Mais dois passos de meu amigo Spike e de repente eu estava instantaneamente acordada.

– Que diabos? – lutei contra ele, tentando fugir. – Solte-me, solte-me!

Eu me contorcia e o atacava o mais forte que podia. A água do chuveiro caía sobre nós dois, encharcando minhas roupas e respingando em meu nariz e boca.

– Vou soltá-la quando se acalmar! – gritou Spike. – Jayne, fique fria.

Ele me segurou firme, sem fazer nada para se proteger de minha violência.

– Eu não vou me acalmar, está ouvindo? Não vou. Vou embora! Eu vou sair daqui!

Meus ataques misturados com meus gritos foram lentamente enfraquecendo. Eu não podia fazer as duas coisas ao mesmo tempo; não tinha forças. Desisti de lutar e fiquei apenas soluçando.

– Você me ouviu, Spike? – disse eu fracamente. – Eu vou embora deste maldito lugar.

– Shhhh, eu ouvi você, mas não acredito. Relaxe.

Ele deixou cair minhas pernas, mas segurou meus ombros, puxando-me firmemente contra seu peito e me segurando em um abraço de urso nada desagradável.

Coloquei os braços contra seu peito, tentando afastá-lo, mas ele me segurou firme. Levantou a mão para acariciar minha cabeça, mais e mais, enquanto murmurava palavras de conforto.

– Shhhh, vai ficar tudo bem. Basta dar tempo ao tempo.

– Nada mais vai ficar bem. Chase se juntou aos Fae das Trevas, sabia?

– Sim, nós sabemos. Tim nos contou tudo.

Engasguei com um soluço.

– Então você sabe que a culpa é minha. Perdemos Chase por minha culpa. Ele está totalmente mudado.

– Eu não sei nada disso. Só sei que ele estava fazendo o que queria fazer: cuidar de você; e foi acidentalmente pego por um *pixie* e você tentou ajudá-lo e os Fae das Trevas o pegaram. Não é culpa de ninguém que isso tenha acontecido, só deles.

– Eu fiz isso acontecer – sussurrei.

– Jayne, querida, eu amo você. E se você me permitir, vou lhe mostrar quanto. Mas isso não muda o fato de que, olhando de forma objetiva, não é sua culpa. Você não controla o destino... – ele quase riu para si mesmo –, apenas os elementos.

Continuou me acariciando como a água que caía sobre nós. Meu choro gradualmente foi se dissipando em face da razão. Eu queria conter a dor, mas meu cérebro não deixou. E mais ainda, meu temperamento não deixou. Eu queria pegar esses bastardos Fae das Trevas, especialmente Ben. Se eu não podia me culpar por aquela merda, então ia colocar a culpa toda em cima dele. Se ele houvesse deixado Tony em paz, não estaríamos nessa confusão. Não me importava se não fazia sentido para mais ninguém; fazia para mim, e agora eu tinha um alvo grande e gordo para minha raiva.

As carícias de Spike abrandaram e ele se afastou de mim um pouco para ver meu rosto. Levantei a mão para limpar meu nariz. Tenho certeza de que esse momento foi um dos mais feios de todos os tempos para mim. Não havia o que fazer, mas a ideia de estar ali no chuveiro com Spike enquanto ranho escorria de meu nariz era demais para digerir.

– Está melhor? – perguntou ele, procurando a confirmação em meus olhos.

– Não.

Ele sorriu, puxando-me para si e me apertando firme.

– Melhor, sim. Tome um banho. Becky vai lhe trazer suas coisas.

Coloquei a mão em seu rosto quando ele fez menção de se afastar.

Ele parou de imediato, com uma pergunta no rosto e esperança nos olhos. Ele desceu a mão até minha cintura e me segurou.

– Obrigada, Spike. Você ficou encharcado por mim. Deve ter sujeira minha em sua camisa também.

– Não foi nada, querida, você sabe disso.

Ele se inclinou para me beijar, mas deixei cair a cabeça. Estava envergonhada pelo que havia feito. A birra, o nariz escorrendo, tudo.

Ele segurou meu queixo, forçando minha cabeça para cima e me dando um selinho bem casto em meus lábios.

– Depois, quando você estiver se sentindo melhor, vamos terminar o que começamos aqui.

Ele levantou uma sobrancelha e depois olhou diretamente para o chuveiro.

Limpei a garganta, constrangida e um pouco excitada.

– Sem promessas.

– Não preciso de promessas – disse ele, piscando.

Soltou-me e saiu do banheiro, gritando para Becky:

– Ei, Beck! Ela precisa de roupas e uma toalha!

A porta se fechou atrás dele.

Encostei-me contra a parede, deixando a água cair em cima de mim, ainda totalmente vestida. A água me fazia bem, mas não podia fazer o que eu necessitava – lavar as memórias e os sentimentos. Espontaneamente, imagens do rosto feliz de Chase continuavam voltando para minha mente, fazendo-me sentir infeliz outra vez.

Becky entrou pela porta com minhas coisas nos braços. Assim que me viu, ficou triste.

– Oh, querida, não deixe que isso a atinja tanto. Nós vamos dar um jeito nele. Prometo!

Ela parecia tão esperançosa que eu não poderia continuar chorando na frente dela. *Não há razão para torturar os outros com minha vergonha.* Se ela queria ter falsas esperanças, quem era eu para tirar isso dela?

– Obrigada por trazer minhas coisas, Becky.

Fiz um esforço imenso para impedir minha voz de tropeçar no nó gigante que não saía de minha garganta.

– De nada. Posso ajudá-la de alguma maneira?

Ela parecia perdida.

– Não. Eu me viro. Dê-me apenas alguns minutos.

– Claro, querida. Sem problemas. Estarei do outro lado do corredor, em seu quarto, com os rapazes.

– Onde está Scrum?

Eu queria falar com ele sobre Chase.

– Ele está fora, em treinamento, mas estará aqui em breve. Nós lhe enviamos uma mensagem dizendo que você está bem.

– Tudo bem. Obrigada.

Becky me deixou no chuveiro e eu usei o tempo para tirar minhas roupas e limpar cada partícula de sujeira de Fae das Trevas que podia estar escondida em meu corpo. Não importava quão forte eu esfregava, sentia que ainda estava lá. Só parei quando minha pele ficou vermelha e ameaçou começar a sangrar.

Eu me sequei e vesti a túnica branca e as calças *jeans* que Becky havia trazido. Sob a pilha de roupas estava minha bainha e, milagrosamente, Blackie também. Puxei a arma, passando os dedos ao longo dela. *Chase*. Ele devia ter se assegurado de que eu a tivesse de volta. *O que fiz para merecer tal lealdade?* Ele mudou de lado e ainda assim cuidou de mim – uma estúpida fae de luz. Respirei fundo e soltei o ar lentamente. Hora de encarar: eu precisava merecer esse tipo de dedicação.

Saí do banheiro e me juntei a meus amigos, esperando com todas as forças que eles ainda quisessem ser meus amigos depois de tudo que foi dito e feito. Eu não tinha certeza de que seria tão generosa, se estivesse no lugar deles, como esperava que eles fossem comigo. Felizmente, eles eram melhores fae que eu.

Capítulo 29

Entrei e percebi imediatamente que Scrum se juntara ao grupo. Eu esperava que ele me julgasse severamente, de modo que fiquei um pouco surpresa quando ele se animou e disse "Oi, Jayne!" assim que me viu. Olhei para ele timidamente e evitei olhar para Spike, concentrando-me em Tony. Fui até ele e me sentei a seu lado na cama.

– Oi – disse ele afastando-se para me dar mais espaço.

– Oi.

Minha voz estava enferrujada por conta de toda a emoção que havia devastado minha garganta na última hora.

Tony olhou para todos.

– Bem, como todos vocês sabem, sou o novo coordenador de treinamento dos Fae da Luz.

Ele olhou para mim e com um aceno de cabeça eu demonstrei o orgulho que sentia. Estava tão feliz por ele poder me sentir nesse momento com seus talentos sensitivos de irado. Eu estava muito arrasada para dizer as coisas certas.

– Os elfos cinzentos reuniram-se com o Conselho, e agora, depois de analisar o sequestro de Jayne e Tim, vocês vão notar várias mudanças por aqui. – Tony voltou o olhar para mim. – Jayne, os elfos cinzentos e o Conselho querem se reunir com você o mais rápido possível. – Ele olhou para Becky. – Você pode avisá-los que estamos prontos e descobrir onde e quando eles querem nos ver?

– Claro – disse ela, desaparecendo no ar no mesmo segundo.

– Que tipo de mudanças devemos esperar? – perguntou Finn.

– Bem, em primeiro lugar, haverá vários exercícios de treinamento cruzado. Os elfos e anões verdes vão trabalhar com todos os outros fae em táticas de batalha. Os elfos de prata, elfos cinzentos e eu colaboraremos juntos para compartilhar nosso trabalho com o Vento e o Cinza com todos vocês. As bruxas darão algumas palestras e demonstrações sobre as magias mais comuns que poderemos encontrar em tempo de guerra. – Ele fez uma pausa, olhando para todos nós. – E cada um dos alvos de alto valor em nosso complexo terá guardas constantes e deveres adicionais de treinamento.

– E quem são esses alvos de alto valor? – perguntou Finn.

– Bem, Jayne é um. Eu sou outro. E Naida.

– Por que nós? – perguntei – Qual foi o critério de seleção? Porque, obviamente, não são os melhores lutadores, ou Finn estaria na lista. E se incluísse os mais rápidos ou o mais perigosos, Spike e Tim estariam também.

Todos concordaram com a cabeça.

– Não, esses não foram nossos critérios. Fizemos uma análise completa de nossos recursos, e aqueles que são tão vulneráveis quanto valiosos estão na lista dos que necessitam de proteção e trabalho extra. Para ajudá-los a não ser tão vulneráveis.

– Ah – balancei a cabeça. – Eu não valho merda nenhuma na luta contra os malvados e sou perigosa para andar solta por aí. Entendi. Estou no ônibus especial.

Tony franziu o cenho para mim.

– Não fale assim.

Levantei as mãos.

– Não, sem ofensa, não se preocupe. Eu fui sequestrada pelos bandidos e não consegui me livrar deles, mereço estar nessa lista. Só que não tenho certeza se concordo com a parte de alto valor.

– Não subestime seu poder, Jayne. Os elfos cinzentos têm algumas teorias sobre isso que eu acho que vão surpreender a todos.

Suspirei, sabendo que por mais romântico que parecesse, não era muito provável. Mesmo quando estava sendo torturada e me sentia à porta da morte, não consegui puxar o coelho da cartola. As habilidades mais impressionantes de uma pessoa não deveriam aparecer em momentos de estresse? A única coisa que eu descobri em meu momento de estresse com Leck foi que eu tinha baixa tolerância à dor e nenhuma habilidade para me livrar dela.

Becky reapareceu, interrompendo meu momento de autopiedade.

– Eles estão prontos para recebê-la agora. A reunião é na sala da assembleia – disse ela, nervosa.

– O que isso significa? – perguntei, olhando para ela e Tony.

– Não se desespere – disse Tony –, eu sei que eles querem ouvir de você o que aconteceu, mesmo já sabendo a maior parte por Tim. Há uma série de decisões importantes a tomar, e deve ser por isso que estão envolvendo todos. Vai ser mais rápido assim.

Suspirei. Era tudo que eu necessitava: estar diante da assembleia de novo... Pela terceira vez. Esses fae deviam estar ficando cansados de me ver lá em cima. Lembrava-me da sensação de ser chamada na sala do diretor da escola, só que, dessa vez, era pior, porque havia duas centenas de testemunhas. E eu que achava que havia deixado a humilhação pública para trás, no mundo humano e na escola...

Spike se levantou do chão.

– Não se preocupe. Nós estaremos com você.

– É. Todos nós – disse Scrum alegremente. – E se Chase estivesse aqui, estaria com você também.

Todo o mundo debochou dele, menos eu. Finn jogou o travesseirinho da cama de Tim na cabeça de Scrum. Eu lutei contra a vontade de chorar.

– Quem convidou esse garoto, afinal? – perguntou Tim.

Aplaquei sua cólera:

– Ele está certo. Chase se levantaria por mim. Ele é assim.

Engoli em seco para fazer o sapo que estava entalado descer. Eu não ia chorar na frente dos Fae da Luz. Se eles iam me jogar na fogueira, eu teria que aguentar.

Capítulo 30

Chegamos à sala de reunião muito mais rápido do que eu gostaria. Havia apenas alguns lugares à esquerda, mas sabendo que eu ia logo ser chamada para a frente, para testemunhar sobre minha própria estupidez, não me incomodei de ocupá-los. Meus amigos já haviam declarado sua intenção de estar comigo e mostrar seu apoio. Olhei para a frente e vi que o Conselho já estava formado sobre a plataforma elevada de assentos, em um semicírculo à frente das cadeiras da plateia. Alguns dos membros conversavam entre si e outros apenas olhavam para a multidão. Jared estava em pé em seu lugar de sempre, atrás deles, com Ivar e Niles.

Dardennes levantou os braços, em pé na frente da sala, atrás de seu assento do Conselho, convidando a todos a tomar seus lugares e se acalmar. Seus olhos percorreram o grupo reunido, parando quando chegaram até nós. Ele fez um gesto para que nos adiantássemos. Enquanto caminhávamos pelo corredor central, o barulho no salão diminuiu até chegar a sussurros quase imperceptíveis. Todo o mundo olhava para nós. Alguns retardatários se esforçavam para chegar aos seus lugares o mais silenciosamente possível. No momento em que chegamos à frente, todos estavam em seus lugares e nos observavam com curiosidade indisfarçável. Eu estava no centro do meu grupo de amigos, com Finn e Scrum de cada lado, Spike e Becky atrás, Tony na frente, e, claro, Tim em meu ombro.

Dardennes começou seu discurso de abertura enquanto ficávamos ali tentando não nos sentir constrangidos.

– Meus companheiros Fae da Luz, obrigado por se reunirem aqui hoje. Nós os chamamos porque temos algumas informações para compartilhar, e o Conselho pediu que sua opinião fosse considerada antes de determinadas decisões importantes serem tomadas. – Ele parou um momento para deixar que suas palavras fossem absorvidas antes de continuar. – As crianças trocadas que veem diante de vocês hoje estão aqui porque pedimos que um deles, Jayne, a elemental, nos contasse a história sobre seu recente sequestro pelos Fae das Trevas.

Murmúrios irromperam na multidão, o que significava que talvez nem todo o mundo soubesse o que havia acontecido. Fiquei surpresa com isso, considerando quão pequena é nossa comunidade.

– E um assunto relacionado – Dardennes fez uma pausa para apontar para Tony –, apenas um anúncio geral: a criança trocada Tony, que é o nosso primeiro e único irado aqui no complexo e tem trabalhado com os elfos cinzentos, é agora oficialmente nosso recém-nomeado coordenador de treinamento de crianças trocadas. Entendemos que essa nomeação foi merecida e foi aprovada por unanimidade pelos elfos cinzentos, que, como vocês sabem, são líderes de nosso grupo de estratégias de guerra.

Cabeças ao redor do salão assentiram e fae foram se voltando uns para os outros para sussurrar comentários. Essa parte da notícia, pelo menos, parecia bem-vinda. Eu mantive os dedos cruzados, esperando que minha contribuição ao menos não fizesse que todos quisessem me pôr para fora da ilha. Não sabia se isso era possível, mas se eu estivesse no lugar deles, sei que gostaria de ter essa opção.

Dardennes olhou para mim.

– Jayne, se você puder, por favor, contar sua história para a assembleia reunida, seria uma introdução para nosso próximo tópico. Comece com seu contato inicial com o Fae das Trevas.

Eu assenti, e a seguir, voltei-me para a multidão. Tony deu um passo para o lado para que eles pudessem me ver melhor.

– Dois ou três dias atrás... desculpem, não sei exatamente quando foi, os dias estão meio confusos... Eu estava no Prado Infinito com Tony e Scrum... Ele é um demônio... E Tim... O *pixie* sem asas, para treinar.

Eu esperava que uma mentirinha não fosse me meter em problemas, uma vez que, tecnicamente, não estávamos fazendo qualquer treinamento. Notei alguns sorrisos de Tim durante minha descrição. Não sei se ele estava se divertindo, mas pelo menos não puxava meu cabelo.

– Estávamos deitados na grama do Prado quando ouvi um barulho, e então, vi que Scrum e Tim, e talvez Tony também, estavam congelados: não se moviam.

Olhei para Dardennes, que acenou com a cabeça para mim, de modo que continuei:

– Em seguida, dois Fae das Trevas saíram da floresta. Ben e Samantha. Eu conhecia Samantha de Miami, de quando eu era um ser humano... Uma garota que Dardennes e Céline haviam rejeitado como recruta.

Houve alguns murmúrios na multidão, e olhei rapidamente para Jared para ver sua reação. Ele franzia a testa, mas eu não saberia dizer o que isso significava.

– Ben me disse que me levariam para o complexo dos Fae das Trevas. Recusei-me a ir, então, eles fizeram algo que me nocauteou. Depois, só me lembro de estar no complexo das trevas com Tim, em uma espécie de caverna.

Alguém gritou da multidão.

– Por que você não usou seu poder contra eles, ou pelo menos tentou se proteger?

Olhei para Dardennes e ele acenou com a cabeça novamente.

– Eu tentei. Usei O Verde por um tempo, mas Samantha é uma bruxa, e ela começou a prejudicar minha camada protetora, e Ben ameaçou machucar meus amigos se eu continuasse resistindo.

Alguém do grupo de bruxas falou em seguida.

– Ela teria que ser uma bruxa muito talentosa para ser capaz de afetar seu poder, como você descreve. E você disse que ela é uma criança trocada?

A implicação era óbvia. Eu teria que lutar para provar a veracidade de minha história. Eu não devia esperar nada menos, e uma pequena parte de mim estava feliz com isso. Eu queria que os Fae da Luz fossem difíceis, agora que sabia quão cruéis os Fae das Trevas poderiam ser.

– Ela teve ajuda. No começo, pensei que era apenas ela, e como não tenho nenhuma experiência com bruxas, não sabia o que era normal e o que não. Mas então, vi que Maggie, a bruxa, estava envolvida.

Isso deixou as bruxas em polvorosa. Todas começaram a falar umas com as outras e a gesticular. Notei muitos rostos irritados.

– Por favor, companheiros fae, deixem-na continuar. Vamos discutir as ramificações dos detalhes depois que terminar.

O grupo se acalmou em resposta ao pedido de Dardennes, de modo que comecei a falar novamente.

– Maggie foi minha amiga no passado e me ajudou muito... e a alguns dos meus amigos também. Mas aprendi, desde então, que Maggie ajuda a quem ela quer. Ela não discrimina entre a luz e as trevas. No entanto, não sei qual é sua motivação para ajudar um ferindo o outro. Suas decisões não fazem muito sentido para mim.

Percebi que alguns concordavam comigo na plateia. Algumas cabeças balançavam em anuência e outras no que parecia uma vontade de pelo menos considerar o que eu dizia.

– Jayne, por favor, diga-nos o que aconteceu no complexo dos Fae das Trevas – pediu Dardennes.

Eu respirei e continuei.

– Bem, eu fui torturada por um sujeito chamado Leck, um irado, sob as ordens de Ben, um elemental, acho, que controla fogo e vento. Também tive um confronto com uma fae chamada Maléna, que é uma elfa de prata.

Olhei para Céline para ver sua reação, e não fiquei surpresa ao ver seu rosto ficar branco – mais branco do que normalmente é. Isso me confirmou que pelo menos havia alguma conexão entre as duas. Esperava ouvir que conexão era essa durante aquela reunião.

– Por que eles torturaram você? – gritou um dos elfos cinzentos. – E o *pixie*? Onde ele estava?

– O *pixie* estava escondido em meu sutiã... – isso arrancou alguns risos da multidão –, para que eles não soubessem que ele estava lá. E a razão de eles estarem me torturando era para obter informações. Eles queriam saber como entrar no complexo dos Fae da Luz.

O rugido de vozes era tão alto que foi impossível continuar. Olhei para a multidão, tentando ver as reações individuais. Os elfos verdes em conjunto pareciam ser a favor da retribuição – todos estavam com as mãos nos arcos e raiva no olhar. Olhei para minha esquerda e vi Finn fazendo o mesmo. Olhei para Niles e o vi tirar o machado do coldre, balançando-o um pouco. Ele estava pronto para cortar algumas patelas, isso era óbvio tanto pelo machado quanto pela expressão assassina em seu rosto. Becky parecia assustada. Olhei para outros espíritos da assembleia e eles pareciam compartilhar o mesmo sentimento dela. Eu não sabia se eles eram um bando de fracotes ou os únicos com alguma inteligência. As bruxas estavam muito animadas e conversando entre si. Eu sabia que a razão por que os Fae das Trevas não podiam encontrar nosso complexo eram os feitiços que aquelas bruxas haviam feito, de modo que a pressão recaía sobre elas, eu achava.

– E você disse? – gritou um elfo verde.

A sala inteira fez silêncio. Os espíritos no meio da multidão que eu percebera assustados pareciam especialmente interessados em minha resposta.

– Não. Eu não disse.

Mais murmúrios e inclusive alguns olhares desconfiados.

– Acho difícil acreditar que uma criança trocada sob ameaças de tortura não forneça as informações solicitadas.

Isso foi proveniente de um elfo cinza.

Tony se adiantou e abriu a boca para me defender, mas eu o impedi colocando a mão em seu braço.

– Deixe comigo – disse eu suavemente

Eu precisava fazer isso. Havia muita raiva acumulada dentro de mim pelo que havia acontecido; não apenas comigo, mas com Chase também. Isso ia me fazer sentir melhor.

– Só porque você é um completo covarde que desmoronaria à menor ameaça não significa que eu sou também. E só para que fique claro, não foram apenas ameaças de tortura, foi tortura. O irado entrou em meu cérebro e tentou derretê-lo. E só para você saber, uma fusão do cérebro é uma experiência muito desagradável, muito dolorosa. Também levei um chute no rosto. Você não pode ver meus ferimentos porque eu fui curada pelo Verde, mas pode confiar em mim, eles estavam lá.

Tim se levantou em meu ombro e gritou.

– Vocês têm sorte de que era Jayne lá, e não qualquer um de vocês! Eu nunca vi um fae mais corajoso em meus quatrocentos anos de vida!

Eu sorri, agradecendo seus elogios, mas disse-lhe baixinho:

– Agradeço seu voto de confiança, mas ninguém pode ouvir você, além de mim.

Céline estava na mesa do Conselho.

– O *pixie* corrobora sua história.

Voltei a cabeça para olhar para Céline. *Ela podia ouvir o* pixie *também? Desde quando?* Olhei para ela interrogativamente, encontrando seus olhos. Ela apenas baixou a cabeça, sem nenhuma expressão no rosto.

– Ela pode me ouvir? – sussurrou Tim.

– Talvez.

Havia muitos mistérios nesse lugar, especialmente quando Céline estava na jogada. Eu estava tentando decidir se deveria chamá-la à frente da multidão quando Dardennes começou a falar novamente.

– Como você saiu do complexo dos Fae das Trevas?

E assim, lá estava eu. O momento em que minhas indiscrições e escolhas erradas seriam reveladas a todos. Esse era o pior tipo de confissão. Muitas pessoas para ver minha vergonha. Muitas coisas ruins a dizer. Eu me senti como se estivesse colocando meu eu interior para fora, cru, para que todos pudessem ver e criticar... E se afastar. Teria Tim contado tudo? Sobre a "pixificação" também? Será que vão mandá-lo embora? Eu não sabia o que dizer e o que esconder, e não poderia perguntar a Tim sem que Céline soubesse.

– Bem... eu invoco a quinta emenda.

Olhei para Dardennes abaixando a cabeça, mas ele franziu a testa e balançou a cabeça para mim. Ele devia ser o único de todos esses fae que sabia o que era a quinta emenda.

– Jayne, basta dizer a verdade, toda. Boa ou ruim, vai ficar tudo bem – disse Tony.

– A verdade me libertará, Tony? É isso que você está dizendo?

Ele deu de ombros.

Parecia-me irônico que essa mesma frase me houvesse ocorrido antes, quando eu estava do lado de fora da entrada, após o teste fae, decidindo se entrava no complexo ou não. A verdade havia me libertado a seguir, pelo menos dentro de minha própria mente bloqueada; esperava que ela fizesse o mesmo nesse momento.

Respirei fundo e endireitei os ombros.

– Muito bem, vou dizer o que aconteceu, e vai ser a verdade. Mas estou avisando... Alguns de vocês vão se irritar, e sinto muito por isso. Eu nunca quis machucar ninguém...

E então, contei a eles a história de Chase e de como ele foi parar lá, e como O Verde foi a mim por meio da água, e, finalmente, como Chase nos levara de volta, mesmo depois de declarar sua lealdade aos Fae das Trevas.

Enquanto eu falava, todo o mundo ficou completamente em silêncio, atentos a cada palavra minha. Pude ver que algumas das coisas que disse os surpreenderam, algumas os irritaram, e outras apenas os deixaram mais curiosos. Quando tudo acabou, olhei para Dardennes e depois de novo para os fae reunidos.

– Essa é a história. Eu não sei mesmo como cheguei aqui, uma vez que apaguei quando eu ainda estava no complexo das trevas. Mas Tim pode lhes contar o resto.

– Não creio que isso seja necessário, Jayne, mas obrigado por sua honestidade e franqueza. – Ele acenou para mim e, em seguida, olhou para a frente, para a multidão. – O Conselho considera que esse ato contra um dos nossos é uma atitude evidente de guerra e que devemos responder na mesma moeda. Portanto, solicitamos sua atenção para deliberação. O tema está agora oficialmente aberto ao debate para quem quiser fazer algum comentário.

Levantei a mão na mesma hora, sem saber qual era o protocolo. Mas um elfo cinza chegou antes de mim, levantando-se de um salto e começando a falar imediatamente.

– Os elfos cinzentos têm feito uma quantidade significativa de planejamento com relação a essa guerra, e todos nós concordamos que precisamos de mais recursos. – Ele olhou para Tony e assentiu. – A criança trocada Tony tem sido um acréscimo muito bem-vindo para nossas fileiras e provou ter uma mente afiada quando se trata de desenvolvimento de estratégia, considerando-se vários cenários de batalha. Ele sugere que precisamos treinar nossas crianças trocadas de forma acelerada para que possamos incluí-los como recursos em nossos modelos de planejamento. Isso ajudará, mas ainda não é suficiente. Precisamos trazer os outros.

Esse último comentário despertou um coro de gritos dos fae, e não apenas do público. O Conselho também estava em alvoroço.

Dardennes levantou as mãos pedindo silêncio.

– Você está dizendo que é preciso chamar todos os outros? Porque isso seria um pesadelo logístico que eu não sei se podemos controlar, especialmente em um período tão curto.

– Não, claro que não – respondeu o elfo cinza. – Mas poderíamos trazer duas centenas que têm as habilidades de que precisamos para preencher os buracos em nosso arsenal.

Um dos membros do Conselho se levantou, o lobisomem que eu encontrara durante meu teste. Agora ele só parecia um sujeito musculoso normal. Ele falou com sua voz profunda e retumbante:

– Está dizendo que nós teremos o que necessitamos para derrotar os Fae das Trevas com a soma de duas centenas de fae?

Outro elfo cinza se levantou para se juntar ao primeiro e respondeu.

– Sim, desde que sejam os fae específicos que identificamos.

– Por que não pegar trezentos, então, e acabar com isso mais rápido?

Os elfos cinzentos se entreolharam, confusos. A seguir, o primeiro respondeu.

– Porque isso não seria o uso mais eficiente de nossos ativos.

Isso arrancou alguns risos da multidão, mas nenhum do grupo de elfos cinzentos. Eu tive que sorrir também. Eles eram tão certinhos com seus números e planos... Não era à toa que gostavam tanto de Tony. Ele era incrível em matemática. Eu concordava com o lobisomem, no entanto. Parecia que mais era sempre melhor. Talvez eu pedisse a Tony para me explicar sua lógica mais tarde.

Levantei a mão de novo, ainda com medo de falar fora de hora.

Uma bruxa se levantou e disse:

– As bruxas dos Fae da Luz gostariam de falar com a criança trocada Jayne e o *pixie* sobre os feitiços utilizados no complexo das trevas.

Dardennes respondeu sem sequer olhar para mim.

– Jayne e Tim estarão disponíveis para todos os grupos fae que precisarem deles para seu planejamento.

Sustentei a mão levantada com a outra, cansada de mantê-la no ar.

– Por que a criança trocada Jayne está com a mão levantada? Trata-se de um efeito colateral da tortura? – perguntou um espírito de madeira na audiência.

Eu estava começando a achar que os espíritos de madeira, em geral, não eram lá os mais espertos.

– Jayne, você tem algo a dizer? – perguntou Dardennes, parecendo um pouco confuso mesmo.

– Ah, sim. É por isso que estou com a mão levantada. Enfim, eu só queria dizer que eles me disseram que a razão por que me sequestraram era começar a guerra. Eles achavam que vocês iam me buscar, e que isso detonaria tudo.

Eu poderia dizer que imediatamente os elfos cinzentos começaram a processar a informação. Eu praticamente podia ouvir de longe seus cérebros calculando. Tony estava ficando impaciente demais, de modo que eu sabia que ele estava como eles. Eu poderia apostar que sua primeira parada depois dessa reunião seria o centro de planejamento de guerra. Mesmo sem nunca tê-lo visto, eu tinha certeza de que eles tinham alguma sala de guerra em algum lugar por ali. Provavelmente Tony ia arrastar seu colchão e dormir lá. Aquilo era como o maior e mais complexo jogo de xadrez do mundo – e com a participação de vidas e mortes reais também.

Um anão se levantou e gritou.

– Essa é a prova de que precisávamos! Eles estão deliberadamente nos chamando para a guerra. Acho que devemos responder ao chamado!

Vários fae rugiram em aprovação, principalmente os que tinham menos de um metro e meio de altura. Mas também houve anuência entre os outros, especialmente os elfos verdes e algumas bruxas. Eu não sabia se todos eles tinham as mesmas motivações, porém, e isso me preocupou.

Percebi que levantar a mão não fazia sentido nesse fórum, de modo que tentei falar muito alto na esperança de que me ouvissem.

– Estava pensando... – minha introdução fez os rugidos baixarem para murmúrios, de modo que prossegui sem gritar. – Não deveríamos todos entrar nessa pelas razões certas? E essas razões não deveriam ser as mesmas para todos?

O anão me respondeu:

– Nós vamos derrotar as trevas!

Uma bruxa gritou:

– Nós lutamos para afirmar a superioridade da luz sobre as trevas!

Um duende verde entrou na briga:

– Nós lutamos para proteger a nós mesmos!

Merda. Depois de ouvir isso, eu sabia que estávamos em apuros.

– Eu sei que eu sou apenas uma criança trocada, e não muito boa também, e percebo que eu me joguei na água quente e que causei alguns problemas a todos... Sinto muito de verdade, mas tenho que dizer que parece que nenhum de vocês está de acordo em relação ao que essa guerra deve ser. Posso dizer que os Fae das Trevas parecem ter um plano muito sólido e todos eles parecem concordar com ele e com o motivo pelo qual o estão seguindo. O vencedor dessa guerra provavelmente será o que for mais organizado.

– A organização é importante, mas é a força que vence guerras, jovem criança trocada. Mas você não entenderia, é muito jovem e inexperiente – disse um anão franco na multidão.

Seus amigos todos assentiram, impressionados com sua sabedoria. Mas eu? Nem tanto. Fixei no pequeno imbecil meu olhar mais duro.

– Eu posso ser jovem, mas reconheço a estupidez quando a vejo. Acreditem, eu fiz muitas coisas estúpidas em minha curta vida. O que todos vocês não conseguem perceber é que eles têm força. A mesma que nós. Eles têm elfos verdes, anões, bruxas fazendo em seu complexo as mesmas magias que as nossas fazem aqui. Eles têm demônios agora também, graças de novo a minha estupidez. A única coisa que os diferencia de nós agora é que eles são mais organizados. E isso significa que não vamos ganhar se não nos entendermos e entendermos nossas prioridades.

O anão parecia querer dar uma resposta beligerante, mas desistiu, voltando-se para seus amigos. Fui salva de outra agressão verbal por um elfo cinza.

– A criança trocada está certa. Devemos unir nossos esforços e temos de nos organizar. Os elfos cinzentos estão preparados para cuidar dessa tarefa, se nossos irmãos Fae da Luz estiverem dispostos a trabalhar conosco. Mas devemos adverti-los: não temos o luxo do tempo. Devemos começar hoje. Os Fae das Trevas estão prontos para atacar a qualquer momento, e temos que estar preparados.

Dardennes olhou para a multidão, observando todos os rostos presentes. Todo o mundo estava olhando para ele, esperando que falasse.

– O Conselho vai agora ter um breve recesso para discutir os comentários da assembleia.

Ele deu um passo para trás para falar com Céline, que se levantara para ficar ao lado dele. Niles estava em pé ao lado de Jared, escutando enquanto conversava com Ivar, e enquanto o lobisomem conversava com Naida e com o velho de aparência de bruxa de quem eu lembrava de meu último interrogatório – aquele que não queria que Tony se tornasse uma criança trocada. Ele devia estar arrependido agora de sua recomendação estúpida de manter Tony longe. Os outros membros do Conselho estavam falando uns com os outros em voz baixa.

Os fae no salão começaram a falar com seus vizinhos em voz baixa também. Tomei isso como um sinal de respeito para não interromper o Conselho ou falar muito alto. Virei-me para meus amigos.

– Então, o que vocês acham?

– Eu acho que você acertou em cheio – disse Finn. – Temos que nos organizar aqui, ou eles vão acabar conosco, pura e simplesmente.

– Sim. Mas é meio assustador pensar que podemos realmente nos envolver em uma guerra – disse Becky sem seu habitual sorriso de maníaca agora substituído por uma expressão fechada.

– Acho que você não precisa se preocupar tanto com isso, Becky. Não sei se os espíritos vão lutar – disse Scrum.

– Odeio ser tão insensível, mas estou ansioso para o treinamento – disse Spike. – Valentine é legal, mas minha formação é bem chata às vezes.

– Sim, todo esse negócio de chupar os caras e tal – disse Finn, zombando.

Spike deu-lhe um soco no ombro.

– É melhor tomar cuidado antes que eu comece a ter desejos por energia de elfo ruivo.

Finn devolveu-lhe o soco.

– Não me chame de ruivo. – Pensou por um segundo e acrescentou. – E você, guarde suas ideias de chupação para si mesmo. Não estou disponível para nada "homem com homem".

Vi que Spike estava pensando seriamente em ficar ofendido pelas zombarias contínuas de Finn, de modo que me coloquei entre eles.

– Ouçam meninos, temos um problema maior que a homofobia de Finn e a negação de Spike, de modo que vamos nos acalmar, ok?

Sorri para os dois, que ficaram sem graça.

Becky riu.

– Boa, Jayne.

Scrum falou:

– Eu não entendo. Spike é *gay*? Não que isso importe, só estou curioso. – Ele olhou para Finn. – E você realmente tem medo de *gays*? Porque, em minha experiência, eles são muito legais no geral.

Revirei os olhos.

Finn olhou para Spike.

– Você vai ou vou eu?

– Vamos juntos.

Scrum olhou para os dois com suspeita nos olhos à medida que avançavam para ele.

– Ei, não sei o que vocês estão pensando, mas é melhor ficar longe. Posso derrubar os dois, sabiam? E não da maneira que você deve estar esperando, Spike, porque eu não sou *gay*.

Quando Finn e Spike estavam prestes a se atirar sobre Scrum, Dardennes pigarreou alto e começou a falar novamente, frustrando seus planos de pega pra capar.

– Obrigado por sua paciência – anunciou Dardennes.

Todos no local pararam de falar e se sentaram eretos, ouvindo atentamente. Spike, Finn e Scrum imediatamente pararam de andar e ficaram sérios enquanto esperavam para ouvir as palavras seguintes de Dardennes.

– O Conselho discutiu o assunto em questão e traz as seguintes diretrizes para nossa comunidade – ele olhou ao redor antes de continuar para ter certeza de que todo o mundo estava prestando atenção. – Em primeiro lugar, espera-se que cada fae aqui se junte aos de sua raça para começar um programa de treinamento avançado e acelerado, conforme descrito pelos elfos cinzentos. Por favor, enviem um representante de cada grupo para obter seus horários. Haverá algum cruzamento, com diferentes grupos e líderes de formação em conjunto. Umas vezes vocês serão professores, outras, alunos. Espero que todos concordem que só vamos tirar proveito de um curso de reciclagem em algumas áreas, por isso mesmo nossos fae mais velhos devem participar.

Dardennes olhou para algumas bruxas e depois para o velho babaca do Conselho, que devolveu seu olhar com o cenho franzido.

– Em segundo lugar, todos nós devemos estar cientes de que os Fae das Trevas estão trabalhando ativamente para iniciar essa guerra, e sabemos que como parte de sua estratégia eles vão fazer coisas que nós não consideraríamos fazer. Assim, o Conselho considera que é preciso insistir para que ninguém vá à floresta sem pelo menos um parceiro, que deve ser altamente qualificado na arte de combater a magia dos Fae das Trevas.

Ele ouviu as queixas provenientes das bruxas, e arrematou:

– Note-se que conforme realizemos esse treinamento, cada vez mais fae caberão nessa descrição, por isso, se qualquer grupo de fae em especial se sentir sobrecarregado por esta ordem, por favor, entenda que seus efeitos serão apenas temporários.

Olhei para as bruxas; elas pareciam um pouco mais calmas com a última declaração.

– Por último, os Fae das Trevas, obviamente, querem acesso ao nosso complexo. Nossas bruxas têm feito um bom trabalho enfeitiçando-o, mas não podemos assumir que não fomos violados ou que não seremos no futuro. Estejam vigilantes. Mantenham seus olhos e ouvidos abertos. Se virem ou ouvirem qualquer coisa que pareça suspeita, entrem em contato com alguém do Conselho imediatamente. Pedimos que não se envolvam com qualquer Fae das Trevas diretamente, a menos que tenham os recursos adequados à sua disposição.

Notei que seus olhos percorreram o salão e se fixaram em várias crianças trocadas espalhadas ao redor. A mensagem era clara: *crianças trocadas, nem pensem nisso.*

Cabeças assentiram por toda a sala. Os espíritos na assembleia olharam em volta com medo de todos os outros fae. Eu não ficaria surpresa se todos pulassem fora do barco e fossem viver nas árvores e lagos até que tudo acabasse. Acho que eles eram a parte "faça amor, não faça guerra" dos fae.

– Esta reunião está agora encerrada. Por favor, enviem seus representantes a Tony e os elfos cinzentos para receber suas atribuições.

O nível de ruído aumentou conforme as pessoas se levantaram de seus assentos e se dirigiram para a porta. Os elfos cinzentos foram imediatamente cercados por fae bem-intencionados, seguindo a solicitação do Conselho. Olhei para a mesa principal e vi que Dardennes e Céline estavam se aproximando. O olhar de Céline, em especial, estava muito focado em mim.

Capítulo 31

Segurei a mão mais próxima a mim. Spike me olhou calorosamente, e o âmbar e vermelho rodou suavemente em seus olhos. Eu esperava que ele não entendesse meu gesto como coisa de namorados – era só minha necessidade de reafirmação. Dardennes e Céline não pareciam loucos, mas, definitivamente, estavam estranhos, e a intensidade dos dois me assustou um pouco.

Tony havia nos deixado assim que a reunião terminara, para se juntar aos elfos cinzentos que estavam reunidos perto da porta de saída; um rápido olhar em sua direção me fez ver que ele estava ocupado coordenando a formação de vários grupos. Todo o mundo queria falar com Tony, e ele parecia muito profissional. Eu estava tão orgulhosa dele naquele momento que meu coração queria explodir. Minha alegria durou pouco, no entanto; até que senti a chegada dos dois elfos de prata. Tirei os olhos de Tony para cumprimentá-los.

– Jayne, obrigada por ter vindo aqui hoje e contado sua história. Não deve ter sido fácil para você – disse Céline, procurando meus olhos.

– Não foi nada.

– Eu sei que você sente que não fez nada de especial, mas fez. Você provou para todos nós onde está sua lealdade e a profundidade de seu compromisso conosco. Isso não será esquecido.

Seu elogio me deixou desconfortável. Não que eu fosse uma santa; para ser sincera, eu não tinha certeza se minha recusa a entregar os segredos era uma questão de compromisso com os fae da luz ou se era meu desagrado para com Leck e minha natureza teimosa que se recusava a dar a alguém de quem eu não gostava algo que ele queira.

– Pergunte a ela sobre Maléna – disse Tim.

Olhei para Céline para ver se ela o ouvira. Tudo que ela fez foi levantar a sobrancelha uma fração de um centímetro e, em seguida, voltar-se para Dardennes.

– Vamos falar com os elfos cinzentos e ver o que eles têm para os membros do Conselho?

– Sim. Vá na frente, estarei lá em um instante.

Céline acenou para todos nós e foi embora. Observei suas costas, desconfiada de que ela estava escondendo alguma coisa e que Dardennes sabia exatamente o que era. Oficialmente, eu tinha uma missão agora: descobrir quem Maléna era para Céline e se esta estava escondendo essa conexão de mim... e por quê.

Dardennes falou comigo, então.

– Assevero os sentimentos de Céline, e quero que saiba que todos os membros do Conselho são gratos a você. Nós entendemos que você sofreu por sua família aqui. Se houver qualquer coisa de que precise para sua recuperação, espero que saiba que pode pedir a qualquer um de nós. Ficaremos todos felizes em ajudar.

– Eu tenho meus amigos – disse eu olhando para cada um deles e vendo seus sorrisos leais. – Isso é tudo que eu necessito agora para minha... recuperação. Mas tenho algumas perguntas que eu gostaria que fossem respondidas.

– Terei o maior prazer de respondê-las. No entanto, agora acredito que todos nós precisamos nos concentrar em nossos novos regimes de treinamento e horários. Por que não nos encontramos mais tarde em meu escritório para discutir suas perguntas? Isso seria agradável para você?

Ele estava sendo tão formal, mas eu não saberia dizer se estava brincando comigo e me dispensando, ou se estava apenas sendo educado.

Dei de ombros.

– Acho que sim.

– Esplendido. Vejo você no jantar. Por favor, leve sua comida para meu escritório e vamos comer juntos.

– Posso levar alguém?

– Como quiser – disse ele sorrindo – E agora, vou me despedir. Acredito que os elfos cinzentos gostariam de falar com todos vocês.

Ele abaixou a cabeça e virou-se para sair, deixando-nos ali parados.

– Bem, acho que é isso – disse Finn. – Temos um encontro com o chefe esta noite.

– Acho que sim – disse eu distraidamente, observando Dardennes.

Apertei a mão de Spike em um agradecimento silencioso e logo o soltei.

– Vocês estão prontos para isso?

– Tão pronta quanto sempre estive – disse Becky, pelo menos uma vez sem sorrir.

– Anime-se, campista – disse Finn alegremente. – Agora você pode atirar algumas flechas com o velho Finn!

Ele estendeu a mão e beliscou a orelha dela.

– Eu não gosto de atirar nas coisas – disse ela, franzindo a testa.

– Eu estou ansioso para isso – disse Spike –, apesar de que as flechas de madeira me deixam um pouco nervoso.

– Qual o problema com as flechas de madeira? – perguntei. – Eu me lembro de Valentine dizer algo sobre isso quando Finn atirou nele durante nosso teste.

– Sim. É que íncubos tem um tipo de alergia a certos tipos de madeira.

– Alergia? – perguntei. – O quê? Tipo, ficam com urticária se levam um tiro? Porque eu percebi que Valentine não morreu.

– Não, é mais grave que urticária. Se formos atingidos no coração, pode ser o fim do Aqui e Agora para nós; vamos direto para os Outros Mundos. Mas se não for no coração, geralmente podemos nos recuperar. Nós nos curamos rápido. Um benefício do sangue fae, acho. Creio que a maioria dos fae se cura rápido.

– E se pegar na sua perna ou algo assim? – perguntou Finn.

– Nada. Só dói e irrita.

– E no pescoço? E se eu atirar em você direto na artéria do pescoço?

Finn balançou a cabeça como se isso devesse ser suficiente.

– Não. Nós não sangramos muito.

– E no globo ocular? Posso matá-lo com um tiro no globo ocular?

– Nossa! Está um pouco sedento de sangue demais, não, Finn? – disse eu.

Ele deu de ombros.

– Quero saber o que pode matar o inimigo. Você disse que os Fae das Trevas têm íncuboses também. Não quero nenhum desses íncuboses das trevas chupando meu pescoço, se eu puder evitar.

Spike revirou os olhos.

– É íncubos, não íncuboses, seu caipira pateta.

– Ouça, eu tenho orgulho de minha herança. Pode me chamar do que quiser. Mas quando os íncubos saírem da toca para esta guerra, eu vou atirar direto no coração... ou no globo ocular, se você me disser que será um tiro mortal. Se for apenas irritar, então vou ficar com o coração.

Tony veio se aproximando a tempo de ouvir o fim da conversa.

– Entendem? É sobre isso que eu tenho conversado com os elfos cinzentos – disse ele. – Precisamos dessas conversas para discutirmos as características raciais, como pontos fracos e fortes. Isso vai nos ajudar.

– Sim, concordo – disse Finn. – Agora eu sei como atirar para matar. – Ele sorriu maldosamente para Spike.

– É. Eu já sei qual energia sugar primeiro – disse Spike voltando seus olhos ardentes vermelhos para Finn.

Finn tinha cérebro suficiente para ficar um pouco desconcertado. Ele sorriu timidamente para Spike.

– Calma, íncubo. Você sabe que eu estava só provocando.

Spike apenas levantou uma sobrancelha, sem dizer nada. Nem precisava; o giro vermelho e preto em seus olhos disse tudo. Até eu estava um pouco nervosa nesse momento. Eu já havia visto a incrível velocidade de Spike antes, e o saque rápido de Finn não era páreo para ele. Pela expressão em seu rosto, eu tinha certeza de que Finn já havia visto isso também.

– Tudo bem, meninos, guardem suas armas – disse Becky sorrindo, sem medo algum do calor que emanava de Spike. – Tony, o que vamos fazer agora?

– Eu tenho todos os seus horários; se quiserem, posso passá-los a vocês agora.

– Eu nem sei que horas são – disse eu. – Quanto tempo de treinamento nos resta hoje?

– Bem, temos que almoçar em breve, certo? – perguntou Scrum, e seu estômago rosnou alto, fazendo que todos nós ríssemos.

Ele bateu levemente em sua barriga.

– Calma, rapaz. Não se preocupe, eu vou alimentá-lo em breve.

Becky continuou rindo e não conseguia parar. Seu riso se tornava um resfolegar enquanto ela segurava a barriga. Finn olhou para ela, balançando a cabeça e dando-lhe um tapinha no ombro.

Uma vez que a pressão sobre mim diminuíra, eu estava com fome também.

– Podemos ir almoçar? Estou morrendo de fome.

– Sim, vamos – disse Tony. – Vamos comer e eu lhes digo seus horários à mesa.

Caminhamos até o refeitório, e me deixei distrair de todas as perguntas que rodavam em minha cabeça com a longa falação de Tim sobre sua lista das dez melhores frutas.

– Não sei qual é melhor, uva ou amora. Acha que tem no bufê hoje? Por um lado, amoras são mais ácidas, mas fazem muito mais sujeira, especialmente se comparadas com uvas verdes. Essas são fáceis. Então, fazem sujeira. Mas nenhuma supera a maçã...

E assim por diante, mantendo-me ocupada com um falatório absurdo que bloqueava a preocupação, até que me sentei à mesa e vi Tim lutar com uma dessas uvas verdes de que ele gosta tanto. Eu a espetei com meu garfo para ele, para impedi-la de rolar, e ele me lançou um olhar de gratidão antes de começar a tentar tirar a pele para que pudesse chegar à polpa.

– Você está ouvindo Jayne? É importante.

– Sim, desculpe, Tony. Estou ouvindo. Tenho que estar onde? Com quem? Quando?

Ele balançou a cabeça.

– Eu sabia que você não estava escutando. Você vai com os elfos verdes primeiro. Seu trabalho é aprender suas habilidades de caça e rastreamento.

Olhei para ele confusa.

– O quê? Tenho que sair carregando arco e flechas por aí agora?

– Não – disse ele, frustrado, – você tem que aprender como evitar os elfos verdes e ser abatida por flechas.

A ficha caiu.

– Aaaah, entendi. E o que eu devo fazer por eles?

Ele sorriu.

– Que bom que perguntou. Seu trabalho é mostrar-lhes quaisquer vulnerabilidades que houver notado em outros de sua espécie.

Olhei para ele com firmeza, com os olhos apertados.

– Você quer dizer Ben, certo?

O rosto de Tony ficou vermelho.

– Acho que sim.

– Então, você quer que eu diga a eles como dar um tiro fatal em Ben?

Não sei por que eu falei desse jeito; talvez quisesse ver até onde Tony levaria essa estratégia quando envolvia alguém que ele conhecia.

– Sim – sua voz falhou e ele limpou a garganta. – Mostre-lhes o tiro fatal.

– Uau. – Fiquei impressionada, mas não de um jeito bom. – Você com certeza se transformou em um canalha sanguinário, hein?

Eu devia ficar feliz por Tony ter se integrado tão plenamente a nossa nova vida, mas algo me incomodava.

– Jayne, não torne as coisas mais difíceis do que já são.

– Só estou dizendo como as coisas são, Tony. Você precisa estar ciente de que o que está dizendo às pessoas que façam vai acabar matando alguém nas linhas de frente. E, desculpe, mas só estou um pouco preocupada de que você não fique bem com isso quando acontecer.

Tony se levantou, visivelmente abalado.

– Eu sei o que você pensa e sente, Jayne. E não preciso que fale comigo como se eu fosse uma criança.

Segurei-o pelo braço para impedi-lo de sair, rogando-lhe com meus olhos.

– Não estou fazendo isso. Só estou dizendo algo que acho que você precisa ouvir, porque estou preocupada, só isso. Não fique bravo.

Tony suspirou.

– Tudo bem.

– Melhores amigos? – apertei seu braço.

Ele revirou os olhos.

– Tanto faz.

– Não. Você tem que dizer, ou não vou deixá-lo ir planejar a queda do império do mal.

– Tudo bem, tudo bem. Melhores amigos. Posso ir agora?

– Sim. Vá dominar o mundo. Venha me ver quando estiver tudo acabado.

– Vá se encontrar com os elfos verdes depois do almoço. Vejo você no jantar.

Bati continência.

– Sim, capitão! Jayne Sparks apresentando-se para o trabalho!

Ele se afastou balançando a cabeça, levando seu prato. Eu o vi visitar várias outras mesas, conversando e sorrindo enquanto dava instruções às diferentes crianças trocadas. Ele era um líder nato. Acho que cabia a mim ajudá-lo a manter a cabeça e assegurá-lo de não se esquecer de quem era. E eu estava feliz por fazer isso, porque ele era muito, muito especial.

Capítulo 32

Tim e eu fomos para o recinto de treinamento dos elfos verdes como ordenado pelo Sargento Durão, Tony. Durante as três horas seguintes, Finn e seu grupo nos mostraram como faziam rastreamento e caça. Tim lamentou em várias ocasiões ainda não ter suas asas de volta, pois estava preso a meu ombro o tempo todo. Suas asas eram mais que tocos agora, mas ainda menos de um terço do tamanho normal.

Eu aprendi algumas noções básicas sobre não quebrar galhos ou perturbar a vegetação rasteira ao caminhar, e como reconhecer sinais de que os elfos verdes estavam na área. Aparentemente, usavam algumas marcações temporárias sobre as árvores e na terra que só eles eram capazes de reconhecer, para se comunicar uns com os outros. Aprendi também os marcadores de flecha de penas para cada elfo – todos eles tinham padrões únicos de penas, o que fazia suas flechas fáceis de distinguir. Bem, fácil para eles. Acho que depois de uma aula de uma hora eu estava apenas começando a ter uma ideia de tudo aquilo; e, a seguir, era hora de mudar de posição. Agora era a minha vez de falar com eles sobre as vulnerabilidades de um elemental.

Durante o almoço, Tim, Finn e eu havíamos tentado nos concentrar nas vezes que víramos Ben em ação para descobrir se ele tinha pontos fracos. O problema era que o único fae com quem já o havia visto lutar era Tim. E em cerca de um segundo da ameaça de Tim, Ben havia levantado um dedo, disparado um raio de laser de fogo e arrancado a asa de Tim, lançando-o em uma espiral de morte.

Por já ter ficado perto de Ben, eu sabia que ele podia ficar muito quente – literalmente –, mas não sabia o que ele poderia fazer com o calor além de canalizar uma parte dele em um feixe de luz destrutiva. Devia jogar uma bola de fogo gigante em qualquer um que o deixasse puto... mas, o que mais? Parecia um pouco injusto. Se eu ficasse com raiva, poderia jogar uma grande bola de material verde brilhante em alguém e lançá-lo em um esquecimento tipo coma. Ben podia incinerá-lo com um feixe focalizado de fogo do inferno. Isso me fez lembrar dos jogos de futebol no ensino fundamental; ele seria o primeiro escolhido para o time, e eu a última.

Olhei para os elfos verdes que se reuniram em torno de mim e me perguntei se estavam chateados por estarem presos a mim, em vez de Ben. Mas nenhum deles parecia desapontado, e isso me fez querer trabalhar mais para fazê-los felizes. Eles olhavam para mim com extrema atenção, à espera de ouvir o que quer que eu tivesse a dizer – até mesmo Finn, que já conhecia praticamente tudo sobre mim. Eu sabia que eles estavam esperando que eu os preparasse para a guerra que estava por vir. A ideia de que Ben poderia fazer algo para ferir esses homens e mulheres, que dependiam de mim para mantê-los seguros e ensinar-lhes habilidades, ia além do estressante. O manto de responsabilidades sobre meus ombros era tão pesado que era difícil me concentrar. Eu estava preocupada em estragar tudo. Eu podia imaginar o sorriso de escárnio no rosto do marido de minha mãe. Afastei essa visão doentia o mais longe que pude.

– Eu gostaria de ter mais a dizer. Nunca vi Ben fazer nada além de crescer com fogo, derrubar um *pixie* e viajar com o vento.

– O que quer dizer "crescer com fogo e derrubar um *pixie*"? – perguntou um dos elfos.

Os olhos de todos os elfos se voltaram para Tim sentado em meu ombro. Eu nem precisava vê-lo para saber que ele estava todo vaidoso. Sim, pessoal, ele havia sido derrubado e sobrevivera. Um super-herói.

Expliquei:

– Bom, quando Ben ficou com raiva de mim, começou a erguer um inferno ao seu redor. Aquilo ficou muito quente e forte, e acabou cobrindo-o totalmente. Tim ia atacá-lo, então Ben atirou em uma de suas asas.

Alguns dos elfos se encolheram, lançando olhares de simpatia para Tim.

– Ele não se queimou? – perguntou um dos elfos mais jovens, o que lhe valeu um soco no ombro dado por um dos seus amigos.

Finn nem sequer olhou para ele, apenas revirou os olhos.

– Quem? Tim?

Parecia uma pergunta boba. Ele não tentara esconder seu toco enegrecido desde que havíamos voltado. Na verdade, seria mais correto dizer que ele o exibia como um pequeno distintivo de coragem preto.

– Não, Ben.

– ...Não. Dava para sentir o calor, mas não fui queimada, nem nada perto dele, exceto Tim. Acho que ele pode controlar o que queima ou não... qualquer um e tudo, e não apenas a si mesmo.

– Ele a torturou com fogo? – perguntou outro elfo.

– Não.

Mas poderia, o que era algo que também estava me incomodando. Eu senti que precisava dizer alguma coisa sobre isso, mesmo que parecesse estar defendendo-o.

– Ele poderia ter torturado, com certeza, mas não o fez. Ele parecia se segurar para não fazer isso. Eu tenho a sensação de que ele não queria me machucar.

– Pensei que foi ele quem ordenou sua tortura – disse Robin, o chefe dos elfos verdes.

– Foi ele, sim. Mas não sei se ele é o único responsável por lá. Acho que aquela elfa de prata, Maléna, era quem mandava, e ele estava seguindo suas ordens, pelo menos na cela onde eu estava.

Houve alguns resmungos. Pelos olhares que eu vi em volta, pude notar que ela não era desconhecida, pelo menos por alguns deles.

– Quem é ela, afinal? – perguntei.

– Você não sabe? – perguntou Robin.

– Não. Deveria?

Robin coçou o queixo, pensando em sua resposta.

– Acho que você deve conversar com Céline ou Anton sobre Maléna. Eles estão mais bem preparados para lhe dar informações que qualquer um aqui.

Ele olhou para o grupo e todos olharam para baixo.

Acho que isso significava que eu não ia arrancar qualquer informação deles. Droga. Eu odiava falar com Dardennes; mas talvez pudesse encontrar Céline quando ela estivesse sozinha. Eu teria que falar com Tim mais tarde e ver se ele tinha alguma ideia. Ou talvez Tony soubesse quem era Maléna e eu pudesse evitar os membros do Conselho.

Afastei esses pensamentos e continuei com minha palestra.

– De todos os Fae das Trevas que conheci, o único que me pareceu muito malvado foi Leck, o Irado.

– Por que só ele? – perguntou Robin.

– Porque ele era o único que parecia gostar de me fazer mal. Não tenho certeza, mas acho que ele me fez uma visita depois de meu interrogatório e tortura oficiais, para fazer um pouco mais... só para se divertir, ou para ganhar um crédito extra.

Vi o jovem elfo se curvar para seu amigo e dizer em voz baixa:

– O que ela quer dizer com "crédito extra"?

O elfo mais velho empurrou-o, sussurrando espalhafatosamente:

– Cale a boca, Falco, e escute!

Olhei para Finn e vi que ele estava tentando não rir, esticando o rosto para parecer o mais sério possível. Parecia que estava com dores de gases. Queria me lembrar de lhe dizer isso mais tarde.

O sujeito ansioso, Falco, fez-me lembrar de Scrum, por isso tive pena dele e respondi.

– Acho que ele estava esperando obter algum tipo de informação de mim que pudesse levar a seus chefes para que eles pensassem que ele era incrível. Tipo um algoz excelente.

– Ohhhh, entendi – disse o elfo, e se esquivou quando viu o amigo que ia em sua direção novamente.

Decidi expressar meus pensamentos sobre o cenário de tortura para o elfo verde mais velho e mais sábio que eu conhecia. Talvez ele tivesse uma explicação que me deixasse feliz.

– Robin, o que você acha disso, de apenas um dos Fae das Trevas tentar me machucar? Todos os outros poderiam, mas não o fizeram. O que acha que isso significa?

Robin deu de ombros.

– Os elfos cinzentos são mais sábios que eu nos caminhos da guerra.

– Eu sei que eles são os *nerds*, mas quero saber sua opinião.

Robin ergueu as sobrancelhas, confuso, como se isso fosse estranho para ele – alguém querer sua opinião. Mas, depois de alguns momentos de reflexão, respondeu.

– Bem, é curioso. Mas há muitas respostas possíveis. Podemos dizer que eles queriam mantê-la viva e consciente, de modo a tirar o máximo de informação possível de você. Ou que iam fazer mais, mas você fugiu antes. – Ele hesitou antes de me oferecer sua última teoria. – Ou talvez eles não a torturaram porque não viam valor nisso.

E era isso que me incomodava, acho. Porque eu tinha a mesma teoria.

– Isso parece coisa nossa.

Robin deu de ombros.

– Eles são como nós. Afinal de contas, somos todos fae.

– Sim, mas eles não deveriam ser os bandidos obcecados em dominar o mundo?

Robin inspirou e expirou lentamente antes de responder.

– Eles têm opiniões diferentes sobre qual deveria ser nosso lugar no mundo, mas não creio que dominação do mundo seja uma boa descrição para seus objetivos.

– Bom, preciso que alguém desenhe para mim, então, porque estou meio confusa.

– Fale com os elfos cinzentos. Eles podem explicar melhor que eu.

– Estou pensando nisso.

Somado a minha missão de descobrir o mistério de Maléna, agora tinha o dilema de descobrir o que exatamente esses sujeitos estavam querendo.

Tim deu um ronco falso muito alto em meu ouvido. Aparentemente, eu estava ficando muito chata. Ele deve ter ficado feliz quando minha próxima pergunta foi interrompida por um Falco ansioso, mais uma vez incapaz de se controlar e agir como um elfo verde adequado e reservado.

– Quando vamos ver seus poderes e tentar trabalhar com eles?

– Estarei pronta quando vocês estiverem – fitei Robin com um olhar severo –, mas espero que isso não envolva ser atacada com flechas, porque não sei se vou ser capaz de evitar mandar todos vocês para seus lugares felizes novamente.

Robin abriu um sorriso raro.

– Eu lhe asseguro; não vou dar ordens para atirar hoje. Pedi especificamente às bruxas que nos fornecessem um campo de treinamento seguro para nosso trabalho esta tarde.

Olhei em volta.

– Elas estão aqui agora?

– Não. Mas se alguém tentar mexer com seus feitiços, elas virão.

– Ok, então – esfreguei as mãos. – O que você quer que eu faça?

– Frite-os! Mande esses elfos para O Verde! – gritou Tim alegremente.

– Shhh! – disse eu de canto de boca, e sorri para o grupo para que não pensassem que eu estava louca.

Mesmo que eles estivessem cientes de que eu podia ouvir Tim, sabia que parecia estranho, como se eu estivesse sempre falando sozinha.

Robin estava distraído demais para notar. Estava tentando se mostrar legal, mas não dava muito certo.

– Bem, esperávamos que você pudesse trabalhar conosco para encontrar uma maneira de usar seu poder sobre O Verde para melhorar o que fazemos.

Seus olhos brilhavam de expectativa.

– Como?

– Bem, nosso trabalho se centra na caça, rastreamento e luta com arco e flecha. É todo feito na floresta, e seu poder está focado nela. Então, talvez haja uma maneira de melhorar nossas habilidades por meio de sua conexão com O Verde.

Eu não sabia onde ele queria chegar, mas senti que precisava esclarecer algumas coisas.

– Só para que saiba, meu poder não está necessariamente focado na Floresta Verde. Eu extraio energia das árvores e outras coisas, mas a conexão é com tudo, em todos os lugares. A vegetação, as criaturas, os espíritos, as memórias. Aqui e em toda parte. Acho que está mais ligado à Terra como um sistema completo, e não apenas à própria floresta.

Robin e muitos outros balançavam a cabeça enquanto consideravam o que eu dizia. Falco falou.

– Isso é muito maior do que eu pensava. Como consegue lidar com tanto poder? É como se você fosse explodir ou ser absorvida por ele.

Tanto seu amigo quanto Finn abaixaram a cabeça, sacudindo-a lentamente de um lado para o outro. Aparentemente, Falco era uma causa perdida.

Eu sorri para ele.

– É grande, e não sei como lido com ele. Nem sei se já movimentei mais que apenas um pouco dele. Puxo o que necessito. Honestamente, não sei como faço isso ou como regulo a quantidade. Simplesmente acontece. – Dei de ombros, um pouco envergonhada. – Desculpe, não posso descrever melhor que isso. Eu sou nova nisso.

Isso me valeu alguns sorrisos dos elfos, especialmente de Falco. Ele deve ter se sentido melhor sabendo que não era o único idiota por ali.

Olhei para o mar de rostos ansiosos a minha frente.

– Eu trabalhei com Céline uma vez e consegui isolar sua energia na mistura. Gostaria de tentar algo assim? – perguntei.

– O que acha que poderia conseguir com o isolamento de energia? – perguntou Robin.

– Não sei. Talvez, se eu conseguir encontrá-los na conexão, possa canalizar parte de meu poder em vocês – era uma ideia, de qualquer maneira.

Robin deu de ombros.

– Estou disposto a tentar. Mas não sei se é sábio envolver todo o grupo. Apenas no caso de algo... não sair como o planejado.

– Não dar certo, você quer dizer.

Robin inclinou a cabeça para mim, mantendo-se calmo. Ele era educado.

– Ok, quem vai ser meu porquinho-da-índia?

– Como? – perguntou Robin, confuso. – Você quer trabalhar com um porco?

– Não, é só uma expressão! E não é um porco... Quem é o elfo que vai tentar fazer isso comigo?

Falco deu três passos de gigante para a frente, de modo que ficou na frente de Robin.

– Robin, eu gostaria de ter a honra.

O amigo de Falco chegou empurrando os outros elfos para segurá-lo pelo ombro e puxá-lo de volta.

– Minhas desculpas, Mãe, ele não sabe seu lugar.

Estendi a mão e segurei a de Falco, puxando-o de volta para mim, envolvendo-me temporariamente em um cabo de guerra com o elfo.

– Primeiro de tudo, não me chame assim, ou vou lhe dar um tapa, seu bobo. E em segundo lugar, Falco pode fazê-lo tão bem quanto qualquer um, a menos que Robin tenha algo contra.

Robin ergueu as sobrancelhas, mas deu um passo atrás, acenando com a cabeça novamente. Os outros elfos aproveitaram a deixa e também recuaram alguns passos.

Falco estava empolgado, praticamente pulando de entusiasmo.

– Deixe-me acertá-lo uma vez, Jayne – disse Tim. – Só um pouco de pixiece...

Voltei-me de costas para Falco por um segundo para sussurrar/gritar com Tim.

– Pixifique alguém neste grupo e você vai ganhar uma passagem só de ida para a colônia de pixies *mais longe de mim!*

– Tudo bem, tudo bem! Caramba, relaxe, destruidora de dragão.

Voltei-me para Falco novamente, limpando a garganta.

– Que tal se começarmos... segure minhas mãos. Talvez... não sei... seja mais fácil para eu encontrar sua fonte de energia dessa forma.

Falco parecia alegremente aterrorizado com a ideia.

– Ah... ah... tudo bem.

Ele estendeu as mãos e vi imediatamente que estavam tremendo.

Dei um passo à frente e peguei suas mãos úmidas. Eram suaves em alguns lugares e duras em outros. Ele tinha calos em alguns pontos correspondentes à arma que usava todos os dias. Ergui os olhos e notei um brilho de suor em sua testa.

– Não se preocupe, não vou machucá-lo.

– Eu sei – disse ele em voz baixa, com emoção mal contida –, é que este é o momento mais emocionante da minha vida!

Sua voz aumentou para um guincho no final, e ele tentou se recuperar tossindo levemente. O pobre garoto parecia estar prestes a ter um ataque cardíaco.

Tentei não ficar muito lisonjeada com seu elogio, caso contrário, o universo certamente me faria perder o controle e mandá-lo para terra do la-la-la como castigo por eu ficar muito arrogante. Puxei um pouco d'O Verde para mim e o enviei através das minhas mãos para Falco, só o suficiente para ajudá-lo a se acalmar. Eu podia ver o efeito imediato; seus olhos se arregalaram primeiro, e em seguida, as pálpebras caíram um pouco. Seu rosto parecia muito mais relaxado e suave.

– Uau. Isso é... bom.

– Sim – sorri para ele. – É mesmo, não é?

Até aí, tudo bem. Respirei fundo, preparando-me para o próximo experimento.

– Agora, vou abrir esse campo de energia para incluir todos aqui. Só quero ter uma ideia de todos vocês para ver se eu consigo tirar Falco do grupo.

Robin e os outros assentiram.

Estendi a mão pelo Verde trazendo os elfos para o rebanho, e, em seguida, pesquisei em nossa conexão para encontrar suas assinaturas de energia. Durante meu trabalho com Céline, aprendi que cada criatura tem uma presença única – e sabendo a assinatura de certa criatura dentro da conexão, eu poderia encontrá-la novamente. Agora, eu podia sentir o grupo de elfos comigo, todos eles ligados a alguma outra coisa aqui e além.

Se eu fosse colocar em uma imagem visual tudo que sentia quando eu tocava O Verde, seria como um novelo de cordas emaranhadas sem começo nem fim, voltando-se sobre si, por vezes se tocando, por vezes apenas passando por outra parte de si mesmas. E todas as coisas vivas neste planeta são uma parte dessa cadeia. Nós somos as cordas. Eu nunca pude entender a teoria das cordas na aula de física, ia além de minhas capacidades mentais. Mas minha própria teoria das cordas verdes era fácil. Baseava-se em uma premissa simples: todos nós somos parte de uma mesma coisa. Somos todos parte do Um – uma bola gigante e cósmica de coisas enroscadas.

Ouvi barulho em minha orelha e um pequeno guincho, e Tim disse:

– Ooops, desculpe. Acho que é a uva do almoço.

Nada como um peido de *pixie* para tirar a cabeça de uma garota do éter. Estendi a mão para apertá-lo, mas ele correu agilmente para a parte de trás de minha cabeça, segurando-se e se balançando em meu rabo de cavalo enquanto ria histericamente. Desisti do castigo e voltei para minha tarefa.

– Muito bem, todos podem sentir a conexão?

Vi rostos sorridentes de elfos e acenos de cabeça a meu redor.

– Tudo bem. Agora, Falco, quero que você empurre a conexão.

– Empurrar? – perguntou ele com uma expressão confusa no rosto.

– Sim. Você está segurando minhas mãos agora. Se for preciso, use a conexão física para ajudá-lo a obter a sensação. Empurre-me.

Ele deu de ombros.

– Tudo bem, você é quem manda.

Ele empurrou minhas mãos, mas eu não senti nenhuma diferença na conexão.

– Você tem que empurrar mentalmente, não só fisicamente.

Os olhos de Falco rolaram para cima um pouco enquanto ele repetia baixinho para si mesmo:

– Mentalmente, não fisicamente; mentalmente, não fisicamente; mentalmente, não fisicamente...

Senti o empurrão suave contra nossa conexão.

– Bom! Continue. Posso sentir você agora.

Seu murmúrio continuou, e eu senti a presença de sua energia crescer.

– Mentalmente, mentalmente, mentalmente não fisicamente; mentalmente, mentalmente, mentalmente...

Deixei cair as mãos e ele nem percebeu. Não houve falha na ligação; ele continuou a empurrar nossa ligação, e sua assinatura chegava até mim claramente.

– Tudo bem, agora pare de empurrar. Relaxe um minuto.

Ele obedeceu e eu fechei os olhos para poder me concentrar melhor. Eu podia sentir todos os elfos perto de mim, fundindo suas energias com a massa de outros que estavam ali conosco na floresta; mas eu também podia sentir especificamente a assinatura de Falco. Era muito fácil agora que ele temporariamente se separara de mim com aquele empurrão mental. Sua energia pulsante me fez lembrar um filhote de cachorro pulando, ansioso para sair e brincar. Minha alegria me dominou e acidentalmente deixei escapar um pouco dela n'O Verde. Ouvi alguns suspiros de surpresa do pessoal a minha frente.

– Oopa, desculpem. Foi um pouco de felicidade. – Abri os olhos e vi muitos pares de olhos fechados e algumas mandíbulas soltas. – Oh, merda, vocês não estão em coma, não é?

Caralho, eu ia tirar zero no boletim dos elfos cinzentos se continuasse fazendo essas merdas. Pela primeira vez na vida eu me preocupava com notas. Claro que ninguém dava nota de verdade.

Robin abriu os olhos e falou.

– Eu ainda estou aqui.

Outros olhos no círculo se abriram e os elfos confirmaram. O último foi Falco, que finalmente fechou a boca e abriu os olhos, dizendo:

– Uau, estou aqui! Sim, ainda estou aqui! Uau!

Sua alegria era palpável. Eu podia sentir as ondas que vinham através d'O Verde se multiplicando e espalhando como as ondulações de um lago quando se joga uma pedra nele. Os sorrisos de seus colegas mostravam que podiam senti-lo também. Talvez fosse isso que eles utilizavam para a telepatia: O Verde. Eu me perguntava se eles sabiam...

– Uau, esse garoto é muito animado. Melhor dar um passo para trás. Vejo uma sessão de amassos com um elfo verde no horizonte – disse Tim.

Eu o ignorei, sabendo que Falco, e provavelmente todos os outros, estavam intimidados demais por minha maldita estranheza para querer me beijar. Eu poderia ter me incomodado se já não houvesse decidido que todos os elfos verdes que eu conhecera até então não eram meu tipo. Eles eram muito bons, muito sérios, e também extremamente educados.

– Então, o que isso quer dizer? – perguntou Falco, sem fôlego.

Ele deu um passo respeitoso para trás e ficou ao lado de seu amigo.

– Bom, acho que isso significa que pelo menos eu posso identificá-lo, não importa onde você esteja aqui fora. – Olhei todos os rostos esperando que alguém fizesse alguma sugestão. – Não sei se isso é útil...

– Você acha que, uma vez que tenha identificado um de nós, poderia enviar energia apenas a esse indivíduo? – perguntou Robin com uma expressão pensativa.

– Talvez. O que você tem em mente?

– Eu gostaria de fazer... uma experiência.

– Claro. Qual?

– Ele quer ser um Superelfo! – gritou Tim.

– Cale a boca.

– Como? – perguntou Robin, confuso.

– Ignore. Diga qual é sua ideia.

Robin franziu a testa um segundo e prosseguiu.

– Eu gostaria que você identificasse minha assinatura, e então, quando eu estiver pronto para disparar meu arco, que me envie um impulso de poder. Tenho algumas teorias sobre o que poderia acontecer, mas vou esperar para compartilhá-las com você. Temo que o conhecimento de minha hipótese possa afetar a integridade do resultado.

– Nossa, Robin, você encarnou meu professor de biologia agora?

– Lamento, mas não entendi...

– Não se preocupe. Vamos fazer isso. Dê-me um segundo para encontrá-lo na mistura energética.

Estendi a mão para o zumbido de baixo nível que nos cercava e senti algo que me fez lembrar Robin – sério, forte, inteligente, dedicado, tudo que era esse nobre guerreiro elfo verde.

– Achei você. Consegue me sentir?

Enviei-lhe uma pequena carga d'O Verde e ele assentiu.

– Sim. Eu senti.

– Tudo bem. Vá em frente, então, e diga quando quer que eu aumente o poder.

Robin se voltou, e com um movimento suave, bem coordenado, deslizou o arco de suas costas e tirou uma flecha de sua aljava, colocando-a na corda. Ele recuou a flecha, e ao lado dele eu pude ver que estava apertando os olhos, mirando em algum alvo distante no meio das árvores.

– Por favor, envie-me o poder agora.

Peguei a base de poder e puxei um pouco para mim, e a seguir, enviei-o para Robin, enchendo sua conexão com a essência dele.

Robin lançou a flecha, que partiu assobiando através da floresta. Eu a perdi de vista imediatamente, mas os suspiros dos outros elfos me fez procurar em suas expressões pistas sobre o resultado.

– O que aconteceu? – perguntei em voz baixa.

– Parece que você os surpreendeu – sugeriu Tim.

Robin baixou o braço do arco e se virou para mim, sorrindo. Dessa vez, não foi minha liberação de energia Verde que causou aquilo.

– Funcionou?

– Sim. Eu diria que a experiência foi um sucesso e minha hipótese foi comprovada.

– O que aconteceu?

– Venha e veja por si mesma – disse ele, voltando-se e caminhando na direção da flecha.

Segui em frente, olhando para baixo a maior parte do tempo, tentando não tropeçar nos galhos caídos e cipós emaranhados no solo da floresta. Eu odiaria que minha reputação de incrível elemental fodona sofresse com a realidade de minha inépcia na frente de todos esses elfos verdes que eram muito mais hábeis nessa floresta que eu.

Depois de um minuto ou mais de caminhada, chegamos a uma árvore. Notei uma marca de elfo verde nela, um dos tipos que eu havia aprendido antes, quando estavam ensinando a Tim e a mim. Havia uma flecha exatamente no centro dessa marca.

Olhei para trás, para onde estávamos antes. Não dava nem para ver o lugar dali.

– Puta merda, a flecha fez um longo caminho.

– Sim, fez – concordou ele, sorrindo para mim e depois para a seta.

Tive a nítida impressão de que ele estava esperando alguma coisa, que eu dissesse algo mais. Olhei para a árvore e para a marca que ainda era visível sob a seta.

– Não é o símbolo de passagem segura?

Nós havíamos aprendido antes que havia símbolos que representavam a passagem segura e várias outras coisas, inclusive perigo à frente, zonas a evitar, armazenamento de alimentos nas proximidades etc. Eu só aprendi alguns deles. Esse símbolo especial era importante, e definitivamente me lembrei.

– Sim, exatamente.

Ele sorriu para mim de uma forma que não parecia Robin. Seu rosto se iluminou, e eu não pude deixar de sorrir também.

– Você fincou a flecha no símbolo de "passagem segura". O que isso quer dizer?

– O que você acha que significa? – perguntou ele todo sério.

Eu fiz uma careta, com medo de parecer estúpida.

– Não é mais uma passagem segura?

Robin assentiu.

– Exatamente. Muito bom, criança trocada. Você está fazendo um excelente progresso.

Fiquei aliviada. Não sei por que era tão importante para mim que ele ficasse satisfeito comigo, mas era. Eu não queria mesmo estragar tudo e fazer qualquer um deles me detestar.

– Então, o que exatamente esse impulso extra de poder fez por você?

Eu nunca os havia visto disparando flechas em coisas distantes, de modo que não sabia se era fora do normal.

– Permitiu-me atirar mais longe e com maior precisão.

Balancei a cabeça, pensando nas ramificações.

– Isso pode vir a calhar.

– De muitas maneiras – concordou Robin. – Gostaria de saber se você pode fazer isso por mais de um elfo verde de cada vez. Estaria disposta a tentar?

Dei de ombros.

– Claro. Porque não? – Olhei ao redor. – Onde? Aqui?

– Não, vamos para nosso campo de tiro.

Tim e eu seguimos o grupo de elfos até um grande prado, cheio de grandes troncos de árvores colocadas a diferentes distâncias do limite das árvores ao seu redor. Uma suave brisa de fim de tarde balançava as gramíneas e roçou a pele avermelhada de meu rosto. Era bom estar no sol novamente, sentindo o movimento do ar em torno de nós. A floresta bloqueava muitas dessas sensações, mas uma parte de mim sabia que ainda estavam ali em algum lugar.

– Normalmente, quando estamos a esta distância, podemos acertar os alvos na segunda fileira de troncos de árvores com grande precisão. – Ele apontou para alvos na distância que mostravam sinais de uso, com lascas faltando na frente e um monte de buracos de flecha. – À medida que avançamos para os alvos mais distantes, nossa precisão sofre. Obviamente, é mais seguro para nós atingirmos nosso alvo de uma distância maior.

Tim aproveitou esse momento para adicionar um comentário.

– O que ele está dizendo é que, ao contrário dos *pixies*, elfos verdes precisam acertar o inimigo do mais longe possível, porque são os maiores covardes da floresta.

Ele chiou quando finalmente consegui dar um peteleco em sua pequena bunda. Não era um alvo fácil de se atingir, de modo que fiquei muito orgulhosa de mim mesma. *Os elfos verdes não têm nada que eu não tenha. Precisão, uma ova.* Aposto que não poderiam apertar uma bunda de *pixie* sem ser capazes de ver o alvo. Mas, para ser justa, eu tinha muita prática.

Robin percebeu que eu me distraíra, então, parou de falar por um momento. De repente, percebi que tudo estava quieto e meu rosto ficou vermelho quando o vi parado ali, pacientemente esperando para continuar.

– Oops. Desculpe. Eu me perdi por um segundo. – Apontei para minha cabeça distraidamente – Estou meio cansada.

Ele anuiu.

– Este será o último exercício, prometo.

Ele se voltou para o grupo, sinalizando com um gesto que aparentemente queria dizer espalhar-se e mirar. Isso me fez lembrar um pouco o desagradável dia em que ele ordenara que seus amigos atirassem em mim, de modo que olhei para ele com desconfiança; mas ele parecia alheio a meu medo e continuou falando.

– Vamos apontar para os alvos mais distantes. Eu gostaria que você tentasse tocar todas as nossas ligações e enviar a cada um de nós o poder extra. Todos, exceto um elfo. Você escolhe a pessoa a quem não dará o poder e não nos diz quem é. – Ele se inclinou e cochichou em meu ouvido. – Mas não escolha seu amigo Finn, porque senão, receio que este teste não valha nada. Ele consegue acertar o alvo mais distante sem sua... digamos... ajuda.

Ele acenou com a cabeça, olhando-me fixamente nos olhos.

Eu acenei também, tentando com todas as forças não olhar para Finn e deixar vazar o segredo. Ele ficou na parte de trás do grupo o tempo todo, nunca deixando entrever que éramos amigos. Eu não queria estragar sua reputação de franco-atirador, de modo que jurei a mim mesma que me asseguraria de que ele não fosse o escolhido para perder.

Robin se aproximou e se juntou aos outros, deixando seu arco cair de seu ombro direto para sua mão, preparando uma flecha simultaneamente.

Dei um passo para me distanciar e fiquei um pouco atrás da linha de elfos. Não gosto da ideia de O Verde estar envolvido com flechas caindo sobre nós. A última coisa que eu queria fazer era testar a teoria de Spike de que todos os fae se curam rápido e são difíceis de matar. Muitas das outras regras não se aplicavam a mim, e eu odiaria descobrir que essa era uma delas.

– Pronto? – perguntou Robin em voz alta, mas controlada, olhando para mim por um breve momento antes de voltar sua atenção para os alvos ao longe.

Uma linha de braços cobertos por túnicas levantou os arcos horizontalmente e puxou as cordas; costas e cotovelos se projetando em uma exibição de força feroz controlada.

Eu não hesitei: atraí dobras extras de vibração de energia Verde para dentro de mim e, em seguida, enrolei-as em torno dos elfos que estavam por perto, sentindo cada uma de suas contribuições para nossa conexão pulsante de energia. Eu podia sentir especialmente a assinatura de Falco, pois formigava um pouco por conta de seu entusiasmo com a conexão. Em seguida, puxei um elfo para fora do rebanho, aquele que havia enchido o saco de Falco. Minha vadia interior sorriu, ansiosa pela virada no jogo que isso certamente causaria. Tentei controlar minhas feições para que ninguém soubesse quem era minha vítima.

– ...Apontar!

A linha de elfos levantou seus arcos em conjunto até apontarem a meio caminho para o céu. O que em breve seria uma descarga mortal de armas me encheu de admiração e mais que um pouco de medo. Nossa, estava tão feliz por não ser eu na frente daquele pelotão de fuzilamento...

– ...Lançar!

Vi mais ou menos trinta hastes de madeira com pontas de seta e cauda de penas zarparem alinhadas pelo ar, todas em direção aos alvos mais distantes, exceto uma.

Capítulo 33

Em menos de um segundo estava tudo acabado. Os elfos baixaram os arcos, mais uma vez em conjunto, para pendurá-los em seus flancos. Robin afastou-se do grupo, colocando o arco por cima do ombro enquanto caminhava em minha direção.

– O que aconteceu? – perguntei.

Eu podia ver que as setas haviam atingido os alvos distantes, mas minha visão não era boa o suficiente para ver os detalhes.

– Não sei exatamente. – Ele me alcançou e fez um gesto em direção aos alvos. – Vamos, por favor.

Robin olhou para trás e chamou o resto dos elfos com um movimento de cabeça para que nos seguissem até os alvos.

A primeira coisa que notei foi uma única flecha presa no chão cerca de cinquenta metros antes dos alvos mais distantes. O grupo de elfos caminhou até ela, um de cada vez, e depois de estudar o padrão de pena na ponta, todos olharam para o elfo que eu havia escolhido, que se arrastava atrás dos outros. Seu rosto ficou mais vermelho no segundo que se deu conta de sua realização vergonhosa.

Falco viu a seta e sorriu, apontando.

– Ei, veja, Dav, é sua! Você perdeu!

O sorriso em seu rosto não era malicioso, mas valeu-lhe um soco no braço.

– Ai – disse ele, esfregando o ombro e afastando-se para localizar sua própria flecha com um sorriso mal disfarçado no rosto.

Cada um dos elfos caminhava até um alvo e arrancava uma flecha; alguns deles tiveram que usar facas que levavam no cinto para desenterrar as pontas. Falco procurou em todos os alvos e nas áreas atrás deles antes de se virar para Robin, que estava ocupado examinando a ponta de sua flecha antes de colocá-la de volta em sua aljava.

– Não consigo encontrar a minha. Ela não está aqui.

Robin franziu a testa, examinando os alvos ali, e em seguida, mais perto de nosso ponto de partida.

Até eu podia ver que não havia mais flechas. Todas menos a de Falco haviam sido encontradas.

– Onde você mirou? – perguntou Robin.

Falco parecia um pouco nervoso.

– Nos alvos?

– Você está afirmando ou perguntando? – disse Robin, um pouco severo.

Eu estava começando a ter as mesmas dúvidas que achava que Robin estava tendo. Falco havia pisado na bola de novo. O pobre garoto não conseguia evitar.

– Esse cara faz Scrum parecer um gênio – disse Tim, rindo.

Eu odiava dizer aquilo, mas meio que concordava com ele. Eles tinham a mesma personalidade – ansiosos, felizes, agradáveis. Bem, com Scrum demorei um pouco mais para chegar à parte agradável, mas, ainda assim, simpático estava na lista. Mas quando se tratava de fazer seu trabalho, Scrum era bastante bom, eu tinha que admitir. Mesmo que parecesse com um inofensivo barril de cerveja com pernas, ele podia travar um íncubo perigoso como ninguém.

– Não, não estou perguntando, estou dizendo. Mas... – ele limpou a garganta – ...eu poderia ter pensado em outro alvo... ao mesmo tempo...

Ele deu de ombros e abaixou a cabeça, envergonhado. Notei que seu amigo parecia um pouco menos envergonhado e mais alegre. Acho que a miséria adora companhia na sociedade elfo verde, tal como acontece com os seres humanos.

– Que alvo, Falco? – perguntou Robin, suspirando com uma paciência infinita.

– A Anciã... possivelmente...

A última palavra saiu mais como um sussurro.

Todos os outros elfos olharam para ele em choque, alguns até com um pouco de medo.

– Você... mirou... na Anciã?

Lágrimas brotaram nos olhos de Falco. Tudo que ele pôde fazer foi concordar com a cabeça.

Até o amigo de Falco parecia estupefato. Eu não era especialista em linguagem corporal, mas se estivesse lendo certo toda a cena, alguém estava atolado na merda até os joelhos, e sem botas. Eu ouvira Finn dizer isso uma vez, e nesse momento podia apreciar plenamente como em determinadas situações esses provérbios dos camponeses funcionam muito melhor que qualquer outra coisa.

Finn balançava a cabeça, pensativo. Eu sabia que ele estava pensando exatamente a mesma coisa que eu, e não era qualquer poder sobrenatural que me tornava capaz de ler sua mente. Eu podia saber só de ver o olhar em seu rosto.

Robin ficou todo sério.

– Precisamos chamar uma bruxa e investigar. Temos que fazer isso direito.

Um dos elfos falou.

– Robin, esse pode ter sido o alvo dele, mas não significa que ele acertou. É muito longe! Ninguém poderia vê-la daqui, nem mesmo um pássaro.

Vários outros elfos assentiram. Falco se animou um pouco, mas então, olhou para Robin e seu rosto voltou a cair.

Robin não acreditou.

– Ele estava ligado a'O Verde. Estava conectado com Jayne. Receio de quando a tivermos conosco... bem, vamos ver. Vamos lidar com as consequências como devemos.

Eu tinha o desejo de perguntar a ele o que era a Anciã, mas quase não queria saber. Ia descobrir em breve, de modo que segurei minha língua, concentrando-me em não tropeçar em raízes de árvores. Eu só esperava que ninguém houvesse morrido por minha culpa.

Andamos pela floresta por uma distância que parecia muito longe para uma flecha viajar, mesmo que cavalgasse as ondas de energia Verde. O sol começava a se pôr, o ar foi ficando mais frio e fazendo minha pele suada se sentir melhor com seu toque suave. Esse negócio de caminhar por todo canto e observar cada passo para não cair era exercício de monte. Por um lado, eu odiava, como odiava todas as formas de exercício. Por outro lado, estava pensando em quão firmes minhas pernas e glúteos iam ficar, e isso me fez feliz. *Sem dor, sem ganho, acho.* Agora só tinha que pensar em um fio de esperança para aguentar todos os puxões de cabelo que estava levando de Tim enquanto ele tentava se segurar. A coisa ficava muito mais difícil quando ele ocasionalmente gritava: "Arre mula! Upa!"

– Continue assim, seu bostinha, e você vai para meu sapato.

Robin olhou para mim de soslaio, mas não disse nada. Nem me incomodei em explicar, porque teria gastado um fôlego precioso, e eu precisava dele para me manter consciente.

Reconheci o entorno. Estávamos chegando ao lugar onde dava a porta de gárgula, e fiquei imediatamente em guarda. A última vez que eu havia visto Maggie, ela me entregara em bandeja de prata para o Fae das Trevas. Parei de andar e peguei Robin pela manga, fazendo-o parar a meu lado. Procurei em seus olhos sinais de que ele ia me entregar ao inimigo, mas eu não vi nada além de curiosidade.

– Por que paramos? – perguntou ele. – Você está cansada? Precisa descansar?

– Não. Estou apenas me assegurando de que você não será desonesto comigo.

– Desonesto?

– É. Estou me certificando de que você não vai me entregar ao inimigo.

– Por que eu faria uma coisa dessas?

– Não sei. Por que você mandaria um monte de elfos atirar em mim? Talvez esteja sob algum feitiço.

O entendimento passou por seus olhos.

– Ah, entendo. Não, eu não estou sendo desonesto. Estou levando-a até a Anciã para ver se a flecha de Falco atingiu seu alvo.

– E onde exatamente fica essa Anciã?

– Logo ali.

Ele apontou para o bosque do outro lado do prado.

– É onde vive Maggie, a bruxa.

– Exatamente.

– Ah... eu e ela não temos a melhor das histórias, na verdade. Talvez eu deva ficar de fora.

– Não se preocupe. Temos alguém que vem para garantir sua segurança. E temos...

Ele apontou para os outros elfos.

– Sim, agradeço, mas estou mais preocupada com minha capacidade de controlar meu temperamento. Porque tenho certeza de que se eu vir aquela cara de bunda feia de novo, vou explodi-la com O Verde até o ano que vem.

Ele olhou para mim, chocado, mas não me dissuadiu, pelo menos.

– Ela merece, Robin. Ela me entregou aos fae que me torturaram. Sem nenhuma razão.

Pensei em suas últimas barganhas comigo e meu volume foi aumentado até que rapidamente se transformou em um discurso retórico.

– Ou talvez ela tenha feito isso porque alguém trocou uma asa de *pixie* ou um cogumelo maldito por minha emboscada, não sei.

Robin ergueu a mão para me silenciar.

– Sim. Eu entendo seus sentimentos. Se quiser ficar para trás e voltar para o complexo, não vamos criticá-la por isso.

Todos os olhos estavam em mim. Eu sentia que minha raiva era justificada, mas, ao mesmo tempo, não queria que a opinião deles sobre mim mudasse. Eles pareciam pensar que eu era alguém especial; e se eu fugisse ou agisse como um moleque, eles podiam mudar de ideia. Eu deveria ter dado o fora e os deixado para lá. Altas expectativas eram uma armadilha. Elas nos fazem subir muito alto, e isso só faz a queda ser muito maior e muito mais dolorosa. Mas decidi prosseguir com eles mesmo assim. Não queria que a velha cadela ranzinza pensasse que havia me assustado.

– Tudo bem, eu vou. Mas é melhor ela não me provocar.

Robin assentiu.

– Vou me esforçar para impedi-la de fazer qualquer coisa que desagrade você.

Os outros elfos aquiesceram para a minha decisão. Tentei não me sentir muito aquecida e frouxa por dentro por conta de sua óbvia aprovação.

Logo um bruxo carregando um cajado se juntou a nós. Eu o havia visto no meio da multidão em nossa mais recente assembleia. Ele parecia ser um dos mais fracos do grupo. Não me lembrava dele gritando ou balançando os bastões. Robin andou ao lado dele e suponho que lhe explicou a situação. O bruxo assentia enquanto Robin lhe passava as informações.

– Você acha que vai ser um confronto? – perguntou Tim.

Eu não saberia dizer se ele estava animado ou preocupado com a perspectiva.

– Espero que não. Não sei se eu seria capaz de me controlar.

– Então, não adianta tentar. Dê-lhe o que ela merece.

– Não sei se funcionaria. Você foi nocauteado, então, não se lembra, mas ela conseguiu dobrar meu escudo de energia Verde antes.

– Ah, é verdade. Ela conseguiu derrotar a bolha.

Eu me senti um pouco ofendida com esse comentário.

– Bem, eu não diria "derrotar"; mas sim, ela conseguiu dobrar a bolha.

– Ela é poderosa, Jayne. Não a subestime.

– Um dia desses você vai me contar todos os seus segredos e todos os segredos dela, Tim.

– Eu sei. Vou lhe contar tudo dela quando voltarmos. Agora, acho que você deveria saber.

Ele convenientemente ignorou meu pedido de me contar seus próprios segredos, mas eu os arrancaria dele mais tarde.

– Legal. Estamos combinados. Agora, só precisamos sobreviver para podermos chegar a essa parte.

Fomos interrompidos ao chegar ao limite da floresta. Todo o mundo ficou quieto e se reuniu em um grupo.

– Vamos ver a Anciã agora. Por favor, fiquem próximos e permaneçam na visão do bruxo. Estamos entrando em território das trevas, como todos sabem, e o Conselho foi claro sobre a necessidade de estarmos alertas e sermos cautelosos.

Robin olhou para todos até ter certeza de que concordávamos com suas condições.

– Vamos.

Seguimos o bruxo, caminhando em pares, até que chegamos à casa de Maggie, parando cerca de trinta metros à frente dela. A grande árvore se levantava do chão da floresta e seus ramos se espalhavam sobre nossa cabeça para alcançar profundamente a floresta. Não era um pau-brasil nem uma sequoia, mas era tão grande quanto esse tipo de árvore – talvez maior. A base do tronco era tão larga quanto um caminhão gigante, ou até mesmo uma casa. De fato, a base da árvore era uma casa. A casa de Maggie. A porta da frente era um arco que fora esculpido direto na madeira.

E essa porta tinha uma flecha presa bem no meio.

Todos nos olhamos por alguns instantes. Os olhos e cérebros tentavam digerir o que estávamos vendo. Robin fez um sinal para que Falco desse um passo adiante, e ele assim fez, tremendo. Eu podia sentir sua assinatura nervosa enviando vibrações pelo Verde. Eu puxara o poder para mim sem sequer pensar nisso. Meus instintos de sobrevivência estavam em alerta máximo. A linha *ley* que corria debaixo dessa árvore gigante fazia que fosse muito mais fácil eu usar meus poderes sem esforço.

Robin e Falco se aproximaram da porta, andando calmamente. O bruxo da luz se posicionou de lado, examinando a área à esquerda e à direita, como se esperasse que um Fae das Trevas saltasse das árvores a qualquer momento.

Falco olhou para a seta e em seguida se voltou para Robin, assentindo. Robin fez um gesto com a cabeça e Falco estendeu a mão, pegando sua flecha pelo eixo e puxando-a da madeira. Um galho acima de nossa cabeça se mexeu e fez que um gemido ecoasse pela floresta. Cada elfo involuntariamente se abaixou um pouco, olhando para a árvore gigante que obviamente não estava feliz.

Toquei sua energia sem sequer pensar duas vezes. Os sentimentos e as imagens que recebi me fizeram cambalear.

Potência. Majestade. História. Tudo isso dentro desse ser... essa coisa viva que estava ligada à floresta, aos elfos, e até a mim. Tudo. *Flashes* de coisas – despertares, morte e violência, tempestades, os gritos de bebês e de homens com raiva. Tudo isso envolvido nas ondas de energia que golpeavam meu cérebro.

Por quê? Por que essas imagens me chegavam assim? Estendi a mão para esta árvore antiga, essa Anciã de que os elfos falavam com tanta reverência. O que ela queria de mim e o que eu poderia fazer por ela?

O zumbido de nossa conexão aumentou de tom e volume. Tentou me consumir e me levar embora, mas eu resisti. Eu não queria ser puxada. Queria ficar ali como uma igual e me comunicar. Senti que a árvore nunca havia encontrado este tipo de resistência antes. O zumbido aumentou ainda mais, e tive que resistir à tentação de colocar as mãos nos ouvidos. Eu sabia que não ajudaria, de qualquer maneira, porque o som não chegava aos meus sentidos por meus ouvidos; além disso, eu não queria mostrar qualquer sinal de fraqueza. Estendi a mão para a linha *ley* embaixo dos meus pés e puxei. Dois podiam jogar esse jogo.

Puxei O Verde para mim, mais do que jamais havia puxado antes, e senti as refrescantes boas-vindas e o amor que ele sempre trazia. Meu coração disparou com uma experiência que eu nunca fora capaz de sentir em minha vida humana regular. Nem a amizade, nem o abraço de nenhuma mãe, nenhum gatinho fofinho ronronando jamais inspirou esse tipo de conexão com o mundo antes. Mas agora não era hora de chafurdar na maravilha. Eu tinha que mostrar a essa árvore com quem ela estava mexendo.

Enviei minha mensagem à Anciã; minha mensagem era o poder de... do quê? Eu não sabia o que era. Senti uma mão pegar a minha e gentilmente abri o olho para ver Falco ali parado, olhando para mim em pânico, com a preocupação estampada em seu rosto. Isso me fez sorrir. Eu tinha amigos na Floresta Verde, fae que se importavam comigo. Uma ideia se formou em minha mente, então – talvez eu soubesse o que minha mensagem poderia ser. *O poder do amor, talvez*? Mas como era possível que o amor fosse mais poderoso que qualquer uma das coisas que me mostraram, ou qualquer coisa que eu já havia experimentado até então que haviam me assustado ou machucado? Eu não sabia a resposta para essas perguntas, mas tinha certeza de que essa pureza que corria através de mim e a meu redor n'O Verde era o amor – o poder que ligava tudo a tudo.

Com a primeira consciência de minha mensagem, notei que a árvore quis resistir. Seus ramos estremeceram e endureceram. Abri os olhos completamente e testemunhei essa reação ocorrendo enquanto meus ouvidos captavam as rachaduras sinistras que saltavam das árvores vizinhas. O terreno ondulou sob nossos pés quando as raízes da árvore começaram a lutar com os fios de energia que chegavam, amplificados pela canalização de energia da linha *ley*.

Todos os elfos ali perto tinham expressões de pânico no rosto, incluindo Robin, que geralmente era muito difícil de intimidar. Soltei a mão de Falco e segurei a minha própria em uma mensagem de tranquilidade, dizendo a meus amigos em silêncio para esperar e ver o que aconteceria. Eu me senti confiante de que meu plano ia funcionar e que eles não estavam em perigo.

A Anciã me empurrou com sua vontade, insistindo em manter esse véu de escuridão sobre si mesma e tudo a seu redor. Estávamos na Floresta Negra, e eu diria que a reticência da árvore provinha do fato de que não houve nenhuma luz ali por um tempo muito longo. Eu sabia, melhor que qualquer um desses elfos que tinham a sorte de nascer Fae da Luz na Floresta Verde, como alguém pode acabar aprendendo a conviver com as circunstâncias infelizes e parar de perceber quanto são ruins. Essa árvore era muito parecida comigo nesse ponto; ela havia se adaptado a suas circunstâncias e aceitara... permitira que se tornassem uma parte de si. Mas eu havia encontrado outra maneira de ver minha vida, e a Anciã também poderia – supondo que alguém se preocupasse em lhe mostrar uma alternativa e que tivesse força para resistir ao apelo constante da complacência e da escuridão.

Empurrei de volta, certa de que o véu devia ser levantado e a luz devia entrar. Calor e tensão, raiva e poder – tudo isso bombardeava minha alma através da conexão que compartilhávamos. E eu me mantive firme n'O Verde que me cercava e protegia. E me segurei firme na ideia de que era hora de a escuridão dar espaço à luz.

A árvore gigante deu mais um gemido de resistência, a terra se contraiu mais uma vez – com tanta força que mandou vários elfos para o chão –, e então a Anciã capitulou, finalmente, de bom grado, e aceitou a mensagem que eu estava enviando.

Recebi como resposta um fluxo de imagens e sons – sol quente sobre as folhas, os bebês arrulhando e respondendo a sorrisos e risadas de suas mães, o barulho do assovio dos pássaros de repente levantando voo, e a visão de montes de pólen preguiçosos que flutuavam sobre um glorioso prado florido. Sua alegria iluminava meu rosto até quase queimar. Olhei para meus amigos, os elfos, e os vi olhando para mim com uma expressão de choque primeiro, e em seguida, uma tentativa de prazer. Folhas choveram sobre nossa cabeça e um galho mais baixo da árvore gigantesca se moveu lentamente em minha direção.

Os elfos e o bruxo rapidamente se reuniram, de repente com medo de novo. Estendi a mão para tirar Tim de meu ombro, mantendo minha mão parada na direção de Falco.

– Tim, fique aqui um segundo, sim?

Tim não disse nada, pulando para a mão estendida de Falco.

Fiz um gesto com o queixo para que me deixassem.

– Vão. Eu já vou.

O galho gigante chegou aos meus pés e eu sabia exatamente o que fazer. Subi nele, apoiando-me em um galho pequeno, mas robusto, para me equilibrar. Assim que parou de se mover, o ramo começou sua escalada ascendente, estendendo-se até chegar ao próximo galho. Um por um, os braços da árvore me elevaram mais e mais, até o topo do dossel da floresta, até eu poder ver acima de tudo.

Senti a brisa e vi dois grandes gaviões circulando acima do prado próximo, à deriva nas correntes que subiam muito acima dele e empurravam contra suas asas para mantê-los no ar. Eu podia sentir o cheiro das flores e ervas, e da madeira das árvores, o barro mole do solo da floresta e os fungos e musgos sobre as partes de árvores caídas e em decomposição. Puxei energia da linha *ley* para cima e a compartilhei com essa árvore, e assisti em delírio quando pequenas folhas bebês se desenrolaram em seus ramos próximos para acolher a luz do sol que desaparecia.

Ficamos assim, a árvore e eu, por um tempo. Eu assisti a um incrivelmente belo pôr do sol começando à distância, conforme a Terra girava para a noite. Uma parte de mim queria ficar ali para sempre; era muito tranquilo e eu estava tão ligada à beleza... Nada da feiura do mundo real podia se intrometer.

Mas eu sabia que havia beleza e amor à minha espera lá embaixo também. E eu não podia abandonar aqueles que nunca me abandonariam. Tive minha folga, mas agora era hora de descer e voltar para a vida, aprendizagem, carinho, luta e talvez até mesmo morte. Eu esperava que a parte da morte estivesse bem longe, no futuro distante.

Agradeci à árvore por compartilhar comigo e pedi que me levasse para meus amigos. Era necessário, e eu logo estava no chão novamente. Tudo estava do mesmo jeito que eu havia deixado, mas, ao mesmo tempo, totalmente diferente.

O bruxo estava atordoado, olhando para a árvore de boca aberta. Os elfos sorriam e o amigo de Falco o empurrava, até que este se virou e lhe deu um soco no peito. O amigo apenas esfregou o local, franzindo a testa, mas não revidou. Fiquei feliz de ver que a hierarquia talvez houvesse passado por alguns ajustes. O sentido de unidade e de paz que eu havia ganhado comungando com a Anciã desapareceu um pouco, mas sua essência permaneceu em meu coração. Eu ia guardar essa beleza com todas as minhas forças.

Robin veio até mim e assentiu, esperando que eu falasse.

Hora de tirar a cabeça das nuvens e voltar para o mundo real. Inspirei profundamente e pus tudo para fora com um grande suspiro, sorrindo para meu amigo élfico.

– Então, a flecha era mesmo de Falco?

– Sim. Vou ter que discutir isso com os elfos cinzentos, mas se meu palpite estiver certo, isso significa que, em alguns casos, talvez com todos os elfos verdes ou talvez com apenas alguns – ele lançou um olhar para Falco e, em seguida, olhou para mim com dúvida nos olhos –, nossa mira se torna algo mais que apenas a linha de visão. Torna-se conectada ao nosso olho interior.

– Uau. Olho interior. Loucura.

Ele sorriu distraidamente.

– Sim. Pode-se dizer que sim.

Falco se aproximou com Tim em pé em seu ombro, pendurado em uma mecha de cabelo perto da orelha do garoto.

– Da próxima vez eu vou com você – disse Tim com firmeza. – Não é justo me deixar com o cabeça de gnomo aqui. Acho que temos mais um daqueles fae "Eu não acredito em xampu" aqui. Eca.

Eu sorri.

– Fechado.

Estendi a mão para que ele saltasse, contente por ninguém além de mim poder ouvi-lo agora.

Vi o olhar chocado em seu rosto e ao mesmo tempo ouvi o barulho proveniente da frente da árvore.

– O que está acontecendo aí fora? É você, *pixie*? Eu posso ouvir você, sabia? Eu estava tentando dormir!

Era a voz de Maggie.

– Oh, caralho. É ela! – disse eu em pânico. – Eu não sabia que ela estava aí. Droga, depois de tudo isso, ela está acordando só agora? Ela deve dormir como os mortos.

– Quem? – perguntou Robin, momentaneamente confuso.

O bruxo de nosso grupo finalmente falou.

– Maggie...

Ele parecia estar se preparando para um confronto, afastando as pernas e erguendo seu bastão a sua frente com as duas mãos.

– Oh, merda. Isso não é bom. – Minha mente entrou em polvorosa. *Oquefazerquefazerquefazer?*

– Faça alguma coisa, Jayne – chiou Tim em meu ouvido. – Se ela vier aqui, vai enfeitiçar todos nós! E vai saber que você mexeu com a árvore dela! E ela odeia que outros fae mexam com a árvore dela, mais do que odeia mentira!

– Cale a boca! Estou tentando pensar!

Eu podia ver a porta da frente se abrindo, um rangido alto sinalizando a chegada iminente da bruxa raivosa. O pânico que Tim estava criando em mim tornou impossível eu me concentrar.

E então, tive uma ideia. Sem tempo para o debate interno ou a preocupação com o arrependimento, mandei uma mensagem para a enorme árvore cujas pernas eram a casa de Maggie. *Por favor, tomara que funcione.*

A porta interrompeu seu movimento para a frente e a direção foi abruptamente revertida, e ela se fechou com um grande estrondo.

– Ei! – ouvimos a voz irritada de bruxa por trás da porta. – Quem está mexendo em minha porta?! Afaste-se, antes que eu o faça lamentar o dia em que nasceu!

Voltei-me para o bruxo da luz e os elfos, que me olhavam com horror, e gritei:

– *CORRAM!*

Capítulo 34

Nosso grupo correu pela Floresta Negra de volta ao nosso complexo o mais rápido que nossas pernas nos permitiram. Tim se agarrou a meu cabelo para salvar sua querida vida, gritando em meu ouvido por todo o caminho.

– Arre, puro-sangue, eia! Ela está vindo! Ela vai me dar de comida para os ratos se me pegar! Vai queimar suas sobrancelhas! Vai colocar besouros escavadores em seus ouvidos! Ela vai...

Bloqueei o resto da ladainha de horrores. Ele estava roubando batimentos cardíacos preciosos de meu sistema cardiovascular sofredor, e eu precisava de toda minha força para mexer meu corpo lento até o complexo.

O vento se agitava atrás de nós, jogando folhas podres e pequenos galhos no ar, que espetavam nossa pele e turvavam nossa visão. Lágrimas escorriam por meu rosto, e meus olhos se esforçavam como loucos para se livrar de toda a poeira e sujeira. Eu podia sentir Maggie tocando as linhas *ley* que atravessavam a floresta para operar sabe-se lá o que estava afetando o clima. Experimentei pular para a linha enquanto corria, descobrindo que era capaz de bloquear seu fluxo enquanto fugia para salvar minha vida.

Tome isso, seu saco velho! Eu havia ficado mais forte que ela a esse respeito. Eu sabia agora que podia controlar quem tinha acesso às linhas. Eu podia sentir sua frustração, e depois, senti o sucesso de meus esforços quando sua luta contra meu domínio da linha *ley* cessou, e com ela, os ventos.

Chegamos à porta do complexo em tempo recorde, todo o mundo se empurrando para entrar no corredor de uma só vez. Alguém bateu a porta atrás de nós e eu liberei o domínio sobre a linha *ley*. Uma vez lá dentro, paramos de correr e ficamos ali por um momento. O corredor estava cheio de elfos suados e sujos respirando pesado, uma garota ofegante, um bruxo chiando e um *pixie* petrificado. Não sei quem começou a rir primeiro, provavelmente Falco, mas, poucos segundos depois de a porta se fechar, estávamos todos rindo e gritando – inclusive Robin. Nossa, como era bom estar viva... E não apenas viva; era bom ter lutado para me manter viva e ter vencido.

Finn passou o braço sobre meus ombros e me abraçou apertado, enquanto ria.

– Você foi incrível, garota. Estou tão feliz por você ter aparecido naquele armazém em Miami naquele dia.

Eu estendi a mão e lhe dei um soco de brincadeira no peito.

– Eu também, Finnster, eu também.

Os risos foram morrendo e todos voltamos para as áreas mais povoadas do complexo.

– Finn, Tim e eu vamos ao escritório de Dardennes com nosso jantar. Quer vir? Vou fazer algumas perguntas sobre alguns desses Fae das Trevas e outras coisas.

– Eu não perderia isso por nada.

– Ótimo. A gente se vê lá, então. Vou me lavar primeiro.

– Parece uma boa ideia. Vou com você para os quartos.

Separamo-nos alguns minutos depois, em minha porta. Tim e eu passamos a meia hora seguinte nos vestindo antes de descer para o jantar e conversando no quarto depois de tomar banho.

– Então, o que aconteceu lá, afinal? – Tim perguntou. – Eu estava tão ocupado lutando pela vida que acho que perdi alguns detalhes. – Ele parou um segundo e depois continuou. – Você devia pedir a Netter para me arranjar uma sela.

Eu levantei a sobrancelha.

– Você deve ter "pixificado" seu próprio rabo se pensa que eu iria deixar você me selar.

– Só até eu ter minhas asas de volta...

– Que tal se eu usar uma sela quando você parar de usar xampu.

Tim olhou para mim horrorizado.

– E virar um cabeça de gnomo? Nunca!

– Pois é. Então, já sabe o que pode fazer com a sela. E para responder a sua pergunta sobre o que aconteceu, não sei de todos os detalhes, de verdade. Eu só estava agindo por instinto.

Ele bufou.

– Esse é um pensamento assustador.

– Sim, sem brincadeira. Acho que o que eu fiz foi abrir os olhos da árvore. Bem, não que ela tenha olhos... mas sua mente. Não sei se ela tem mente também. – Suspirei por conta de minha incapacidade de me expressar. – De qualquer forma, fiz que ela visse o que estava escondendo. Há muita escuridão ali naquela parte da floresta. É como uma manta cobrindo tudo. Aquela árvore não via a luz havia um longo tempo.

– É por isso que é chamada Floresta Negra, dã!

– Sim, eu sei disso. Mas por que é assim? Quero dizer, por que escolher a escuridão quando se pode facilmente optar por ser cheio de luz?

– Estou surpreso por você perguntar isso. Não acha que já sabe a resposta? – Tim olhava para mim todo sério, e tentei evitar seus olhos.

Ainda bem que suas asas ainda não estavam totalmente curadas, caso contrário, sei que ele estaria zumbindo ao redor de meu rosto, recusando-se a deixar que eu desviasse o olhar.

– Que seja. Acabei de mostrar à árvore o outro lado da moeda.

– Maggie vai ficar louca – disse ele com cuidado.

– Sim, e daí? Ela me vendeu para os Fae das Trevas. Espero que a árvore chute a bunda flácida dela para fora.

– Ela não vai.

– Sim, eu percebi. Qual é a conexão dela com a árvore, afinal? Como é que ela começou a viver ali, dentro dela, assim, e a árvore deixou?

– Você vai ter que perguntar a ela – respondeu Tim misteriosamente.

Eu não sabia se ele não queria dizer que não sabia; ou se só não ia me contar.

– De jeito nenhum. Eu não vou chegar perto dessa puta velha ranzinza. Não nesta vida.

– Você esquece que isso é muito tempo, agora que é fae...

– Não, não esqueço. Foi isso que eu quis dizer.

Tim suspirou.

– Você não quis dizer isso. Maggie pode ter nos vendido uma vez, mas ela nos ajudou também.

– E daí? Ela é só uma bruxa estúpida. Vou procurar outra amiga bruxa para me ajudar.

Tim subiu em sua cama e começou a pular para cima e para baixo no colchão.

– Como quiser, chefe.

Ele parecia um minimoleque de três anos saltando na diagonal, para a frente, para trás, para os lados, esticando seu corpo para obter o máximo de altura que podia, tentando rachar o ar.

– Que diabos você está fazendo?

– Treinando.

– Treinando para quê? O circo? Existe circo *pixie*?

A imagem de Tim com uma roupinha de palhaço era quase demais. Fiquei imaginando se poderia pedir a Netter para nos arranjar um pequeno traje de palhaço, com um nariz vermelho minúsculo e sapatos molengas...

– Não, sua espertinha, não estou treinando para o circo, e *não*, não existem circos de *pixie*. Nós não nos ligamos em idiotice gratuita.

– Você quase me enganou com essa – murmurei baixinho.

– O quê? – disse ele sem fôlego enquanto continuava pulando como um louco.

– Eu disse, está pronto para jantar?

– Sim... deixe só eu terminar... este movimento...

Ele tomou um último impulso feroz no colchão, lançando-se no ar, tentando fazer algum tipo de cambalhota. Mas eu pude ver no meio da manobra que não ia conseguir. E eu estava muito longe para ajudá-lo, do outro lado do quarto.

Vi seu corpo se arquear bem lentamente sobre a cama e em cima da cômoda, em trajetória direta para o frio chão de pedra. Soube nesse momento que ele estava prestes a se espatifar e que não havia nada que eu pudesse fazer para detê-lo.

Meu coração gritou algum tipo de oração desesperada e louca no éter; eu nem sabia o que era, aconteceu tudo tão rápido. O Verde passou por mim e se lançou por minhas mãos estendidas, que estavam congeladas no lugar, já que eu involuntariamente as esticara tentando alcançar e salvar Tim do outro lado da sala. Meu peito parecia que ia rebentar com o fluxo de energia que passava através de mim.

Ele atingiu Tim como um raio laser, capturou-o no ar e o suspendeu acima da pedra fria. Ele ficou flutuando em uma bolha verde radiante por alguns segundos até que pareceu se equilibrar, com as mãos para cima e para a frente como se estivesse sentindo as paredes.

O olhar em seu rosto era típico de Tim. Por uma fração de segundo houve pânico... E depois, alegria absoluta. Eu podia ver sua boca se movendo, mas mal podia ouvir suas palavras. Ele parecia estar debaixo d'água. Continuou fazendo movimentos parecidos com saltos dentro da bolha, como se quisesse ir para algum lugar. A bolha se esticava e se movia para acomodar seus movimentos.

Minhas mãos ainda estavam à frente, mais devido ao instinto que qualquer outra coisa. Eu não tinha nem a mínima ideia do que estava fazendo ou o que deveria fazer em seguida. Fiquei só observando Tim e suas travessuras loucas dentro da bolha. Ele fez um gesto em direção ao seu quarto situado na cômoda.

Finalmente encontrei minha voz de novo.

– Quer que eu o leve para a cômoda?

Ele acenou com a cabeça furiosamente e saltou para cima e para baixo um pouco mais, tudo ao mesmo tempo, e ainda gritando até quase explodir sua cabeça idiota de *pixie*.

– Eu não consigo ouvi-lo, idiota. Espere um segundo.

Eu estava com medo de deixá-lo cair. Não fazia ideia de onde esse poder vinha e como eu o estava controlando. *Eu o controlava ou ele me controlava?* Eu não me lembrava de ter pedido a'O Verde para aparecer, o que era algo que eu normalmente tinha que fazer para que coisas remotamente parecidas com isto acontecessem. Olhei para a luz verde saindo de minhas mãos e o caminho que levava até Tim. Não estava me machucando ou me cansando mantê-la fluindo, mas eu não tinha ideia de como ela começara ou de como desligá-la. Concentrei-me em meu interior, na conexão com a fonte dessa corrente de luz, tentando descobrir como poderia controlá-la ou, pelo menos, influenciá-la.

Senti algo diferente ali n'O Verde nesse momento. Eu não conseguia tocá-lo, no entanto. Não eram trevas, mas não era a pura luz clara d'O Verde também. Lembrava-me algo velho... alguma coisa... profunda e misteriosa... como a Anciã.

Algo da árvore havia passado para mim? Ou será que de alguma forma ela entrou n'O Verde quando eu os conectara? *Porra, eu queria não ter prendido Maggie em sua casa e a irritado, para poder perguntar isso a ela.* Suspiro. Outra ponte queimada. Eu ia ter que parar de fazer isso em algum momento da vida, especialmente agora, que ia ser tão longa. *Espero...* Acho que sempre havia a chance que minha total falta de conhecimento do que eu estava fazendo pudesse se voltar contra mim, tornando-me um dos fae de vida mais curta da história. Esperava que não fosse nesse dia.

– Aguente aí, Tim. Estou tentando entender essa coisa.

Concentrei-me na essência mais profunda que estava comigo nesse momento. Pensei em como antes eu tivera meio que uma queda de braço com a Anciã para que ela fizesse o que eu queria e aceitasse o que me parecia a verdade inevitável. Esse novo fluxo que eu estava sentindo precisaria de uma mão mais firme do que eu estava acostumada a usar em minhas conexões.

Já mais segura, uma vez que resolvi submeter a luz à minha vontade, ela respondeu. Movi as mãos lentamente para a esquerda, orientando a bolha com o *pixie* até a cômoda. Logo Tim estava suspenso acima de sua cama. Estava pulando para cima e para baixo, excitado, o que estendia a bolha longitudinalmente. Ele estava completamente desinformado do fato de que eu estava preocupada de acabar jogando-o no esquecimento com cada movimento meu.

Muito bem, e agora? Eu podia sentir que O Verde queria ficar comigo. Era como um filhote de cachorro ansioso arrastando a guia. Deixei de lado os pensamentos sobre quanto trabalho e dificuldade traz um filhote de cachorro ansioso. Tinha que domar esse infeliz ali e imediatamente, ou seria um pesadelo ambulante para os Fae da Luz; como se já não fosse suficiente eu colocar as pessoas em coma e lançar flechas pela floresta como drones militares.

Torci a luz verde em minha mente, exaurindo-me com o esforço. Eu podia ver a bolha ficando mais fina, mas Tim ainda permanecia lá dentro.

Houve uma batida na porta, mas eu não queria correr o risco de quebrar minha concentração, de modo que ignorei. Pude ouvir o ranger da porta se abrindo e depois a voz de Becky.

– Uuaaauuuuuu, isso é incríííveel. Como você fez isso?

– Não faço ideia. E não consigo desligar – disse eu, nervosa.

– Oh. Bem, isso é um problema, não é?

– Sim, uma merda. Alguma ideia?

Olhei para ela brevemente enquanto se aproximava alternando olhares nervosos entre Tim e eu.

– Talvez você pudesse, sei lá, abaixar os braços...

Comecei a mexer as mãos para os lados e a bolha saltou descontrolada, fazendo Tim bater de um lado a outro lá dentro. Ele lutou para se levantar, todo irritadinho porque bagunçara seu cabelo. Alisou-o enquanto me olhava feio.

Coloquei as mãos de volta em posição, certificando-me de que Tim estava mais uma vez suspenso sobre sua cama.

– Alguma outra grande ideia?

– Ei, não jogue sua raiva em mim, só estou tentando ajudar.

Ela me mostrou a língua.

– Tente mais, menina H_2O, meus braços estão ficando cansados.

– Vou chamar alguém. Já volto.

– Quem você vai chamar? – gritei, mas ela já havia ido embora, desaparecendo no ar, provavelmente só para me irritar.

Ela sabia que eu tinha inveja de suas loucas habilidades de teletransporte.

Becky estava de volta em menos de um minuto.

– Ela vai chegar aqui em um segundo.

– Quem? – perguntei, desconfiada.

Mas, então, eu soube. Meu quarto, que era totalmente fechado para o mundo exterior, de repente estava cheio de vento.

– *Que diabos você fez, Becky?* – sussurrei com raiva.

Um minitornado surgiu no ar fino perto do teto e, em seguida, pousou a meu lado. Seus giros foram diminuindo de velocidade até que pude ver Céline tomando forma.

Olhei para minha amiga.

– Essa foi a melhor ideia que você teve? Dedurar-me?

Becky revirou os olhos.

– Eu não a dedurei. Céline vai ajudá-la, e não puni-la. Ela gosta de você, idiota.

Então, Becky tentou me cegar com um sorriso tão brilhante que poderia bloquear o sol.

Eu só balancei a cabeça para ela.

– Tanto faz.

Malditos espíritos felizes da água.

O Verde aguentava firme e forte. Nem meu nervosismo por Céline estar ali teve algum efeito sobre ele. Tim se sentou na bolha com as pernas cruzadas. Eu podia perfeitamente imaginá-lo ali dentro segurando um saco de pipoca no colo. Minhas asneiras eram entretenimento total para *pixies*.

– Jayne – disse Céline, parecendo um pouco surpresa –, olá.

– Oi.

Tentar agir casualmente enquanto se segura um raio de luz verde que termina em uma bolha com um *pixie* preso dentro é impossível.

– O que é que temos aqui? Ou você não sabe?

Ela olhou para Becky, que eu podia ver pelo canto do olho que balançava a cabeça e murmurava a palavra "não".

– Bem, o que temos aqui é que fui salvar Tim e depois fiquei presa no "modo salvação".

– Ah, sim. Estou vendo. E você precisar de ajuda para... digamos assim, desligar a energia?

– Sim. Isso é exatamente o que necessito.

Eu já me sentia melhor, depois de ter definido o problema.

Céline olhou para a bolha e depois para mim. Eu tentei sorrir, mas tinha muito medo de que Tim ficasse para sempre preso em uma das minhas asneiras.

– Vamos tentar isto... Tente se concentrar em outra coisa, em vez de pensar n'O Verde, em outra coisa ou outra pessoa. Como seu amigo Tony, por exemplo.

Dizer era mais fácil que fazer. Tentei pensar em outra coisa, mas meu pânico aumentaria assim que eu visse a bolha começar a se mover. Eu estava com medo de que Tim começasse a voar ao redor da sala e se espatifasse em uma parede.

– Não posso. Continuo pensando que a bolha vai se afastar de mim e não vou saber pegá-la de novo. Nem a Tim.

Uma batida na porta tirou minha atenção. Senti Becky sair de meu lado e abrir a porta atrás de mim. O som da voz de Spike encheu a sala.

– Muito bem... o que temos aqui?

Becky falou em voz baixa.

– Ela está presa. Não consegue soltar.

Spike postou-se atrás de mim e falou baixinho em meu ouvido.

– Fez merda de novo, não é verdade, Problema?

– É. Pode-se dizer que sim.

Spike se dirigiu a Céline.

– Então, qual é a boa? Você vai tirá-la dessa confusão?

– Estou tentando – respondeu ela com frustração na voz. – Mas receio estar um pouco fora de meu elemento. Sou apenas uma serva do Vento. Eu não o comando. Ela tem um controle muito maior aqui do que aquilo com que estou familiarizada.

– Deixe-me tentar.

Olhei para Céline perguntando se ela ficaria bem com uma criança trocada íncubo se metendo onde ela havia fracassado. Eu não devia ter me preocupado, porque Céline não se importava com ego ou *status*.

– Por todos os meios – ela apontou para mim –, veja o que você pode fazer.

Spike deu a volta para ficar onde eu poderia vê-lo. Ele era tão ridiculamente bonito que eu mal suportava olhá-lo. Toda a tensão sexual fez a bolha começar saltar de novo, e Tim parecia um pouco em pânico. Ele ergueu as mãos, firmando-se contra o brilho verde curvo enquanto lançava olhares preocupados para nós.

Spike sorriu para mim.

– Ei, querida, você está bem?

Ele estendeu a mão e acariciou meu braço, provocando-me arrepios na espinha. O brilho verde se intensificou.

– Não estou tão certa de que essa é a melhor abordagem, Spike – alertou Becky. – Você está piorando as coisas.

– Shhhh... Só vou guiá-la em um pequeno exercício que os íncubos usam para melhorar o foco, tudo bem?

Balancei a cabeça, não confiando em mim mesma para falar. Se esse exercício com foco incluísse ele ficando mais perto ou me tocando mais, teríamos um problema.

– Tudo bem. Agora, olhe para a luz verde em suas mãos. Bloqueie as visões de qualquer outra coisa. Concentre-se apenas na luz.

Dei o meu melhor para fazer o que Spike estava dizendo, mas ele estava muito perto. Visões de luzes verdes guerreavam com visões de Spike sem camisa... de Spike se inclinando sobre mim... Spike me beijando.

A luz verde ficou mais brilhante novamente, e a bolha mais escura. Tim estava acenando com as mãos, gesticulando para eu parar.

Suspirei, frustrada.

– Isso não vai funcionar se eu puder vê-lo ou ouvi-lo, Spike.

Spike se afastou e sussurrou algo para Becky. Ouvi-a dizer:

– Eu já volto.

– Becky vai buscar Valentine – disse Spike. – Ele vai ser capaz de ajudá-la.

Ah, ótimo. O mentor de Spike. A última vez que eu o vira em ação, ele quase drenara a energia vital de Chase.

Spike ficou fora do meu alcance visual, mas eu sabia que ele ainda estava lá. Mantinha minha luz brilhando intensamente.

A porta do quarto se abriu com um estrondo e em seguida pude ouvir Valentine atrás de mim.

– Ah. Meu. Deus. Em que você se meteu agora, doçura?

– Estou meio presa. Spike disse que você pode me ajudar a me concentrar e me tirar dessa disputa.

Valentine se dirigiu a Spike.

– Como é que você não conseguiu, queridinho?

Spike pigarreou, constrangido.

– Ela não consegue se concentrar direito quando estou por perto.

– Tsc, tsc. Amor jovem. Sempre interferindo no fluxo. Quantas vezes eu lhe disse? Não há espaço para o amor na vida de um íncubo.

Antes que Spike pudesse responder a essa interessante informação que eu estava tentando não deixar que me incomodasse, Valentine se aproximou de meu ombro.

– Muito bem, gracinha. Eis o que você vai fazer. Concentre-se na luz verde adorável que está saindo de suas mãos. Concentre-se nisso e nada mais. Ouça minhas palavras, mas, faça sem pensar em mim. Sei, eu sei... Como é que você vai parar de pensar em Valentine? Como alguém poderia? Acredite, menina, eu ouço o que você está dizendo. Mas tente. Tente com força.

Eu podia ouvir Becky bufando atrás de mim, e isso me fez sorrir.

– Juntou-se com a luz bonita. *Mmm-hmmm*, é isso aí, é só você e o poder. Nada mais importa. Comungue com ele. Misture-se a ele. Receba-o dentro de você. Ele é você e você é ele. Vocês são um.

Enquanto suas palavras zumbiam em cima de mim, eu me senti entrando em um reino mais focado. Agora podia sentir o fluxo de energia e como ele continuamente corria através de mim sem ir embora.

– Quando estiver totalmente conectada mentalmente, pegue esse fluxo e puxe-o de volta para você. Mostre quem é que manda. Mande-o vir. Você está no comando, querida, você é o capitão desse navio. Mostre a ele seu vigor. Não segure nada. Você é a rainha da luz verde. Esta é sua casa.

Eu sou a chefe, eu sou a chefe. Volte para cá, luz verde. Não me faça colocar orcs em volta de sua maldita árvore.

Não sei se esse último pensamento foi o que fez efeito, mas, de repente, senti uma mudança no poder. Agora O Verde não estava fluindo através de mim... Eu estava fluindo através dele. Irresistível. Controladora.

Movimentei as mãos até que Tim ficou distante apenas um pé de *pixie* acima de sua cama. Então, visualizei-me pegando o fluxo e empurrando-o de volta para o chão embaixo dos meus pés e através do andar de baixo.

Como se eu houvesse desligado um interruptor de luz, o brilho verde sumiu, levando a bolha consigo. Tim caiu direto em sua cama, onde saltou uma vez e, em seguida, sentou-se com as pernas cruzadas e os olhos arregalados. Isso durou cerca de um segundo antes de ele se levantar e começar a gritar.

– Whooooo hoooo! Isso foi incrível! Faça de novo!

Fui até ele rapidamente, fixando nele um olhar furioso.

– Pare de ficar pulando feito um *pixie* porra louca antes que aperte o gatilho de outra bomba nuclear.

Tim parou de pular e fez beicinho para mim.

– Desmancha-prazeres.

– Desmancha-prazeres, uma ova! Você não percebe que isso foi sério?

Becky se aproximou e tocou meu braço.

– Está tudo bem agora, Jayne. Relaxe. Tim está bem.

– Sim, mas...

Eu não podia colocar em palavras o que estava pensando. Não conseguia afastar as imagens de Tim sendo frito ou explodido por um fluxo de energia que saía de mim e que eu não podia controlar. Meus outros erros com O Verde eram diferentes. O poder parecia mais passivo. Só deixava as pessoas indiferentes e felizes. Mas esse era quase agressivo. Eu tinha medo do que ele poderia fazer se saísse pela culatra.

Spike pegou minha mão e me puxou para si, achatando-me contra seu peito.

Céline falou:

– Bem, se não sou mais necessária aqui, vou jantar. Acredito, Jayne, que você vai se juntar a Anton em sua sala, certo? Será que a verei lá?

Balancei a cabeça, incapaz de falar, pois respirava o cheiro de Spike e ele estava olhando dentro dos meus olhos com um sorriso *sexy* no rosto. Eu podia ver seus dentes brilhando por trás de seus lábios.

Valentine quebrou meu torpor, que estava ficando quente demais, dizendo:

– Muito bem, queridinhos, posso ver que vocês não precisam mais de mim. Vou deixá-los com seu amor sem sorte. *Au revoir*.

Balancei a cabeça para tirá-la da terra de Spike por um segundo, olhando enquanto ele se afastava.

– Obrigado, Valentine. Agradeço sua ajuda.

– Oh, não foi nada. Você fez bem. Acho que você teria sido uma súcuba absolutamente divina. Tanto controle... tsc, tsc...

E então ele se foi, fechando a porta atrás de si.

– Então, gente, hora do jantar, certo? – disse Becky, injetando falsa alegria em sua voz.

– Sim – Tim concordou. – Hora de jantar, não de trocar saliva!

Virei-me e fiz uma careta para ele.

– Só mais uma coisa, Tim. Diga só mais uma coisa.

Ele mostrou a língua para mim e se sentou em sua cama, colocando os mocassins de volta.

– Estou com fome. Estou autorizado a dizer isso? Ou você vai me colocar dentro da bolha de novo?

Revirei os olhos e respirei profundamente para me acalmar.

Spike estava sorrindo para nós.

– O que ele disse?

– Ele está com fome. E fica irritado quando está com fome. – Olhei para Tim quando terminei. – Por isso não vou apertar a bunda dele, como ele merece.

Fui recompensada com um peido de *pixie*.

Empurrei Spike para longe, totalmente sem clima para romance.

– Obrigada por tudo, Spike.

Ele estendeu a mão para me puxar de volta.

– Que tal um beijo pelo... sucesso.

Olhei para ele como se fosse louco.

– Não. Por alguma razão, graças a Tim, eu não estou de bom humor.

Spike franziu o cenho, brincando.

– Talvez mais tarde.

Seu sorriso voltou.

Becky pegou minha mão.

– Vamos lá, menina amante, vamos embora.

– Espere um segundo. – Puxei-a comigo para a cômoda. – Suba, Tim. O trem do jantar está saindo.

Ele pulou da cama e correu para subir em meu ombro, segurando um punhado de cabelo um pouco grande demais.

– Eu avisei, Tim.

– Tudo bem.

Ele diminuiu a força com que segurava meu cabelo.

– E nem sequer pense no que você está pensando, ou você vai andar no sapato.

Eu nunca fizera isso com ele antes, mas faria. Mais um peido de *pixie* e ele estaria ferrado.

– TThhhpppt. Talvez você deva fazer um pouco de amorzinho molhado woo-woo com Spike. Vai animá-la.

Não me dignei a responder a sua sugestão, possivelmente porque uma parte de mim concordava. Mas eu não podia confiar em mim para lidar bem com isso, e nem sabia mais se era seguro para Spike. Quem sabia? Eu poderia acidentalmente colocá-lo em uma bolha e depois não ser capaz de tirá-lo. Ele morreria de fome lá.

Tentei não pensar mais no assunto enquanto nos dirigíamos porta afora para pegar um pouco de comida e ir ao escritório de Dardennes.

Capítulo 35

No momento em que finalmente peguei meu prato de comida e cheguei, a sala de Dardennes estava cheia dos meus amigos. Finn estava sentado ao lado de Becky em um sofazinho. Dardennes e Céline estavam em sua mesa juntos. Spike e Scrum estavam em pé, enquanto comiam com seus pratos em uma mesinha – o de Scrum estava cheio de carne movediça e outras coisas brutas, o de Spike quase vazio. Tony acenou com um pão para mim da única cadeira posicionada em frente a Becky e Finn.

– Olá, desculpem o atraso. Foi culpa de Tim.

– Ei! – gritou ele em meu ouvido, mas eu o ignorei.

Uma pequena vingança seria tudo que um médico receitaria para me animar, e eu não tinha problema nenhum com a automedicação.

– Sem problemas – disse Dardennes com um sorriso na voz. – Estávamos apenas conversando. Sugiro que comecemos agora, contudo, e todos vocês devem se sentir livres para comer enquanto falamos. Eu sei que vocês têm trabalhado duro e precisam se assegurar de ter a energia necessária para sua formação continuada.

Eu não via nenhum sentido em rodeios, por isso, sentei-me ao lado de Tony e imediatamente comecei a fazer perguntas.

– Primeiro, eu gostaria de saber qual é a ligação de Céline com Maléna.

Olhei para meu prato agindo como se estivesse interessada em minha comida. Eu não queria que ela pensasse que a estava desafiando, mas estava mais que apenas um pouco curiosa.

– Céline? – disse Dardennes. – Vou deixar essa para você, querida.

Céline pigarreou.

– Bom. Maléna é... minha irmã.

Olhei para ela, dizendo:

– Eu sabia. Eu sabia mesmo essa. Vocês são gêmeas? Porque você se parece muito com ela.

Sua boca se torceu ligeiramente, mas parecia mais uma careta que um sorriso.

– Não. Nós não somos gêmeas. Ela é mais nova que eu.

– Então, por que ela é... – começou Becky, mas depois parou com o rosto vermelho.

Olhei para Becky, vi que ela não ia terminar, e disse:

– Eu acho que o que Becky quer saber é por que Maléna é Fae das Trevas e você é Fae da Luz?

Olhei para Becky e ela acenou para mim, com o rosto ainda em chamas.

– Nós duas éramos Fae da Luz. Então ela... conheceu alguém. Um elfo prateado das trevas. Ela se apaixonou, e então... foi embora. Ela se juntou a ele e aos Fae das Trevas.

– Que chato – disse Scrum, mostrando a comida meio mastigada na boca.

– Sim – concordou Céline, limpando a garganta novamente. – Chato, como você diz.

– Quem é o sujeito? – perguntou Spike com um olhar astuto para Dardennes.

Céline olhou para Dardennes.

– Anton? Acho que essa é para você.

Ela olhou para a mesa, mas não antes que eu visse a tristeza em seus olhos.

Dardennes não respondeu de imediato. Ele suspirou, olhando para o nada por um momento. Então, olhou para nós, um de cada vez. Quando seus olhos caíram sobre mim, ele respondeu.

– O Fae das Trevas, elfo de prata por quem ela se apaixonou... fui eu.

As reações irromperam pela sala.

– O quê? – disse eu, chocada, apesar de uma pequena parte de mim não ter ficado surpresa.

– Como pode isso? – perguntou Tony, confuso.

– Ooops – disse Becky, dando de ombros.

Spike apenas sorriu, com um ar todo astuto. Ele já devia ter percebido tudo. Ele e Valentine eram os fofoqueiros do complexo. Anotei mentalmente um lembrete para falar com ele sobre isso mais tarde e descobrir o que mais eles sabiam.

Finn apenas olhou para sua comida, mastigando e não fazendo contato visual com ninguém.

Uma vez que todos pareciam muito desconfortáveis para continuar, eu decidi assumir o interrogatório.

– Então, ela era uma Fae da Luz, apaixonou-se por você, juntou-se aos Fae das Trevas, e depois? Você a deixou lá e veio para cá?

O homem parecia totalmente insensível. Olhei para seu rosto, mas ele não parecia estar com raiva; era mais como resignação.

– Essencialmente, sim. Mas há muito mais que isso.

– Muito mais, como o quê? – pressionei.

– O Conselho dos Fae das Trevas me pediu para fazer algo com que eu não concordava, o que se configurou em abandono dos meus deveres para com eles, e pediram que eu saísse.

– O que foi que você se recusou a fazer? – perguntou Finn, agora parecendo prestar mais atenção à conversa.

– Disseram para eu sequestrar Céline e levá-la para eles.

– Uau. Drama de novela ruim. Colocando amante contra amante e irmã de amante – disse Spike.

Balancei a cabeça para ele. Às vezes me assustava ver com ele se parecia com Valentine.

– Por que Maléna não veio para cá com você? A irmã dela está aqui – disse Tony, que havia abandonado completamente a pretensão de comer e tinha toda a atenção voltada para a conversa.

– Estávamos juntos como Fae das Trevas por muitos anos. Mas havia outros... Fae das Trevas cujas crenças fundamentais eram diferentes das minhas, e depois de muito tempo, percebi que não poderia continuar a apoiar uma missão que eu desaprovava tão fortemente. Sequestrar Céline foi, como se costuma dizer, a gota d'água para mim.

– Mas Maléna não se sentia assim?

– Não. Ela não saiu... E tinha outras razões para ficar.

Parecia o casamento dos meus pais – estressante e infeliz. Gostaria de saber se os fae podiam se divorciar.

Céline intercedeu.

– Minha irmã é uma pessoa muito teimosa e brutal. Ela acredita firmemente na superioridade dos fae como espécie e pensa que nossa posição deve ser afirmada por sobre a espécie humana para o bem de todos os fae, independentemente dos métodos usados. Ela justifica suas ações por quaisquer meios possíveis. Nem ela nem seus compatriotas conseguem ver como sua filosofia vai realmente prejudicar todos os fae.

Finn falou novamente.

– Acho que não estão claras as diferenças entre nós e eles. Tudo que ouço é que eles são os maus e nós somos os bonzinhos, e que nos preparemos para a batalha. – Ele fez uma pausa, olhando para todos nós, crianças trocadas. – Sabem, isso me lembra a aula de educação cívica na sexta série, quando estudamos a Guerra Civil. Um monte de famílias dilaceradas; alguns irmãos brigando pelo Sul, outros pelo Norte. Tudo por causa de suas diferenças filosóficas.

– Finn está certo – disse Tony. – Acho que entendo o que são as diferentes filosofias por conta de meu trabalho com os elfos cinzentos, mas não me importaria de ouvir uma explicação oficial de você, Dardennes, sobre o que são realmente.

Dardennes sorriu para nós com paciência.

– Acho que, talvez, esse esclarecimento esteja muito atrasado. Sei que foi mencionado em certa medida, quando lhe foi oferecida pela primeira vez a oportunidade de fazer a mudança. Mas tantas coisas aconteceram na vida de vocês, de uma só vez, e tem sido tudo meio esmagador... Eu ficarei feliz de explicar com mais detalhes. – Ele olhou para Céline. – Sinta-se livre para adicionar algo a meu discurso a qualquer momento.

Céline assentiu com a cabeça.

Dardennes se voltou para nós.

– Como ex-membro dos Fae das Trevas e seguidor de seu credo, posso explicar isso para vocês assim: os das trevas acreditam que os fae são uma espécie superior. Que temos habilidades sobrenaturais, estamos ligados à magia do universo e temos relações íntimas com os elementos. Alguns podem até andar entre o nosso mundo do aqui e agora e os Outros Mundos. – Ele fez uma pausa para olhar para Tony e depois continuou. – Os seres humanos não têm nenhum desses talentos, não podem fazer qualquer coisa dessas. Além desse senso natural de superioridade, os fae têm necessidades que podem, ou em alguns casos devem, ser atendidas pelos seres humanos. Essas necessidades incluem o sustento; por exemplo, íncubos e súcubos usam a energia sexual e a vida humana para se alimentar; e também há a necessidade de seus recursos. Há muitos fae no mundo, mas existem ainda mais seres humanos. Nós dependemos deles para a manufatura, o sistema bancário, a agricultura... Como muitos de nós comemos alimentos que não são humanos, precisamos também de sua expressão artística. Alguns fae prosperam em ambientes mais criativos, os humanos os ajudam a ficar com os pés no chão e estáveis.

– Então, se isso é verdade para todos os fae, onde está a diferença entre a luz e as trevas? – perguntou Becky.

– A diferença está na forma como acreditamos que os seres humanos devem ser tratados e qual papel devem desempenhar na sociedade. Os Fae da Luz acreditam que nossa melhor chance de sobrevivência e de ter acesso aos recursos fornecidos pelos seres humanos é ficando escondidos, para continuar a operar em suas sombras e sonhos, não em suas realidades. No entanto, os Fae das Trevas não concordam. Eles querem estar à frente dos seres humanos, querem vivem ao ar livre, não mais esconder quem são e o que fazem. Eles querem exercer seu poder sobre os seres humanos e afirmar sua dominação fae.

– Tudo bem – disse Finn – posso entender. O que não entendo é por que não fazem isso. Por que lutar contra os Fae da Luz, afinal? Eles não precisam de nossa permissão.

Céline entrou na conversa, e notei Tony acenando com a cabeça enquanto ela falava.

– Eles não têm Fae das Trevas suficientes para resistir a um combate contra a espécie humana. Há milhões de seres humanos a mais que fae. O saldo era diferente há muitos anos, mas, mesmo assim, havia uma preocupação com a capacidade dos Fae das Trevas de aguentar não só a resistência humana, mas também a oposição dos Fae da Luz, que se juntariam aos humanos. Eles supõem justamente que nos uniríamos aos humanos na luta contra eles porque acreditamos que seria a única maneira de vivermos juntos. Uma vez que os seres humanos se tornem conscientes dos fae, naturalmente vão querer nos exterminar. Somos uma espécie diferente e alienígena de muitas maneiras, portanto, uma ameaça que teria que fingir ser humana e lutar contra os Fae das Trevas apenas para sobreviver às consequências.

– Sim, mas com as habilidades sobrenaturais dos fae, não importa que os seres humanos tenham números maiores. Um fae vale cerca de dez seres humanos em termos de força. Ou, em alguns casos, mais – disse Spike olhando diretamente para mim.

– Não – disse Scrum, mais uma vez no meio da mastigação. – Você tem que considerar o fator medo dos humanos. Isso os torna mais fortes. Além disso, todos os seres humanos podem ter o poder de fogo, só precisam de uma arma.

– Ou um arco e flecha, acho – disse Spike, disparando um olhar para Finn, que inclinou a cabeça em reconhecimento.

– O demônio está correto – disse Dardennes. – O temor do sobrenatural é incrivelmente poderoso. Os seres humanos podem pensar que ficariam felizes de saber que vampiros e lobisomens realmente existem, como uma noção romântica, mas se um dia forem confrontados por um que esteja tentando sugar sua vida ou até mesmo comê-los, vão se sentir de forma diferente.

Eu ri disso.

– Eu sei que meu primeiro encontro com um lobisomem de verdade não foi exatamente como sempre imaginei.

Becky sorriu.

– Pois é! Onde estão todos os Taylor Lautners sem camisa, afinal?

Os garotos olharam para nós com pontos de interrogação flutuando acima da cabeça.

– Não importa – disse eu voltando o olhar para Dardennes. – Então, qual é o plano? Derrotar-nos? E como eles vão realizar seu objetivo se todos nós estivermos mortos?

– O plano não é nos derrotar – disse Tony. – O plano é fazer que nos juntemos a eles, por meio de intimidação e medo. Mas haveria perda de vidas. Será inevitável se nos envolvermos.

– Ah...

Que chato.

– Isso é tão... errado – disse Becky. – Ir atrás de sua própria espécie assim.

– De acordo com eles, o que estamos fazendo é errado: escondendo-nos na floresta e ficando longe do que eles dizem que é o nosso legado – explicou Céline.

– Então, por que eles se autointitulam "das trevas" e nós "da luz"? – perguntei. – Quero dizer, não é porque eles concordam que são maus por se alinharem com as trevas?

Eu não podia imaginar que eles realmente se chamassem entre si de "das trevas", a menos que fossem adoradores de Satanás ou algo assim.

Dardennes sorriu.

– Agora estamos entrando no reino teórico. Trevas, de acordo com esses fae, é apenas a ausência de luz. Trata-se, para eles, da expressão máxima de quem eles são e a força de suas crenças. Eles são um grupo de fae fortes e orgulhosos. Nenhum deles chama a si mesmo de "das trevas" no sentido de "mau". Todos eles afirmam ser os verdadeiros fae, livres das emoções e da influência humana. Eles consideram que nossa "luz" é nossa preocupação com os seres humanos e nossa necessidade de protegê-los de nossa espécie. Eles veem isso como uma fraqueza e a evitam. – Ele olhou para Céline buscando confirmação e recebeu um aceno de concordância. – Pensem nos Fae das Trevas como aqueles que se mantêm fiéis às nossas crenças originais e podem rastreá-las ao longo de muitos séculos... e os Fae da Luz como aqueles cujas ideias e valores mudaram com o tempo, adaptando-se às realidades de nosso mundo, compartilhando com os seres humanos suas mudanças de crenças e costumes.

Tentei captar o que diziam, mas era praticamente claro como lama... o que não era surpreendente, considerando quem estava contando a história. Eu não sabia se estava conseguindo entender os conceitos básicos, mas decidi tentar um chute, de qualquer maneira.

– Então, o que você chama de "das Trevas" não significa mau, significa apenas "das antigas"?

Dardennes sorriu e apontou o dedo para mim.

– Exatamente!

– E quando você diz "da Luz", quer dizer tipo... "iluminado"?

– Sim! Você entendeu perfeitamente – disse Céline, orgulhosa de mim por alguma razão.

Tanto faz. Essa merda toda não parecia um bom motivo para fazer uma guerra. E uma guerra que não era para erradicar ninguém, mas para mudar suas filosofias? Estranho.

Balancei a cabeça.

– Bem, vocês podem chamá-los do jeito que quiserem. Para mim, eles são os maus e nós somos os bons. Isso é tudo que necessito saber por agora.

– Vou dizer uma coisa... Jayne nunca nos decepciona – disse Tim com o riso na voz.

– Obrigada, Tim. Só estou tentando apontar a realidade.

Nossa atenção foi imediatamente tomada pelo som da porta se abrindo e a voz de Gregale gritando:

– Anton! Céline! Venham depressa. Tivemos uma violação! Os Fae das Trevas estão aqui!

Os lábios de Céline se fecharam, formando uma linha fina, com os cantos voltados para baixo. Estava preocupada.

– Onde? Alguém se machucou? – perguntou Dardennes.

– Perto da porta da gárgula. E sim, uma bruxa ficou ferida.

Dardennes saiu de trás de sua mesa.

– Quantos entraram?

– Não sabemos, Anton. Achamos que pelo menos dois, e um deles com certeza é uma bruxa.

– Você está pensando o que eu estou pensando? – perguntou Tim.

Eu sussurrei, voltando a cabeça para o lado para que ele pudesse me ouvir acima da comoção geral.

– Se for Maggie, vou colocá-la em um estilingue de energia Verde e dispará-la para fora da floresta. Talvez direto até a Espanha.

– Isso eu gostaria de ver.

– Pois é. Vamos rezar para que você não veja.

Fui me juntar a Dardennes e aos outros reunidos ao redor da porta.

– O que quer que façamos, Dardennes? – perguntou Tony.

Estendi a mão e ele a segurou, apertando-a de um jeito tranquilizador. Spike chamou minha atenção e acenou para mim, nervoso. Eu podia ver Becky deslizando para perto de Finn.

– Vão para seus quartos e aguardem novas instruções... com exceção de você, Tony. Por favor, vá para a sala de estratégia para se reunir com os elfos cinzentos.

– Obrigado, senhor – disse Tony antes de apertar minha mão mais uma vez e partir.

Ele correu para fora da sala, arrastando-se atrás de um Gregale de movimentos rápidos. Dardennes e Céline saíram com pressa demais, abandonando o resto de nós na porta.

– Então, vamos voltar para os quartos? – perguntou Finn com a mão sobre seu arco.

– Nem ferrando. Eu vou para a maldita porta gárgula – disse eu.

– Jaaayyyne... – alertou Tim.

– Shhh, Tim. Estou indo. Se quiser manter seu corpinho de amor-perfeito no quarto, vá em frente. Mas é melhor tomar cuidado para não ser pisado, porque eu não vou levá-lo até lá.

– Primeiro, como se atreve a sugerir que eu vá andando para o quarto? – Ele fez cara de nojo. – *Pixies* não andam. Nós voamos ou somos levados aos lugares. E segundo, eu não estava sugerindo que nos separássemos. Estava apenas recordando-lhe que recentemente mexeu com certo alguém que vive do lado de fora dessa porta, e que este certo alguém pode não ficar muito feliz em vê-la agora.

– Sim, e esse certo alguém pode ir se ferrar.

– Quem pode ir se ferrar? – perguntou Becky.

– Ninguém.

Olhei para Spike e me pareceu que ele estava prestes a dizer algo *sexy*, por isso, levantei a mão.

– Guarde isso para si mesmo, Spike, guarde.

– Guardar o quê? – perguntou Finn, tão confuso quanto Becky.

Scrum se inclinou e olhou para cada um de nós.

– Acho que ela quer dizer para ele não fazer comentários picantes...

– Já chega, demônio – disse Spike, sorrindo e dando tapinhas nas costas de Scrum, jogando-o para a frente e tirando-lhe o equilíbrio. – Então, qual é o plano, guerreiro? A porta Gárgula ou o quarto? Aonde você vai?

Scrum deu de ombros.

– Aonde Jayne for, eu vou.

Essas palavras, que ouvira Chase dizer mais de uma vez, fizeram meu coração se apertar desconfortavelmente por um segundo. Eu o perdera e perdera seu silêncio, sua presença forte e confiável. Seus incríveis bíceps e peitorais não eram fáceis de esquecer também. Olhei para Scrum e não havia simplesmente nenhuma comparação. Adônis ou o barril de cerveja com pernas? Fácil. Sem ofensa para Scrum, porque ele tentava bastante, e geralmente fazia tudo direitinho, mas eu precisava mesmo de Chase agora e desejava ardentemente que ele estivesse ali.

– Vamos lá, então – disse Finn. – Estou cansado de ficar atirando em alvos e brincando por aí. Eu quero a coisa de verdade.

– Quer dizer que você quer atirar em alguém? – perguntou Becky com descrença e censura na voz.

Finn franziu o cenho.

– Não. Quero dizer que se esses cuzões vêm a nossa casa para tentar mexer conosco, eu não vou esperar deitado. E você também não deveria, seu não violento espírito de água, porque esta é sua casa também. Se você não lutar por ela, não vai tê-la por muito tempo.

Becky engoliu em seco. Endireitou os ombros e disse.

– Tudo bem. Estou com vocês. Mas se eu desaparecer, não quero nenhum de vocês reclamando e me chamando de covarde. Às vezes... não posso evitar. Quando eu fico com medo e começo a pensar em algum lugar onde gostaria de estar, às vezes acabo simplesmente aparecendo por lá.

Ela olhou para cada um de nós esperando a confirmação de que não iríamos zombar dela.

– Essa é a desculpa mais esfarrapada e burra que eu já ouvi. "Não posso evitar? Eu desapareço por acidente"... Nossa, vocês espíritos de água são uns mariquinhas. – Tentei olhar para ela séria, mas a expressão ultrajada em seu rosto me fez rir. – Fique fria, peixinha, só estou brincando com você.

Ela fechou os lábios e piscou os olhos algumas vezes bem rápido.

– Tudo bem. Vamos – disse ela, passando por mim e saindo para o corredor.

Eu dei um passo para a frente e peguei sua mão, ficando a sua frente e em seguida puxando-a para perto, recusando-me a ser evitada e ignorando suas contínuas tentativas de ficar com raiva de mim. Seguimos Finn, que havia tirado o arco do ombro e deixara uma flecha preparada na corda. Eu já o havia visto em ação, de modo que sabia que se alguém aparecesse de um canto, ele colocaria aquela coisa para voar em uma velocidade extraordinária. Isso me fez sentir um pouquinho mais segura. Mas não muito.

Capítulo 36

Chegamos à porta da gárgula e não vimos nada nem ninguém fora do comum. Parecia estranho estarmos reunidos novamente nesse lugar por onde havíamos passado apressados não havia muito tempo, fugindo da ira de Maggie.

– Devemos sair? – perguntou Finn.

– Só abrir – disse Spike – e ver se há alguém lá fora.

– Oh, que inferno, saiam do meu caminho.

Forcei passagem até a porta com os ombros e peguei a alça do anel, puxando-a para mim e forçando todos a recuarem. No começo não vi nada; voltei-me para dizer aos meus amigos que estavam exagerando, mas depois senti: um zumbido na linha *ley*.

Voltei-me para a entrada a tempo de ver uma figura vindo das árvores em direção à porta. Era Samantha.

– É Samantha! Para trás! –gritei empurrando-os com a bunda e fechando a porta o mais rápido que pude.

Pouco antes de ela se fechar completamente, uma força começou a empurrá-la no sentido contrário.

– Merda! Ajudem! Ela pegou a porta!

Scrum e Finn correram em meu auxílio, apoiando seus ombros contra a madeira e empurrando comigo o mais forte que podiam. Mas foi inútil; a porta continuava a se abrir. Houve um rangido sinistro proveniente do corredor, como se duas forças lutassem para obter o controle.

– Ela está usando... magia – resmungou Scrum.

– Spike, venha aqui! – gritou Finn. – Eu vou atirar nela!

Becky gritou.

– Finn! Você não pode atirar em Samantha! Ela é nossa amiga!

Olhei para Becky como se ela estivesse louca.

– Ela não é amiga! Ela foi para as trevas! Ela está tentando entrar aqui para nos machucar!

A porta estava aberta cerca de um metro agora, mas até agora ninguém estava ali. Eu podia ver os músculos dos braços e das costas de Spike e Scrum lutando contra a força de Samantha. Becky agarrou meu braço, apertando-o enquanto implorava.

– Ela só se juntou a eles porque foi rejeitada por Dardennes.

As lágrimas encheram seus olhos enquanto ela me implorava silenciosamente.

Puxei meu braço para trás, empurrando-a.

– Qualquer que seja a razão, ela é quem é, e está fazendo isso para nos atacar. Você acha que ela quer entrar para tomar um chá? Acha que ela não vai nos fazer explodir quando nos vir? Esqueceu, convenientemente, acho, que ela era um dos meus sequestradores?

Eu lhe lancei um olhar de raiva tão forte que acho que ela sentiu.

Becky se encolheu ao ver minha emoção, deixando cair as mãos ao lado do corpo.

– Não é... é demais... – e em seguida ela se foi. Desapareceu no ar novamente.

– Espíritos de água do caralho! – gritei para o ar.

– Jayne, deixe-a ir. Você tem coisas mais importantes com que se preocupar – aconselhou Tim, nervoso, puxando meu cabelo como um louco. – Você precisa pegar e explodir aquela bruxa em pedacinhos!

A porta agora estava aberta o suficiente para um fae pequeno passar. Eu tinha cerca de cinco segundos antes que fosse totalmente aberta. Scrum e Spike não estavam conseguindo, seus pés deslizavam no chão de pedra polegada por polegada conforme iam perdendo a batalha, e no rosto mostravam a tensão de seus esforços. Finn ficou de lado, com a flecha preparada e curvada, no ponto. Ele estava esperando o momento certo para soltá-la e deixá-la voar.

Eu sondava as profundezas da linha *ley* mais próxima, elaborando seu poder e deixando-o rolar sobre mim, e ao mesmo tempo bloqueando o acesso de Samantha.Ouvia os sons provenientes do exterior da porta, mas ignorei-os na tentativa de me concentrar no controle d'O Verde, que agora estava brotando da terra e enchendo cada célula minha.

A porta se abriu mais e nossos olhos receberam a visão de muitos corpos. Não era mais apenas Samantha ali fora, e não estávamos mais sozinhos na porta da gárgula.

A porta abriu o que restava de supetão e bateu contra a parede, revelando um campo de batalha.

Finn correu para fora com a flecha preparada de novo. Scrum se moveu para ficar perto de mim, ao meu lado. Spike ficou para trás também, para assumir uma posição do meu outro lado. Tim era meus olhos e ouvidos, mais aptos a ver o que estava acontecendo, uma vez que muito da minha concentração estava tomada por minha tentativa de acumular e canalizar minha energia. Fomos para o gramado e entramos na briga.

Todo um grupo de elfos da luz estava lutando contra um grupo heterogêneo de Fae das Trevas. Na frente do contingente das trevas estava Samantha, com uma névoa cinza fina em torno de si. Vi como várias flechas ricocheteavam nela e caíam no chão, inúteis. Havia dois Fae das Trevas no chão perto dela, com flechas saindo do corpo – ogros, pela aparência. Desgraçados, feios e grandes.

À luz morta da noite vi Falco ao meu lado esquerdo e, em seguida, mais distante, Robin e muitos outros que reconheci de nossa formação na floresta mais cedo. Fora nesse mesmo dia que eu estivera ali? Parecia haver se passado tanto tempo. As faixas laranja e dourada que restavam do pôr do sol davam à batalha um ar surreal, como se fosse apenas um sonho ruim.

– Lá está ela! – gritou Samantha. – Derrubem-na!

Ela significava *eu*, aparentemente, uma vez que cerca de quinze conjuntos de armas se voltaram em minha direção. Vomitei uma bolha verde em volta de mim, Tim, e meus dois guarda-costas, sem sequer pensar. Enviei uma imagem por meio d'O Verde para Robin e rezei como louca que ele a estivesse comunicando a seus amigos elfos. Todos eles levantaram suas flechas, cada um escolhendo um alvo.

Agora, tudo levava para esse momento. Esse era meu último esforço para usar os poderes que eu ainda não havia aprendido a dominar, para salvar meus amigos e impedir que os Fae das Trevas entrassem no nosso complexo... e assumissem nossa vida e nos forçassem a adotar sua maldita visão de mundo.

Enviei meu poder para os elfos verdes que estavam ao meu lado, cujas assinaturas eu podia sentir, puras e leves n'O Verde, dando aos olhos de sua mente a conexão de energia e magia que seria necessária para encontrarem seus alvos, não importando quão longe estivessem ou quem fossem.

Samantha levantou os braços e vi um cajado em um deles. Ela era apenas uma criança trocada, mas parecia uma das bruxas mais experientes e mais velhas. E eu sabia que a força que ela havia usado para empurrar fisicamente nossa porta e que estava usando para se proteger das flechas mortais não era um pequeno feitiço. Ela conhecia seus poderes de merda e não tinha medo de usá-los. Eu tinha que proteger meus amigos de sua crueldade sem mostrar nenhuma piedade.

Eu não poderia colocar a bolha em torno dos elfos, ou suas flechas não sairiam do interior e seus atacantes poderiam chegar a eles e cercá-los. Em vez disso, reforcei a bolha à volta de nós quatro – Scrum, Spike, Tim e eu. Então, encarei Robin, balançando a cabeça. Hora de lançar as flechas fodonas com os olhos da mente e deixá-las cair onde deviam.

Vi o movimento da boca de Robin, o som abafado pelo cantarolar da força de luz verde que nos mantinha protegidos. As palavras que eu sabia que ele falava – *Prontos? Apontar!* – o que resultou em uma linha de armas sendo levantadas e flechas sendo puxadas para trás.

Samantha olhou de relance para eles, finalmente quebrando sua concentração por um segundo, para fazer um gesto mandando seus ogros ao ataque. Vi minha oportunidade e a agarrei. Mandei uma mensagem para Robin e o vi mudar sua trajetória para apontar para ela. Seu último comando foi emitido – *Lançar!* – E uma chuva de flechas foi lançada para o ar e disparou sobre o espaço aberto entre nós e eles.

Samantha se voltou para mim, mas era tarde demais. A flecha de Robin a encontrou parada e vulnerável a céu aberto, com sua concentração quebrada. Não sei se foi sua perda de foco ou a força especial enviada por trás dessa flecha, mas de qualquer forma, ela encontrou seu alvo.

Parte de mim se encolheu com a visão a minha frente. Ogros caíam no chão com setas espetadas neles; alguns dos maiores pareciam porcos-espinhos. Samantha ficou completamente imóvel, olhando para a flecha saída de seu peito. Eu sabia, sem me aproximar, que no final identificaria a pena como de Robin. Ela não estava em seu coração, mas do outro lado. Robin deliberadamente não dera um tiro fatal, e eu não sabia se estava feliz com isso ou não.

Três elfos das trevas permaneceram parados logo atrás e ao lado de Samantha. Eles se adiantaram, sem jeito, com as flechas armadas em seus arcos e apontando para o chão. Mantinham os olhos em nós enquanto tentavam olhar para ela.

Ela levantou a cabeça e me lançou um olhar malévolo. Encarei-a. Eu estava pronta para dar meu último golpe quando um movimento brusco me chamou a atenção pelo canto do olho.

Becky. Ela apareceu entre nós de repente, materializando-se no meio do campo. Deixei um pouco do poder cair em volta de mim porque eu precisava chegar até ela antes que Becky fizesse algo tolo, e eu não poderia ir presa nessa bolha estúpida.

– Samantha! – gritou Becky, correndo para a frente com passos hesitantes em direção a ela. – Você já foi atingida!

Samantha levantou o braço e gritou:

– Agora!

Um feixe de luz branca saiu de seu bastão e atingiu Becky direto no peito, o que a fez voar para trás e cair toda desordenada no chão. Sua perna direita ficou dobrada em um ângulo estranho e ela ficou ali, imóvel na grama, com os olhos abertos e olhando para o céu.

– Becky! – gritei, tentando correr até ela.

Scrum e Spike me agarraram pelos braços.

– Não! Jayne, você não pode ir. Fique aqui dentro onde é seguro! – gritou Scrum.

– Não, Jayne, fique! – gritou Tim, puxando meu cabelo o mais forte que pôde.

Lágrimas de raiva corriam pelo meu rosto.

– Fodam-se!

Empurrei desesperadamente as mãos de Scrum, que estavam tentando me segurar. Lutei com Spike também.

– Spike, deixe-me ir. Eu preciso ajudá-la!

Ele me segurou com seu aperto de ferro.

– Não! – rosnou. – Samantha está esperando que você faça isso. Ela está tentando matá-la. Fique aqui! – Em seguida, apertou-me mais ainda. – Veja! Becky não está mais lá! Ela se foi!

Ergui os olhos enquanto tentava me libertar e vi que o corpo de Becky havia desaparecido. Eu esperava com todas as forças que aquilo não significasse que ela estava morta. Não creio que um espírito de água poderia se teletransportar sem estar vivo, mas, ao mesmo tempo, tinha medo de que ela houvesse ido para a vida após a morte ou sido teletransportada por Naida ou alguém das profundezas obscuras de sua casa aquática.

Um movimento perto de Samantha chamou minha atenção. Vi quando três flechas partiram de trás dela em direção aos elfos verdes que haviam recarregado suas armas e puxavam os arcos de novo para terminar o trabalho que haviam começado. Quer dizer, todos, exceto Falco. Ele estava olhando de boca aberta para o lugar onde Becky havia acabado de sumir.

Vi com horror quando uma flecha voando mais rápido do que eu poderia ter imaginado trespassou seu peito e o jogou três passos hesitantes para trás antes que eu pudesse fazer qualquer coisa.

Gritei, colocando as mãos no rosto, horrorizada.

– Falco! Nããão!

Estendi a mão para ele, mas meus pés estavam enraizados no chão de medo e consternação.

Ele olhou para mim e depois para a flecha que saía de seu corpo, caindo lentamente de joelhos. Virou a cabeça, dando-me um sorriso fraco antes de cair lentamente de lado, com os olhos ainda abertos quando sua cabeça bateu na grama.

A raiva brotou em mim e assumiu o controle. Senti o poder da Anciã se derramando em minha conexão, enchendo-me com uma febre escura que corria e começava a me queimar por dentro. Voltei minha atenção para Samantha e fixei-lhe um olhar ameaçador, deixando que a bolha protetora caísse completamente.

Ela ficou ali um instante, de frente para mim, com uma flecha enfiada no lado esquerdo do peito, o sangue manchando de carmesim a frente de suas roupas. Então, ela deu dois passos para trás, para a floresta, olhando para baixo, para não tropeçar em um dos corpos espalhados pelo chão em volta dela.

– Aonde você vai? – rosnei para ela dando vários passos para a frente. – Vai correr de volta para Ben? Vai lhe dizer como você matou sua velha amiga Becky a sangue frio?

– Não é nada disso, Jayne – ela latiu para mim.

– Sim! É exatamente isso! – gritei para ela. Baixei o volume, deixando minha voz cair para um tom mais ameaçador. – Mas eu tenho uma má notícia para você, sua puta do mal. Você não vai a lugar nenhum. Seus dias como Fae das Trevas terminam aqui. Agora.

Uma luz verde tingida com a antiga escuridão da Anciã surgiu de meu corpo e em minhas mãos. Segurei-as a minha frente e virei as palmas das mãos para Samantha.

Ela levantou seu bastão e murmurou palavras em voz baixa. Eu senti um formigamento ao longo do pescoço, como se houvesse uma grande quantidade de eletricidade estática no ar.

– Jayne, pare! – gritou Tim, suplicando e puxando meu cabelo como um louco.

Eu nem sequer pestanejei. Já estava além do ouvir ou obedecer.

Liberei um fluxo de energia Verde das mãos e apontei diretamente para ela. Eu queria explodi-la totalmente, e mal podia esperar para ver isso acontecer. Mas, em vez disso, um raio iluminado de chamas vermelhas saiu das árvores atrás dela, interceptando meu raio de energia e enviando ambos os feixes para o céu em um redemoinho de luz vermelha e verde.

Que porra é essa?

E então, ouvi sua voz.

– Jayne. Deixe estar! Você não pode vencer.

Filho da puta. Eu reconheceria essa voz em qualquer lugar.

Ben.

Capítulo 37

Ben, o sujeito que não conseguia ficar fora da minha vida. Sempre metendo o nariz onde não era chamado. Agora ele ia se arrepender.

Mesmo que o som de nossas forças combinadas lutando parecesse alto para todo o mundo a nossa volta, no prado, perto das árvores, eu sabia que ele me ouviria perfeitamente quando eu disse com a voz calma.

– Ela matou meus amigos... meu povo. Olho por olho, Ben. É você ou ela. Vou deixar que decida.

– Jayne, eu não vou deixar isso acontecer. Estamos aqui para entrar no complexo, e você vai me permitir. Você vai nos deixar entrar.

Minhas narinas se dilataram com a raiva que continuava a crescer dentro de mim. Respirei duas vezes até o fundo do peito, enchendo meu cérebro de oxigênio e me preparando para o que estava prestes a fazer. Só uma vez até então eu conseguira combinar os poderes dos dois elementos que estavam a meu alcance. Eu ia fazer isso de novo, ali nesse prado, do lado de fora da porta da gárgula que dava para o complexo da luz, e extinguiria a luz de Ben para sempre. Ele se recusou a escolher entre si próprio e Samantha, então, eu faria a escolha em seu lugar. Primeiro ele, e depois ela.

– Spike – disse eu calmamente –, pegue Tim e recue.

– Jaaayyne – disse ele –, o que você está pensando? É melhor pensar bem.

– Spike! – gritei, e meu tom não permitia nenhum argumento. – Pegue Tim agora!

Spike não disse nada, mas logo senti o peso de meu pequeno amigo *pixie* deixando meu ombro.

– Prepare uma flecha, Finn – disse eu com as mãos firmes em sua posição, canalizando o poder d'O Verde da terra e da água em um fluxo que ainda estava todo emaranhado com o fogo de Ben, ambos se atirando pelo céu, separando as nuvens que se agrupavam ali e iluminando a noite que rapidamente se reunia em torno de nós.

Olhei para ver se Finn fazia o que eu pedi.

Ele ergueu seu arco e puxou a corda.

– Onde devo mirar? – perguntou ele com a voz um pouco abafada pelo ombro.

– Samantha. Disparo letal.

Vi Finn apertar os olhos, colocando Samantha em sua mira.

– Jayne! – gritou a voz de Tim atrás de mim. – Espere! Não faça isso!

– Shhhh! – disse Spike.

– Você vai se machucar! – Tim continuou a lamentar.

– O que quer que eu faça? – perguntou Scrum ao lado de meu ombro.

– Carregue meu corpo de volta para dentro se eu estragar tudo.

– É isso aí.

Eu podia sentir sua presença constante lá, não questionando, preparando-se para qualquer coisa.

E então, eu estava pronta. Meu atirador estava posicionado, meus amigos atrás de mim e Becky longe – esperava que em algum lugar seguro, não mais deitada na grama toda retorcida e olhando para o céu. Puxei o poder não só da linha *ley* ali, mas de várias ao longe. O solo me levou para as raízes, as raízes me levaram para as árvores e as árvores para as folhas e videiras. Eu me comunicava por meio dos seres vivos e toquei todos os que haviam tocado a água. Puxei tudo para mim.

O fluxo de energia que vinha mudou um pouco. Passou de puro verde para um mais claro, e, em seguida, um fluxo que mudava e brilhava, primeiro verde e azul, depois turquesa, e tudo de novo. Tive que me esforçar para não me perder no caleidoscópio.

O fluxo era mais grosso e mais forte. Eu tinha que controlá-lo fisicamente agora, não apenas mentalmente. Meus braços pareciam estar segurando algo pesado. Tentei não os deixar tremer com o esforço, porque eu ainda precisava de mais.

Chamei a umidade do ar, o brilho invisível de umidade em que os espíritos de água viajavam. Trouxe tudo para meu campo de controle e o enviei para Ben.

Devagar, devagar, o equilíbrio de poder mudou. Minha luz foi apagando o vermelho raivoso de Ben. Eu sorri maliciosamente, irritada e alegre com o poder que passava por mim.

Senti o início do vento que passava perto de mim. As pontas de meu cabelo ficaram em pé, empurradas pelas correntes de ar que se apressavam a minha volta e ameaçavam me tirar o equilíbrio. O que era uma leve brisa se tornou rapidamente um vendaval.

– Jayne! – gritou Finn –, não sei se consigo atirar assim!

– Use o olho da mente nessa flecha, Finn! Imagine seu alvo que eu cuido do resto! Prepare-se para deixá-la voar!

Gritei para a tempestade de fogo, vento, água e terra.

– Última chance, Ben! Vá embora ou morra!

Não ouvi nada em resposta. Eu esperava que isso significasse que ele estava lutando para conter minha investida como eu estava lutando para conter a dele.

– Volte para o complexo, Spike! Leve Tim com você!

Tudo que eu menos precisava era ver meu amiguinho lançado nesse turbilhão de tempestade.

– Eles entraram? – gritei para Scrum.

– Sim!

– No cinco, Finn. Pronto?

– Sim – disse ele.

Ergueu seu arco lutando contra o vento, com os olhos fechados, enquanto me enviava a vibração de sua assinatura no meio da confusão de energia que nos rodeava.

Eu me concentrei o suficiente para encontrá-lo, e uma vez que captei sua assinatura, enviei uma parte da energia Verde para ele. Eu o vi hesitar. Então comecei a contagem regressiva.

– Cinco... quatro... três... dois... um!

A seta partiu dos dedos de Finn no exato momento em que eu impulsionei a última gota de energia extra que estava contendo – direto para o corpo de Ben.

INFORMAÇÕES SOBRE A

GERAÇÃO EDITORIAL

Para saber mais sobre os títulos e autores
da **GERAÇÃO EDITORIAL**,
visite o site www.geracaoeditorial.com.br
e curta as nossas redes sociais.

Além de informações sobre os próximos lançamentos,
você terá acesso a conteúdos exclusivos
e poderá participar de promoções e sorteios.

geracaoeditorial.com.br

/geracaoeditorial

@geracaobooks

@geracaoeditorial

Se quiser receber informações por e-mail,
basta se cadastrar diretamente no nosso site
ou enviar uma mensagem para
midias@geracaoeditorial.com.br

GERAÇÃO EDITORIAL

Rua Gomes Freire, 225 – Lapa
CEP: 05075-010 – São Paulo – SP
Telefax: (+ 55 11) 3256-4444
E-mail: geracaoeditorial@geracaoeditorial.com.br